NEW TOPIK
新韓檢 中級 單字大全

全音檔下載導向頁面

https://globalv.com.tw/mp3-download-9789864544301/

進入網頁並註冊登入後,按「全書音檔下載請按此」連結,可一次性下載音檔壓縮檔,或點選檔名線上播放。
全MP3一次下載為zip壓縮檔,部分智慧型手機需安裝解壓縮程式方可開啟,iOS系統請升級至iOS 13以上。
此為大型檔案,建議使用WIFI連線下載,以免占用流量,並請確認連線狀況,以利下載順暢。

머리말

어휘는 학습자의 외국어 능력 신장의 기초가 되며, 특히 중급 수준의 학습자에게 있어서 문법 못지않게 중요하다. 이 책은 '2000 Essential Korean Words'의 두 번째 시리즈로, 한국어를 제2 언어 또는 외국어로 공부하는 중급 학습자들과 그 학습자들을 가르치는 교사들을 위한 어휘집이다.

이 책에서 다룬 단어들은 약 2,000여 개로 다음과 같은 기준으로 선정하였다. 첫째, 국내 8개 대학 부속 한국어 교육 기관 한국어 중급(3~4급) 교재 어휘와 '제10~28회 한국어능력시험(TOPIK)'의 모든 영역에 출현한 어휘의 빈도 조사를 통해 공통으로 나타난 고빈도 어휘를 선정하였다. 둘째, 외국인 학습자들이 중급 수준에서 학습해야 하는 어휘를 선정하기 위해 '중급 단계의 한국어 교육용 어휘(국립국어원)'와 비교하여 중복되는 어휘들을 추출하였다. 추출된 단어는 14개의 주제로 분류하였고 수록된 예문은 주제와 관련하여 실생활에서 자주 사용되는 유용한 대화문을 제시하고자 하였다. 또한 반의어, 유의어, 피동, 사동, 관련어, 참고어 등 다양한 관련 어휘를 추가하여 학습자들의 어휘력 신장에 도움을 주고자 하였다.

많은 분들의 도움이 없었다면 이 책이 나오기 어려웠을 것이다. 애써 주신 다락원의 사장님과 한국어출판부 편집진께 진심으로 감사드린다. 꼼꼼하게 번역을 해 주신 노수연 선생님(영어), Ozaki Tatsuji 교수님(일본어), Jin Yingzi 교수님(중국어)께 감사를 드린다.

2년여간에 걸친 긴 집필 과정을 묵묵히 사랑으로 지켜봐 주고 응원해 준 가족들, 책의 집필 방향과 내용에 대해 조언을 해 주신 민진영 선생님, 한국어를 가르치는 입장에서 조언을 해 주고 교정을 봐 준 박소영 선생님을 비롯해 곁에서 힘이 되어 준 동료들, 친구들에게 진심으로 고마움을 전한다.

저자 일동

前言

　　詞彙是學習者提升外語能力的基礎，對於中級程度的學習者來說，詞彙的重要性不亞於文法。本書是《新韓檢單字大全》系列的第二本，是專為以韓語作為第二語言或外語學習的中級學習者，以及教導這些學習者的教師設計的單字書。

　　本書收錄的單詞約有兩千多個，並根據以下標準進行篩選：

　　第一，通過對國內八所大學附屬韓語教育機構中級（3～4 級）韓語教材詞彙，以及第十回至二十八回韓國語文能力測驗（TOPIK）所有科目中出現的詞彙進行頻率調查，選出共同高頻率字彙。第二，為了選定外國學習者在中級階段應學習的詞彙，將其與《中級韓國語教育詞彙》（國立國語院）進行對比，提取重複的詞彙。選出的單詞分為十四個主題，並為所收錄的例句提供了與主題相關、在實際生活中經常使用的實用對話。此外，還補充了反義詞、類義詞、被動詞、使動詞、關聯詞、參考語等多樣的相關單字，旨在幫助學習者提升字彙量。

　　假如沒有眾人的幫助，這本書是很難完成的。這裡要向勞心費神的多樂園社長與韓語出版部編輯團隊表達誠摯的謝意。也要感謝細心翻譯的 Noh Soo-yeon 教授（英語）、Ozaki Tatsuji 教授（日語）、Jin Yingzi 教授（中文）。

　　在長達兩年多的撰寫過程中，默默以愛守護並支持我的家人、為本書的撰寫方向和內容提供建議的閔珍英老師、從韓語教學的角度給予指導並進行校對的朴昭英（音譯）老師，以及在我身邊提供支持的同事和朋友們，在此向各位表達最真摯的感謝。

全體作者 敬上

本書架構與活用

　　這本書是專為將韓語當作外語學習的學習者，以及教授韓語的教師們所編寫的中級單字書。本書收錄的單字數量，包含延伸單字約有兩千多個字。這些單字是適合中級程度必須要學習的字彙。

　　本書單字將中級階段經常接觸的單字分成十四大主題，按照韓文字母順序排列。大主題又分成多個小主題，讓學習者可以將同一主題的相關單字分類學習。藉此，學習者可以更系統化、更有效的形成語義場，更有效率的學習單字。

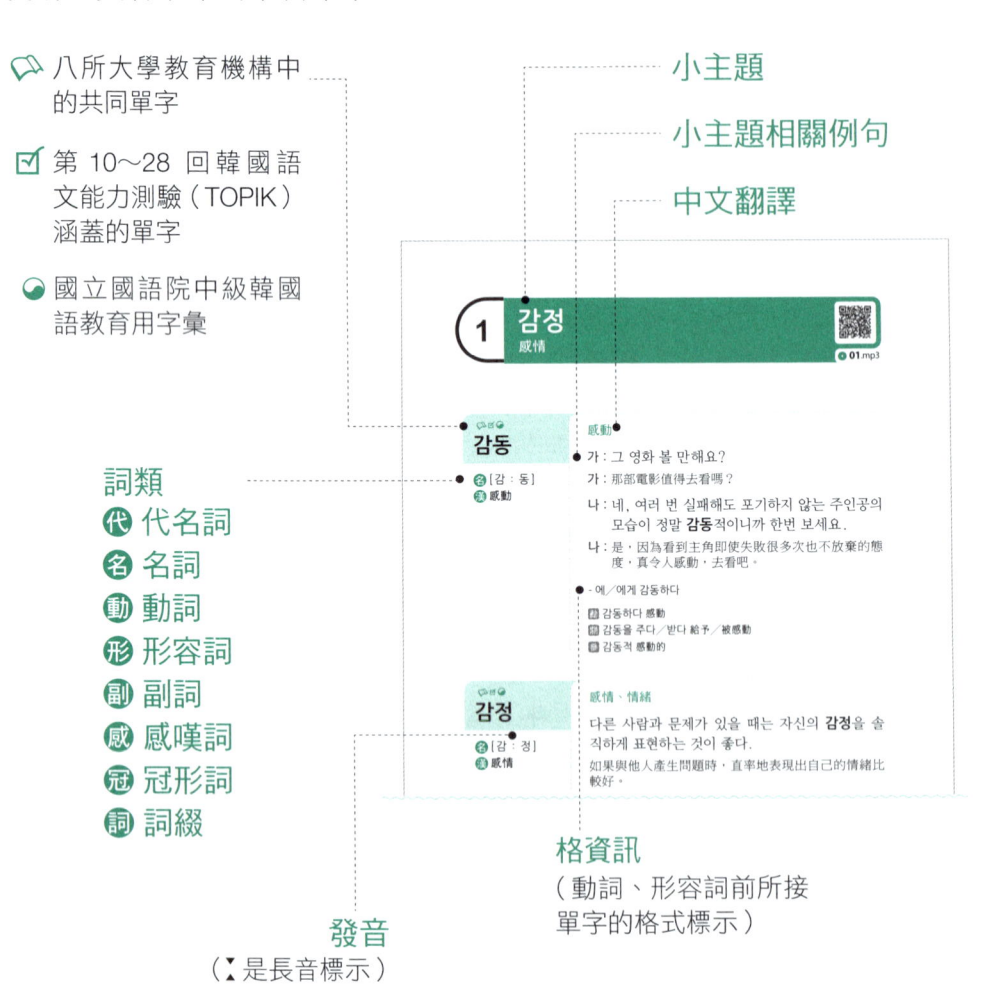

- ⌇ 八所大學教育機構中的共同單字
- ☑ 第 10～28 回韓國語文能力測驗（TOPIK）涵蓋的單字
- ◉ 國立國語院中級韓國語教育用字彙

小主題

小主題相關例句

中文翻譯

詞類
- 代 代名詞
- 名 名詞
- 動 動詞
- 形 形容詞
- 副 副詞
- 感 感嘆詞
- 冠 冠形詞
- 詞 詞綴

發音
（ː 是長音標示）

格資訊
（動詞、形容詞前所接單字的格式標示）

1　감정
　　感情
🔊 01.mp3

감동
[감ː동]
漢 感動

感動

가：그 영화 볼 만해요?
가：那部電影值得去看嗎?
나：네, 여러 번 실패해도 포기하지 않는 주인공의 모습이 정말 감동적이니까 한번 보세요.
나：是，因為看到主角即使失敗很多次也不放棄的態度，真令人感動，去看吧。

-에/에게 감동하다
- 감동하다 感動
- 감동을 주다／받다 給予／被感動
- 감동적 感動的

감정
[감ː정]
漢 感情

感情、情緒

다른 사람과 문제가 있을 때는 자신의 감정을 솔직하게 표현하는 것이 좋다.
如果與他人產生問題時，直率地表現出自己的情緒比較好。

불행

名 [불행]
漢 不幸
反 善P.620

不幸
꿈이 없는 사람들이 **불행**을 많이 느낀다고 한다.
有人說沒有夢想的人常感到不幸。

類 불행하다≠불행
反 행복幸福
縮 불행을 느끼다=感到不幸, 불행을 겪다=經歷不幸
參 即使有發生不幸的事情,但某程度上來說也可以說是幸運的話,
說「불행 중 다행（不幸中的大幸）」。

사랑스럽다

形 [사랑스럽따]
反 ㅂ 不規則

可愛的
아기가 작은 손을 움직일 때마다 얼마나 **사랑스러**운지 몰라요!
小寶寶在每次舞動小手指的時候,不知道有多麼可愛呢！

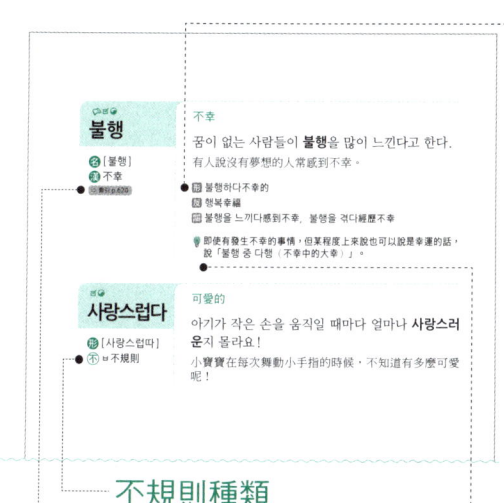

不規則種類
類義詞、反義詞目錄頁碼

類 **類義詞** 類似意義的單字
反 **反義詞** 相反意義的單字
被 **被動詞** 有被動意思的單字
使 **使動詞** 有使動意思的單字
自 **自動詞、被動詞、使動詞的原詞**
尊 **尊待語** 尊敬對方動作、行為的詞彙
謙 **謙卑語** 謙卑自己動作、行為的詞彙
縮 **縮略語** 縮短使用的單字
關 **關連詞** 與該單字具有關聯的詞彙
參 **參考語** 單字的衍生字、複合字
動 **動詞**　　形 **形容詞**　　漢 **漢字**
名 **名詞**　　副 **副詞**

・説明學習者常用錯或混淆的事項
・實用補充資訊

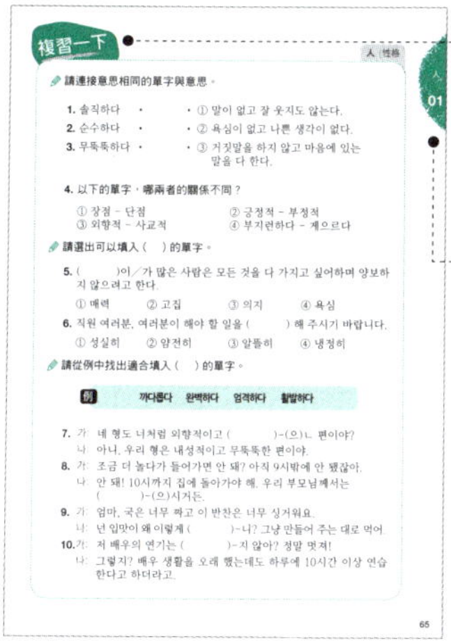

複習一下
各種類型的練習題，用來確認字彙學習狀況

大主題

用漢字學韓語
透過漢字學習拓展字彙量

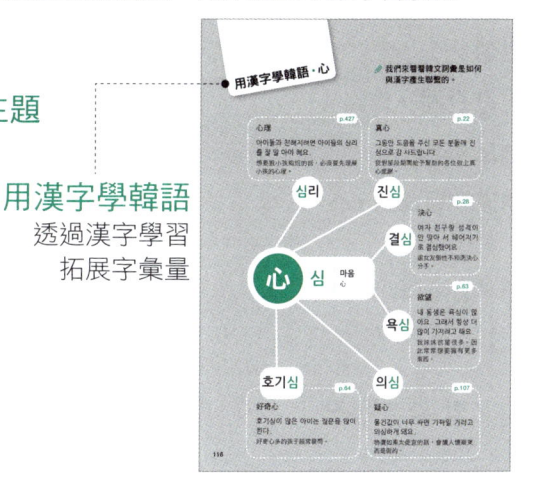

附錄

延伸單字 動物、魚貝類、昆蟲、野菜類、身體內部器官、臉、手腳、醫院、家的構造、家電、浴室用品、廚房用品、韓國景物地圖、單位名詞。

被動詞／使動詞、反義詞／類義詞、前綴詞／後綴詞目錄

正確解答 來確認一下答案吧！

索引 按韓文字母順序整理

目錄

前言 2
本書架構與活用 4
目錄 6

01 | 인간
人

1 감정 感情 10
2 인지 능력 認知能力 27
3 의사소통 溝通 44
4 성격 性格 54
5 외모 外表 66
6 인생 人生 70
7 인간관계 人際關係 79
8 태도 態度 95
• 用漢字學韓語・心 116

02 | 행동
行動

1 손／발 관련 동작
  手／腳相關動作 118
2 눈／코／입 관련 동작
  眼／鼻／嘴相關動作 135
3 몸 관련 동작 身體相關動作 ... 141
4 이동 移動 146
5 준비／과정／결과
  準備／過程／結果 152
6 피동 被動 161

7 사동 使動 175
• 用漢字學韓語・生 187

03 | 성질／양
品質／量

1 상태 狀態 190
2 정도 程度 208
3 증감 增減 225
4 수량／크기／범위
  數量／大小／範圍 234
• 用漢字學韓語・性 251

04 | 지식／교육
知識／教育

1 학문 學問 254
2 연구／보고서 研究／報告 261
3 학교생활 學校生活 274
4 수업／시험 上課／考試 289
• 用漢字學韓語・教 300

05 | 의식주
食衣住

1 의생활 服裝 302
2 식생활 飲食 310
3 요리 재료 食材 319
4 조리 방법 烹飪方法 325

5 주거 생활 居住生活 ——— 331
6 주거 공간／생활용품
  居住空間／生活用品 ——— 340
7 집 주위 환경 家的周圍環境 ——— 350
• 用漢字學韓語・品 ——— 357

06 | 날씨／생활
天氣／生活

1 일기 예보 天氣預報 ——— 360
2 여가 활동 休閒活動 ——— 365
3 문제／해결 問題／解決 ——— 379
• 用漢字學韓語・用 ——— 387

07 | 사회생활
社會生活

1 직장 생활 職場生活 ——— 390
2 구인／구직 招募／求職 ——— 405
• 用漢字學韓語・會 ——— 412

08 | 건강
健康

1 신체／건강 상태
  身體／健康狀態 ——— 414
2 질병／증상 疾病／症狀 ——— 424
3 병원 醫院 ——— 433
• 用漢字學韓語・身 ——— 441

09 | 자연／환경
自然／環境

1 동식물 動植物 ——— 444
2 우주／지리 宇宙／地理 ——— 446
3 재난／재해 災難／災害 ——— 455
4 환경 문제 環境問題 ——— 462
• 用漢字學韓語・氣 ——— 467

10 | 국가／사회
國家／社會

1 국가／정치 國家／政治 ——— 470
2 사회 현상／사회 문제
  社會現象／社會問題 ——— 479
3 사회 활동 社會活動 ——— 488
• 用漢字學韓語・國 ——— 494

11 | 경제
經濟

1 경제 활동 經濟活動 ——— 496
2 생산／소비 生產／消費 ——— 504
3 기업／경영 企業／經營 ——— 514
4 금융／재무 金融／財務 ——— 522
• 用漢字學韓語・金 ——— 529

12 | 교통／통신
交通／通信

1. 교통／운송 交通／運送 ⋯⋯ 532
2. 정보／통신 資訊／通信 ⋯⋯ 544
- 用漢字學韓語・機 ⋯⋯ 552

13 | 예술／문화
藝術／文化

1. 예술／종교 藝術／宗教 ⋯⋯ 554
2. 대중문화／대중 매체
   大眾文化／大眾媒體 ⋯⋯ 560
3. 한국 문화／예절
   韓國文化／禮節 ⋯⋯ 569
- 用漢字學韓語・文 ⋯⋯ 576

14 | 기타
其他

1. 시간 표현 時間表現 ⋯⋯ 578
2. 부사 副詞 ⋯⋯ 595
- 用漢字學韓語・期 ⋯⋯ 604

부록
附錄

추가 어휘 延伸單字 ⋯⋯ 606
- 동물 動物 ⋯⋯ 606
- 어패류 魚貝類 ⋯⋯ 607
- 곤충 昆蟲 ⋯⋯ 607
- 채소류 蔬菜類 ⋯⋯ 608
- 신체 내부 기관 身體內部器官 ⋯⋯ 609
- 얼굴 臉 ⋯⋯ 609
- 손／발 手／腳 ⋯⋯ 610
- 병원 醫院 ⋯⋯ 610
- 집 구조 家的構造 ⋯⋯ 611
- 가전제품 家電 ⋯⋯ 611
- 욕실용품 浴室用品 ⋯⋯ 612
- 주방용품 廚房用品 ⋯⋯ 613
- 한국 풍물 지도 韓國景物地圖 ⋯⋯ 614
- 단위 명사 單位名詞 ⋯⋯ 615

피동사／사동사, 반의어／유의어,
접두사／접미사 목록
被動詞／使用詞／反義詞／類義詞、
前綴詞／後綴詞目錄 ⋯⋯ 616
- 피동사／사동사 被動詞／使用詞 616
- 반의어／유의어 反義詞／類義詞 619
- 접두사／접미사 前綴詞／後綴詞 626

정답 正確解答 ⋯⋯ 633
색인 索引 ⋯⋯ 637

01 인간
人

1 **감정** 感情

2 **인지 능력** 認知能力

3 **의사소통** 溝通

4 **성격** 性格

5 **외모** 外表

6 **인생** 人生

7 **인간관계** 人際關係

8 **태도** 態度

用漢字學韓語・心

1 감정
感情

🎧 01.mp3

감동

名 [감ː동]
漢 感動

感動

가 : 그 영화 볼 만해요?
가 : 那部電影值得去看嗎?
나 : 네, 여러 번 실패해도 포기하지 않는 주인공의 모습이 정말 **감동**적이니까 한번 보세요.
나 : 是，因為看到主角即使失敗很多次也不放棄的態度，真令人感動，去看吧。

- 에／에게 감동하다

動 감동하다 感動
關 감동을 주다／받다 給予／被感動
參 감동적 感動的

감정

名 [감ː정]
漢 感情

感情、情緒

다른 사람과 문제가 있을 때는 자신의 **감정**을 솔직하게 표현하는 것이 좋다.
如果與他人產生問題時，直率地表現出自己的情緒比較好。

關 감정이 풍부하다 感情豐富、情緒豐富
參 감정적 感情用事的、情緒化的

곤란

名 [골 : 란]
漢 困難

棘手、難處、不便、窘困

가 : 10만 원만 빌려줄 수 있어?
가 : 能夠只借我十萬韓元嗎？
나 : 나도 등록금을 내야 해서 지금은 빌려주기가 **곤란**해.
나 : 我也需要繳學費，現在借你錢不太方便。

- 이/가 곤란하다
- 기가 곤란하다

形 곤란하다 棘手的、窘困的
關 곤란에 부딪치다 遭逢窘迫困境、곤란을 당하다 遭遇窘境

괴롭다

形 [괴롭따/궤롭따]
不 ㅂ不規則

痛苦的

가 : 요즘 불면증 때문에 잠을 못 자서 너무 **괴로워**요.
가 : 最近失眠而不能成眠，太痛苦了。
나 : 스트레스 받는 일이 많은가 봐요.
나 : 看起來你承受壓力的事情滿多的樣子。

動 괴로워하다 痛苦

귀찮다

形 [귀찬타]

麻煩的、厭煩的

이 로봇 청소기를 사용해 보세요. 이 제품은 청소하기 **귀찮**아하는 사람들을 위해 개발된 것입니다.
請試用一下這台掃地機器人。這項產品是為了懶得打掃的人而發明的。

감정・感情

기뻐하다

動 [기뻐하다]
⇨ 索引 p.622

高興

가 : 진정한 친구란 뭐라고 생각하세요?
가 : 你認為，真正的朋友是什麼呢？
나 : 저에게 좋은 일이 있을 때 같이 **기뻐해** 주는 친구가 아닐까요?
나 : 我認為是當我有喜事的時候，能夠和我一起高興的朋友。

反 슬퍼하다 傷心

기쁨

名 [기쁨]
⇨ 索引 p.619

喜悅、歡愉

가 : 어떻게 10년 동안이나 기부를 해 오셨어요?
가 : 要怎麼樣才能夠十年不間斷地捐獻呢？
나 : 기부를 하면서 느끼는 **기쁨**이 컸기 때문이에요.
나 : 因為在捐獻時，我感覺到巨大的喜悅。

形 기쁘다 開心的
反 슬픔 傷心
關 기쁨이 넘치다 心花怒放、기쁨을 느끼다 感到喜悅

긴장

名 [긴장]
漢 緊張

緊張

가 : 내일 면접 볼 때 실수할까 봐서 **긴장**돼.
가 : 我擔心明天面試的時候會失誤而緊張。
나 : 잘 될 거야. 자신감을 가져.
나 : 會順利的。要有信心。

動 긴장하다 緊張、긴장되다 緊張
關 긴장을 풀다 消除緊張、긴장을 해소하다 緩解緊張
參 긴장감 緊張感

낯설다

形 [낟썰다]
不 ㅂ不規則
⇨ 索引 p.623

陌生的、不熟悉的

가 : 오랜만에 고향에 오니까 좋지?
가 : 好久沒回來老家了,感覺開心吧?
나 : 응, 좋기는 하지만 3년 만에 오니까 좀 **낯설**다.
나 : 嗯,很開心,但因為隔了三年才回來,感到有點陌生啊。

反 낯익다 熟悉的、眼熟的
關 낯선 사람 陌生人、낯선 곳 陌生地

놀랍다

形 [놀 : 랍따]
不 ㅂ不規則

驚訝的、訝異的

가 : 저 아이는 이제 5살인데 한국어와 중국어, 영어, 프랑스어를 할 수 있대요.
가 : 聽說那孩子現在五歲會說韓語、漢語、英語及法語。
나 : 정말 **놀랍**네요!
나 : 真讓人驚訝啊!

動 놀라워하다 驚訝、詫異
關 놀라운 소식 驚訝的消息

느낌

名 [느낌]

感覺

가 : 술을 처음 마셨을 때 **느낌**이 어땠어?
가 : 第一次喝酒的時候,感覺如何?
나 : 글쎄, 머리가 아프고 기분이 이상했어.
나 : 嗯!感覺頭痛,心情怪怪的。

動 느끼다 感覺
關 느낌이 있다/없다 有感覺/沒有感覺、느낌이 들다 有⋯的感覺、느낌을 주다 給人⋯的感覺

당황

名 [당황]
漢 唐惶

慌張

가 : 어, 지갑이 어디 갔지? 분명히 가방에 넣었는데!
가 : 咦，錢包跑去哪了？明明放在包包裡啊！
나 : **당황**하지 말고 잘 찾아봐.
나 : 別慌張，好好找。

形 당황스럽다 感覺唐突的
動 당황하다 慌張

두렵다

形 [두렵따]
不 ㅂ不規則

害怕的、畏懼的、恐懼的

가 : 요즘은 왜 차를 안 가지고 다녀?
가 : 最近為什麼不開車呢？
나 : 사고가 한번 나니까 다시 운전하기가 **두려워**서요.
나 : 因為有出過一次車禍，所以要再開車會感覺恐懼。

類 무섭다 可怕的

💡「무섭다」通常是指可見的有形事物；「두렵다」通常是指無形的事物。
이번 시험에 떨어질까 봐 두려워요. (O)
我恐怕這次考試會落榜。
이번 시험에 떨어질까 봐 무서워요. (X)
벌레가 무서워요. (O) 蟲子可怕。
벌레가 두려워요. (X)

만족

名 [만족]
漢 滿足

滿意

가 : 고객님, 저희 레스토랑의 서비스에 **만족**하셨나요?
가 : 客人，請問您對我們餐廳的服務滿意嗎？
나 : 네, 아주 **만족**스러웠어요.
나 : 是的，非常滿意。

形 만족하다 滿意的、만족스럽다 感到滿意的
動 만족하다 滿意
反 불만족 不滿意

망설이다

動 [망서리다]

猶豫

가 : 전부터 사고 싶었는데 비싸서 고민이야.
가 : 之前就有想買，但價格貴，所以很煩。
나 : 살까 말까 **망설이**지 말고 그냥 사.
나 : 別猶豫要不要買，直接買就對了。

💡 如果把「말설이다」寫成「말설이에요」的話，是錯的。而是應該要寫「말설여요」。

밉다

形 [밉따]
不 ㅂ不規則
⇒ 索引 p.625

討厭的、可憎的

가 : 아기가 밤에 계속 우는데 남편은 잠만 자는 거예요. 정말 **미워** 죽겠어요.
가 : 孩子半夜一直哭鬧，而先生繼續睡他的。真的討厭死了。
나 : 우리 남편도 마찬가지예요.
나 : 我先生也是一樣。

類 싫다 討厭的、不喜歡的

💡 「밉다」只能用在人身上。

人 01

15

감정・感情

반하다
動 [반 : 하다]

著迷

가 : 두 분은 어떻게 결혼하시게 됐어요?
가 : 兩位是怎麼決定要結婚的呢？
나 : 제가 첫눈에 **반해**서 따라다녔어요.
나 : 是我一見鍾情，就跟著他走到結婚了。

💡 第一眼看見某個人就產生好感的時候，稱之為「첫눈에 반하다 一見鍾情」。

보람
名 [보람]

成效

가 : 월급도 적은데 왜 이 일을 하세요?
가 : 您薪水也很少，為什麼還要做這件事呢？
나 : 다른 사람을 도와주면서 **보람**을 느낄 수 있거든요.
나 : 因為幫助他人，我感覺很有成就感。

關 보람이 있다／없다有／沒有成效、보람을 느끼다有成效

부담
名 [부담]
漢 負擔

負擔

가 : 이 선물은 너무 비싸서 **부담**스러워요
가 : 這禮物太貴重了，我感覺負擔沉重啊。
나 : 그렇게 비싸지 않으니까 **부담** 가지지 마세요.
나 : 沒有那麼貴，所以別往心裡去啊。

動 부담되다感到負擔
形 부담스럽다感覺心裡有負擔的
關 부담이 있다／없다有／沒有負擔、부담을 가지다心裡帶有負擔、부담을 주다施加負擔

16

불쌍하다

形 [불쌍하다]

可憐的

가 : 저 고양이 좀 봐! 어제도 저기에 있었는데! 집을 잃어버렸나 봐.
가 : 看那隻貓！昨天也在那邊耶！好像走失了。

나 : **불쌍한**데 집에 데려갈까?
나 : 有點可憐，我們要不要帶牠回家？

불행

名 [불행]
漢 不幸
⇨ 索引 p.620

不幸

꿈이 없는 사람들이 **불행**을 많이 느낀다고 한다.
有人說沒有夢想的人常感到不幸。

形 불행하다 不幸的
反 행복 幸福
關 불행을 느끼다 感到不幸, 불행을 겪다 經歷不幸

💡 即使有發生不幸的事情，但某程度上來說也可以說是幸運的話，說「불행 중 다행（不幸中的大幸）」。

사랑스럽다

形 [사랑스럽따]
不 ㅂ 不規則

可愛的

아기가 작은 손을 움직일 때마다 얼마나 **사랑스러운**지 몰라요!
小寶寶在每次舞動小手指的時候，不知道有多麼可愛呢！

감정・感情

서운하다

形 [서운하다]

不悅的、感覺失落空虛的

가 : 오늘이 어머니 생신인데 너무 바빠서 못 갈 것 같아.
가 : 今天是媽媽生日，但太忙好像沒辦法回家。

나 : 네가 못 가서 어머니께서 많이 **서운해**하시겠다.
나 : 你沒能回去，媽媽會很失落的。

-이／가 서운하다
- 기가 서운하다

소중하다

形 [소 : 중하다]
漢 所重하다

珍惜的、重視的

가 : 피터 씨, 가장 **소중한** 물건이 뭐예요?
가 : 彼得，你最珍惜的東西是什麼呢？

나 : 유학 올 때 아버지께서 주신 시계예요.
나 : 是來留學的時候，爸爸送的手錶。

- 이／가 소중하다

關 소중히 여기다 珍惜

속상하다

形 [속 : 쌍하다]
漢 속傷하다

難過、傷心

가 : 이번 시험에서 실수를 많이 해서 **속상해** 죽겠어.
가 : 這次考試錯很多，真的好難過。

나 : **속상해**하지 마. 다음에도 기회가 있잖아.
나 : 別難過。還有下次機會不是嗎。

- 이／가 속상하다

실망

形 [실망]
漢 失望

失望

가 : 그 영화 재미있다고 하더니 생각보다 별로였어.
가 : 聽說那電影很有趣，但沒有想中的好看。

나 : 그래? 기대가 크면 **실망**이 크다고 하잖아.
나 : 是喔？不是說期望高，失望就大嗎。

- 에／에게 실망하다
- 이／가 실망스럽다

形 실망스럽다 感到失望的
動 실망하다 失望
關 실망이 크다 非常失望

싫증

名 [실쯩]

厭煩

가 : 시간이 없는데 우리 김밥 먹을래?
가 : 沒時間了，我們要不要吃飯捲？

나 : 또 김밥이야? 넌 **싫증**도 안 나?
나 : 又是飯捲？你不厭煩嗎？

關 싫증이 나다 生厭、싫증을 내다 生厭

아깝다

形 [아깝따]
不 ㅂ 不規則

可惜的

가 : 너무 오래된 것 같은데 이제 버리는 게 어때?
가 : 這太老舊了，把它扔了如何？

나 : 아직 쓸 수 있는데 버리기는 **아깝**잖아.
나 : 這還能用，丟掉不是太可惜了嗎。

- 이／가 아깝다
- 기가 아깝다
- 을／를 아까워하다

動 아까워하다 惋惜

감정・感情

아쉽다

形 [아쉽따]
不 ㅂ不規則

遺憾的

가：우리 팀이 져서 너무 **아쉬워**요.
가：我們這組輸了，感覺很遺憾。
나：그러게요. 2점만 더 있었으면 이길 수 있었는데…….
나：真的。如果再得兩分的話，就能夠贏了呢…

- 이/가 아쉽다
- 기가 아쉽다
- 을/를 아쉬워하다

動 아쉬워하다 遺憾

안심

名 [안심]
漢 安心

放心

가：그 포도 씻지 않고 먹어도 돼요?
가：那葡萄可以不洗直接吃嗎？
나：그럼요. 이미 씻어 놓은 거니까 **안심**하고 드세요.
나：當然可以。已經洗好了，請放心吃吧。

動 안심하다 放心、안심되다 放心

안타깝다

形 [안타깝따]
不 ㅂ不規則

心焚的、焦慮的

가：축구 선수 이민호가 다리를 다쳐서 앞으로 축구를 할 수 없게 됐다고 해요.
가：聽說足球選手李敏浩因為腳傷，而無法參加之後的比賽。
나：저도 좋아하는 선수인데 너무 **안타깝**네요!
나：他是我也喜歡的選手，真令人惋惜啊！

- 이/가 안타깝다
- 을/를 안타까워하다

動 안타까워하다 可惜

어색하다

形 [어ː새카다]
漢 語塞하다

尷尬的

가 : 어제 소개팅 어땠어요?
가 : 昨天的相親如何？
나 : 상대방이 너무 말이 없어서 **어색했**어요.
나 : 對方話不多感覺很尷尬。

- 이／가 어색하다

자랑스럽다

形 [자랑스럽따]
不 ㅂ不規則

可誇耀的、榮耀的、引以為榮

가 : 우리 큰아들이 한국대학교에 1등으로 입학하게 됐어요.
가 : 我大兒子以第一名的身分錄取韓國大學。
나 : 그래요? 정말 **자랑스럽**겠어요!
나 : 真的嗎？你一定引以為榮！

- 이／가 자랑스럽다

名 자랑誇耀

자유롭다

形 [자유롭따]
不 ㅂ不規則
漢 自由롭다

自由的

가 : 알리 씨, 청바지를 입고 회사에 출근해도 돼요?
가 : 阿里，可以穿牛仔褲上班嗎？
나 : 네, 회사 분위기가 **자유로우**면 좋은 아이디어가 많이 나온다고 해요. 그래서 직원들 모두 옷을 **자유롭**게 입어요.
나 : 可以，聽說公司氣氛自由的話，就會有許多好點子生出來。所以職員們都可以自由穿搭。

- 이／가 자유롭다

名 자유自由

감정 • 感情

정

名 [정]
漢 情

感情、情份

아빠: 이 인형 오래된 것 같은데 이제 그만 버려.
爸爸：這娃娃好像很久了，現在該丟掉了吧。

딸: **정**이 들어서 버리기 싫어요.
女兒：有感情了，不想要丟掉。

關 정이 들다感情投入、정이 많다情份多、정이 없다無情、정이 떨어지다感情變淡

진심

名 [진심]
漢 真心

真心

가: 왕준 씨, 그동안 공부하느라 고생했어요. 졸업을 축하해요.
가: 王俊，這段期間讀書辛苦了。恭喜你畢業。

나: 선생님, **진심**으로 감사 드립니다.
나: 老師，真心非常感謝您。

關 진심으로 축하하다真心祝賀、진심을 숨기다隱藏真心

짜증

名 [짜증]

厭煩

아, 정말 **짜증** 난다. 공공장소에서 저렇게 큰 소리로 통화하는 건 너무하지 않아?
啊，真讓人厭煩。在公共場所，那麼大聲講電話，是不是太過分了？

- 이／가 짜증스럽다
- 기가 짜증스럽다

形 짜증스럽다厭煩的
關 짜증이 나다厭煩、짜증을 내다生厭、짜증을 부리다耍脾氣

22

충격

名 [충격]
漢 衝擊

刺激

갑자기 외할머니께서 돌아가셨다는 소식을 듣고 어머니께서 **충격**을 받고 쓰러지셨다.
突然聽到奶奶過世的消息，媽媽受到刺激而暈過去了。

關 충격이 크다刺激很大、충격을 받다受到刺激
參 충격적刺激的

친근하다

形 [친근하다]
漢 親近하다

親切的

오늘 처음 본 사람인데 동생이랑 닮아서 **친근하**게 느껴졌다.
雖然是今天第一次見面的人，但因為跟妹妹很像而覺得很親切。

- 와/과 친근하다
- 에/에게 친근하다

參 친근감親切感

편안

名 [펴난]
漢 便安

舒服、舒適

가 : 이 의자 정말 **편안**하다！어디서 샀어？
가 : 這椅子坐起來很舒服！哪裡買的呢？

나 : 인터넷에서 샀어.
나 : 網路上買的。

- 이/가 편안하다

形 편안하다舒服的
副 편안히舒服地

감정・感情

후회

名 [후ː회/후ː훼]
漢 後悔

後悔

가 : 이 옷 할인할 때 샀는데 입어 보니까 별로야.
가 : 這衣服是打折的時候買的，穿過之後覺得不怎樣。

나 : 잘 생각해 보고 사지 그랬어? 지금 **후회**해도 소용없잖아.
나 : 你應該要好好考慮之後再買吧？現在後悔也沒用啊。

- 을/를 후회하다
- 이/가 후회되다
- 이/가 후회스럽다

形 후회스럽다 後悔的
動 후회하다 後悔、후회되다 後悔
關 후회가 없다 沒有後悔

흥미

名 [흥ː미]
漢 興味

興趣

관객들의 **흥미**를 끌려면 관객들이 좋아하는 주제로 작품을 만들어야 한다.
如果要引起觀眾興趣的話，必須要做出觀眾喜愛的主題的作品。

- 이/가 흥미롭다

形 흥미롭다 有趣的
關 흥미가 있다/없다 有/沒有興趣、흥미를 느끼다 感到有趣、흥미를 끌다 引起興趣、흥미를 더하다 增加興趣

흥분

名 [흥분]
漢 興奮

激動

가 : 너 어떻게 30분이나 늦을 수가 있어?
가 : 你怎麼能夠遲到 30 分鐘呢？

나 : **흥분**하지 말고 우선 내 말부터 좀 들어 봐.
나 : 別激動，先聽我說。

動 흥분하다 激動、흥분되다 激動
關 흥분을 가라앉히다 壓抑激動

複習一下

人 | 感情

1. 以下_____中，皆能夠使用的詞是哪個呢？

| 짜증이 . 싫증이 . |

① 나다　　② 받다　　③ 나오다　　④ 느끼다

✏️ 請以寫下這短文之人的心境，選出正確的答案。

> 오늘 출근길에 지하철을 타려고 교통 카드를 찾았는데 아무리 찾아도 보이지 않았다. 어제 쓰고 나서 가방에 넣어 두었는데 어디로 갔는지 모르겠다. 정말 이상하다.

2. ① 괴롭다　② 낯설다　③ 당황스럽다　④ 사랑스럽다

> 오늘 오후에 백화점에서 옷을 구경하고 있었다. 구경만 하고 싶었는데 직원이 계속 "이 옷이 요즘 유행이에요.", "이 옷이 잘 어울릴 것 같아요.", "세일 중이니까 하나 사세요."라고 하면서 계속 따라다녔다. 그래서 옷을 사야 할 것만 같아서 얼른 나왔다.

3. ① 반하다　② 놀랍다　③ 자랑스럽다　④ 부담스럽다

✏️ 請選擇適合填入㉠、㉡的詞。

> 가 생일 선물로 받은 우산을 오늘 처음 썼는데 지하철에 놓고 내렸어. 너무 ㉠_____ .
>
> 나 정말 ㉡_____! 지하철 유실물 센터에 전화라도 한번 해 봐.

4. ① ㉠ 불쌍해 ㉡ 어색하겠다　　② ㉠ 아까워 ㉡ 속상하겠다
③ ㉠ 아까워 ㉡ 어색하겠다　　④ ㉠ 불쌍해 ㉡ 속상하겠다

> 누구든지 처음 일을 시작하면 "내가 그 일을 정말 잘할 수 있을까?" 하는 ㉠_____ 마음이 생긴다. 그러나 실수를 해도 너무 속상해하지 말고 처음이니까 그럴 수도 있다고 생각하면 마음이 ㉡_____ 것이다.

5. ① ㉠ 아쉬운 ㉡ 흥미로울　　② ㉠ 아쉬운 ㉡ 편안해질
③ ㉠ 두려운 ㉡ 편안해질　　④ ㉠ 두려운 ㉡ 흥미로울

2 인지 능력
認知能力

02.mp3

가능

名 [가 : 능]
漢 可能
⇨ 索引 p.619

可能

가 : 이거 환불 **가능**해요?
가 : 這個可以退款嗎?
나 : 죄송합니다. 교환은 되지만 환불은 불**가능**합니다.
나 : 很抱歉。可以退貨但不能退款。

- 이／가 가능하다

形 가능하다 可能的
參 가능성 可能性
反 불가능 不可能

가치

名 [가치]
漢 價值

價值

가 : 건강과 돈 중에 뭐가 더 **가치** 있다고 생각하세요?
가 : 你覺得健康跟錢,哪一個更有價值呢?
나 : 당연히 건강이지요.
나 : 當然是健康。

關 가치가 있다／없다 有／沒有價值、가치가 높다 價值高、가치가 떨어지다 價值跌落

27

인지 능력 • 認知能力

객관적

冠 名 [객관적]
漢 客觀的
⇨ 索引 p.619

客觀的

신문 기사와 방송은 **객관적**이어야 한다.
新聞報導與廣播都應該要客觀。

反 주관적 主觀的

결심

名 [결씸]
漢 決心

決心

가 : 담배를 끊겠다더니 아직도 피워?
가 : 不是說已經戒菸了，還在抽菸嗎？

나 : 올해는 꼭 끊겠다고 **결심**했는데 끊기가 어렵네.
나 : 今年決心一定要戒菸，但戒菸好難。

- 을/를 결심하다
- 기로 결심하다

動 결심하다 決心
關 결심이 서다 下定決心、결심이 흔들리다 決心被動搖、굳은 결심　堅定的決心

결정

名 [결쩡]
漢 決定
⇨ 索引 p.625

決定

가 : 회식 장소 **결정**되었어요?
가 : 聚餐地點決定好了嗎？

나 : 아직 **결정** 못 했어요. 싸고 맛있는 데를 조금 더 찾아보려고요.
나 : 還沒能決定。我想要再找一下便宜又好吃的店。

- 을/를 결정하다
- 기로 결정하다
- 이/가 - (으) 로 결정되다
- 이/가 -기로 결정되다

動 결정하다 決定、결정되다 被決定
類 정하다 決定
關 결정이 나다 下決定、결정을 내리다 下決定、결정에 따르다 遵從決定
參 결정적 決定性的

💡 「결정하다」是指思考過某事後所做的決定。所以，雖然能夠說「약속을 정하다 約定」但無法說「약속을 결정하다」。

고려

名 [고려]
漢 考慮

考慮

가 : 대학 전공을 선택할 때 뭘 **고려**해야 해요?
가 : 在決定大學主修時，要考慮什麼呢？

나 : 먼저 자기가 무엇을 좋아하는지 잘 생각해 보세요.
나 : 首先，請想思考一下自己喜歡什麼。

- 을/를 고려하다
- 이/가 고려되다

動 고려하다 考慮、고려되다 被考慮
關 고려해야 할 점 須要考慮的地方

인지 능력 • 認知能力

구별

名 [구별]
漢 區別

區別

가 : 결혼하면 아이를 몇 명쯤 낳을 계획이세요?
가 : 結婚的話，有計畫要生幾個孩子嗎？

나 : 아들 딸 **구별**하지 않고 3명쯤 낳고 싶어요.
나 : 我不會區別兒子女兒，想要生三個。

- 을/를 구별하다
- 이/가 -와/과 구별되다
- 이/가 - (으) 로 구별되다

動 구별하다區別、구별되다被區別
參 구분區分

구분

名 [구분]
漢 區分

區分

가 : 어?이 병원은 남자 간호사도 있네요!
가 : 嗯?這醫院也有男護理師耶!

나 : 요즘은 남자가 하는 일, 여자가 하는 일을 별로 **구분**하지 않잖아요.
나 : 現在男生跟女生做的工作都沒有太大的區分。

- 을/를 - (으) 로 구분하다
- 이/가 - (으) 로 구분되다

動 구분하다區分、구분되다被區分
參 구별區別⇨p.30

💡 「구별（區別）」是指依照本質或類型所做的分類；「구분（區分）」是指依照某基準而把整體分為幾等分。
쌍둥이가 너무 닮아서 누가 누군지 구별할 수 없어요
雙胞胎很相像，而無法區別誰是誰。
식당은 흡연석과 비흡연석으로 구분되어 있어요.
餐廳分為吸菸座與非吸菸座。

기대

名 [기대]
漢 期待

期待

가 : 여행 가는 게 그렇게 좋아요?
가 : 這麼喜歡旅行嗎？
나 : 네, 해외여행이 처음이라서 정말 **기대**가 돼요.
나 : 對，因為是第一次出國，所以真的很期待。

- 을/를 기대하다
- 기를 기대하다
- 이/가 기대되다

動 기대하다 期待、기대되다 受期待

낫다

形 [낟ː따]
不 ㅂ不規則

更好、愈

가 : 부산에 갈 때 뭘 타는 게 좋아요?
가 : 去釜山的時候，要搭什麼好呢？
나 : 비행기보다 KTX를 타는 게 더 **나아**요.
나 : 比起飛機，搭 KTX 更好。

- 보다 - 이/가 낫다

능력

名 [능녁]
漢 能力
⇒ 索引 p.619

能力

언어 **능력**은 남자아이보다 여자아이가 뛰어나다고 한다.
聽說語言能力方面女孩子比男孩子更傑出。

關 능력이 있다/없다 有/沒有能力、능력이 뛰어나다 能力傑出、능력이 부족하다 能力不足
參 한국어능력시험 韓國語文能力測驗

인지 능력 • 認知能力

단순하다

形 [단순하다]
漢 單純하다

單純的

너무 복잡하게 생각하지 말고 **단순하**게 생각해 봐.

別想得太複雜，試著想得單純一點看看。

- 이/가 단순하다

당연하다

形 [당연하다]
漢 當然하다

當然的

가 : 일할 때 저만 자꾸 실수하는 것 같아서 다른 사람들에게 미안해요.

가 : 在做事的時候，好像只有我經常失誤而對其他人感到抱歉。

나 : 한 번도 안 해 본 일이니까 실수하는 게 **당연하죠**.

나 : 因為是一次也沒做過的事情，所以有失誤是當然的。

- 이/가 당연하다

떠오르다

動 [떠오르다]
不 르不規則

想起、浮現、升起

남편 : 태어날 아기 이름을 무엇으로 지을까?

老公 : 要幫即將要出生的孩子取什麼名字好呢？

아내 : 아, 좋은 이름이 **떠올랐어**!

老婆 : 啊，我想到好名字了！

- 이/가 떠오르다

32

반성

名 [반 : 성]
漢 反省

反省

아들 : 엄마, 용서해 주세요. 거짓말한 거 **반성**하고 있어요.
兒子：媽媽，請原諒我。我正在對說謊一事反省中。

엄마 : 정말이지? 다음부터는 그러면 안 돼.
媽媽：是真的嗎？下次不可以再那樣了。

- 을/를 반성하다

動 반성하다反省　關 깊이 반성하다深刻反省

분명

名 [분명]
漢 分明

確實

직원 : 손님, 죄송합니다. 예약하신 분의 성함이 없는데요. 언제 예약하셨습니까?
職員：很抱歉，客人。沒有找到預約者的名字。請問您是什麼時候預約的呢？

손님 : 이름이 없어요? 제가 **분명**히 예약했는데요.
客人：沒有名字嗎？我確實有預約。

- 이/가 분명하다

形 분명하다明確的　副 분명히清楚地

비관

名 [비 : 관]
漢 悲觀
⇨ 索引 p.620

悲觀

고등학교에서 한 학생이 자신의 성적을 **비관**해서 자살했다고 합니다.
聽說有一名高中生，因對自己的成績感到悲觀而自殺。

- 을/를 비관하다

動 비관하다悲觀
反 낙관樂觀
參 비관적悲觀的

인지 능력・認知能力

비판

名 [비ː판]
漢 批判

批評

가: 요즘 인터넷 소설이 내용이 없다고 **비판**을 받고 있어요.
가: 最近網路小說被批評說沒有內容。

나: 맞아요. 내용도 없고 감동도 없잖아요.
나: 沒錯。既沒內容也沒有感動。

- 을/를 비판하다
- 이/가 비판되다

動 비판하다 批評、비판되다 受批評
關 비판을 받다 受到批評
參 비판적 批判性的

비하다

動 [비ː하다]
漢 比하다

比較

가: 피아노를 참 잘 치시네요!
가: 鋼琴彈得真好!

나: 아니에요. 동생에 **비하**면 저는 잘 못 쳐요.
나: 沒有。跟妹妹比的話,我還彈得不太好。

- 에 비하다

💡 「비하다」經常以「-에 비하여、-에 비해서、-에 비하면」的形態使用。

상상

名 [상 : 상]
漢 想像

想像

100년 후 우리의 생활은 어떻게 달라질까요? 한 번 **상상**해 보세요.

請想像一下，100年後我們的生活會變得如何呢？

- 을／를 상상하다
- 이／가 상상되다

動 상상하다想像、상상되다被想像
關 상상을 뛰어넘다超乎想像
參 상상력想像力

생각나다

動 [생강나다]

想起

비밀번호가 뭐였지? 아, **생각났다**!

密碼是什麼呢？啊，我想起來了！

- 이／가 생각나다

名 생각想起

소용없다

形 [소 : 용업따]
漢 所用없다

沒有用、無用處

가 : 이 약을 하루에 꼭 세 번 먹어야 해요?
가 : 這藥一天一定要吃三次嗎？
나 : 그럼요. 약을 먹다 안 먹다 하면 **소용없**어요.
나 : 當然。如果一下吃藥，又一下不吃的話，是沒有用的。

- 에／에게 소용없다

副 소용없이無濟於事

인지 능력・認知能力

쓸데없다
形 [쓸떼업따]

沒有用處

사람이 하루 동안 하는 걱정의 반 이상은 **쓸데없**는 걱정이라고 한다.

據說，人在一天所擔心的事情，有一半以上都是沒有用處的擔憂。

- 이/가 쓸데없다

副 쓸데없이 徒然
關 쓸데없는 생각 無謂的想法、쓸데없는 소리 無謂的聲音

안되다
動 [안되다/안뒈다]
⇨ 索引 p.622

不順

가: 이번에 맡은 일도 잘돼 가고 있어요?
가: 這次擔任的工作進展順利嗎？

나: 아니요, 이상하게 이번에는 잘 **안되**네요.
나: 沒有，這次奇怪地不順。

反 잘되다 順利 ⇨ p.201

여기다
動 [여기다]

當作、認為

가: 이번 달 용돈이 부족하네. 엄마한테 용돈 좀 더 달라고 해야겠다.
가: 這個月的零用錢不夠。得要跟媽媽多要一些零用錢。

나: 너 부모님에게 용돈 받는 것을 너무 당연하게 **여기**는 거 아니야?
나: 你不覺得跟父母拿零用錢，太理所當然了嗎？

- 을/를 -(으)로 여기다
- 을/를 -게 여기다

예상

名 [예 : 상]
漢 豫想

預料

내일은 비가 많이 올 것으로 **예상**됩니다. 외출하실 때 우산을 준비하십시오.

預料明天會下大雨。外出時，請準備好雨傘。

- 을／를 -(으)로 예상하다
- 이／가 -(으)로 예상되다

動 예상하다預料、예상되다被預料
關 예상이 빗나가다出乎意料
參 예상 문제預料中的問題

인정

名 [인정]
漢 認定

認定、承認

가 : 앞으로 어떤 배우가 되고 싶습니까?
가 : 將來想要當怎樣的演員呢？
나 : 사람들에게 실력으로 **인정**받는 배우가 되고 싶습니다.
나 : 我想要當一個以實力受到認定的演員。

- 을／를 인정하다
- 을／를 -(으)로 인정하다
- 이／가 -(으)로 인정되다
- 이／가 -다고／(느)ㄴ다고 인정되다

動 인정하다認定、인정되다被認定
關 인정을 받다受到承認／認定

인지 능력・認知能力

좌우

名 [좌ː우]
漢 左右

決定、左右

음식 맛은 재료가 얼마나 좋으냐에 의해 **좌우**된다.

餐點的味道受到食材品質所左右。

길을 건널 때는 **좌우**를 잘 보고 건너야 한다.

過馬路的時候，必須要好好察看左右才通過。

- 을/를 좌우하다
- 에/에게 좌우되다
- (으)로 좌우되다

動 좌우하다 左右、좌우되다 被左右
關 미래를 좌우하다 左右未來

지혜

名 [지헤, 지혜]
漢 智慧

智慧

어려운 일이 생겼을 때는 **지혜**와 용기가 필요합니다.

有困難發生的時候，需要智慧與勇氣。

- 이/가 지혜롭다

形 지혜롭다 有智慧的

착각

名 [착깍]
漢 錯覺

誤以為、誤認

가：너 지금 어디니？약속 시간이 지났는데 왜 아직도 안 와？
가：你現在在哪裡？已經過了約定的時間了，為什麼還沒來？

나：어？우리 약속 4시 아니었어？내가 4시로 **착각**했구나！
나：咦？我們不是約四點嗎？我誤以為是約四點！

- 을／를 - (으) 로 착각하다
- 다고／ (느) ㄴ다고 착각하다
- 이／가 - (으) 로 착각되다
- 이／가 -다고／ (느) ㄴ다고 착각되다

動 착각하다誤以為、착각되다誤以為
關 착각이 들다錯覺、착각에 빠지다陷入錯覺

추측

名 [추측]
漢 推測

猜、推測

가：저기 앞에 가는 머리 긴 사람, 남자일까？여자일까？**추측**해 봐.
가：走在前方長頭髮的人，是男是女？猜看看。

나：음, 글쎄！옷을 보니까 남자 같은데！
나：嗯！看穿著好像是男生！

- 을／를 - (으) 로 추측하다
- 다고／ (느) ㄴ다고 추측하다
- 이／가 - (으) 로 추측되다
- 이／가 -다고／ (느) ㄴ다고 추측되다

動 추측하다推測、추측되다推測
關 추측이 맞다／틀리다推測正確／錯誤、
추측이 어긋나다推測偏差

인지 능력・認知能力

틀림없다

名 [틀리멉따]

一定是、無誤

가 : 어? 왕위 씨가 올 때가 지났는데 왜 안 오지?
가 : 咦？王偉抵達的時間已經過了，為什麼還沒來？

나 : 아직까지 안 오는 걸 보면 무슨 일이 생긴 게 **틀림없**어. 내가 전화 한번 해 볼까?
나 : 到現在都還沒到的情況看來，一定是什麼事情發生了。我來打電話看看？

- 이/가 틀림없다

副 틀림없이 無疑地

파악

名 [파악]
漢 把握

理解、掌握

가 : 조금 전에 한 말 농담이었어.
가 : 我先前說的話是開玩笑的。

나 : 너는 왜 분위기 **파악**도 못 하니? 이런 상황에서 농담을 하면 어떻게 해?
나 : 你為什麼連氛圍也不能理解？在這情況下怎麼能開玩笑？

- 을/를 파악하다
- 이/가 파악되다

動 파악하다 掌握、파악되다 被掌握
關 파악이 어렵다 很難把握
參 인원 파악 掌握人員、분위기 파악 掌握氣氛

판단

名 [판단]
漢 判斷

判斷

가 : 오늘 소개팅에서 만난 사람은 좀 무섭게 생겨서 별로였어.
가 : 今天在相親遇到的人長得有點兇，覺得不怎麼樣。

나 : 외모로만 **판단**하지 말고 몇 번 더 만나 봐.
나 : 別只用外表判斷一個人，多見面幾次看看吧。

- 을/를 판단하다
- 을/를 - (으) 로 판단하다
- 이/가 - (으) 로 판단되다
- 이/가 -다고/ (느) ㄴ다고 판단되다

動 판단하다判斷、판단되다判斷
關 판단을 내리다做出判斷
參 상황 판단判斷情勢、판단 기준判斷基準

평가

名 [평 : 까]
漢 評價

評價

한국호텔은 서비스가 좋아서 좋은 **평가**를 받고 있다.
韓國飯店因為服務好，而受到很好的評價。

- 을/를 - (으) 로 평가하다
- 이/가 - (으) 로 평가되다

動 평가하다評價、평가되다受評
關 평가를 내리다下達評價、평가를 받다接受評價
參 평가 기준評價基準

인지 능력 • 認知能力

확실하다

形 [확씰하다]
漢 確實하다

確實的

가 : 방금 설명한 거 이해했어요?
가 : 剛剛說明的理解了嗎？

나 : 네, 다시 들으니까 **확실히** 알겠어요.
나 : 是的，又聽了一遍，確實理解了。

- 이/가 확실하다

副 확실히 確實地

複習一下

1. 以下單字的關係中，哪個不同？
　① 객관적 – 주관적　　② 가능 – 불가능
　③ 비관 – 낙관　　　　④ 구별 – 구분

2. 請選出錯誤的用法。
　① 받다　　– 인정을 받다, 비판을 받다
　② 내리다　– 판단을 내리다, 결정을 내리다
　③ 빠지다　– 가치에 빠지다, 고려에 빠지다
　④ 흔들리다 – 결심이 흔들리다, 좌우로 흔들리다

✐ 請看例，並選出能夠替換＿＿＿的合適單字。

> **例**　　예상　기대　착각　틀림없이

> 한 달 전부터 여자 친구가 요리 학원에 다닌다고 했다. 이번 달에 내 생일이 있으니까 **3.**＿＿＿＿ 나에게 요리를 해 주려고 다니는 것이라고 생각했다. 내 생일에 여자 친구가 직접 만든 음식을 먹을 수 있다고 생각하니까 매우 **4.**＿＿＿＿-됐다. 하지만 내 **5.**＿＿＿＿와/과 달리 여자 친구는 내 생일이 언제인지도 모르고 있었다. 그리고 요리 학원을 다니는 것이 아니라 요리 학원에서 아르바이트를 하는 것이라고 했다. 그러니까 여자 친구가 나를 위해 요리를 해 줄 거라고 생각한 것은 나만의 **6.**＿＿＿＿-이었다/였다.

✐ 請在例中找出適合填入（　　）的單字。

> **例**　　비하다　생각나다　단순하다　낫다

7. 고향에 돌아오고 나니 한국에서 먹던 음식이 많이 (　　　)-아/어/해요.

8. 서울은 너무 추운데 부산은 서울에 (　　　)-(으)면 훨씬 따뜻하다.

9. 지난번에 살던 집보다 이번에 이사한 집이 크고 깨끗해서 훨씬 (　　　)-(으)ㄴ 것 같다.

10. 이 휴대폰은 기능이 (　　　)-아/어/해서 연세가 많은 분들이 쓰시기에 편리합니다.

의사소통・溝通

3 의사소통
溝通

03.mp3

거절

名 [거ː절]
漢 拒絕
索引 p.619

拒絕

가 : 혹시 이것 좀 도와줄 수 있어요?
가 : 可以幫我忙嗎？

나 : 부탁할 때마다 **거절**해서 미안한데 이번에도 좀 어렵겠어요.
나 : 每次拜託的時候，我都拒絕你真抱歉，這次恐怕也有點困難。

-을/를 거절하다

動 거절하다 拒絕
反 승낙 答應
關 거절을 당하다 被拒絕

경고

名 [경ː고]
漢 警告

警告、示警、告誡

-경고-
여기에 쓰레기를 버리지 마시오.

警告
請勿在這裡亂丟垃圾。

-에/에게 -을/를 경고하다
-에/에게 -다고/(느)ㄴ다고 경고하다

動 경고하다 警告／敬告
關 경고를 주다／받다 給／被警告

권하다

動 [권 : 하다]
漢 勸하다

推薦

가 : 무슨 책이에요?

가 : 這是什麼書呢？

나 : 소설책이에요. 친구가 읽어 보라고 **권해** 줘서 읽고있는데 재미있네요!

나 : 這是小說。朋友推薦我看這本書，我正在看，很有趣呢！

- 을/를 권하다
- 에게 -을/를 권하다
- 에게 -(으)라고 권하다

關 술을 권하다 勸酒、음식을 권하다 勸食

명령

名 [명 : 녕]
漢 命令

命令

군인은 모든 **명령**을 따라야 한다.
軍人要服從所有命令。

- 을/를 명령하다
- 에게 -을/를 명령하다
- 에게 -(으)라고 명령하다

動 명령하다 命令

설득

名 [설뜩]
漢 說得

說服

가 : 강아지를 키우고 싶은데 부모님께서 반대하실 것같아요.

가 : 我想要養狗，但父母好像會反對。

나 : 그럼 귀여운 강아지 사진을 보여 드리면서 **설득**해보세요.

나 : 那麼，請給父母看可愛的小狗照片說服他們。

動 설득하다 說服、설득되다 被說服
關 설득을 당하다 被說服

의사소통 • 溝通

수다
名 [수 : 다]

閒聊

가 : 스트레스를 어떻게 풀어요?
가 : 怎麼紓解壓力的呢?

나 : 저는 친구들과 **수다**를 떨면서 풀어요.
나 : 我是跟朋友們聊天紓壓。

- 이/가 수다스럽다

形 수다스럽다囉嗦的
關 수다를 떨다閒聊
參 수다쟁이話多的人

여쭈다
動 [여 : 쭈다]

詢問

아들 : 할아버지 생신 선물로 뭘 사면 좋을까요?
兒子 : 爺爺生日禮物買什麼好呢?

엄마 : 할아버지께 뭐가 필요하신지 직접 **여쭤**봐.
媽媽 : 直接去問爺爺他需要什麼。

低 묻다詢問
關 인사를 여쭈다致意/打招呼、안부를 여쭈다問候

💡「여쭈다」可與「여쭙다」交替使用。

오해
名 [오 : 해]
漢 誤解

誤解

가 : 지금 나한테 살을 빼라고 말한 거야?
가 : 現在是叫我減肥嗎?

나 : **오해**하지 마! 그 말은 건강을 생각하라는 말이었어.
나 : 別誤會!那句話是請考慮健康的意思。

💡 請不要說「작은 오해」, 而是要說「사소한 오해」。

46

요구

名 [요구]
漢 要求

要求

내가 차를 세우자 경찰은 운전면허증을 보여 달라고 **요구**했다.

當我一停好車，警察就要求看我的駕照。

- 을/를 요구하다
- 에게 -을/를 요구하다
- 에게 -(으)라고 요구하다
- 이/가 요구되다

動 요구하다要求、요구되다被要求
參 요구 사항要求事項、요구 조건要求條件

의견

名 [의 : 견]
漢 意見

意見

가 : 이번 여행은 부산으로 가려고 합니다. 반대 **의견**있으십니까?

가 : 這次旅行要去釜山。有反對意見的嗎？

나 : 없습니다.

나 : 沒有。

關 의견을 듣다聆聽意見、의견을 모으다匯集意見
參 반대 의견反對意見

의사소통

名 [의 : 사소통]
漢 意思疏通

溝通

사람은 말과 글로 **의사소통**을 한다.

人們透過言語及文字溝通。

動 의사소통하다溝通
關 의사소통이 안 되다溝通不良、원활한 의사소통圓滿的溝通

의사소통 • 溝通

잔소리

名 [잔소리]

嘮叨、碎念

엄마：넌 왜 매일 늦니? 일찍 일찍 좀 다녀!
媽媽：你為什麼每天都這麼晚？早點回家！

아들：알겠어요. 엄마, 제발 **잔소리** 좀 그만하세요.
兒子：知道了。媽媽，請不再嘮叨了。

- 에게 - 다고／(느) ㄴ다고 잔소리하다

動 잔소리하다嘮叨
關 잔소리가 많다囉嗦、잔소리가 심하다喋喋不休、잔소리를 듣다被嘮叨

조르다

動 [조르다]
不 르不規則

纏、一直央求

가：어, 가방 새로 샀네!
가：哇，買新包包了！

나：응, 며칠 동안 엄마를 **졸라**서 샀어.
나：嗯，央纏媽媽好幾天買的。

- 을／를 조르다
- 에게 -을／를 -아／어 달라고 조르다

조언

名 [조ː언]
漢 助言

建言

의사의 **조언**을 듣고 술을 끊기로 했다.
聽醫生的建議而戒酒了。

- 을／를 조언하다
- 에게 -을／를 -(으) 라고 조언하다

動 조언하다建議
關 조언을 구하다尋求建議、조언을 듣다聆聽建議、조언을 따르다跟著建議

48

주장

名 [주장]
漢 主張

主張

가: 왜 다들 그 선배와 이야기하는 걸 싫어해?
가: 為什麼大家都不喜歡跟那個前輩說話呢?
나: 그 선배는 자기 **주장**이 강해서 다른 사람의 의견을 잘 듣지 않거든.
나: 因為那個前輩堅持自己的主張,不聽別人的意見。

- 을/를 주장하다
- -다고/(으)ㄴ다고 주장하다

動 주장하다 主張
關 주장이 강하다 堅持主張
參 자기 주장 自我主張

추천

名 [추천]
漢 推薦

推薦

가: 지난번 그 일 잘 끝났어요?
가: 上次那個事情順利完成了嗎?
나: 네, 덕분에 잘 끝났어요. 좋은 분을 **추천**해 주셔서 고맙습니다.
나: 有,托您的福,順利結束了。謝謝推薦好的人選。

- 을/를 추천하다
- 을/를 -에 추천하다
- 을/를 -(으)로 추천하다
- 이/가 추천되다

動 추천하다 推薦、추천되다 被推薦
關 추천을 받다 得到舉薦
參 추천서 推薦書

의사소통 • 溝通

충고

名 [충고]
漢 忠告

忠告、勸說

가 : 친구가 하루 종일 게임만 해서 걱정이야.
가 : 朋友整天打遊戲，真讓人擔心。

나 : 그러면 안 된다고 **충고** 좀 해. 넌 친구잖아.
나 : 勸他說那樣不好。你們不是朋友嗎。

- 을/를 충고하다
- 에게 -을/를 -(으)라고 충고하다

動 충고하다 勸說
關 충고를 듣다 被勸、충고를 따르다 跟隨勸告、충고를 받아들이다 接納勸說

💡「충고」是針對不足的點或不對的地方給予建議；「조언」是為了要幫忙而說的話。

통하다

動 [통하다]
漢 通하다

① 順暢 ② 通暢

가 : 한국에 처음 왔을 때 뭐가 제일 힘들었어요?
가 : 第一次來韓國的時候，是什麼感到最辛苦呢？

나 : 그때는 한국어를 잘 못했으니까 사람들과 말이 잘 안 **통해**서 힘들었어요.
나 : 那時候，韓語不太好，所以跟人溝通不順暢而覺得辛苦。

내 방은 바람이 잘 **통해**서 시원해요.
我的房間很通風而感覺涼爽。

- 이/가 통하다

關 말이 통하다 言語相通／溝通順暢、대화가 통하다 對話順暢、바람이 통하다 通風、공기가 통하다 透氣

표현

名 [표현]
漢 表現

表現、表達

가 : 부모님께 사랑한다는 말을 하기 어려워요.
가 : 很難跟父母說我愛你的話。

나 : 그럼 편지나 선물로 마음을 **표현**해 보세요.
나 : 那麼請用書信或禮物表達心意吧。

- 을/를 표현하다
- 이/가 표현되다

動 표현하다表現、표현되다被表現
關 표현이 서투르다表現拙劣
參 애정 표현愛情的表現

허락

名 [허락]
漢 許諾
⇨ 索引 p.624

允許

가 : 아빠한테 여행 가는 거 **허락**받았어?
가 : 去旅行的事得到爸爸允許了嗎？

나 : 응, 며칠 동안 졸라서 힘들게 **허락**받았어.
나 : 嗯，央求了好幾天，好不容易得到允許。

- 을/를 허락하다
- 에게 - (으) 라고 허락하다
- 이/가 허락되다

動 허락하다允許、허락되다被允許
類 승낙答應／承諾
關 허락을 받다得到允許、허락을 구하다請求許可

人
01

51

의사소통 • 溝通

화제

名 [화제]
漢 話題

話題

우리 그 얘기는 이제 그만하고 **화제**를 좀 바꾸자.
我們不要再說那個事情了,來換一個話題吧。

關 화제가 되다 變成話題、화제를 바꾸다 改變話題
參 화젯거리 話題／材料／題材

화해

名 [화해]
漢 和解

和解

가 : 내가 잘못했어. 우리 이제 **화해**하자.
가 : 我錯了。我們來和解吧。

나 : 아니야. 나도 미안해.
나 : 沒有。我也很抱歉。

動 화해하다 和解

複習一下

1. 請選擇以下能夠填入㉠、㉡的單字。

> 가: 아빠, 저 유학 꼭 가고 싶어요. (㉠)해 주세요.
> 나: 난 보내 주고 싶지만 네 엄마가 반대하잖아. 엄마를 먼저 (㉡)하도록 해.

① ㉠ 허락 ㉡ 설득   ② ㉠ 요구 ㉡ 주장
③ ㉠ 추천 ㉡ 거절   ④ ㉠ 오해 ㉡ 화해

📝 請連接正確的意思。

2. 조언 •　　　• ① 이것은 어떤 일이나 상황에 대한 자신의 생각이다.

3. 충고 •　　　• ② 이것은 다른 사람에게 도움이 되기를 바라며 해 주는 말이다.

4. 의견 •　　　• ③ 이것은 다른 사람의 잘못을 보고 그렇게 하지 말라고 말해 주는 것이다.

📝 請在例中找尋能夠替換（　）的正確單字。

> 例　　통하다　권하다　조르다　여쭈다

5. 가: 선생님께서는 학생들에게 보통 어떤 책을 (　　)-아／어／해 주시나요?
　　나: 저는 역사 만화를 많이 보라고 합니다. 역사를 싫어하는 학생들도 역사 만화를 보면 역사에 관심을 가지더라고요.

6. 가: 너 이 문제 풀었어? 너무 어렵지 않아?
　　나: 나도 못 풀었어. 우리 선생님께 한번 (　　)-아／어／해 볼까?

7. 가: 엄마, 저 로봇 사 주세요! 친구들도 다 가지고 있어요.
　　나: 집에 로봇 많잖아. 너 계속 (　　)-(으)면 다음부터는 쇼핑할 때 안 데리고 올 거야.

8. 가: 누나랑 진짜 말하기 싫어. 정말 말이 안 (　　).
　　나: 그건 내가 하고 싶은 말이거든. 넌 항상 내 말을 들으려고도 하지 않잖아.

4 성격
性格

04.mp3

고집

名 [고집]
漢 固執

固執、耍性子

가 : 요즘 우리 아이가 학교에 가기 싫다고 **고집**을 부려서 걱정이에요.
가 : 最近我的孩子耍性子說不想去上學，真叫人擔心。
나 : 그럼 아이에게 왜 학교에 가기싫은지 한번 물어보세요.
나 : 那問一下孩子為什麼不想去學校吧。

- 이／가 고집스럽다

形 고집스럽다 固執
關 고집이 세다 固執心強、고집을 부리다 耍性子

긍정적

冠 名 [긍 : 정적]
漢 肯定的
索引 p.619

正向的、肯定的

가 : 뭐? 운전면허 시험에 떨어졌다고? 많이 속상하겠다.
가 : 什麼？沒有考到駕照？一定很傷心。
나 : 괜찮아. 이번에 연습했으니까 다음에는 붙겠지.
나 : 沒關係。這次已經練習了，下次一定會考到。
가 : 역시 넌 참 **긍정적**이구나!
가 : 你真的是很正向的呀！

反 부정적 負面的 ⇨ p.57
關 긍정적인 생각 正向的想法、긍정적인 태도 正向的態度

까다롭다

形 [까ː다롭따]
不 ㅂ不規則

挑剔的、苛刻的、嚴苛的

종업원1: 왜 그래? 무슨 일 있었어?
員工1：為什麼那樣？發生什麼事情了？

종업원2: 아니, 저 손님이 컵이 깨끗하지 않다고 네 번이나 바꿔 달라고 하잖아. 너무 **까다로운** 거 아니야?
員工2：就那客人說杯子不乾淨，要求更換了四次。這不是太挑剔了嗎？

- 이/가 까다롭다

關 성격이 까다롭다性格嚴苛、입이 까다롭다嘴挑剔、조건이 까다롭다條件嚴苛

꼼꼼하다

形 [꼼꼼하다]

仔細的

가: 카메라를 사려고 하는데 뭘 사야 할지 잘 모르겠어요.
가：想要買相機，但不知道要買什麼樣的。

나: 기능, 가격, 디자인 등을 **꼼꼼하게** 살펴보고 결정하세요.
나：請仔細地觀察性能、價格、設計等等後再決定。

- 이/가 꼼꼼하다

關 꼼꼼하게 살펴보다仔細地觀察、꼼꼼하게 확인하다仔細地確認、꼼꼼하게 챙기다仔細地收拾

人
01

성격 • 性格

냉정하다

形 [냉ː정하다]
漢 冷靜하다

冷靜的

사업가는 일을 할 때 **냉정하**게 생각해서 결정해야 한다.
事業家在工作的時候，必須要冷靜地思考後判斷。

- 이/가 냉정하다

關 냉정하게 말하다冷靜地說、냉정하게 거절하다冷靜地拒絕

단점

名 [단ː쩜]
漢 短點
➡ 索引 p.619

缺點

가 : 리에 씨는 자신의 **단점**이 뭐라고 생각해요?
가 : 理惠，你覺得自己的缺點是什麼呢？

나 : 성격이 좀 급한 게 저의 **단점**이에요.
나 : 個性有點急是我的缺點。

反 장점優點➡ p.63

매력

名 [매력]
漢 魅力

魅力

가 : 그 배우는 멋있지는 않지만 참 **매력**적인 것 같아요.
가 : 那演員雖然不帥，但很有魅力。

나 : 맞아요. 특히 웃을 때 **매력** 있지요?
나 : 對啊。特別是笑的時候很有魅力對吧？

關 매력이 있다/없다 有/沒有魅力、매력을 느끼다 感受到魅力
參 매력적有魅力的

人
01

무뚝뚝하다
形 [무뚝뚜카다]

木訥的、不苟言笑的

가 : 아버지께서는 어떤 분이세요?
가 : 父親是個怎樣的人呢？

나 : 좀 **무뚝뚝하**시지만 마음이 따뜻한 분이세요.
나 : 他是個有點木訥，但內心溫暖的人。

- 이/가 무뚝뚝하다

부정적
冠 名 [부 : 정적]
漢 否定的
⇨ 索引 p.619

負面的、否定的

가 : 난 안 되겠지? 이번 시험에서도 또 떨어지겠지?
가 : 我不行吧？這次考試我也會落榜吧？

나 : 넌 항상 왜 그렇게 **부정적**이야? 좀 긍정적으로 생각해 봐.
나 : 你為什麼總是要那麼負面啊？往正向一點思考吧。

反 긍정적正向 ⇨ p.54
關 부정적인 생각負面思考、부정적인 태도負面的態度

부주의
名 [부주의/부주이]
漢 不注意

疏忽、不慎

요즘 운전자들의 **부주의**로 일어나는 사고가 많대요.
聽說最近因為駕駛疏忽而發生的車禍滿多的。

- 이/가 부주의하다

形 부주의하다 疏忽
反 주의 留心
關 부주의한 행동 粗心的行動

57

성격 • 性格

부지런하다

形 [부지런하다]
⇨ 索引 p.623

勤快的、勤勉的

가：리에 씨는 진짜 **부지런한** 것 같아요.
가：理惠真的很勤快呀。

나：아니에요. 저도 가끔 게으름을 피울 때가 있어요.
나：沒有啦。我有時候也有懶惰的時候。

- 이/가 부지런하다

反 게으르다 懶惰

사교적

冠 名 [사교적]
漢 社交的

善於社交的

안나 씨는 성격이 밝고 **사교적**이니까 친구를 잘 사귀네요！정말 부러워요.
安娜的性格開朗且善於社交，因而交了很多朋友！真令人羨慕。

성실

名 [성실]
漢 誠實
⇨ 索引 p.620

實在、篤實

가：요시코 씨는 고등학교 3년 동안 한 번도 결석이나 지각을 한 적이 없다고 해요.
가：聽說芳子在高中三年，都沒有缺席或是遲到過。

나：정말 **성실**한 사람이네요！
나：真的是很實在的人呢！

- 이/가 성실하다

形 성실하다 實在的
反 불성실 不實在的
副 성실히 實在地

소심하다

形 [소심하다]
漢 小心하다

膽小

가 : 우리 아이가 너무 **소심해**서 다른 사람들 앞에서 말을 잘 못해요.

가 : 我們孩子太膽小了，不敢在其他人面前說話。

나 : 그럼 태권도를 가르쳐 보는 게 어때요?

나 : 那麼教看看跆拳道如何呢？

- 이/가 소심하다

솔직하다

形 [솔찌카다]
漢 率真하다

坦率的

가 : 이 선글라스가 저한테 어울려요? 솔직하게 말해주세요.

가 : 這太陽眼鏡適合我嗎？請坦率地說。

나 : 음, **솔직히** 말하면 좀 별로예요.

나 : 老實說還好。

- 이/가 솔직하다

副 솔직히 坦白地
關 솔직히 말하다 坦白的說、솔직히 대답하다 坦白回答

순수

名 [순수]
漢 純粹

單純、純真

가 : 그 사람이 왜 마음에 들어요?

가 : 為什麼喜歡他呢？

나 : 아이 같은 **순수**한 모습이 좋아요.

나 : 我喜歡他像孩子單純的模樣。

- 이/가 순수하다

形 순수하다 純粹的

성격 • 性格

씩씩하다
形 [씩씨카다]

勇敢的

엄마 : 우리 아들은 넘어졌는데도 울지도 않고 참 **씩씩하**구나!

媽媽：我兒子跌倒也沒有哭，真的好勇敢喔！

- 이/가 씩씩하다

알뜰
名 [알뜰]

精打計算、節儉

가 : **알뜰**하게 쇼핑하는 법 좀 알려 주세요.

가 : 請告訴我精打細算的購物方法。

나 : 할인 쿠폰을 사용해 보세요.

나 : 請使用折價券。

- 이/가 알뜰하다

形 알뜰하다 節省的
副 알뜰히 節省地
參 알뜰 주부 精打細算的主婦、알뜰 시장 平價市集

얌전하다
形 [얌전하다]

文靜的、穩重的

식당에서 돌아다니지도 않고 아이가 굉장히 **얌전하**네요!

在餐廳也沒有跑來跑去，這孩子真的很文靜呢！

- 이/가 얌전하다

副 얌전히 文靜地

엄격하다

形 [엄껴카다]
漢 嚴格하다

嚴格的

가 : 선배님, 보고서를 조금 늦게 내도 괜찮을까요?
가 : 學長,報告晚一點交可以嗎?
나 : 그 교수님은 **엄격하**셔서 늦게 내면 안 돼.
나 : 那教授很嚴格,不能遲交。

- 이／가 엄격하다

冠 엄격하게 가르치다嚴格地教導、엄격한 기준嚴格的標準、엄격한 규칙嚴格的規則
副 엄격히嚴格地

엉뚱하다

形 [엉뚱하다]

古怪的

아들 : 아빠, 이름은 왜 있어요? 저는 왜 학교에 가야 해요?
兒子 : 爸爸,為什麼會有名字呢?我為什麼要去學校呢?
아빠 : 넌 애가 왜 이렇게 **엉뚱하**니? 계속 이상한 질문만 하고.
爸爸 : 你這孩子為什麼這麼古怪?一直問一些奇怪的問題。

- 이／가 엉뚱하다

성격 • 性格

완벽

名 [완벽]
漢 完璧

完美

가 : 리에 씨가 왜 이런 실수를 했을까요? 한 번도 이런적이 없었는데…….
가 : 理惠為什麼會犯那種錯誤？以前都沒有那樣過…

나 : 세상에 **완벽**한 사람은 없잖아요.
나 : 世界上沒有完美的人不是嘛。

- 이/가 완벽하다

形 완벽하다 完美的
副 완벽히 完美地
參 완벽주의자 完美主義

외향적

冠 名 [외 : 향적/웨 : 향적]
漢 外向的
⇨ 索引 p.620

外向的

요시코 : 졸업 후에 어떤 일을 하면 좋을지 모르겠어요.
芳子 : 畢業後，不知道要做什麼工作比較好。

피터 : 요시코 씨는 **외향적**이고 사교적이니까 관광가이드를 해 보는 게 어때요?
彼得 : 芳子個性外向且很會社交，試看看導遊如何呢？

反 내성적 內省的、내향적 內向的

💡 一般來說，「내성적（內省的）」比「내향적（內向的）」更常使用。

욕심

名 [욕씸]
漢 慾心

貪心

딸 : 아빠, 이것도 사고 싶고 저것도 사고 싶어요.
女兒：爸爸，我想買這個，那個也想買。

아빠 : **욕심** 부리지 말고 하나만 골라.
爸爸：別貪心，選一個。

關 욕심을 내다起貪心、욕심을 부리다貪心
參 욕심쟁이貪心鬼、욕심꾸러기貪得無厭的人

의지

名 [의ː지]
漢 意志

意志

병이 나으려면 환자의 강한 **의지**와 가족들의 도움이 필요합니다.
要戰勝病魔的話，需要患者的堅強意志和家人的協助。

關 의지가 강하다意志堅強

이기적

冠 名 [이ː기적]
漢 利己的
⇨ 索引 p.620

自私

이기적인 사람은 주위에 친구가 많지 않다.
自私的人，周圍朋友不多。

反 이타적利他的

장점

名 [장쩜]
漢 長點
⇨ 索引 p.619

優點

가 : 안나 씨는 자신의 **장점**이 뭐라고 생각합니까?
가 : 安娜覺得自己的優點是什麼呢？

나 : 저의 **장점**은 모든 일을 긍정적으로 생각하는 것입니다.
나 : 我的優點是所有的事情正向思考。

反 단점缺點⇨ p.56

성격 • 性格

특이

名 [특이]
漢 特異

特異

가 : 저 사람과 이야기해 봤어? 성격이 좀 **특이**한 것 같아.
가 : 你有跟那個人說話嗎？性格好像有點特殊。
나 : 응, 나도 이야기해 봤는데 생각하는 게 보통 사람과 다른 것 같더라.
나 : 嗯，我也有說過話，想得跟普通人好像不太一樣。

- 이／가 특이하다

形 특이하다 特殊的

호기심

名 [호ː기심]
漢 好奇心

好奇心

가 : 아이가 **호기심**이 많아서 계속 질문을 하니까 귀찮아요.
가 : 孩子好奇心很重，一直問問題我覺得心煩。
나 : 성공한 사람들의 대부분은 어렸을 때 **호기심**이 많았대요. 좀 귀찮더라도 잘 들어 주세요.
나 : 聽說大部分成功的人，在小的時候，好奇心就很重。即使有點煩也請好好聽他說吧。

關 호기심이 많다 好奇心很重

활발하다

形 [활발하다]
漢 活潑하다

活潑的

요코 : 왕위 씨는 굉장히 **활발한** 것 같아요.
洋子 : 王偉你非常活潑耶。
왕위 : 유학 오기 전에는 이렇게 **활발하**지 않았는데 유학 생활을 하면서 많이 **활발해**졌어요.
王偉 : 在來留學之前，我不是那麼活潑的，但在留學中漸漸變活潑的。

- 이／가 활발하다

64

複習一下

人 | 性格

✐ 請連接意思相同的單字與意思。

1. 솔직하다 •　　　• ① 말이 없고 잘 웃지도 않는다.
2. 순수하다 •　　　• ② 욕심이 없고 나쁜 생각이 없다.
3. 무뚝뚝하다 •　　• ③ 거짓말을 하지 않고 마음에 있는 말을 다 한다.

4. 以下的單字，哪兩者的關係不同？

　① 장점 – 단점　　　　　② 긍정적 – 부정적
　③ 외향적 – 사교적　　　④ 부지런하다 – 게으르다

✐ 請選出可以填入（　）的單字。

5. (　　　)이/가 많은 사람은 모든 것을 다 가지고 싶어하며 양보하지 않으려고 한다.

　① 매력　　② 고집　　③ 의지　　④ 욕심

6. 직원 여러분, 여러분이 해야 할 일을 (　　　) 해 주시기 바랍니다.

　① 성실히　② 얌전히　③ 알뜰히　④ 냉정히

✐ 請從例中找出適合填入（　）的單字。

> **例**　　까다롭다　완벽하다　엄격하다　활발하다

7. 가: 네 형도 너처럼 외향적이고 (　　　)-(으)ㄴ 편이야?
   나: 아니, 우리 형은 내성적이고 무뚝뚝한 편이야.

8. 가: 조금 더 놀다가 들어가면 안 돼? 아직 9시밖에 안 됐잖아.
   나: 안 돼! 10시까지 집에 돌아가야 해. 우리 부모님께서는 (　　　)-(으)시거든.

9. 가: 엄마, 국은 너무 짜고 이 반찬은 너무 싱거워요.
   나: 넌 입맛이 왜 이렇게 (　　　)-니? 그냥 만들어 주는 대로 먹어.

10. 가: 저 배우의 연기는 (　　　)-지 않아? 정말 멋져!
    나: 그렇지? 배우 생활을 오래 했는데도 하루에 10시간 이상 연습한다고 하더라고.

외모 • 外表

5 외모
外表

05.mp3

개성

名 [개ː성]
漢 個性

個性

가: 요즘 젊은 사람들은 모두 유행하는 옷만 입는 것같아요.

가: 最近年輕人好像只喜歡時下穿流行的衣服。

나: 네, 그래서 **개성**이 없어 보여요.

나: 對，所以看起來很沒有個性。

關 개성이 있다／없다有／沒有個性、개성이 강하다個性強

겉

名 [걷]
⇨ 索引 p.619

表面

가: 아까 그 말 듣고 어떻게 참았어? 기분 나쁘지 않았어?

가: 剛剛聽了那些話，你是怎麼忍的？心情不會不好嗎？

나: **겉**으로는 괜찮은 척했지만 속으로는 기분 나빴어.

나: 我表面裝沒關係，但內心心情糟透了。

反 속裡
參 겉모습外表，겉모양外表

💡 外表顯現的與內心所想的不一樣時，稱之為「겉 다르고 속 다르다（表裡不一）」，這作為負面的意思使用。

66

곱다

形 [곱 : 따]
不 ㅂ不規則

美麗的

엄마 : 오랜만에 한복을 입어 봤는데 어떠니？
媽媽：好久沒有穿韓服，覺得如何？

딸 : 어머, 정말 **고우**세요.
女兒：哇，真的好美啊。

關 색깔이 곱다顏色美、피부가 곱다皮膚美好

💡 「곱다」以「-아／어／해요」的形態使用時，「ㅂ」變為「오」。
例如：고와요、고와서、고왔어요。

미인

名 [미 : 인]
漢 美人
⇨ 索引 p.620, 624

美人

안나 : 어머니께서 **미인**이시네요！ 리에 씨가 어머니를 많이 닮은 것 같아요.
安娜：媽媽是一個美人呢！理惠很像媽媽。

리에 : 감사합니다.
理惠：謝謝。

類 미녀美女
反 미남美男
關 미인 대회選美比賽

💡 在口語上，比起「미녀（美女）」更常使用「미인（美人）」。

아담하다

形 [아:담하다]
漢 雅淡하다

清秀的、雅致的、文靜的

가 : 넌 어떤 여자가 좋아？
가：你喜歡哪種女生呢？

나 : 난 내가 키가 커서 그런지 귀엽고 **아담한** 여자가 좋아.
나：或許是我個子高的關係，我喜歡可愛清秀的女生。

關 집이 아담하다家很雅致、아담한 키嬌小的身高

人
01

67

외모 • 外表

외모

名 [외ː모/웨ː모]
漢 外貌
⇨ 索引 p.623

外表

가 : 나는 키는 160 ㎝, 눈이 크고 날씬한 여자와 결혼하고 싶어.
가 : 我想跟身高 160cm、眼睛大且身材苗條的女生結婚。
나 : 너는 **외모**만 중요하니? 성격은 상관없어?
나 : 你很看重外表嗎？不在意性格？

類 겉모습 外表
關 외모 지상주의 外貌協會

인상⁰¹

名 [인상]
漢 印象

印象

피터 : 선생님, 제 첫**인상**이 어땠어요?
彼得 : 老師，您對我的第一印象是什麼呢？
선생님 : 피터 씨는 처음에 별로 말이 없어서 좀 차가워보였어요.
老師 : 彼得你剛開始話不多，看起來感覺有點冷酷。

關 인상이 좋다／나쁘다 印象好／不好
參 첫인상 第一印象

통통하다

形 [통통하다]

胖嘟嘟的

가 : 아이가 살이 쪄서 걱정이에요.
가 : 小孩胖變胖了，真讓人擔心。
나 : 왜요? **통통해**서 귀여운데요!
나 : 為什麼？胖嘟嘟的我感覺這樣很可愛！

표정

名 [표정]
漢 表情

表情

사람의 **표정**을 보면 그 사람의 기분을 알 수 있다.
看到人的表情，就能夠知道他的心情。

關 표정을 짓다 做表情

인생・人生

6 인생 / 人生

겪다
動 [격따]

①經歷　②相處

오늘 아침 지하철이 고장 나서 시민들이 불편을 **겪**었다.
今天早上地鐵發生故障，市民們經歷了不方便。

가: 새로 들어온 직원 어떤 것 같아요?
가: 新來的職員如何呢？

나: 아직 별로 **겪**어 보지 않았지만 좋은 사람 같더라고요.
나: 我還沒多跟他打交道，但好像是好人。

關 고통을 겪다 經歷痛苦、어려움을 겪다 經歷困難、불편을 겪다 經歷不便

💡「겪다①」通常是在經歷不好的事情時使用的。

기혼
名 [기혼]
漢 既婚
⇨ 索引 p.619

已婚

가: 이거 꼭 표시해야 해요?
가: 這個必須要標示嗎？

나: 안 하셔도 되지만 **기혼**인지 미혼인지 체크해 주시면 결혼기념일에 선물을 보내 드립니다.
나: 也可以不用，但確認已婚或未婚的話，會在結婚紀念日的時候送禮物給您。

反 미혼 未婚
參 기혼 남성 已婚男性、기혼 여성 已婚女性

노인

名 [노 : 인]
⇨ 索引 p.621

老人

가 : 왜 저 자리에 아무도 앉지 않아요?
가 : 為什麼那位置都沒有人坐呢?
나 : 저기는 **노인**분들을 위한 자리거든요.
나 : 那是為老人準備的位置。

參 젊은이年輕人

늙다

動 [늑따]

老

손자 : 할머니 허리는 괜찮으세요?
孫子 : 奶奶,您的腰還好嗎?

할머니 : **늙**으면 원래 여기저기 아프니까 너무 걱정하지마라.
奶奶 : 老的話,本來就會這裡疼、那裡痛,別擔心。

독신

名 [독씬]
漢 獨身

單身

요즘 결혼하지 않고 혼자 사는 **독신** 남성과 여성이 많아지고 있다.
最近不結婚的單身男女越來越多。

關 독신으로 살다獨自生活
參 독신주의單身主義、독신 남성單身男性、독신 여성單身女性

인생・人生

미혼

名 [미 : 혼]
漢 未婚
⇨ 索引 p.619

未婚

가 : **미혼**이시라고 들었는데 결혼하지 않은 특별한 이유가 있으세요?

가 : 聽說您是未婚，有什麼特別的理由而不結婚的呢？

나 : 아직 좋은 사람을 못 만나서요.

나 : 還沒有遇到好的人。

反 기혼已婚
參 미혼 남성未婚男性、미혼 여성未婚女性

사망

名 [사 : 망]
漢 死亡
⇨ 索引 p.620

死亡

이번 교통사고로 30명이 **사망**했습니다.

這次交通事故中造成 30 名死亡。

動 사망하다死亡
反 출생出生

💡 雖然在對話中，很常使用「죽다」、「돌아가시다」，但是在對話中幾乎不用「사망하다」。

삶

名 [삼 :]

生活

노력도 하지 않고 다른 사람의 **삶**을 부러워하는 것은 좋지 않다.

不努力而羨慕別人的生活是不好的。

關 삶의 지혜生活的智慧、삶과 죽음生與死

성숙

名 [성숙]
漢 成熟

成熟

가 : 나 처음으로 화장했는데 어때?
가 : 我第一次化妝，看起來如何？
나 : 화장을 하니까 **성숙**해 보이네!
나 : 化了妝看起來很成熟呢！

形 성숙하다 成熟

성장

名 [성장]
漢 成長

成長

가 : 요즘 아이들은 **성장**이 굉장히 빠른 것 같아요.
가 : 最近孩子們長得好快喔。
나 : 예전보다 좋은 음식도 많고 잘 먹으니까요.
나 : 比起從前好的食物多，又吃得多的緣故。

動 성장하다 成長
參 성장기 成長期、성장 과정 成長過程

세월

名 [세 : 월]
漢 歲月

歲月

가 : **세월**이 많이 흘렀는데 넌 하나도 안 변했구나!
가 : 歲月流逝，你一點也沒有變呀！
나 : 무슨 소리야. 이 피부 좀 봐.
나 : 什麼話。看看我這皮膚。

關 세월이 흐르다 歲月流逝、세월이 빠르다 光陰似箭

인생 • 人生

신혼

名 [신혼]
漢 新婚

新婚

가 : 결혼 축하해! **신혼**여행은 어디로 가?
가 : 恭喜結婚！新婚旅行要去哪裡呢？
나 : 가까운 제주도로 가.
나 : 去最近的濟州島。

參 신혼부부新婚夫妻、신혼여행新婚旅行

아동

名 [아동]
漢 兒童

孩童

이번 미술 대회에는 8살부터 10살까지의 **아동**들만 참가할 수 있습니다.
這次美術比賽只有8歲到10歲的兒童能夠參加。

類 어린이孩童

연령

名 [열령]
漢 年齡
⇨ 索引 p.624

年齡

연령에 따라 여가 시간에 하는 일이 다르다. 20대 때는 영화를 자주 보고, 30대 때는 여행을 가고, 40대때는 운동을 많이 한다고 한다.
隨著年紀的不同，在閒暇時間中所做的事情都不一樣。20歲的時候，主要是看電影；30歲的時候去旅行；而40歲的時候多運動。

類 나이年紀
關 연령이 높다／낮다年齡高／低、연령에 맞다符合年紀
參 연령층年齡層、연령 제한年齡限制

이별

名 [이 : 별]
漢 離別
⇨ 索引 p.620

離別

기자 : 이 노래는 어떻게 만드셨어요?
記者 : 這首歌是怎麼創作的呢？

가수 : 첫사랑과의 만남, 사랑, **이별**을 생각하면서 만들었어요.
歌手 : 我是想著與初戀相遇、相戀、離別的過程而做的。

- 와／과 이별하다

動 이별하다 離別
反 만남 相遇

이혼

名 [이 : 혼]
漢 離婚
⇨ 索引 p.621

離婚

가 : 그 두 사람 왜 **이혼**했대요?
가 : 他倆為什麼離婚呢？

나 : 성격이 안 맞아서 자주 싸웠대요.
나 : 聽說是因為性格不合，常常吵架。

- 와／과 이혼하다

動 이혼하다 離婚
反 결혼 結婚

인생

名 [인생]
漢 人生

人生

가 : 아버지, 퇴직한 후에 뭐 하실 거예요?
가 : 爸爸，退休後你想要做什麼呢？

나 : 봉사를 하면서 제2의 **인생**을 살고 싶어.
나 : 我想要做義工，活出第二個人生。

人 01

인생・人生

자라다
動 [자라다]

成長

가 : 아이가 어떻게 **자랐**으면 좋겠어요?
가 : 小朋友怎麼成長會比較好呢?
나 : 건강하고 밝게 **자랐**으면 좋겠어요.
나 : 我希望能夠健康開朗地長大。

關 키가 자라다長高、머리가 자라다頭髮長長、나무가 자라다樹木成長

젊은이
名 [절므니]
⇨ 索引 p.621

年輕人

가 : 이 쇼핑몰이 왜 인기가 많지요?
가 : 這購物中心為什麼這麼夯呢?
나 : 20대 **젊은이**들이 좋아하는 스타일(style)이 많거든요.
나 : 因為有許多20歲年輕人喜歡的風格。

反 노인老人

청년
名 [청년]
漢 青年

年輕人、青年

사랑하는 **청년** 여러분, 꿈을 가지십시오.
親愛的年輕人,請擁有夢想吧。

參 청년 - 중년 - 장년青年、中年、壯年

청소년
名 [청소년]
漢 青少年

青少年

가 : 고등학생인데 입장료가 얼마예요?
가 : 我是高中生,入場費會是多少呢?
나 : **청소년**은 7,000원입니다.
나 : 青少年是七千韓元。

축복

名 [축뽁]
漢 祝福

祝福

결혼식에 오셔서 저희의 앞날을 **축복**해 주십시오.
請來參加我們的結婚典禮,祝福我們的未來。

- 을/를 축복하다

動 축복하다 祝福
關 축복을 받다 受到祝福

평생

名 [평생]
漢 平生

一生、終身

가 : 할머니, 일본어도 공부하세요?
가 : 奶奶,您也學日語嗎?

나 : 그럼, 공부는 **평생** 하는 거야.
나 : 當然,學習是終身的事情。

關 평생 잊지 못하다 終身不忘、평생을 같이 하다 相伴一生

複習一下

人 | 外表、人生

✎ 請連接意思相反的單字。

1. 기혼 •　　　　　　　　• ① 결혼
2. 이혼 •　　　　　　　　• ② 만남
3. 이별 •　　　　　　　　• ③ 미혼

4. 請選擇能填入（　）適當的單字。

> 가: 무슨 일 있어? (　　　)이/가 별로 안 좋은데!
> 나: 아니야, 그냥 힘이 좀 없어서 그래.

① 표정　　② 외모　　③ 인상　　④ 개성

✎ 請在例中找出適合填入（　）的單字。

> 例　　겪다　늙다　곱다　자라다　성숙하다

5. 가: 아침에 아버지의 흰머리를 보고 많이 (　　)-(으)셨다는 생각이 들었어.

   나: 나도 요즘에 많이 느껴! 그래서 부모님께 더 잘해 드려야겠다는 생각이 들더라고.

6. 가: 머리 자른 지 얼마 안 된 것 같은데 벌써 많이 길었네요!

   나: 그렇죠? 제 머리가 좀 빨리 (　　)-(으)ㄴ/는 편이에요.

7. 가: 할머니, 사진을 보니까 젊으셨을 때도 참 (　　)-(으)셨네요!

   나: 그렇지? 내가 젊었을 때는 인기가 참 많았는데…….

8. 가: 저 배우는 어릴 때 고생을 많이 했다면서?

   나: 그렇대. TV를 보니까 성공하기까지 많은 어려움을 (　　)-았/었/했다고 하더라고.

9. 가: 미영이는 생각하는 것도, 말하는 것도 어른스럽더라고요.

   나: 그렇지요? 나이에 비해 (　　)-(으)ㄴ 것 같아요.

7 인간관계
人際關係

07.mp3

격려

名 [경녀]
漢 激勵

鼓勵

가 : 시험 못 봐서 우울해하더니 이제 괜찮아?
가 : 看你考不好悶悶不樂，現在好些了嗎？

나 : 응, 아버지의 **격려** 덕분에 힘이 났어.
나 : 嗯，感謝爸爸的鼓勵，現在提起勁了。

- 을/를 격려하다

動 격려하다 鼓勵
關 격려를 받다 受到鼓勵、격려의 말씀 鼓勵的話

남 01

名 [남]

別人

가 : 나는 간호사가 되고 싶은데 남자가 무슨 간호사냐고 사람들이 뭐라고 해.
가 : 我想要當護理師，有些人會說男生當什麼護理師，講些有的沒的。

나 : **남**의 말에 너무 신경 쓰지 마.
나 : 別理會別人說的話。

남매

名 [남매]
漢 男妹

兄妹

가 : 형제가 어떻게 되세요?
가 : 兄弟姊妹有幾個呢？

나 : 삼 **남매**예요. 언니와 오빠가 있어요.
나 : 有三兄妹。我有姐姐跟哥哥。

參 자매姊妹、형제兄弟 ⇨ p.93

79

인간관계 • 人際關係

남성

名 [남성]
漢 男性
⇨ 索引 p.619, 624

男性

세계 **남성**의 45%가 담배를 피운다고 한다.
據聞全球有 45%的男性抽菸。

類 남자男子
反 여성女性 ⇨ p.89

너희

名 [너히]

你們

가 : 엄마, 저희가 좀 도와드릴까요?
가 : 媽媽，我們要幫您嗎？

나 : 괜찮아. 곧 끝나니까 **너희**들은 저쪽에 가서 놀고 있어.
나 : 沒關係。快要結束了，你們去那邊玩吧。

다투다

動 [다투다]
⇨ 索引 p.625

吵架、爭吵

가 : 기분이 별로 안 좋아 보이네!
가 : 你看起來心情不太好！

나 : 응, 아침에 동생이랑 좀 **다퉜**거든.
나 : 嗯，早上有跟妹妹吵架。

- 와/과 다투다

名 다툼吵架
類 싸우다吵架、打架、打仗、爭論
參 말다툼吵架、口角

💡 「다투다」是指與其他人起口角的意思。

당신

名 [당신]
漢 當身

您

가 : 여보, **당신**이 내 옆에 있어 줘서 정말 행복해.
가 : 老公，有你在身邊真的好幸福。

나 : 나도 그래.
나 : 我也是。

參 너你、여보老婆／老公（夫妻互稱詞）

💡 韓語中的「당신」是夫妻之間所使用的稱謂。雖然也有指聽的一方，但經常不是這意思。在指聽的一方時，最好使用「○○ 씨」取代取代「당신」。

대접

名 [대 : 접]
漢 待接

招待

가 : 지난번에 도와주셔서 정말 고마웠습니다. 제가 식사 **대접** 한번 하고 싶은데요.
가 : 真的感謝上一次的幫助。我想要請你吃一次飯。

나 : 아닙니다. 그냥 할 일을 했을 뿐입니다.
나 : 不用啦。我只是做我應該做的。

- 에게 -을／를 대접하다

動 대접하다 招待
關 식사를 대접하다 請吃飯

돌보다

動 [돌 : 보다]
⇨ 索引 p.625

照顧

가 : 리에 씨가 출근하면 누가 아이를 **돌봐**요?
가 : 理惠上班的話，誰照顧小孩呢？

나 : 시어머니께서 **돌봐** 주세요.
나 : 岳母幫忙照顧。

- 을／를 돌보다

類 보살피다 照顧　關 아기를 돌보다 照顧小孩

人
01

인간관계 • 人際關係

며느리
名 [며느리]

媳婦

가 : 우리 **며느리**는 착하고 요리도 잘하고 얼마나 예쁜지 몰라요!
가 : 我們媳婦很善良，也很會做料理，不知道有多麼漂亮啊！

나 : **며느리**를 정말 잘 얻었네요!
나 : 真的是娶了一個好媳婦！

關 며느리를 얻다娶媳婦
參 사위女婿

무시
名 [무시]
漢 無視

無視、漠視

가 : 지금 듣고 있어? 왜 자꾸 내 말을 **무시**해?
가 : 現在有在聽嗎？為什麼你都漠視我的話？

나 : 미안해. **무시**하는 게 아니라 잠깐 다른 생각하다가 못 들었어.
나 : 抱歉。不是漠視，而是暫時想到其他事情而沒聽到。

- 을/를 무시하다
- 이/가 무시되다

動 무시하다漢視、무시되다被漠視
參 무시당하다遭漠視

바보
名 [바ː보]

傻瓜

가 : 누나, 이것 좀 가르쳐 줘.
가 : 姐姐，教我這個。

나 : 이 **바보**야! 이것도 몰라?
나 : 傻瓜！這個也不知道？

배려

名 [배:려]
漢 配慮

體諒、考量

아이들에게 어릴 때부터 다른 사람을 **배려**하도록 가르쳐야 한다.
小孩子在小的時候，應該要教他們要考量到他人。

- 을/를 배려하다

動 배려하다 體諒

배우자

名 [배:우자]
漢 配偶者

配偶

나는 **배우자**를 선택할 때 성격이 제일 중요하다고 생각한다.
我在選擇配偶的時候，覺得個性最重要。

參 남편 丈夫、아내 妻子

보살피다

動 [보살피다]
⇨ 索引 p.625

照顧、照料

가：병원에 입원해 있는 동안 **보살펴** 줄 사람은 있어요?
가：住院期間有照顧你的人嗎？

나：네, 어머니께서 와 계실 거예요.
나：有，我媽媽會來。

- 을/를 보살피다

名 보살핌 照料
類 돌보다 照顧

人 01

83

인간관계 • 人際關係

본인

名 [보닌]
漢 本人

本人

가 : 비자 신청은 **본인**만 가능한가요?
가 : 護照申請只有本人可以申請嗎？
나 : 아닙니다. 다른 사람이 대신해 줄 수도 있습니다.
나 : 不。其他人也能幫忙申請。

부부

名 [부부]
漢 夫婦

夫婦

가 : 저 **부부** 많이 닮은 것 같아요.
가 : 那對夫婦長得好像。
나 : 오래 같이 살면 외모도, 성격도 많이 닮는다고 하잖아요.
나 : 不是說，在一起生活久了，外貌、性格也會很相似。

사위

名 [사위]

女婿

가 : 마트에 다녀오세요? 많이 사셨네요!
가 : 去超市嗎？買了好多東西喔！
나 : 우리 딸이랑 **사위**가 온다고 해서 맛있는 음식 좀 해 주려고요.
나 : 我女兒跟女婿說要來，想要煮點好吃的。

參 며느리媳婦⇨ p.82

사이

名 [사이]

關係

가 : 지연 씨는 동생과 **사이**가 참 좋은 것 같아요.
가 : 智妍跟妹妹的關係好像很好。
나 : 네, 어릴 때는 자주 싸웠는데 지금은 친구처럼 지내요.
나 : 對,小時候常常吵架,但現在跟朋友一樣。

關 사이가 좋다／나쁘다關係好／不好
參 친구 사이朋友關係、선후배 사이前後輩關係

사촌

名 [사 : 촌]
漢 四寸

堂兄弟、堂姊妹

가 : 저분이 언니예요? 동생만 있다고 했잖아요.
가 : 他是你姊姊嗎？你不是說你只有妹妹嗎？
나 : 친언니가 아니라 **사촌** 언니예요.
나 : 不是親姊姊而是堂姊。

상대방

名 [상대방]
漢 相對方
⇨ 索引 p.624

對方

가 : 너 왜 내가 말하고 있는데 자꾸 다른 곳을 봐? 대화할 때는 **상대방**을 봐야지!
가 : 你為什麼在我說話的時候一直看別的地方？在講話的時候,應該要看對方啊!
나 : 미안해. 저쪽에 아는 사람이 있는 것 같아서…….
나 : 抱歉。那邊好像有認識的人……。

類 상대편對方

인간관계 • 人際關係

서로

副 名 [서로]

互相

가 : 왕핑 씨와 자주 만나요?
가 : 常常跟王萍見面嗎？

나 : 아니요, 요즘 **서로** 바빠서 거의 만나지 못해요.
나 : 沒有，最近大家都忙，幾乎沒能見面。

성인

名 [성인]
漢 成人

成年人、成人

가 : **성인**이 되면 뭘 제일 하고 싶어요?
가 : 成年的話，最想要做什麼事情呢？

나 : 운전면허를 따고 싶어요.
나 : 我想要考駕照。

💡 在韓國滿 19 歲即是「성인（成年人）」。

손자

名 [손자]
漢 孫子

孫子

가 : 할머니, 저 왔어요!
가 : 奶奶，我來了！

나 : 아이고, 우리 **손자** 왔구나!
나 : 哎呀，我的孫子來了！

參 손녀孫女

스스로

副 [스스로]
⇨ 索引 p.626

自己

동생 : 형, 나 숙제 좀 도와줘.
弟弟：哥，幫我寫功課。

형 : 숙제는 **스스로** 해야지.
哥哥：功課要自己寫。

類 혼자獨自

💡「스스로」的意思是「自己的力量」，所以不能說「스스로 집에 왔어요（X）」。這時，應該要說「혼자 집에 있어요．（我自己待在家裡）」。

시어머니

名 [시어머니]
漢 媤어머니

婆婆

가 : 이 김치 맛있네요! 어디에서 산 거예요?
가：這辛奇好好吃！去那裡買的呢？

나 : **시어머니**께서 보내 주신 거예요.
나：婆婆寄給我的。

參 시아버지公公、시부모公婆、장인丈人、장모丈母娘

안부

名 [안부]
漢 安否

問候

가 : 오늘 피터를 만나기로 했어.
가：今天有跟彼得約見面。

나 : 그래? 피터는 요즘 잘 지내? 만나면 **안부** 좀 전해 줘.
나：真的嗎？彼得最近過得好嗎？見面的話幫我問好一下。

關 안부를 전하다代向…問好、안부를 묻다問候
參 안부 전화問候電話、안부 편지問候信

人
01

87

인간관계 • 人際關係

양보

名 [양ː보]
漢 讓步

讓步

엄마: 네가 언니니까 동생에게 **양보**하는 게 어때?
媽媽: 你是姐姐, 讓步給妹妹, 你覺得如何?

딸: 엄마는 왜 늘 저한테만 **양보**하라고 하세요?
女兒: 媽媽妳為什麼總是要叫我讓步呢?

- 에게 - 을/를 양보하다

動 양보하다 讓步
關 자리를 양보하다 讓位

어린아이

名 [어리나이]

小孩

리에: 우리 아이 괜찮을까요? 큰 병인가요?
理惠: 我的小孩沒事嗎? 是很嚴重的病嗎?

의사: 아닙니다. 이 병은 **어린아이**들이 많이 걸리는 병이니까 너무 걱정하지 마세요.
醫生: 不是。這疾病是小孩們常常得到的病, 請別太擔心。

縮 어린애 小孩

💡「어린아이」的縮寫是「어린애」。

여보

名 [여보]

親愛的、老公、老婆

아내: **여보**, 오늘 일찍 와?
老婆: 親愛的, 今天早點回家嗎?

남편: 회의가 있어서 좀 늦을 것 같아.
老公: 有會議, 好像會晚一點。

參 당신 你 ⇨ p.81

💡「여보」是已婚夫婦相互稱呼時所使用的話;「당신 (你)」是已婚夫婦指稱對方的話。

여성

- 名 [여성]
- 漢 女性
- ⇨ 索引 p.619, 624

女性

여성은 남성보다 평균 수명이 길다.
女性比男性的平均壽命長。

- 類 여자女子
- 反 남성男性 ⇨ p.80

영향

- 名 [영ː향]
- 漢 影響

影響

가 : 왜 화가가 되셨어요?
가 : 為何要當畫家呢?

나 : 아버지께서 화가셨는데 아버지의 **영향**을 받아서 그림을 좋아하게 되었어요.
나 : 爸爸是畫家，受到爸爸的影響而喜歡上畫畫。

- 關 영향이 크다／적다影響大／小、영향을 주다／받다給／受影響、영향을 미치다受到影響
- 參 악영향負面影響、영향력影響力

용서

- 名 [용서]
- 漢 容恕

饒恕

가 : 너 또 장난칠 거야? 안 칠 거야?
가 : 你又要開玩笑是不是？到底要不要正經一點？

나 : 다시는 안 할게요. 한 번만 **용서**해 주세요.
나 : 不會再犯了。請饒恕我一次。

- 을／를 용서하다
- 이／가 용서되다

- 動 용서하다饒恕、용서되다被饒恕
- 關 용서를 빌다求饒、용서를 받다被寬恕

人 01

인간관계 • 人際關係

우정
名 [우 : 정]
漢 友情

友情

가 : 남녀 사이에 **우정**이 가능할까?
가 : 男女之間有可能會有純友誼嗎？
나 : 글쎄, 난 어렵다고 생각해.
나 : 嗯，我覺得有點困難。

윗사람
名 [위싸람/윋싸람]
⇨ 索引 p.620

長輩、上級

가 : 어제 선생님께 "수연 씨!"라고 했는데 선생님께서 웃으셨어.
가 : 昨天叫老師「秀妍小姐」，老師笑了。
나 : 정말? 선생님은 **윗사람**이니까 이름을 부르면 안돼.
나 : 真的嗎？但老師是長輩，不可以直接叫名字。

反 아랫사람晚輩、下級

이상형
名 [이 : 상형]
漢 理想型

理想型

가 : 네 **이상형**은 어떤 사람이야?
가 : 你的理想型是怎樣的人呢？
나 : 난 착하고 재미있는 사람이 좋아.
나 : 我喜歡善良有趣的人。

이성
名 [이성]
漢 異性
⇨ 索引 p.621

異性

중학교 때에는 **이성**에 대한 관심이 많아진다.
初中的時候，對異性的關心變多了。

反 동성同性
關 이성 친구異性朋友

이웃

名 [이욷]

鄰居

가 : 밤에 피아노를 치면 안 돼. **이웃**에게 피해를 주잖아.

가 : 晚上不可以彈鋼琴。會給鄰居造成困擾。

나 : 네, 안 칠게요.

나 : 好，我不彈。

動 이웃하다 相鄰
參 이웃집 鄰居家、이웃 사람 鄰居

💡 親近的鄰居，如表兄弟的話，稱之為「이웃사촌（鄰居表兄弟）」。

자녀

名 [자녀]
漢 子女
➡ 索引 p.623

子女

가 : **자녀**가 어떻게 되세요?

가 : 有幾個子女呢？

나 : 1남 1녀예요.

나 : 有一男一女。

類 아들딸 兒子女兒、자식 子女 ➡ p.92
敬 자제 令郎

애

名 [애 :]

孩子

가 : 잠깐 나갔다 올 테니까 **애** 좀 보고 있어.

가 : 我出去一趟，你幫我看著孩子。

나 : 응, 걱정 말고 다녀와.

나 : 嗯，別擔心，路上小心。

類 아이 孩子

💡 「애」是「아이」的縮略語，「이 아이」縮寫會說「얘」。

인간관계 • 人際關係

자식

名 [자식]
漢 子息
⇨ 索引 p.623

孩子

가 : 요즘은 **자식**을 낳지 않는 젊은 부부가 많은가 봐요.
가 : 最近不生孩子的年輕夫妻好像很多。

나 : 그런 것 같아요. 제 친구도 결혼했는데 아이를 낳고 싶지 않다고 했어요.
나 : 好像是那樣。我朋友也結婚了，但說不想生小孩。

反 부모父母
類 자녀子女 ⇨ p.91，아들딸兒子女兒

💡 「자식 (孩子)」是相對於「부모 (父母)」的詞，「자녀 (子女)」主要是指他人的子女。所以，可以說「자녀분 (令郎令嬡)」，但不能說「자식분 (X)」。

자신

名 [자신]
漢 自身

自己

다음 수업 때까지 이 책을 읽은 후에 **자신**의 생각을 써 오십시오.
到下次上課為止，請閱讀這本書之後寫下自己的心得。

💡 雖然「자기 (自己)」可以當作「자기 자신 (自己自身)」、「자기 소개 (自我介紹)」使用，但是不說「자신 자신 (X)、자신 소개 (X)」。通常以「자신이」、「자신을」的形態使用。

장남

名 [장ː남]
漢 長男
⇨ 索引 p.624

長男

가 : 피터 씨는 막내지요?
가 : 彼得是老么吧？

나 : 아니요, 제가 **장남**이에요.
나 : 不是，我是長男。

類 큰아들大兒子
參 장녀長女

형제

名 [형제]
漢 兄弟

①兄弟　②兄弟姊妹的統稱

형, 나, 남동생 우리 삼 **형제**는 아버지를 닮아서 모두 키가 크다.

哥哥、我、弟弟，我們三兄弟跟父親很像，都是身高高的。

가 : **형제**가 어떻게 되세요?

가 : 有兄弟姊妹嗎？

나 : 여동생이 1명 있어요.

나 : 我有一個妹妹。

參 자매姊妹、남매兄妹 ⇨ p.79

후배

名 [후ː배]
漢 後輩
⇨ 索引 p.621

晚輩

가 : 점심에 약속 있어?

가 : 午餐有約嗎？

나 : 응, **후배**에게 밥을 사 주기로 했어.

나 : 嗯，有要請晚輩吃飯。

類 선배前輩

複習一下

人 | 人際關係

1. 請選擇出以下意思不是相反的單字。

① 선배 – 후배   ② 남성 – 여성   ③ 부모 – 자식   ④ 여보 – 당신

✏️ 請將意義相似的單字與選項連接起來。

2. 손자 •　　　　　　　　　　• ① 남편과 아내
3. 부부 •　　　　　　　　　　• ② 딸의 남편
4. 사촌 •　　　　　　　　　　• ③ 아들의 아들
5. 사위 •　　　　　　　　　　• ④ 삼촌의 아들, 딸

6. 請寫下填入（　）的正確單字。

> 가. 저와 언니는 모두 키가 커요.
> → 우리 (㉠)은/는 모두 키가 커요.
> 나. 저와 누나는 성격이 많이 달라요.
> → 우리 (㉡)은/는 성격이 많이 달라요.
> 다. 저와 형은 운동을 좋아해요.
> → 우리 (㉢)은/는 운동을 좋아해요.

㉠ (　　　　)　　㉡ (　　　　)　　㉢ (　　　　)

✏️ 請在例中找出適合填入（　）的單字。

> **例**　　이웃　서로　스스로　상대방　사이

7. 아이가 5살이 되자 (　　) 세수를 하기 시작했다.

8. 그 여자는 처음 만났는데도 (　　)을/를 무시하고 혼자서만 이야기했다.

9. 시어머니와 며느리가 (　　)이/가 좋아서 주위 사람들이 부러워한다.

10. 두 사람은 (　　) 사랑해서 결혼했는데도 매일 싸운다.

11. 도시 사람들은 (　　)에 누가 사는지 관심이 없는 것 같다.

8 태도
態度

겨우

副 [겨우]
⇨ 索引 p.626

①勉強　②僅僅

가 : 어제 등산 잘 했어?
가 : 昨天爬山順利嗎?

나 : 응, 그런데 생각보다 산이 높아서 **겨우** 올라갔어.
나 : 嗯，但山比起想像的高，勉強爬了上去。

1시간 동안 한 일이 **겨우** 이거야?
1 小時內所做的事情只有這個嗎?

類 간신히 好不容易（①），고작 最多（②）

괜히

副 [괜ː히]

①徒然　②沒來由地

가 : 주말이라서 가는 곳마다 사람이 많네요!
가 : 因為是週末，所到的每個地方人都很多!

나 : 그냥 집에 있을 걸 그랬어요. **괜히** 나왔네요!
나 : 應該在家裡才是。白白出門了!

날씨가 더워서 그런지 **괜히** 짜증이 난다.
天氣很熱，沒來由地覺得煩躁。

태도 • 態度

규칙적

副 名 [규칙쩍]
漢 規則的
➪ 索引 p.619

規律地

건강하게 살기 위해서는 **규칙적**인 운동과 식사가 필요하다.
要健康生活，就要規律地運動和飲食。

反 불규칙적 不規律地

깜빡

副 [깜빡]

一時（忘記）、無意識地

가 : 지난번에 내가 빌려 준 책 가져왔어요?
가 : 上次借你的書有帶來嗎？

나 : 미안해요. **깜빡** 잊어버렸어요.
나 : 抱歉。一時忘記了。

- 을/를 깜빡하다

動 깜빡하다 忘記
關 깜빡 잊어버리다 一時忘記、깜빡 졸다 打瞌睡

꾸준히

副 [꾸준히]

持續地

가 : 한국어 실력이 많이 늘었네요!
가 : 韓國語的實力增強很多耶！

나 : 네, **꾸준히** 책도 읽고 영화도 보고 했거든요.
나 : 對，我有持續地閱讀及看電影。

動 꾸준하다 持續
關 꾸준히 노력하다 持續地努力、꾸준히 공부하다 持續地學習、꾸준히 연습하다 持續地練習

대하다 01

動 [대 : 하다]
漢 對하다

對待

가 : 이 가게는 항상 손님이 많네!
가 : 這家店總是很多客人！
나 : 직원들이 항상 손님들을 친절하게 **대하**잖아.
나 : 職員們也總是親切地接待客人們。

- 에/에게 - 게 대하다, - 을/를 - 게 대하다

도대체

副 [도대체]
漢 都大體

①到底　②完全

가 : 어! 내 안경이 안 보여. **도대체** 어디에 뒀지?
가 : 喔！我沒看到眼鏡。到底放到哪裡了？
나 : 네가 지금 쓰고 있잖아.
나 : 你不是正在戴著嗎。

왜 그렇게 화를 내? **도대체** 이해가 안 돼.
為什麼那麼生氣？完全無法理解。

💡 「도대체」做為①意思使用時，與「어디、언제、누구…」一起使用；做為②意思使用時，與「모르다」、「- 지 않다」、「안 되다」一起使用。

도저히

副 [도저히]
漢 到底히

完全、無論如何

가 : 이제 알겠지?
가 : 現在知道了吧？
나 : 아니, 아무리 들어도 **도저히** 모르겠어.
나 : 沒有，不論怎麼聽都完全無法理解。

💡 「도저히」後面與「- 지 않다」、「안 되다」、「- (으) ㄹ 수 없다」等一起使用。

태도 • 態度

도전

名 [도전]
漢 挑戰

挑戰

가 : 그 할아버지는 정말 대단하신 것 같아요.
가 : 那位爺爺好像真的很厲害。
나 : 맞아요. 연세가 많으신데도 매년 마라톤에 **도전**하시잖아요.
나 : 對。儘管年紀大了也每年挑戰馬拉松。

- 에 도전하다

動 도전하다 挑戰
關 도전 정신 挑戰精神

따르다 01

動 [따르다]

遵行、跟隨

여기는 위험한 곳이니까 규칙을 잘 **따라** 주십시오.
這裡是危險之地，請遵守規矩。

💡「따르다」以「따라요」、「따르니까」形態活用。

뜻밖에

副 [뜯빠께]

意外地

가 : 부모님께서 유학 가는 걸 찬성하셨어?
가 : 父母贊成你去留學嗎？
나 : 응, 반대하실 줄 알았는데 **뜻밖에** 허락해 주셨어.
나 : 嗯，我以為他們會反對，意外地應許了。

몰래

副 [몰ː래]

悄悄地、隱密地、偷偷地

가 : 부모님 **몰래** 여자 친구를 사귄 적이 있어요?
가 : 你有瞞著父母交過女朋友嗎？
나 : 네, 중학교 때 한 번 사귄 적이 있어요.
나 : 有，初中的時候有交過一次。

무조건

副 名 [무조껀]
漢 無條件

① 無條件　② 一昧地

자식에 대한 부모님의 사랑은 **무조건**적이다.
父母對小孩的愛是無條件的。

가 : 너 오늘 또 학원에 안 갔지? 그렇게 할 거면 앞으로 다니지 마!
가 : 你今天又沒去補習班嗎？如果要那樣的話，以後就不要去補習班了！
나 : **무조건** 화만 내지 말고 제 얘기 좀 들어 보세요.
나 : 別一昧地生氣，請先聽我說。

參 무조건적 無條件的

바르다

形 [바르다]
不 르不規則

端正的、正確的

가 : 왜 그렇게 앉아 있어? **바른** 자세로 앉아야지.
가 : 你為什麼那樣坐呢？要坐端正。
나 : 의자가 불편해서 그래요.
나 : 椅子感覺不舒服所以那樣。

- 이／가 바르다

關 예의가 바르다 禮儀周到、바른 자세 端正的姿勢、바른 말 正確的話

태도・態度

반드시
副 [반드시]

一定、必定

가: 이 약은 **반드시** 식사를 하고 30분 후에 드세요.
가: 這個藥一定要在飯後30分鐘服用。

나: 네, 알겠습니다.
나: 好，知道了。

받아들이다
動 [바다드리다]

接納

- 을/를 받아들이다

외국에서 살려면 그 나라의 문화를 **받아들일** 줄 알아야 한다.
要在國外生活的話，應懂得接納那國的文化。

버릇
名 [버믇]

①習慣　②教養

나는 말을 시작하기 전에 기침을 하는 **버릇**이 있다.
我在說話之前有咳嗽的習慣。

선배에게 인사도 안 하네! 정말 **버릇** 없다!
對前輩也不打招呼！真沒教養！

關 버릇이 있다／없다有／沒有習慣、버릇을 고치다改變習慣

💡 韓國有句諺語是「세 살 버릇 여든까지 간다（江山易改本性難移／三歲習慣持續到八十歲）」，這句話的意思是，一旦養成某個習慣，就很難再改過來。

빌다

動 [빌다]
不 ㅂ不規則

祈求

생일 축하해요. 촛불을 *끄기* 전에 소원을 **비**세요.
生日快了。在吹蠟燭之前請許願。

- 을/를 빌다
- 기를 빌다
- 에/에게 -을/를 빌다

關 소원을 빌다許願、용서를 빌다祈求寬恕

상관

名 [상관]
漢 相關

關係

가 : 저녁에 삼계탕을 먹을까? 설렁탕을 먹을까?
가 : 晚餐要吃人參雞湯嗎？還是要吃雪濃湯？

나 : 난 **상관**없으니까 아무거나 먹자.
나 : 我都沒關係，隨便吃吧。

- 을/를 상관하다
- 이/가 상관되다

動 상관하다干涉、상관되다被干涉
關 상관이 있다/없다有/沒有關係

태도・態度

선호

名 [선 : 호]
漢 選好

喜好、偏好

가 : 조카 생일 선물로 책을 사 주려고 하는데 좋아할까?

가 : 姪子生日的時候想要買書做為生日禮物，他會喜歡嗎？

나 : 글쎄, 신문에서 봤는데 요즘 초등학생들이 제일 **선호**하는 선물은 게임기래.

나 : 這個嘛，最近新聞有看到，聽說小學生最偏好的禮物是遊戲機。

- 을/를 선호하다
- 기를 선호하다

動 선호하다 偏好

설마

副 [설마]

難道、難不成

가 : 올 시간이 지났는데 앤디가 왜 이렇게 안 오지?

가 : 要來的時間已經過了，安迪為什麼還沒來呢？

나 : **설마** 사고 난 거 아니겠지?

나 : 難不成發生事故了嗎？

💡「설마」後面應和疑問表現「形容詞 + -(으)ㄴ 거 아니겠지요？」、「動詞 + -(으)ㄴ／는 거 아니겠지요？」、「-(으)ㄹ까요？」等一起使用。推測否定的狀況時使用。

소원

名 [소ː원]
漢 所願

心願、願望

가 : 올해 **소원**이 뭐예요?
가 : 今年的願望是什麼呢?

나 : 우리 가족이 모두 건강하게 지내는 거예요.
나 : 我們全家都健康生活。

- 을/를 소원하다
- 기를 소원하다

動 소원하다 許願
關 소원이 이루어지다 願望實現、소원을 빌다 祈願、소원을 이루다 實現願望

아마

副 [아마]

大概、約莫

가 : 출발한 지 1시간쯤 됐으니까 지금쯤은 도착했겠지?
가 : 出發已經一個小時了,現在已經到了吧?

나 : **아마** 그럴걸.
나 : 有可能是那樣。

💡「아마」後面應和推測表現「-(으)ㄹ 거예요」、「-(으)ㄹ걸」等一起使用。

어쩌면

副 [어쩌면]

或許

가 : 미술관 오늘 문 열었을까?
가 : 美術館今天有開門嗎?

나 : 전화해 보고 가. 월요일이라서 **어쩌면** 문을 닫았을지도 몰라.
나 : 打電話看看再去。說不定星期一或許會休館。

💡「어쩌면」後面經常和推測表現「-(으)ㄹ지도 모르다」、「-(으)ㄹ 것 같다」等一起使用。

태도 • 態度

어차피

副 [어차피]
漢 於此彼

反正

가 : 빨리 뛰어가자.
가 : 快點跑。
나 : **어차피** 늦었으니까 천천히 가자.
나 : 反正都已經遲到了,慢慢走吧。

억지로

副 [억찌로]

勉強地

가 : 엄마, 저 이거 먹고 싶지 않아요.
가 : 媽媽,我不想吃這個。
나 : 그래? 먹기 싫으면 **억지로** 먹지 마.
나 : 是喔?不想吃的話,別勉強吃。

역시

副 [역씨]
漢 亦是

果然

가 : 주말 저녁이라서 식당에 사람이 많네요!
가 : 因為是周末晚餐時間,餐廳人好多啊!
나 : **역시** 예약하고 오기를 잘했지요?
나 : 果然預約後再來做對了,是吧?

104

올바르다

形 [올바르다]
不 르不規則

正確的

가 : 이 약이 오래돼서 버리고 싶은데 그냥 버려도 돼요?

가 : 這藥放很久了，想要丟掉，可以直接丟嗎？

나 : 그건 **올바른** 방법이 아니에요. 오래된 약은 약국에 가져다주세요.

나 : 那不是正確的方法。放很久的藥請拿去藥局。

- 이/가 올바르다

關 올바른 태도正確的態度、올바른 방법正確的方法、올바른 교육正確的教育

왠지

副 [왠지]

不知為何

가 : 너 오늘 **왠지** 더 예뻐 보인다.

가 : 你今天不知為何看起來更漂亮。

나 : 그래? 나 오늘 머리했거든.

나 : 是嗎？我今天頭髮做造型了呢。

용감하다

形 [용 : 감하다]
漢 勇敢하다

勇敢的

가 : 어른이 되면 뭐가 되고 싶어요?

가 : 長大之後，想要當什麼呢？

나 : **용감한** 군인이 되고 싶어요.

나 : 我想要當勇敢的軍人。

關 용감하게 싸우다勇敢奮戰、용감한 행동勇敢的行動

105

태도 • 態度

용기

名 [용 : 기]
漢 勇氣

勇氣

가 : 폴에게 좋아한다고 말할까? 말까?
가 : 我要跟保羅說我喜歡他嗎？還是不要？

나 : 고민하지 말고 **용기**를 내서 말해 봐.
나 : 不要苦惱了，提起勇氣去說看看。

關 용기가 있다／없다有／沒有勇氣、용기가 나다生出勇氣、용기를 내다提起勇氣

원하다

動 [원 : 하다]
漢 願하다

想要、期望

가 : 어떤 모자를 사 줄까요? **원하**는 것이 있어요?
가 : 要買怎樣的帽子呢？有想要的嗎？

나 : 특별히 **원하**는 건 없어요. 아무거나 괜찮아요.
나 : 沒有特別想要的。任何一個都可以。

- 을／를 원하다
- 기를 원하다

위하다

動 [위하다]
漢 爲하다

為了

가 : 전주에 처음 여행을 가는데 한국어를 못해서 걱정이에요.
가 : 第一次去全州旅行，韓語不太好，真擔心。

나 : 외국인을 **위한** 관광안내센터가 있으니까 걱정하지 마세요.
나 : 那邊有專為外國人的旅遊諮詢中心，別擔心。

💡 「위하다」經常以「- 을／를 위해서」、「- 을／를 위한」、「- 기 위해서」、「- 기 위한」的形態使用。

의심

名 [의심]
漢 疑心

疑心

가 : 여기가 다른 곳보다 훨씬 싼 것 같아. 여기서 살까?
가 : 這裡比其他地方便宜很多。在這裡買嗎？

나 : 그런데 값이 너무 싸니까 가짜 같지 않아? 좀 **의심** 되는데…….
나 : 但價格太便宜了，好像是假的？有點讓人起疑啊……。

- 을／를 의심하다
- 이／가 의심되다

動 의심하다懷疑、의심되다被懷疑
關 의심이 많다多疑、의심이 생기다產生懷疑、의심을 받다被懷疑

의존

名 [의존]
漢 依存

依賴

가 : 커피를 아무리 마셔도 잠이 안 깨.
가 : 不管怎麼喝咖啡也無法提神。

나 : 커피에만 너무 **의존**하지 말고 잠깐 낮잠 좀 자.
나 : 別太依賴咖啡，睡一下午覺吧。

- 에／에게 의존하다

動 의존하다依賴
參 의존적依賴的

태도・態度

일부러
副 [일ː부러]

故意地

가: 너 왜 아까 내가 인사했는데 그냥 지나갔어?
가: 你為什麼在我剛剛打招呼的時候直接走掉呢？
나: 미안해. 내가 **일부러** 그런 게 아니야. 안경을 집에 놓고 와서 잘 안 보였어.
나: 抱歉，我不是故意那樣的。我把眼鏡忘在家裡出來，看不清楚。

입장
名 [입짱]
漢 立場

立場

가: 나는 올가가 왜 그러는지 모르겠어. 정말 이해할 수 없어.
가: 我不知道奧爾嘉為什麼那樣。真的無法理解。
나: 올가도 이유가 있을 거야. **입장**을 바꿔서 생각해봐.
나: 奧爾嘉也有他的理由吧。換立場思考看看。

關 입장을 고려하다 考慮立場、입장을 밝히다 表明立場

💡 「입장」的另一個漢字是「入場」。如「입장권（入場券）」、「입장료（入場券）」。

적극적
冠 名 [적끅쩍]
漢 積極的
⇨ 索引 p.621

積極的

가: 어떤 직원을 뽑고 싶으십니까?
가: 你想要選怎樣的職員呢？
나: 모든 일을 **적극적**으로 하는 사람이면 좋겠어요.
나: 我希望是從事所有的事情都很積極的人。

反 소극적 消極的
關 적극적인 태도 積極的態度、적극적인 사고방식 積極的思考方式

절대로

副 [절때로]
漢 絕對로

絕對

가 : 어제 뮤지컬 봤다면서? 재미있었어?
가 : 聽說你昨天看了音樂劇？有趣嗎？
나 : 재미없었어. **절대로** 보지 마!
나 : 不好看。絕對別看！

💡 「절대로」後面經常與「- 지 않다」,「없다」、「- 지 말다」、「- (으) 면 안된다」等一起使用。

정성

名 [정성]
漢 精誠

誠心、誠意

가 : 역시 집에서 만든 음식이 맛있는 것 같아요.
가 : 還是家裡做的菜好吃。
나 : 당연하죠. 어머니의 **정성**이 들어 있잖아요.
나 : 當然。這是媽媽用心做的啊。

關 정성을 다하다盡心、정성을 모으다誠心、정성을 들이다投入誠意
參 정성껏盡心

정직

名 [정 : 직]
漢 正直

老實、正直

가 : 이번 한 번은 용서해 줄 테니까 앞으로는 다른 사람을 속이지 마세요.
가 : 這次就原諒你一次，以後別再騙人了。
나 : 네, 앞으로는 **정직**하게 살겠습니다.
나 : 好，以後會端正實在地過活。

- 이/가 정직하다

形 정직하다正直
關 정직하게 살다正直地過活

태도 • 態度

제발

副 [제ː발]

拜託、務請

아빠, **제발** 한 번만 용서해 주세요. 다시는 안 그럴게요.

爸爸，拜託您請原諒我一次。我不會再犯了。

💡 「제발」經常與「動詞 + -아／어／해 주세요」一起使用。

조심스럽다

形 [조ː심스럽따]
不 ㅂ不規則
漢 操心스럽다

小心的

할아버지께서는 매일 도자기를 **조심스럽**게 닦으신다.

爺爺每天小心地擦拭瓷器。

- 이／가 조심스럽다

名 조심 小心

존경

名 [존경]
漢 尊敬

尊敬

가 : 한국 사람들이 가장 **존경**하는 사람이 누구예요?

가 : 韓國人最尊敬的人是誰呢？

나 : 한글을 만드신 세종 대왕이에요.

나 : 創製韓文字的世宗大王。

- 을／를 존경하다

動 존경하다 尊敬
關 존경을 받다 受到尊重

주의 01

名 [주:의/주:이]
漢 注意

注意

- 수영장 이용 시 **주의** 사항 -
1. 샤워를 한 후에 수영장을 이용해 주십시오.
2. 수영 모자, 물안경을 꼭 써 주십시오.

使用游泳池的注意事項
1. 下水前,請沖洗。
2. 請必須配戴泳帽、蛙鏡。

- 을/를 주의하다
- 에/에게 주의하다

動 주의하다注意
反 부주의不注意
關 주의할 점注意事項
參 주의 사항注意事項

집중

名 [집쭝]
漢 集中

專注、專心、集中

가 : 우리 커피숍에서 공부할까?
가 : 我們去咖啡店讀書好嗎？

나 : 커피숍은 시끄러워서 **집중**이 안 되니까 도서관에 가자.
나 : 咖啡廳很吵無法專注,我們去圖書館吧。

- 을/를 집중하다
- 이/가 집중되다

動 집중하다專心、집중되다專心
關 집중이 잘 되다/안 되다順利集中/無法集中
參 집중적集中的、집중력專注力

태도 • 態度

찬성

名 [찬 : 성]
漢 贊成
⇒ 索引 p.621

贊成

가 : 성형 수술에 **찬성**하세요? 반대하세요?
가 : 你贊成整形手術嗎？還是反對呢？
나 : 저는 **찬성**합니다. 예뻐지면 자신감이 생기니까 좋은 것 같아요.
나 : 我是贊成。變漂亮的話就產生自信心，這很好。

動 찬성하다贊成
反 반대反對
關 찬성을 얻다得到同意、의견에 찬성하다贊成意見、제안에 찬성하다贊成提案

최선

名 [최 : 선/
췌 : 선]
漢 最善

盡力，最佳

가 : 그렇게 열심히 준비했는데 2등 해서 어떡해요?
가 : 如此努力的準備，得到第二名，感覺如何？
나 : **최선**을 다했으니까 후회는 없어요.
나 : 因為已經盡力了，沒有後悔。

關 최선을 다하다盡力、최선의 방법最好的方法、최선의 선택最好的選擇

취하다 01

動 [취 : 하다]
漢 醉하다

醉

가 : 한 잔 더 마셔.
가 : 再喝一杯。
나 : 난 그만 마실래. 더 마시면 **취할** 것 같아.
나 : 我不喝了。再喝就要醉了。

- 에 취하다

關 술에 취하다酒醉

침착

名 [침착]
漢 沈著

冷靜、沉著

폴: 저기, 우리 집… 집에… 불… 불… 불이…….
保羅：喂？我家…家裡…火…火…火……。

소방관: 무슨 일이에요? **침착**하게 말해 보세요.
消防員：發生什麼事情了？請冷靜地說。

形 침착하다冷靜的
關 침착하게 말하다冷靜地說、침착하게 행동하다冷靜地行動、침착한 성격冷靜的性格

탓

名 [탇]

錯誤、失誤

가: 미안해. 이번 농구 경기는 나 때문에 진 것 같아.
가：抱歉。這次籃球賽好像是因為我的緣故而輸了。

나: 아니야. 네 **탓**이 아니라 내 **탓**이야.
나：不是。不是你的錯，而是我的錯。

- 을/를 탓하다

動 탓하다怪罪、歸咎
關 탓으로 돌리다歸咎於、탓만 하다光責怪

태도

名 [태 : 도]
漢 態度

態度

요시코 씨는 선생님의 설명을 잘 듣고 대답도 잘해요. 수업 **태도**가 정말 좋은 것 같아요.
芳子很仔細聽老師說明，也快速回答問題。上課態度真的很好。

關 태도가 좋다／나쁘다態度好／不好、태도를 취하다採取態度

태도 • 態度

함부로

副 [함부로]

隨便、恣意

가 : 그 사람은 너무 말을 **함부로** 하는 것 같아.
가 : 他說話好像太隨便了。

나 : 그러니까 회사 안에 친한 사람이 별로 없잖아.
나 : 所以在公司裡,不是連一個親近的人都沒有嘛。

關 함부로 말하다恣意談話、함부로 행동하다恣意行動、함부로 대하다恣意應對

희망

名 [희망]
漢 希望

希望

가 : 면접을 10번이나 봤는데 또 떨어졌어요.
가 : 去面試 10 次之多,又不被錄取了。

나 : 포기하지 않으면 언젠가 취직할 수 있을 거예요. **희망**을 가지세요.
나 : 不放棄的話,總有一天會找到工作的。請抱持的希望。

- 을/를 희망하다
- 기를 희망하다

動 희망하다希望
關 희망이 있다/없다有/沒有希望、희망이 보이다希望呈現出來、희망을 가지다抱持著希望
參 희망적希望的、희망사항期望事項、장래 희망將來的希望

114

複習一下

人 | 態度

1. 請從以下連結單字中，選出搭配不正確的選項。

① 소원 – 빌다　② 용기 – 내다　③ 최선 – 바치다　④ 버릇 – 고치다

✏️ 在例中，找出可以取代底線的適當單字。

> **例**　　　　반드시　　　괜히　　　겨우

2. 어제 배가 아파서 새벽에 아주 <u>힘들게</u> 잠이 들었다. (　　　)
3. 나는 그 일과 상관없으니까 <u>특별한 이유 없이</u> 나에게 화를 내지 마. (　　　)
4. 돈이 많다고 해서 <u>꼭</u> 행복한 것은 아니다. (　　　)

✏️ 請選出適合填入 (　) 的單字。

> 아내: 여보, (㉠) 오늘이 무슨 날인지 잊어버린 거 아니지? 오늘이 우리 결혼기념일이잖아.
> 남편: 미안해. 너무 바빠서 (㉡)했네! 제발 용서해 줘.
> 아내: 작년에도 똑같은 말을 했잖아. 이번엔 (㉢) 용서할 수 없어.

5. (㉠)에 들어갈 알맞은 단어를 고르십시오.
① 어쩌면　② 설마　③ 아마　④ 도대체

6. (㉡)에 들어갈 알맞은 단어를 고르십시오.
① 함부로　② 몰래　③ 억지로　④ 깜빡

7. (㉢)에 들어갈 알맞은 단어를 고르십시오.
① 절대로　② 일부러　③ 뜻밖에　④ 어차피

✏️ 請在例中找出適合填入 (　) 的單字。

> **例**　　　정직하다　　　원하다　　　집중하다

8. 수업 시간에 다른 생각하지 마세요. (　　　)-아/어/해서 공부하세요.
9. 아버지께서는 거짓말을 하지 말고 (　　　)-게 살라고 말씀하셨다.
10. 사람은 누구나 건강하고 행복하게 살기를 (　　　)-(스)ㅂ니다.

用漢字學韓語・心

✏️ 我們來看看韓文詞彙是如何與漢字產生聯繫的。

心 | 심 | 마음 / 心

심리 (心理) — p.427

아이들과 친해지려면 아이들의 심리를 잘 알아야 해요.

想要跟小孩親近的話，必須要先理解小孩的心理。

진심 (真心) — p.22

그동안 도움을 주신 모든 분들께 진심으로 감사드립니다.

我對那段期間給予幫助的各位致上真心感謝。

결심 (決心) — p.28

여자 친구랑 성격이 안 맞아서 헤어지기로 결심했어요

跟女友個性不合而決心分手。

욕심 (欲望) — p.63

내 동생은 욕심이 많아요. 그래서 항상 더 많이 가지려고 해요.

我妹妹欲望很多。因此常常想要擁有更多東西。

호기심 (好奇心) — p.64

호기심이 많은 아이는 질문을 많이 한다.

好奇心多的孩子經常發問。

의심 (疑心) — p.107

물건값이 너무 싸면 가짜일 거라고 의심하게 돼요.

物價如果太便宜的話，會讓人懷疑東西是假的。

116

02 행동
行動

1 **손/발 관련 동작** 手/腳相關動作
2 **눈/코/입 관련 동작** 眼/鼻/嘴相關動作
3 **몸 관련 동작** 身體相關動作
4 **이동** 移動
5 **준비/과정/결과** 準備/過程/結果
6 **피동** 被動
7 **사동** 使動

用漢字學韓語・生

손 / 발 관련 동작・手／腳相關的動作

1 손/발 관련 동작
手／腳相關的動作

09.mp3

가리키다

動 [가리키다]

指

가：네가 **가리키**는 사람이 정확히 누구야?
가：你指的人到底是誰呢？

나：가장 오른쪽에 있는 남자야.
나：最右邊的男人。

- 을/를 가리키다

가져다주다

動 [가저다주다]

拿給

아빠：미나야, 아빠 책상 위에 있는 신문 좀 **가져다줄**래?
爸爸：美娜,可以把爸爸桌上的報紙拿給我嗎?

미나：네, 아빠! 잠깐만 기다리세요.
美娜：好,爸爸！請等一下。

- 을/를 가져다주다
- 을/를 -에게 가져다주다

💡「가져다주다」通常在口語中會說「갖다주다」。

118

감다 01

動 [감 : 따]

洗頭

가 : 파마를 했으니까 오늘은 머리를 **감**지 마세요.
가 : 頭髮已經燙了，今天請不要洗頭。

나 : 네, 내일은 **감**아도 되지요?
나 : 好，明天可以洗嗎？

使 감기다給…洗頭⇨ p.175

💡 不說「머리를 씻어요」，而是要說「머리를 감아요」。

감추다

動 [감추다]
⇨ 索引 p.625

隱藏

가 : 형, 장난 좀 치지 마. 내 신발 어디에 **감췄**어?
가 : 哥，別開玩笑了。把我鞋子藏哪裡了？

나 : 어디 **감췄**는지 찾아봐.
나 : 找看看藏在哪裡。

- 을/를 감추다
- 을/를 -에 감추다
- 을/를 -(으)로 감추다

類 숨기다隱藏

갖다

動 [갇따]

拿、持

여러분, 내일 비가 올지 모르니까 우산을 **갖**고 오세요.
各位，明天或許會下雨，請帶雨傘來。

- 을/를 갖다

自 가지다帶
參 갖고 오다帶來、갖고 가다帶去、갖고 다니다帶著

💡 「갖다」是「가지다」的縮寫。

손 / 발 관련 동작 • 手／腳相關的動作

걸음
名 [거름]

步伐

가：야！ 같이 가. 왜 이렇게 **걸음**이 빨라?
가：喂！一起走。為什麼步伐這麼快？

나：알았어. 빨리 와.
나：知道了。快點來。

參 걸음걸이腳步、步伐

긁다
動 [극따]

撓、抓、括

가：너 왜 자꾸 **긁**어? **긁**지 마! **긁**으면 더 안 좋아져.
가：你為什麼一直抓？別抓！再抓的話會更不好。

나：모기한테 물린 데가 가려워서 그래.
나：因為被蚊子咬的地方很癢。

- 을／를 긁다

깔다
動 [깔다]
不 ㄹ 不規則

鋪

가：침대가 없는데 어디에서 자요?
가：沒有床，要睡哪裡呢？

나：바닥에 이불을 **깔**고 주무세요.
나：請把被子鋪在地板上睡。

- 을／를 깔다

關 이불을 깔다鋪被子

나누다

動 [나누다]

①分 ②(數學)除

대리 : 부장님, 회의 준비가 다 끝났습니다.
代理：部長，會議準備都好了。

부장 : 그럼 회의가 시작되면 이 자료를 좀 **나눠** 주세요.
部長：那麼會議開始的時候，請分發這些資料。

6을 3으로 나누면 2다.
六除以三等於二。

- 을/를 나누다
- 을/를 -(으)로 나누다

參 더하다加⇨ p.226、빼다減⇨ p.227、곱하다乘

내놓다

動 [내ː노타]

拿出來

그 회사는 집이 없는 사람들을 위해서 사회에 10억을 **내놓**았다.
公司為了無家可歸的人，向社會捐贈了十億元。

- 을/를 - 에/에게 내놓다

關 신분증을 내놓다拿出身分證、돈을 내놓다拿出錢、의견을 내놓다提出意見

💡「내놓다」以「내놓아요」、「내놓으니까」活用。

내밀다

動 [내ː밀다]
不 ㄹ不規則

伸出

가 : 어제 콘서트 어땠어?
가：昨天的演唱會如何？

나 : 정말 좋았어. 내가 손을 **내밀**었는데 그 가수가 잡아 줬거든.
나：真的很好。昨天我伸出手，那歌手有握我的手。

- 을/를 내밀다

行動 02

121

손 / 발 관련 동작・手／腳相關的動作

당기다

動 [당기다]
⇨ 索引 p.622

①拉、引　②提前

의자를 **당겨**서 좀 더 가까이 앉으세요.
請拉椅子坐近一點。

가 : 앤디 씨, 미안한테 오늘 저녁 약속 시간을 좀 **당겨**도 돼요? 저녁에 집에 좀 일찍 들어가야 해서요.
가 : 安迪,很抱歉,今天晚餐的約見時間可以提早一點嗎?因為晚上必須要早點回家。

나 : 아, 그래요? 그럼 몇 시에 만날까요?
나 : 啊,是喔?那麼要幾點見面呢?

- 을／를 당기다

反 밀다 推（①）⇨ p.126、미루다 推遲（②）⇨ p.394

닿다

動 [다 : 타]

抵達、搆

이 약은 아이의 손이 **닿**지 않는 곳에 두십시오.
這個藥請放在小孩手搆不著的地方。

- 이／가 닿다
- 에／에게 닿다

關 손이 닿다 伸手

💡「닿다」以「닿아요」、「닿으니까」活用。

던지다

動 [던지다]

丟、擲

가 : 아저씨, 야구공 좀 이쪽으로 **던져** 주세요.
가 : 大叔，請把棒球往這邊丟。

나 : 그래. 잘 받아라.
나 : 好。好好接住。

- 을/를 던지다
- 에/에게 -을/를 던지다
- (으)로 -을/를 던지다

돌려주다

動 [돌려주다]

歸還

그 소설책 금방 읽고 **돌려줄** 테니까 좀 빌려줘.
那小說很快就會讀完還你，借我一下下。

- 을/를 돌려주다
- 에게 -을/를 돌려주다

參 돌려받다 收回

두드리다

動 [두드리다]

敲

가 : 안에 사람이 없나 봐요. 불이 꺼져 있어요.
가 : 裡面好像沒有人。燈是關著的。

나 : 그래요? 문을 한번 **두드려** 보세요.
나 : 是嗎？請敲一下門吧。

- 을/를 두드리다

行動 02

손 / 발 관련 동작 • 手／腳相關的動作

따르다 02

動 [따르다]

倒

가：물 마실 거야? **따라** 줄까?
가：要喝水嗎？幫你倒水？

나：응, 조금만 줘!
나：嗯，給我一點點！

- 에 - 을／를 따르다

💡「따르다」以「따라요」、「따르니까」活用。

때리다

動 [때리다]

打、擊

준우：엄마, 형이 나를 자꾸 **때려**.
俊宇：媽媽，哥哥一直打我。

엄마：준석이 너 자꾸 동생 **때리**면 엄마한테 혼난다.
媽媽：俊碩你一直打弟弟的話，媽媽要生氣了。

- 을／를 때리다

떨어뜨리다

動 [떠러뜨리다]

弄掉、使落下

가：교통 카드가 어디 갔지?
가：交通卡跑去哪裡了？

나：어디에 **떨어뜨린** 거 아니에요? 잘 찾아보세요.
나：不會在哪裡弄掉的吧？請慢慢找。

- 을／를 떨어뜨리다
- 을／를 - 에 떨어뜨리다

💡「떨어뜨리다 (弄丟、弄掉)」與「떨어트리다 (弄丟、弄掉)」的意思相同。

떼다

動 [떼다]
索引 p.622

撕、撕脫

이 메모지는 몇 번이나 붙였다가 **뗄** 수 있습니다.
這便條紙可以貼撕多次。

- 을/를 떼다

反 붙이다 黏貼

막다

動 [막따]

①搗住（耳朵）　②塞、堵塞

공포 영화를 볼 때 귀를 **막**고 보면 덜 무섭다.
看恐怖電影的時候，搗住耳朵就不那麼恐怖。

가 : 왜 이렇게 늦었어?
가 : 為什麼這麼晚呢？

나 : 사고 난 자동차가 길을 **막**고 있어서 빨리 올 수 없었어.
나 : 出車禍的車子堵在路上，所以沒能快點來。

- 을/를 막다

關 귀를 막다 搗住耳朵、코를 막다 鼻塞、입을 막다 堵上嘴、길을 막다 堵住路

묶다

動 [묵따]
索引 p.622

綁、繫

가 : 너무 덥다!
가 : 太熱了！

나 : 머리를 **묶**으면 좀 시원해질 거야.
나 : 把頭髮綁起來的話，會感覺涼快一點的。

- 을/를 묶다
- 을/를 -(으)로 묶다
- 을/를 -에 묶다

反 풀다 放

行動 02

125

손 / 발 관련 동작 • 手／腳相關的動作

밀다

動 [밀 : 다]
不 ㄹ 不規則
➪ 索引 p.622

推

가 : 이 문이 왜 안 열리지?
가 : 門為什麼打不開？

나 : 당기지 말고 **미**세요.
나 : 別拉，請用推的。

- 을／를 밀다

反 당기다拉➪ p.122

밟다

動 [밥 : 따]

踩

앗! 나 어떡해? 껌 **밟**았어.
啊！怎麼辦？踩到口香糖了。

- 을／를 밟다

버리다

動 [버리다]
➪ 索引 p.622

丟、棄

가 : 쓰레기는 어떻게 **버려**야 돼요?
가 : 垃圾該怎麼丟？

나 : 종류별로 나눠서 **버리**세요.
나 : 請依照種類分類再丟。

- 을／를 버리다

反 줍다撿拾
參 버려지다被丟棄

비비다

動 [비비다]

①搓揉　②攪拌

가 : 눈이 너무 가려워.
가 : 眼睛好癢。

나 : 자꾸 **비비**지 말고 약을 넣어.
나 : 別一直揉眼睛，要點藥。

가 : 비빔밥은 왜 비빔밥이라고 불러요?
가 : 拌飯為什麼叫拌飯呢？

나 : 밥과 여러 가지 채소를 **비벼**서 먹기 때문이에요.
나 : 那是因為把飯與各種蔬菜攪拌在一起吃的緣故。

- 을／를 비비다

빗다

動 [빋따]

梳（頭髮）

가 : 머리를 **빗**고 싶은데 빗이 어디에 있지요?
가 : 我要梳頭髮，梳子在哪裡呢？

나 : 저기 거울 앞에 있어요.
나 : 在鏡子前面有。

- 을／를 빗다

參 머리빗 梳子

💡「빗다」以「빗어요」、「빗으니까」活用。

손 / 발 관련 동작 • 手／腳相關的動作

빠뜨리다

動 [빠ː뜨리다]

①掉　②使脫落

수영을 하다가 안경을 **빠뜨렸**다.
游泳到一半，弄掉了蛙鏡。

가: 자, 이제 출발하자.
가: 好，現在出發。

나: 잠깐만. 뭐 **빠뜨린** 거 없는지 다시 한번 확인해 볼게.
나: 等一下。再檢查一遍看看有沒有落了什麼東西。

- 을/를 빠뜨리다
- 에 -을/를 빠뜨리다
- 에서 -을/를 빠뜨리다

💡 「빠뜨리다」與「빠트리다」的意思相同。

빨다

動 [빨다]
不 ㄹ 不規則

洗滌

가: 세탁기에 속옷도 넣어도 돼요?
가: 內衣也可以放洗衣機洗嗎？

나: 안 돼요. 속옷은 세탁기에 넣지 말고 손으로 **빠**세요.
나: 不可以。內衣別放洗衣機，請用手洗。

- 을/를 빨다

參 빨래 洗滌物

💡 通常不說「옷을 빨래해요」，而是說「옷을 빨아요」。

빼앗다

動 [빼앋따]

搶奪、剝奪

어렸을 때 동생의 과자를 자주 **빼앗**아 먹었다.
我小的時候常搶弟弟的餅乾吃。

가 : 바쁘신데 시간을 **빼앗**아서 죄송합니다.
가 : 您在忙著,剝奪您的時間了,真是抱歉。

나 : 별말씀을요. 당연히 도와드려야죠.
나 : 您太客氣了。當然要幫您的忙。

- 에서/에게서 -을/를 빼앗다
- 을/를 빼앗다

縮 뺏다 奪

💡「빼앗다」以「빼앗아요」、「빼앗으니까」活用。

行動 02

뿌리다

動 [뿌리다]

噴灑

가 : 아, 바퀴벌레다! 어떡해?
가 : 啊,蟑螂!怎麼辦?

나 : 빨리 약을 **뿌려**.
나 : 快點噴藥。

- 을/를 뿌리다

關 모기약을 뿌리다 噴蚊子藥、향수를 뿌리다 噴香水

세다 01

動 [세 : 다]

數、計算

사과 몇 개 남았어? 한번 **세어** 봐.
蘋果剩幾個?算看看。

- 을/를 세다

손 / 발 관련 동작 • 手／腳相關的動作

손대다
動 [손대다]

手觸摸、著手

위험하니까 **손대**지 마시오.
危險，請勿觸手摸。

- 에／에게 손을 대다

싣다
名 [싣ː따]
不 ㄷ不規則

裝載

가 : 이걸 어디에 **실**을까요?
가 : 這個要裝載在哪裡呢？

나 : 차 뒷자리에 **실**어 주세요.
나 : 請裝到車子的後座。

- 에 -을／를 싣다

심다
動 [심ː따]

種植

한국에서 4월 5일은 나무를 **심**는 날입니다.
韓國四月五日是植樹節。

- 을／를 심다
- 에 -을／를 심다

關 나무를 심다 種樹、꽃을 심다 種花

싸다 01
動 [싸다]
⇨ 索引 p.625

包紮

손님 : 저기요, 이 만두 좀 **싸** 주세요.
客人 : 您好，這水餃請幫我包起來。

점원 : 네, 알겠습니다. 손님!
店員 : 好，知道了。客人！

- 을／를 싸다
- 을／를 -에 싸다

類 포장하다 包裝

쏟다

動 [쏟따]

傾倒、傾注

가 : 옷이 왜 그래？
가 : 衣服為什麼那樣？

나 : 아까 주스 마시다가 **쏟**았어.
나 : 剛剛喝果汁翻倒了。

關 물을 쏟다 傾倒水

💡「쏟다」以「쏟아요」、「쏟으니까」活用。

악수

動 [악쑤]
漢 握手

握手

처음 만난 두 사람은 반갑게 **악수**했다.
初次見面的兩個人，開心地握了手。

- 와/과 악수를 하다

動 악수하다 握手

올려놓다

動 [올려노타]
⇒ 索引 p.622

放上面、往上放

가 : 이 꽃을 어디에 놓을까요？
가 : 這花要放到哪裡呢？

나 : 탁자 위에 **올려놓**으세요.
나 : 請放在桌子上。

- 을/를 올려놓다
- 을/를 -에 올려놓다

反 내려놓다 放下

💡「올려놓다」用作「올려놓아요」、「올려놓으니까」。

손 / 발 관련 동작 • 手／腳相關的動作

접다

動 [접 : 따]

折、疊

어렸을 때 종이를 **접**어서 비행기와 배를 만들었다.

小的時候我用紙折飛機和船。

- 을/를 접다

💡 「접다」以「접어요」、「접으니까」活用。

제시

名 [제시]
漢 提示

出示、提示

공항 직원: 모자를 벗으시고 여권을 **제시**해 주십시오.

機場職員：請脫帽並出示護照。

- 을/를 제시하다
- 에/에게 -을/를 제시하다
- 에/에게 제시되다

動 제시하다出示、제시되다出示

주고받다

動 [주고받따]

交換、互相收受

가 : 졸업한 지 오래됐는데 아직도 그 친구랑 연락하고 있어?

가 : 畢業已經很久了，現在還跟那朋友聯絡嗎？

나 : 그럼! 가끔 메일로 연락을 **주고받**고 있어.

나 : 當然！我們偶爾用電子郵件往來聯絡。

- 을/를 주고받다

關 연락을 주고받다互相聯絡、편지를 주고받다信件往來

💡 「주고받다」以「주고받아요」、「주고받으니까」活用。

차다 01

動 [차다]

踢

형, 죄송한데 그 축구공 좀 이리로 **차** 주세요.
哥,打擾一下,請幫我把足球踢過來。

- 을/를 차다
- 을/를 발로 차다

흔들다

動 [흔들다]
不 ㄹ不規則

揮、搖

나는 친구와 헤어지는 것이 아쉬워서 친구가 보이지 않을 때까지 손을 **흔들**었다.
我和朋友道別,依依不捨,因此一直揮手,直到朋友身影看不到為止。

- 을/를 흔들다

關 손을 흔들다 揮手、꼬리를 흔들다 搖尾巴

複習一下

行動 | 手／腳相關動作

✎ 請在例中找出符合圖像動作的單字。

> 例　감다　뿌리다　밟감다　뿌리다　밟다 다

1. (　　)　　2. (　　)　　3. (　　)

4. 下列單字中，何者關係不一樣。

① 닿다 - 긁다　② 묶다 - 풀다　③ 당기다 - 밀다　④ 버리다 - 줍다

✎ 請閱讀以下短文並回答問題。

> 오늘은 이사를 하느라고 정말 힘들었다. 9시까지 오기로 한 이삿짐센터 아저씨가 30분이나 늦게 온 데다가 트럭에 이삿짐을 ㉠옮기는 동안 많은 일이 있었기 때문이다. 책을 넣어 놓은 상자들은 찢어졌고 내가 아끼던 시계는 옮기다가 ㉡_____ -아/어/해서 깨졌다. 게다가 잠시 쉬면서 물을 마시는 중에 아저씨와 부딪혀 물을 ㉢_____ -는 바람에 옷이 다 젖고 말았다. 정말 운이 없는 하루였다.

5. ㉠과 바꿔 쓸 수 있는 것을 고르십시오.

① 까는　　② 싣는　　③ 빗는　　④ 접는

6. ㉡과 ㉢에 들어갈 알맞은 것을 고르십시오.

① ㉡ 떨어뜨려서　㉢ 쏟는　　② ㉡ 떨어뜨려서　㉢ 비추는

③ ㉡ 빼앗아서　㉢ 쏟는　　④ ㉡ 빼앗아서　㉢ 비추는

2 눈/코/입 관련 동작
眼／鼻／嘴相關的動作

감다 02
動 [감ː따]
⇨ 索引 p.622

閉眼

여자 : 선물 줄 거 있는데 눈 좀 **감**아 봐.
女子：有禮物要送給你，閉上眼睛。

남자 : 그래? 무슨 선물인지 기대되는데?
男子：是嗎？是什麼禮物真期待？

- 을/를 감다

反 뜨다睜開⇨ p.136

돌아보다
動 [도라보다]

回頭看、回顧

가 : 왜 갑자기 뒤를 **돌아봐**?
가：為什麼突然回頭看？

나 : 방금 누가 나를 부르지 않았어?
나：剛剛沒有人叫我嗎？

- 을/를 돌아보다

들여다보다
動 [드려다보다]

仔細看、端詳、盯看

가 : 뭐 먹을 거야? 왜 그렇게 메뉴판만 **들여다보**고 있어?
가：要吃什麼？為什麼只那麼盯著菜單板看呢？

나 : 먹고 싶은 게 별로 없어서.
나：因為想吃的不多。

- 을/를 들여다보다

눈 / 코 / 입 관련 동작 • 眼／鼻／嘴相關的動作

뜨다 01

動 [뜨다]
不 으不規則
➡ 索引 p.622

睜（眼）

가: 아직도 안 일어났어? 빨리 일어나.
가: 還沒起床嗎？快點起床。

나: 너무 피곤해서 눈을 **뜰** 수가 없어.
나: 太累了，睜不開眼睛。

-을/를 뜨다

反 감다 閉（眼）감다 ➡ p.135

맡다 01

動 [맏따]

聞、嗅

가: 이 우유 냄새 좀 **맡**아 봐. 좀 이상해.
가: 聞聞看這牛奶的味道。有點奇怪。

나: 그렇네! 상한 것 같아.
나: 真的！好像壞了。

-을/를 맡다

물다

動 [물ː다]
不 ㄹ不規則

咬

가: 아기가 자꾸 손가락을 **물**어요.
가: 孩子常常咬手指頭。

나: 이가 나려나 봐요.
나: 好像要長牙齒了。

-을/를 물다

미소

名 [미소]
漢 微笑

微笑

승무원들은 항상 밝은 **미소**로 승객들을 대한다.
空服員經常以燦爛的微笑接待乘客。

- 에/에게 미소를 짓다

關 미소를 짓다微笑

바라보다

動 [바라보다]

觀看、仰看

나는 답답할 때 한강을 **바라보**고 있으면 마음이 편해진다.
我在煩悶的時候，眺望漢江，內心就會感覺平靜。

- 을/를 바라보다

關 멍하게 바라보다發愣地看著

뱉다

動 [뱉ː따]

吐

맛없어？맛없으면 억지로 먹지 말고 **뱉**어.
不好吃嗎？如果不好吃的話別勉強，吐掉。

- 을/를 뱉다

關 껌을 뱉다吐口香糖、침을 뱉다吐痰

行動 02

눈 / 코 / 입 관련 동작 • 眼／鼻／嘴相關的動作

벌리다

動 [벌리다]

張開（嘴、手、腳）

환자 : 오른쪽 이가 아파요.
患者：我右邊的牙齒痛。

의사 : 한번 볼게요. 입을 크게 **벌리**세요.
醫生：我看一下。請張大嘴巴。

- 을/를 벌리다

關 입을 벌리다張開嘴、팔을 벌리다張開手臂、다리를 벌리다張開腳

살펴보다

動 [살펴보다]

仔細看、察看

가 : 지갑이 어디 있지?
가：錢包跑去哪了？

나 : 가방 안을 잘 **살펴봐**.
나：仔細看一下包包裡面。

- 을/를 살펴보다

씹다

動 [씹따]

咀嚼

가 : 껌 하나 줄까?
가：要吃口香糖嗎？

나 : 아니, 이제 곧 수업이 시작돼서 껌 **씹**기가 좀 그래.
나：不用，馬上就要開始上課了，咀嚼口香糖有點那個。

- 을/를 씹다

💡 「씹다」 以 「씹어요」、「씹으니까」 活용.

138

울음

名 [우름]
⇨ 索引 p.620

哭泣

아이들이 울 때 사탕을 주면 **울음**을 멈추게 할 수 있다.
孩子們哭的時候，給糖果的話就會停止哭。

反 웃음笑 ⇨ p.139
關 울음을 멈추다停止哭泣、울음을 그치다停止哭泣、울음을 터뜨리다放聲大哭

웃음

名 [우슴]
⇨ 索引 p.620

笑

가 : 무슨 생각하는데 혼자 웃고 있어?
가 : 在想什麼而獨自在笑呢？

나 : 지난번 실수만 생각하면 자꾸 **웃음**이 나와.
나 : 每次想到上次的失誤就會笑出來。

反 울음哭 ⇨ p.139
關 웃음이 나오다笑出來、웃음을 멈추다停止笑、웃음을 그치다停止笑

지르다

動 [지르다]
不 르不規則

喊叫、呼喊

가 : 야, 괜찮아? 너 왜 자다가 소리를 **질러**?
가 : 喂，沒事吧？你為什麼睡覺中喊叫？

나 : 나쁜 꿈을 꿨어.
나 : 我做噩夢了。

- 을/를 지르다

關 소리를 지르다喊叫、呼喊

行動 02

139

눈 / 코 / 입 관련 동작 • 眼／鼻／嘴相關的動作

찾아보다
名 [차자보다]

尋找

가 : 시계가 어디 있지? 여러 번 찾았는데 안 보여.
가 : 手錶在哪？找了幾次都沒看到。

나 : 내가 아까 컴퓨터 앞에 있는 걸 봤어. 잘 **찾아봐**.
나 : 我剛剛有看到它在電腦前面。好好找看看。

- 을/를 찾아보다

하품
名 [하품]

哈欠

가 : 많이 피곤한가 봐. 계속 **하품**을 하네!
가 : 你看起來很累。一直打哈欠！

나 : 어젯밤에 잠을 거의 못 잤거든.
나 : 昨天晚上幾乎沒能睡。

動 하품하다 哈欠
關 하품이 나오다 打哈欠、하품을 참다 忍住打哈欠

한숨 01
名 [한숨]

嘆氣

가 : 무슨 걱정 있어? 왜 **한숨**을 쉬어?
가 : 有什麼擔心的事嗎？為什麼嘆氣？

나 : 할 일은 많은데 시간은 없고……. 정말 죽겠어
나 : 要做的事情很多，沒時間……。快死了。

關 한숨을 쉬다 嘆氣
關 한숨 소리 嘆氣聲

3 몸 관련 동작
身體相關動作

🔊 11.mp3

行動 02

공격

名 [공ː격]
漢 攻擊

攻擊

동물원에는 가끔 사람을 **공격**하는 동물도 있기 때문에 조심해야 한다.
動物園裡偶爾有攻擊人的動物，要小心。

- 을/를 공격하다

動 공격하다 攻擊
關 공격을 당하다 被攻擊、공격을 받다 受到攻擊
參 공격적 攻擊性的

기울이다

動 [기우리다]

①傾斜　②關注

몸을 앞으로 더 **기울여** 보세요.
身體再更往前傾。

여러분, 우리 모두 어려운 이웃에게 관심을 **기울**입시다.
各位，請大家多關心有困難的鄰居。

- 을/를 기울이다
- 에/에게 -을/를 기울이다

關 관심을 기울이다 關心、정성을 기울이다 投入心血/傾注誠意

몸 관련 동작 • 身體相關動作

끄덕이다

動 [끄더기다]

點頭

여러분, 알겠어요? 고개만 **끄덕이지** 말고 대답을 하세요.
各位理解了嗎？別光是點頭，請回答。

- 을/를 끄덕이다

💡 「끄덕이다」必須與「고개」一起使用。

동작

名 [동 : 작]
漢 動作

動作

가 : 이번에도 그 농구팀이 1등을 했대요.
가 : 聽說這次也是那支籃球隊得到第一名。

나 : 그 팀에는 키가 크고 **동작**이 빠른 선수가 많잖아요.
나 : 隊伍不是很多個子高、動作快的選手嘛。

關 동작이 느리다／빠르다 動作慢／快

부딪치다

動 [부딛치다]

碰撞

가 : 아야!
가 : 啊呀！

나 : 왜 그래? 또 **부딪쳤**어? 조심 좀 해.
나 : 怎麼了？又撞到了嗎？小心點。

- 와/과 부딪치다
- 에/에게 부딪치다

142

숨다

動 [숨 : 따]

躲藏

'숨바꼭질'은 한 아이가 **숨**어 있는 아이들을 찾는 놀이이다.
「躲貓貓」是一個小孩尋找其他躲起來孩子的遊戲。

- 에 숨다
-(으)로 숨다

行動 02

싸다 02

動 [싸다]

拉尿、拉屎

여보, 애가 똥 **쌌**나 봐. 냄새 나는데…….
老婆,孩子好像拉屎了。有味道……。

- 을／를 싸다
- 을／를 -에 싸다

關 오줌을 싸다撒尿,똥을 싸다拉屎

💡 「오줌을 싸다(撒尿)」,「똥을 싸다(拉屎)」聽起來比較有禮貌的說法是「볼일을 보다(上廁所／辦要緊的事情)」。

안다

動 [안 : 따]

抱

아내: 아이가 너무 울어서 힘들어.
妻子：孩子一直哭,好累。

남편: 그럼 내가 **안**아서 재워 볼게.
丈夫：那麼我來抱著哄他睡覺吧。

- 을／를 안다

關 아기를 안다抱孩子

143

몸 관련 동작 • 身體相關動作

움직이다

動 [움지기다]

動、移動

환자 : 여기 누우면 돼요?
患者：可以躺在這邊嗎？

의사 : 네, 지금부터 치료할 거니까 누워서 **움직이지마세요**.
醫師：可以，現在要開始治療了，請躺著別動。

- 이/가 움직이다
- 을/를 움직이다

피하다

動 [피 : 하다]
漢 避하다

躲避

야! 공 날아온다. **피해**!
呀！球飛過來了。快躲！

- 을/를 피하다
-(으)로 -을/를 피하다

關 비를 피하다 躲雨、책임을 피하다 躲避責任

행동

名 [행동]
漢 行動

行動

지하철에서 큰 소리로 음악을 듣는 것은 남에게 피해를 주는 **행동**이다.
在地鐵大聲聽音樂是會妨礙其他人的行動。

動 행동하다 行動

複習一下

行動｜眼／鼻／嘴相關動作

請在例中找出適合填入（　）的單字。

| 例 | 안다　　부딪치다　　맡다 |

1. (　　)　　2. (　　)　　3. (　　)

請連接有關係的單字。

4. 눈을　　　•　　　　　•　① 끄덕이다
5. 고개를　•　　　　　•　② 뜨다
6. 미소를　•　　　　　•　③ 지르다
7. 소리를　•　　　　　•　④ 짓다

請在例中找出適合填入（　）的單字。

| 例 | 웃음　하품　씹다　찾아보다　바라보다 |

8. 음식을 천천히, 오래 (　　)-아／어／해 먹어야 살이 찌지 않는다고 한다.

9. 오랜 시간 책을 본 후에 눈이 피곤할 때는 산이나 나무를 (　　)-(으)면 좋다.

10. 친구의 이야기가 정말 웃겨서 (　　)을／를 참을 수 없었다.

11. 영화가 너무 재미없어서 영화를 보는 동안 계속 (　　)이／가 나왔다.

12. 발표 준비를 하기 위해 도서관에서 자료를 (　　)-(으)려고 한다.

이동 • 移動

4 이동
移動

12.mp3

날아가다 01

動 [나라가다]

飛去

'기러기'는 날씨가 추워지면 따뜻한 남쪽으로 **날아간다**.

「鴻雁」在天氣變冷就往溫暖的南方飛去。

- 에/에게 날아가다
- (으)로 날아가다

反 날아오다 飛來

다가가다

動 [다가가다]

靠近、靠過去、接近

고양이에게 우유를 주려고 **다가갔**는데 도망가 버렸다.

我要給貓咪牛奶，靠過去牠就跑掉了。

- 에/에게 다가가다
- (으)로 다가가다

反 다가오다 靠過來

146

다녀가다

動 [다녀가다]

來過

가 : 언니, 제 친구 준이치 여기 왔었어요?
가 : 姊姊，我朋友純一有來嗎？

나 : 응, 아까 **다녀갔**는데……
나 : 有，剛剛來過了。

- 에／에게 다가가다
- (으)로 다가가다

反 다녀오다 去過

데려가다

動 [데려가다]

帶去

가 : 어린이날(5월 5일)에 뭐 할 거야?
가 : 在兒童節（五月五號）要做什麼呢？

나 : 아빠가 놀이공원에 **데려가** 준다고 하셨어.
나 : 爸爸說要帶我去遊樂園玩。

- 을／를 - 에／에게 데려가다
- 을／를 -(으)로 데려가다

反 데려오다 帶來

돌아다니다

動 [도라다니다]

到處逛

가 : 피곤해 보여요.
가 : 你看起來很累。

나 : 네, 여기저기 구경하느라고 **돌아다녔**더니 좀 피곤하네요.
나 : 對，因為四處走走看看有點累。

- 을／를 돌아다니다
- (으)로 돌아다니다

行動 02

이동 • 移動

들르다

動 [들르다]
不 르不規則

順便去

가 : 이 빵집에 자주 와요?
가 : 常來這麵包店嗎？

나 : 네, 좋아하는 곳이라서 퇴근 길에 자주 **들러**요.
나 : 對，因為是很喜歡的地方，所以常在下班路上順道來。

- 에 들르다
- 을/를 들르다

따라가다

動 [따라가다]

跟去

가 : 주말에 친구들이랑 설악산에 갈 건데 같이 갈래?
가 : 周末要跟朋友去雪嶽山，要一起去嗎？

나 : 정말? 내가 **따라가도** 돼?
나 : 真的嗎？我跟去也可以嗎？

- 을/를 따라가다

反 따라오다 跟來

마중

名 [마중]
⇨ 索引 p.619

迎接

가 : 공항에서 친구 집까지 혼자 갈 수 있어요?
가 : 可以一個人從機場到朋友家嗎？

나 : 친구가 공항으로 **마중** 나오기로 했어요.
나 : 朋友說要來機場接我。

- 을/를 마중하다
- -(으)로 마중을 나가다

動 마중하다 迎接
關 마중을 나가다 去迎接、마중을 나오다 來迎接
反 배웅 送別、送行

비키다

動 [비키다]

讓路、閃避

죄송하지만, 길 좀 **비켜** 주시겠어요?
很抱歉,可以讓一下路嗎?

-(으)로 비키다
-을/를 비키다

이동

名 [이ː동]
漢 移動

移動

관광 가이드: 경복궁 구경은 즐거우셨습니까? 다음은 식당으로 **이동**해서 점심 식사를 하겠습니다.
觀光導遊:逛景福宮好玩嗎?接下來我們往餐廳移動,吃午餐

- 을/를 -(으)로 이동하다
- -으로 이동되다

動 이동하다 移動、이동되다 被移動
參 장소 이동 移動場所

쫓다

動 [쫃따]

追趕、驅逐

경찰이 한 달 넘게 그 범인을 **쫓**았지만 잡지 못했다.
警察追捕那犯人超過一個月,但沒能抓到。

- 을/를 쫓다

被 쫓기다 被追 ⇨ p.173

이동・移動

찾아가다

動 [차자가다]

①找　②領取

가 : 선생님하고 이야기했어요?
가 : 跟老師說了嗎？

나 : 사무실에 **찾아갔**는데 안 계셔서 그냥 왔어요.
나 : 有去辦公室找老師，不在就回來了。

지하철에서 잃어버린 물건을 **찾아가**지 않는 사람들이 많다.
在地鐵裡丟掉東西而不去找的人很多。

- 에 찾아가다
-(으)로 찾아가다
-을/를 찾아가다
-에서/에게서 -을/를 찾아가다

反 찾아오다 去找

향하다

動 [향 : 하다]
漢 向하다

朝、向

아이들은 바다를 보자마자 바다를 **향해** 뛰어갔다.
孩子們一看到海就往海邊跑過去了。

- 을/를 향하다
- 에게 향하다
-(으)로 향하다

💡「향하다 朝、向」經常以「- 을/를 향해」、「- 을/를 향한」的形態活用。

헤매다

動 [헤매다]

徘徊

가 : 왜 이렇게 늦게 왔어?
가 : 為什麼這麼晚來？
나 : 여기까지 오는 길을 잘 몰라서 **헤맸**어.
나 : 不太清楚來這裡的路，徘徊了一陣子。

- 에서 헤매다
- 을/를 헤매다

關 길을 헤매다徘徊、거리를 헤매다路上徘徊

준비/과정/결과
準備／過程／結果

갖추다
動 [갇추다]

具備、擁有

가 : 대학교 입학 서류 준비는 잘 하고 있어요?
가 : 準備大學入學資料還順利嗎？

나 : 네, 그런데 **갖춰**야 하는 서류가 너무 많아요.
나 : 有，但應備資料很多。

- 을/를 갖추다

關 서류를 갖추다擁有資料、자격을 갖추다具備資格

결과
名 [결과]
漢 結果

結果

가 : 연구 **결과**가 언제 나와요?
가 : 研究結果什麼時候出來呢？

나 : 다음 주쯤 나올 거예요.
나 : 大概下周會出來。

關 결과가 나오다結果出來、결과가 나타나다結果呈現
參 결과적結果的、조사 결과調查結果

극복

名 [극뽁]
漢 克服

克服

회사의 어려움을 **극복**하기 위해 직원들 모두 힘을 모았다.

為了克服公司的困難，全體員工集中全力。

- 을/를 극복하다
- 이/가 극복되다

動 극복하다 克服、극복되다 被克服

關 어려움을 극복하다 克服困難、장애를 극복하다 克服障礙、위기를 극복하다 克服危機

단계

名 [단계/단게]
漢 段階

階段

요리 강사: 여러분, 재료를 다 씻었습니까? 그럼 다음 **단계**로 넘어가겠습니다.

料理講師：各位，材料全都洗好了嗎？那麼就進入下個階段。

參 시작 단계 開始階段、마지막 단계 最後階段、다음 단계 下個階段

行動 02

준비 / 과정 / 결과 • 準備／過程／結果

마련

名 [마련]
⇨ 索引 p.625

準備、籌措

가 : 방학 동안 뭐 했어요?
가 : 放假期間都做了什麼呢？

나 : 학비를 **마련**하기 위해 아르바이트를 했어요.
나 : 為了要籌措學費而去打工了。

- 을／를 마련하다
- 이／가 -에 마련되다

動 마련하다 準備、마련되다 準備
類 준비하다 準備
關 돈을 마련하다 籌錢、집을 마련하다 買房、일자리를 마련하다 就業

💡 「마련하다（籌湊）」用於「물건을 갖추다（擁有物品）」的時候，其意思能夠與「준비하다（準備）」交替使用。但是，用於「시험준비（準備考試）」、「결혼식준비（準備結婚典禮）」時，意思是指「準備某件事情」，所以無法使用「마련하다（準備）」。
생일 선물을 마련하다．（○）
準備生日禮物（○）
생일 선물을 준비하다．（○）
準備生日禮物。（○）
결혼식을 준비하고 있어요．（○）
正在準備結婚典禮。（○）
결혼식을 마련하고 있어요．（×）

망치다

動 [망치다]

搞砸

가 : 시험 잘 봤어?
가 : 考試有考好嗎？

나 : 아니, 열심히 준비했는데 **망친** 것 같아.
나 : 沒有，努力準備但好像搞砸了。

- 을／를 망치다

關 시험을 망치다 搞砸考試、공연을 망치다 搞砸表演

154

성공

名 [성공]
漢 成功
⇨ 索引 p.620

成功

실패는 **성공**의 어머니다.
失敗為成功之母。

動 성공하다 成功
反 실패 失敗 ⇨ p.155
關 성공을 빌다 祈求成功
參 성공적 成功的

실천

名 [실천]
漢 實踐

實踐

가 : 다음 주부터 진짜 운동을 시작해야겠어.
가 : 從下週開始，真的要開始運動了。

나 : 너 지난달부터 그렇게 이야기했잖아. 말만 하지말고 **실천** 좀 해.
나 : 你從上個月起不是也那樣說嗎？別光說，要實踐。

- 을/를 실천하다
- 이/가 실천되다

動 실천하다 實踐、실천되다 被實踐
關 실천에 옮기다 轉為實踐行動

실패

名 [실 : 패]
漢 失敗
⇨ 索引 p.620

失敗

가 : 어제 내가 가르쳐 준 방법으로 떡볶이 만들어 봤어?
가 : 有用我昨天教你的方法做辣炒年糕嗎？

나 : 응, 네가 가르쳐 준 대로 했는데 **실패**했어.
나 : 嗯，有依照你教的方法做，但失敗了。

- 이/가 실패하다
- 에 실패하다

動 실패하다 失敗
反 성공 成功 ⇨ p.155

行動 02

155

준비 / 과정 / 결과 • 準備／過程／結果

완성

名 [완성]
漢 完成

完成

가: 새 야구장은 언제쯤 **완성**돼요?
가: 新的棒球場什麼時候會完成呢？

나: 올해 말쯤 **완성**된다고 해요.
나: 大概今年底會完成。

- 을/를 완성하다
- 이/가 완성되다

動 완성하다完成、완성되다完成

이끌다

動 [이끌다]
不 ㄹ 不規則

帶領

그 축구 팀에는 선수들을 **이끌** 감독이 필요하다.
這足球隊缺帶領選手的教練。

- 을/를 이끌다

이루다

動 [이루다]

實現、達成

가: 왜 갑자기 회사를 그만뒀어요?
가: 為什麼突然離職了呢？

나: 요리사가 되고 싶은 꿈을 **이루기** 위해 유학을 가기로 했거든요.
나: 因為我為了要實現廚師的夢想而去留學。

- 을/를 이루다

關 꿈을 이루다實現夢想、소원을 이루다實現願望、사랑을 이루다實現愛情

이르다 01

動 [이르다]
不 러不規則
⇨ 索引 p.623

①到達　②達到

운전 기사는 버스 정류장에 **이르**자 버스를 세우고 문을 열었다.
當司機一抵達公車停車場就停好車開門。

한국의 인구가 5천만 명에 **이르**렀어요.
韓國的人口達到五千萬名。

- 에 이르다

類 도착하다 到達（①）、미치다 及於（②）
關 100명에 이르다 達到100人、10%에 이르다 達到10%

잘못하다

動 [잘모타다]

錯誤、差錯

죄송합니다. 제가 말을 **잘못한** 것 같아요.
很抱歉。我好像說錯話了。

- 을／를 잘못하다

關 일을 잘못하다 做錯事情、생각을 잘못하다 想錯、계산을 잘못하다 計算錯

💡 在描述有可能會發生不好的事情時，以「잘못하면」,「잘못하다가는」的形態使用。
　　가 : 왜 산에서 담배를 피우면 안 돼요?
　　가 : 為什麼不能在山上抽菸呢?
　　나 : 잘못하면 불이 날 수도 있잖아요.
　　나 : 出差錯的話, 可能會失火。

준비 / 과정 / 결과 • 準備／過程／結果

진행

名 [진 : 행]
漢 進行

進行

가 : 프로젝트(project)는 잘 **진행**되고 있습니까?
가 : 計畫進行順利嗎？

나 : 네, 계획대로 잘 **진행**되고 있습니다.
나 : 有的，正按照計畫順利進行著。

- 을／를 진행하다
- 이／가 진행되다

動 진행하다進行、진행되다進行

챙기다

動 [챙기다]

①收拾、備齊　②照料

가 : 여권과 비행기표 **챙겼**니?
가 : 護照與飛機票都檢備齊了嗎？

나 : 네, 빠짐없이 다 **챙겼**어요.
나 : 有的，一個都沒漏都收拾好了。

어머니께서는 가족들의 생일을 **챙겨** 생일날 아침에 미역국을 끓여 주신다.
媽媽打點家人慶生，會在生日當天早上煮海帶芽湯。

- 을／를 챙기다

關 짐을 챙기다收拾行李、세면도구를 챙기다備齊洗漱用品、생일을 챙기다照料慶生

치르다

動 [치르다]
不 르不規則

舉辦

가 : 저희 아이 돌잔치에 와 주셔서 감사합니다.

가 : 感謝來我們孩子的週歲宴。

나 : 아니에요. 돌잔치 **치르**느라고 고생이 많으셨습니다.

나 : 不。感謝您請我們來週歲宴。

- 을/를 치르다

關 돌잔치를 치르다舉辦週歲宴、결혼식을 치르다舉辦結婚典禮、장례식을 치르다舉辦葬禮

포기

名 [포기]
漢 拋棄

放棄

가 : 이번 시합은 이기기 어려울 것 같아. 지난번에 1등 한 팀과 싸워야 하잖아.

가 : 要贏這次比賽有困難的樣子。因為要跟上次第一名比賽啊。

나 : 그래도 **포기**하지 말고 한번 열심히 해 보자.

나 : 儘管那樣也不要放棄，盡力迎戰吧。

- 을/를 포기하다
- 이/가 포기되다

動 포기하다放棄、포기되다被拋棄

行動 02

複習一下

行動 | 移動、準備／過程／結果

✎ 請閱讀以下短文並回答問題。

> 나는 시간이 날 때마다 펜과 종이를 ㉠준비해서 집 근처 공원에 가서 그림을 그린다. 오늘도 날씨가 좋아서 공원에서 그림을 그리고 있었는데 갑자기 소나기가 오기 시작했다. 멋진 그림을 ㉡_____ 싶었으나 비 때문에 그림을 다 ㉢_____ 되었다. 다시 그림을 그리기 위해서 비가 멈추기를 기다렸지만 시간이 지날수록 더 많이 와서 결국 포기하고 집으로 돌아왔다.

1. ㉠과 바꿔 쓸 수 있는 것을 고르십시오.

① 챙겨서　　② 갖춰서　　③ 이끌어서　　④ 이르러서

2. ㉡과 ㉢에 들어갈 알맞은 것을 고르십시오.

① ㉡ 실천하고 ㉢ 망치게　　② ㉡ 완성하고 ㉢ 진행하게

③ ㉡ 실천하고 ㉢ 진행하게　　④ ㉡ 완성하고 ㉢ 망치게

✎ 請在例中找出適合填入（　）的單字。

> **例**　　들르다　헤매다　이루다　마련하다

3. 그 영화에서 남녀 주인공은 사랑을 (　　)-기 위해서 모든 것을 버렸다.

4. 처음에 한국에 왔을 때는 길을 잘 몰라서 자주 (　　)-았／었／했다.

5. 참석해 주신 여러분, 감사합니다. 오늘 이 자리는 여러분을 위해 (　　)-았／었／했으니 즐거운 시간 보내시기 바랍니다.

6. 내가 동생에게 집에 오는 길에 마트에 (　　)-아／어／해서 우유를 사 오라고 했다.

6 피동
被動

14.mp3

行動 02

걸리다[01]

動 [걸리다]

被掛

저기 **걸려** 있는 옷 좀 보여 주세요.
請給我看一下掛在那邊的衣服。

- 이／가 - 에 걸리다

自 걸다掛

꺼지다

動 [꺼지다]
➪ 索引 p.622

被熄滅

가 : 오빠, 화장실 불이 갑자기 **꺼졌**어!
가 : 爸爸，廁所的燈突然熄滅了！

나 : 그래? 잠깐만. 내가 한번 볼게.
나 : 是嗎？等一下，我看看。

- 이／가 꺼지다

反 켜지다被開／被點燃
關 불이 꺼지다熄滅／火熄了、휴대폰이 꺼지다手機被關掉
自 끄다熄

161

피동・被動

끊기다

動 [끈키다]

被斷

가 : 폴 씨 요즘 어떻게 지내는지 알아?
가 : 知道保羅最近怎麼過的嗎？

나 : 글쎄, 폴이 영국에 돌아간 후에 연락이 **끊겼어**.
나 : 保羅回去英國之後就失聯了。

- 이／가 끊기다

關 전화가 끊기다 電話斷線、연락이 끊기다 失聯
自 끊다 切斷、剪斷

끊어지다

動 [끄너지다]

中斷

가 : 너 왜 갑자기 전화를 끊어?
가 : 你為什麼突然掛斷電話呢？

나 : 미안해. 끊은 게 아니고 **끊어진** 거야.
나 : 抱歉。不是掛斷，而是自己斷掉的。

- 이／가 끊어지다

關 전화가 끊어지다 電話斷了、연락이 끊어지다 聯絡中斷了
自 끊다 切斷

💡 「끊어지다 (中斷)」與「끊기다 (被切斷)」的意思相同。而「끊어지다」指的是受外力影響或自然而然變化的「中斷」。

끌리다

動 [끌ː리다]

被吸引

가 : 잘생긴 남자를 별로 안 좋아하나 봐요.
가 : 你好像不太喜歡長得好看的男生。

나 : 네, 저는 잘생긴 남자보다는 마음이 따뜻한 남자한테 더 **끌려요**.
나 : 對，比起帥的男生，我更會被溫暖的男生所吸引。

- 이／가 - 에／에게 끌리다

自 끌다 吸引

나뉘다

動 [나뉘다]

被劃分

서울은 한강을 중심으로 강북과 강남으로 **나뉜**다.

首爾以漢江為中心，分為江北跟江南。

- 이／가 나뉘다
- 이／가 -(으)로 나뉘다

自 나누다 分

닫히다

動 [다치다]
⇨ 索引 p.622

被關

가 : 소포를 왜 다시 들고 와?
가 : 為什麼包裹又拿回來呢？

나 : 우체국 문이 **닫혀**서 그냥 왔어.
나 : 郵局門關了，所以就回來了。

- 이／가 닫히다

自 닫다 關
反 열리다 被開 ⇨ p.171
關 문이 닫히다 門被關

담기다

動 [담기다]

被盛裝

가 : 엄마, 이 그릇에 **담겨** 있는 거 먹어도 돼요?
가 : 媽媽，碗裡裝著的東西可以吃嗎？

나 : 그래. 가져가서 동생이랑 같이 먹어.
나 : 可以，拿去跟弟弟一起吃。

- 이／가 담기다
- 이／가 -에 담기다

自 담다 盛

피동 • 被動

덮이다

動 [더피다]

被覆蓋

가 : 한라산 어땠어요?
가 : 漢拏山如何呢？

나 : 눈 **덮인** 경치가 정말 아름다웠어요.
나 : 被雪覆蓋的景緻，真的很美。

- 이/가 덮이다
- 이/가 -(으)로 덮이다

自 덮다覆蓋

들리다

動 [들리다]

被聽見

가 : 조금 전에 이상한 소리가 **들리**지 않았어?
가 : 剛剛沒有聽見奇怪的聲音嗎？

나 : 아니, 난 못 들었는데…….
나 : 沒有，我沒聽到……。

- 이/가 들리다

自 듣다聽

떨리다

動 [떨리다]

發抖

가 : 열심히 준비했는데 왜 이렇게 **떨리**지?
가 : 已經有努力準備，為什麼還會發抖呢？

나 : 면접이니까 당연하지.
나 : 因為是面試，很正常。

- 이/가 떨리다

自 떨다顫抖
關 몸이 떨리다身體發抖、가슴이 떨리다內心悸動、목소리가 떨리다聲音顫抖

막히다

動 [마키다]

被堵

가 : 왜 이렇게 늦었어? 1시간이나 기다렸잖아!
가 : 為什麼這麼晚？等了差不多一小時了！

나 : 미안해. 퇴근 시간이라 길이 **막혔어**.
나 : 抱歉，因為是下班時間，所以塞車了。

- 이/가 막히다

自 막다堵

묶이다

動 [무끼다]

被繫、被綁

달리기를 하기 전에는 운동화 끈이 잘 **묶여** 있는지 확인해야 한다.
在跑步之前，必須確認運動鞋的鞋帶是否繫緊了。

- 이/가 묶이다
- 이/가 -에 묶이다
- 이/가 -(으)로 묶이다

自 묶다綁

물리다

動 [물리다]

被叮咬

가 : 모기한테 **물려**서 너무 가려워.
가 : 被蚊子咬太癢了。

나 : 그럼 이 약을 발라 봐.
나 : 那擦這個藥看看。

- 이/가 -에/에게 -을 물리다

自 물다叮咬

行動 02

피동 • 被動

밀리다
動 [밀리다]

被推

가 : 밀지 마세요. 앞에 사람이 있잖아요.
가 : 請別推。前面不是有人嘛。
나 : 제가 민 게 아니라 저도 **밀린**거예요.
나 : 不是我推的，我也是被推的。

- 이／가 - 에／에게 밀리다

自 밀다 推

밟히다
動 [발피다]

被踩

사람이 많은 지하철 안에서 발을 **밟힌** 적이 있다.
在人多的地鐵車廂內有被踩過的經驗。

- 이／가 - 에／에게 - 을／를 밟히다

自 밟다 踩

부딪히다
動 [부디치다]

被撞

가 : 팔을 다쳤어요?
가 : 手臂受傷了嗎？
나 : 네, 오늘 자전거를 타고 학교에 오다가 오토바이 와 **부딪혔**어요.
나 : 對，今天騎腳踏車去學校的路上，和機車對撞了。

自 부딪다 撞

166

불리다

動 [불리다]

被稱為

가 : 어렸을 때 별명이 뭐야?
가 : 小時候的綽號是什麼呢？

나 : 과자를 너무 좋아해서 '과자 공주'라고 **불렸어**.
나 : 因為我非常喜歡餅乾，所以被叫「餅乾公主」。

- 이／가 - 에게 -(이) 라고 불리다
- 이／가 - 에게 -(으)로 불리다

自 부르다 稱為、叫

붙잡히다

動 [붇짜피다]

被抓、被逮捕

가 : 야, 너 어디야? 왜 안 와?
가 : 喂，你在哪裡？為什麼沒來？

나 : 미안해. 나가다가 엄마한테 **붙잡혔어**. 너희들끼리 놀아.
나 : 抱歉。我要出去的時候被媽媽抓住了。你們自己玩吧。

- 이／가 - 에／에게 붙잡히다

類 잡히다 被抓
自 붙잡다 抓

빼앗기다

動 [빼앋끼다]

被搶奪

가 : 왜 그래? 무슨 일 있었어?
가 : 為什麼那樣？發生什麼事了？

나 : 집에 오다가 나쁜 사람에게 돈을 **빼앗겼어요**.
나 : 回家的路上，錢被壞人搶了。

- 이／가 - 에／에게 - 을／를 빼앗기다

自 빼앗다 搶 ⇨ p.129
縮 뺏기다 被搶奪

行動 02

167

피동 • 被動

뽑히다

動 [뽀피다]

被挑選

가 : 앤디 씨가 태권도를 잘한다고 들었어요.

가 : 聽說安迪擅長跆拳道。

나 : 네, 그래서 이번에 우리 학교 대표로 **뽑혀**서 대회에 나가게 됐어요.

나 : 對，所以這次被挑選為學校代表參加比賽。

- 이/가 뽑히다
- 이/가 -(으)로 뽑히다

自 뽑다 挑選

섞이다

動 [서끼다]

被混合

이 아이스크림에는 딸기 맛과 초코 맛이 **섞여** 있어요.

這冰淇淋裡混有草莓口味與巧克力口味。

- 에 - 이/가 섞이다

自 섞다 混合

쏟아지다

動 [쏘다지다]

灑出來

가 : 아이구! 미안해. 나 때문에 주스가 다 **쏟아졌**네!

가 : 哎呀！抱歉，因為我，果汁全灑出來了！

나 : 아니야, 괜찮아. 닦으면 돼.

나 : 不會，沒關係。擦一下就好了。

- 이/가 - 에/에게 쏟아지다

自 쏟다 灑 ⇨ p.131

168

쓰이다 [01]

動 [쓰이다]

被寫、寫著

공공장소에는 여러 사람이 지켜야 하는 규칙이 **쓰여**있다.

在公共場所有寫著許多人必須遵守的規則。

- 이/가 쓰이다
- 이/가 -에 쓰이다

自 쓰다 寫

쓰이다 [02]

動 [쓰이다]

被使用

요즘은 계산할 때 현금보다 카드가 더 많이 **쓰인다**.

最近在結帳的時候,信用卡比現金更常被使用。

- 이/가 쓰이다
- 이/가 -에 쓰이다

自 쓰다 使用

안기다

動 [안기다]

被抱

가 : 아기가 이제 안 울어요?

가 : 孩子現在不哭了嗎?

나 : 네, 아까는 울었는데 엄마에게 **안기**더니 잘 자고 있어요.

나 : 對,剛剛在哭,被媽媽抱著就睡著了。

- 이/가 -에게 안기다

自 안다 抱

行動 02

피동 • 被動

알려지다

動 [알 : 려지다]

出名

가 : 우리 이번 휴가에 부산 해운대에 갈까?
가 : 這次休假我們要不要去釜山海雲台？

나 : 해운대는 많이 **알려진** 곳이라서 사람이 많으니까 복잡할 거야. 다른 곳에 가자.
나 : 海雲台是有名的地方，所以會有許多人去而人擠人。我們去別的地方吧。

- 이/가 - 에/에게 알려지다
- 이/가 - 에/에게 -(으)로 알려지다
- 이/가 - 에/에게 -다고/(느)ㄴ다고 알려지다

自 알다 知道

없어지다

動 [업 : 써지다]
⇨ 索引 p.622

消失

가 : 어? 볼펜이 어디 갔지? 조금 전까지 여기 있었는데 **없어졌**어!
가 : 喔？原子筆跑去哪了？剛剛還在這邊，現在不見了！

나 : 지금 손에 들고 있는 건 뭐야?
나 : 現在你手上拿著的是什麼東西呢？

- 이/가 없어지다

反 생기다 生出
自 없다 不見

170

열리다

動 [열리다]
⇨ 索引 p.622

①被打開　②舉辦

자동문이니까 버튼을 누르지 않아도 문이 저절로 **열려**요.
因為是自動門，即使不按按鈕，門也是會自動地被打開。

가 : 주말에 뭐 하지?
가 : 周末要做什麼呢？

나 : 시청 앞에서 **열리**는 음악회에 같이 갈래?
나 : 要不要一起去市廳前面舉辦的音樂會？

- 이／가 열리다

自 열다打開
反 닫히다被關⇨ p.163

이루어지다

動 [이루어지다]

①構成　②實現

일본은 몇 개의 섬으로 **이루어져** 있나요?
日本是由幾個島構成的呢？

가 : 저는 한국을 대표하는 세계적인 골프 선수가 되고 싶어요.
가 : 我想要當一個代表韓國的世界級高爾夫選手。

나 : 최선을 다하면 꿈이 **이루어질** 날이 올 거예요.
나 : 盡力的話，夢想實現的日子會來臨的。

- 이／가 이루어지다

自 이루다實現
關 꿈이 이루어지다夢想實現、소원이 이루어지다願望實現

行動 02

171

피동 • 被動

이어지다
動 [이어지다]

延續

한국의 판소리는 입에서 입으로 **이어져** 온 한국의 전통 노래이다.
韓國的說唱盤索里是口耳相傳的韓國傳統音樂。

- 이/가 이어지다
- 이/가 -(으)로 이어지다

自 잇다 延續、接續

읽히다
動 [일키다]

被閱讀

세계에서 가장 많이 **읽히**는 책이 뭐예요?
世界上被最多人閱讀的書是什麼呢？

- 이/가 - 에게 읽히다

自 읽다 閱讀

💡「읽히다」是被動與使動。

잡히다
動 [자피다]

被抓、被捕

가 : 주말에 낚시 가서 고기 많이 잡았어요?
가 : 周末的時候，釣很多魚嗎？

나 : 아니요, 잘 안 **잡혀**서 일찍 돌아왔어요.
나 : 沒有。沒抓到魚而早點回來了。

- 이/가 잡히다

自 잡다 抓

쫓기다 01

動 [쫃끼다]

被追趕

경찰에게 **쫓기**던 도둑이 일주일 만에 결국 잡혔다.

被警察追捕的小偷,歷經一周終於被抓到了。

- 이/가 - 에게 쫓기다

複習一下

行動 | 被動

📝 請從例找出符合圖片的適當單字。

例　　닫히다　　떨리다　　밀리다

1. (　　)　　2. (　　)　　3. (　　)

📝 請在例中找尋能夠填入 (　) 的正確單字。

例　　밟히다　　물리다　　나뉘다

4. 한국의 계절은 봄, 여름, 가을, 겨울로 (　　　)-아／어／해 있어요.

5. 버스에 사람이 많아서 버스를 탈 때마다 발을 (　　　)-(느)ㄴ다.

6. 모기한테 (　　　)-(으)ㄴ 곳이 가렵다.

📝 請在例中找尋能夠填入 (　) 的正確單字。

例　　열리다　　쓰이다　　들리다

7. 가: 여보세요? 여보세요? 내 말 잘 (　　　)-아／어／해?
   나: 아니, 잘 안 (　　　)-아／어／해. 내가 다시 전화할게.

8. 가: 최근 서울시립미술관에서 (　　　)-고 있는 전시회가 인기가 많대.
   나: 그래? 그럼 주말에 보러 갈까?

9. 가: 학생, 여기 (　　　)-아／어／해 있는 전화번호 좀 읽어 줄 수 있어?
   나: 네, 알겠습니다. 010-1324-8765예요.

7 사동
使動

15.mp3

감기다
動 [감기다]

幫洗（頭）

가 : 팔을 다쳐서 불편하겠다! 머리는 어떻게 감아?

가 : 你手受傷，應該會很不方便！要怎麼洗頭？

나 : 어머니께서 **감겨** 주세요.

나 : 媽媽幫我洗頭。

- 을／를 감기다

自 감다洗頭

깨우다
動 [깨우다]

叫醒、喚醒

가 : 내일 몇 시에 **깨워** 줄까?

가 : 明天要幾點叫你起床呢？

나 : 7시쯤 **깨워** 주세요.

나 : 請 7 點的時候叫醒我。

- 을／를 깨우다

自 깨다醒 ⇨ p.191

사동 • 使動

날리다 01

動 [날리다]

放飛、使飛

어렸을 때 친구들과 종이로 비행기를 만들어서 **날린**적이 있다.

小的時候，曾跟朋友用紙做紙飛機飛。

- 을/를 - 에/에게 날리다
- 을/를 -(으)로 날리다

自 날다飛
關 비행기를 날리다放飛飛機、연을 날리다放風箏

낮추다

動 [낟추다]
⇨ 索引 p.622, 625

降低

좀 더운데요. 에어컨 온도 좀 **낮춰** 주세요.

有點熱。請調低冷氣的溫度。

- 을/를 낮추다

自 낮다低
類 줄이다減縮 ⇨ p.184
反 높이다提高 ⇨ p.177、올리다提高
關 10%로 낮추다降低 10%、23℃로 낮추다降低到 23℃、소리를 낮추다壓低聲音、비용을 낮추다降低費用

넓히다

動 [널피다]
⇨ 索引 p.617

拓寬

가 : 이쪽 길로 가면 안 돼요?
가 : 不能往那方向嗎？
나 : 안 됩니다. 지금 길을 **넓히**기 위해서 공사 중입니다.
나 : 不可以。現在正為拓寬路面施工當中。

- 을/를 넓히다

自 넓다寬的
反 좁히다弄窄

176

높이다

動 [노피다]
⇨ 索引 p.617

提高、提升

가 : 잘 안 들리는데 소리 좀 **높여** 줘.
가 : 聽不太清楚，音量提高一點點。
나 : 알았어. 잠깐만 기다려 봐.
나 : 知道了。等一下。

- 을/를 높이다

自 높다高　反 낮추다降低⇨ p.176
關 10%를 높이다提高 10%、5℃를 높이다提高 5℃、소리를 높이다提高音量

늘리다

動 [늘리다]
⇨ 索引 p.617

延長，增加、拉長

건강을 위해서 휴식 시간을 **늘리**는 게 좋아요.
為了健康著想，延長休息時間會是比較好。

自 늘다變長、變多、變寬⇨ p.225　反 줄이다縮短⇨ p.184
關 인원을 늘리다增加人員、시간을 늘리다拉長時間

늦추다

動 [늗추다]
⇨ 索引 p.618, 622

推遲、推延

가 : 내일 갑자기 회의가 생겼는데 약속 시간 좀 **늦춰**도돼?
가 : 明天突然有會議，約會時間可以推遲晚一點嗎？
나 : 그래. 서점에서 책 보고 있을 테니까 끝나면 연락해.
나 : 好。我會在書店看書，結束的時候給我聯絡。

- 을/를 -(으)로 늦추다

自 늦다晚
反 앞당기다提前
關 시간을 늦추다推遲時間、기한을 늦추다推遲期限、속력을 늦추다速度放慢

사동・使動

돌리다
動 [돌리다]

使轉動

가 : 내일 입어야 하는 옷인데 지금 빨아도 될까?
가 : 這是明天要穿的衣服，現在洗也可以嗎？

나 : 지금 세탁기를 **돌리**면 가능할 거야.
나 : 現在放洗衣機洗的話是可以的。

- 을／를 돌리다

自 돌다 轉動

맡기다
動 [맏끼다]

① 委託保管、存放　② 委任

가 : 이 가방을 좀 **맡기**고 싶은데요.
가 : 我想要寄放包包。

나 : 1층 프런트 데스크(front desk)로 가 보세요.
나 : 請到一樓的櫃台。

가 : 노트북을 빌려 달라고? 네 건 어떡하고?
가 : 要借筆電？你的筆電怎麼了呢？

나 : 고장 나서 수리 센터에 **맡겼**거든.
나 : 因為故障，所以送維修中心了。

- 에／에게 - 을／를 맡기다

먹이다
動 [머기다]

餵

가 : 강아지에게 초콜릿 줘도 돼요?
가 : 可以給小狗巧可力嗎？

나 : 아니요, **먹이**면 안 돼요.
나 : 不可以，不能餵這個。

- 에／에게 - 을／를 먹이다

自 먹다 吃

벗기다

動 [벋끼다]

①脫下　②剝

여보, 아기 목욕시켜야 하니까 옷 좀 **벗겨** 줘요.
老公，要幫小孩洗澡，請幫他脫下衣服。

가 : 요리하는 거야？ 뭐 도와줄까？
가 : 你不是要煮飯嗎？要幫你什麼呢？

나 : 그럼 저기 양파 껍질 좀 **벗겨** 줘.
나 : 那麼幫我剝那些洋蔥皮。

- 을/를 벗기다

自 벗다剝

살리다

動 [살리다]
⇨ 索引 p.617, 622

救、救活

살려 주세요！**살려** 주세요！
請救救我！請救救我！

- 을/를 살리다

自 살다生活、活
反 죽이다弄死

숙이다

動 [수기다]

低下、彎（腰）

가 : 한국에서는 처음 만났을 때 어떻게 인사해요？
가 : 在韓國第一次見面的時候要如何打招呼呢？

나 : 허리를 **숙여**서 인사하면 돼요.
나 : 鞠躬（彎腰）打招呼即可。

- 을/를 숙이다

💡 常說「머리／고개／몸／허리를 숙이다」。

行動 02

179

사동 • 使動

식히다
動 [시키다]

放涼

국이 너무 뜨거우니까 **식혀**서 드세요.
湯太燙了，請放涼後吃。

- 을／를 식히다

關 물을 식히다使水涼、머리를 식히다使心情冷靜下來／沉澱心情
自 식다涼

씌우다
動 [씨우다]

使戴上、敷上

밖이 추우니까 아이에게 모자 좀 **씌워** 줘.
外面很冷，幫孩子戴上帽子吧。

- 에／에게 - 을／를 씌우다

自 쓰다戴

씻기다
動 [씯끼다]

令洗、吩咐洗、幫洗

가：여보, 아이가 집에 오면 밥부터 먹이면 되지?
가：老婆，孩子回到家的話就吃飯可以嗎？

나：응, 손부터 **씻기**고 밥을 먹여.
나：嗯，先叫他洗手再吃飯。

- 을／를 씻기다

自 씻다洗

앉히다

動 [안치다]

給～坐、安插 (職位)

손님 : 여기요, 아이를 **앉힐** 수 있는 의자 있나요?
客人：您好，有能夠給孩子做的椅子嗎？

직원 : 네, 있습니다. 갖다드리겠습니다.
職員：有的。我拿給您。

- 을／를 - 에 앉히다

自 앉다坐

얼리다

動 [얼리다]
⇨ 索引 p.617, 622

凍結

가 : 아이스커피를 마시고 싶은데 **얼려** 놓은 얼음 있어?
가：想喝冰美式，有冰塊可以加嗎？

나 : 냉장고에 있을 거야. 찾아 봐.
나：冰箱會有。找看看。

- 을／를 얼리다

自 얼다結冰 ⇨ p.197　　反 녹이다融化

올리다

動 [올리다]
⇨ 索引 p.617, 622

提高、提升

가 : 방이 좀 추운 것 같아요. 히터 온도 좀 **올려**도 될까요?
가：房間有點冷。可以稍微提高暖氣溫度嗎？

나 : 그렇게 하세요.
나：請照辦。

- 을／를 올리다

自 오르다上升　　反 내리다下降
關 값을 올리다提高價格、요금을 올리다提高費用、온도를 올리다提高溫度

行動 02

사동 • 使動

옮기다

動 [옴기다]

移動、轉換

가 : 회사 잘 다니고 있어?
가 : 還適應公司嗎？
나 : 주말에도 회사에 나가야 해서 다른 회사로 **옮기려고 해요**.
나 : 週末也要上班，所以想要換到別的公司。

- 을/를 -(으)로 옮기다

自 옮다 移動、搬

울리다 01

動 [울리다]
⇨ 索引 p.617, 622

弄哭, 使~哭

5,000명을 **울린** 이 영화, 놓치지 마십시오! 안 보면 후회합니다!
使 5000 名觀眾哭的電影，請別錯過！沒看會後悔！

- 을/를 울리다

自 울다 哭
反 웃기다 逗笑 ⇨ p.182

웃기다

動 [운 : 끼다]
⇨ 索引 p.617, 622

逗笑

개그맨은 사람을 **웃기**는 직업이다.
搞笑藝人的職業是逗觀眾笑。

- 을/를 웃기다

自 웃다 笑
反 울리다 弄哭/使~哭 ⇨ p.182

익히다

動 [이키다]

使熱、煮熟

여름철에는 물은 끓여서, 음식은 **익혀**서 드세요.
在夏天，請把水煮沸，食物煮熟後食用。

- 을/를 익히다

自 익다 熟
關 음식을 익히다 煮熟食物

읽히다 02

動 [일키다]

令讀

가 : 아이가 참 똑똑하네요! 어떻게 가르치셨어요?
가 : 小孩好聰明喔！您怎麼教的呢？

나 : 어렸을 때부터 책을 많이 **읽혔**어요.
나 : 從小開始就叫他讀許多書。

- 에게 - 을/를 읽히다

自 읽다 讀

💡 「읽히다」有被動與使動的意思。

입히다

動 [이피다]

給穿 (衣服)

남편 : 여보, 저 치마 우리 소연이에게 **입히**면 예쁘겠지?
丈夫 : 老婆，那裙子如果給小娟穿，會很漂亮吧？

아내 : 그렇기는 한데 소연이는 치마 입는 것을 싫어하잖아.
妻子 : 雖然是那樣，小娟不是討厭穿裙子嘛。

- 에/에게 - 을/를 입히다

自 입다 穿

行動 02

사동 • 使動

재우다

動 [재우다]

哄睡

가 : 아이가 밤에 잘 안 자서 힘들어요.
가 : 小孩在晚上不睡覺，覺得累。

나 : 그럼 노래를 불러 주면서 **재워** 보세요.
나 : 那麼，請邊唱歌邊哄他睡覺吧。

- 을/를 재우다

自 자다 睡覺

죽이다

動 [주기다]
⇨ 索引 p.617, 622

弄死、殺死

가 : 으악! 벌레다! 빨리 **죽여**!
가 : 啊！蟲子！快弄死！

나 : 무서워서 못 **죽이**겠어!
나 : 太可怕了不敢弄死！

- 을/를 죽이다

自 죽다 死   反 살리다 救、救活 ⇨ p.179

줄이다

名 [주리다]
⇨ 索引 p.617, 625

降低、減少

가 : 저 통화해야 하는데 텔레비전 소리 좀 **줄여** 주세요.
가 : 我要打電話，請降低電視音量。

나 : 미안해요. 그럴게요.
나 : 抱歉，好的。

- 을/를 줄이다

自 줄다 縮
類 낮추다 降低 ⇨ p.176
反 늘리다 延長／增加 ⇨ p.177
關 소리를 줄이다 降低音量、옷을 줄이다 縮小衣服、피해를 줄이다 降低傷害

키우다

動 [키우다]
⇨ 索引 p.617

養

가 : 개가 아주 크네요! 몇 년 동안 **키우**셨어요?
가 : 小狗長好大喔！養了幾年了呀？

나 : 5년 정도 **키웠**어요.
나 : 養了五年多了。

- 을/를 키우다

自 크다大的
類 기르다養育
關 자식을 키우다養孩子、꽃을 키우다養花、개를 키우다養狗

태우다 01

動 [태우다]

烤焦、弄焦

가 : 아, 어떡해? 고기가 탔어.
가 : 啊，怎麼辦？肉烤焦了。

나 : 비싼 고기를 **태우**면 어떻게 해?
나 : 昂貴的肉烤焦了怎麼辦？

- 을/를 태우다

自 타다焚燒 ⇨ p.203

태우다 02

動 [태우다]

載

가 : 오빠, 나 지하철역까지 좀 **태워** 줘.
가 : 哥哥，載我到地鐵車站。

나 : 그래, 타.
나 : 好，上車吧。

- 을/를 - 에 태우다

自 타다乘、搭乘

185

複習一下

行動｜使動

✏ 請從例找出符合圖片的適當單字。

例　　태우다　　입히다　　씻기다

1. (　　)　　2. (　　)　　3. (　　)

4. 下列單字的關係中，何者不同？

① 낮추다 – 줄이다　　② 넓히다 – 좁히다
③ 죽이다 – 살리다　　④ 올리다 – 내리다

✏ 請在例中找尋能夠填入（　）的正確單字。

例　　앉히다　　울리다　　재우다

5. 어렸을 때 여동생을 자주 (　　)-아／어／해서 어머니께 혼났다.
6. 저기요, 아이를 (　　)-(으)ㄹ 수 있는 의자 좀 주세요.
7. 보통 엄마들은 아이를 (　　)-(으)ㄹ 때 책을 읽어 준다.

✏ 請在例中找尋能夠填入（　）的正確單字。

例　　태우다　　식히다　　맡기다

8. 가: 이게 무슨 냄새지? 뭐 타는 냄새 안 나?
   나: 아, 어떡해! 친구랑 통화하다가 깜빡했어. 생선을 다 (　　)-아／어／해 버렸네!
9. 가: 나 세탁소 가려고 하는데 뭐 (　　)-(으)ㄹ 것 없어?
   나: 그럼 이 코트 좀 부탁해.
10. 가: 약 먹으려고 하는데 따뜻한 물 한 잔만 주세요.
    나: 여기요, 좀 뜨거우니까 (　　)-아／어／해서 드세요.

用漢字學韓語・生

✎ 我們來看看韓文詞彙是如何與漢字產生聯繫的。

生 생 | 나다 / 生

生命 생명 (p.435)
구급차가 빨리 도착해서 그 사람의 생명을 구할 수 있었다.
救護車快速抵達，他的生命得救了。

生產 생산 (p.507)
이 물건은 어디에서 생산하는 거예요?
這東西是在哪裡生產的呢？

衛生 위생 (p.335)
여름에는 병에 걸리기 쉬우니까 위생에 신경을 써야 해요.
在夏天很容易生病，必須留意衛生。

發生 발생 (p.480)
그 지역은 태풍이 자주 발생하는 곳이다.
那地區是經常發生颱風的地方。

私生活 사생활 (p.483)
연예인도 사생활을 보호받아야 한다.
演藝人員私生活也要受到保護。

人生 인생 (p.75)
내 인생의 목표는 국가 대표 선수가 되는 것이다.
我人生目標是成為國家代表選手。

187

03 성질/양
品質／量

1 **상태** 狀態
2 **정도** 程度
3 **증감** 增加與減少
4 **수량／크기／범위** 數量／大小／範圍

用漢字學韓語・性

상태 • 狀態

1 상태 狀態

16.mp3

가난

名 [가난]
➡ 索引 p.619

貧窮

그는 집이 너무 **가난**해서 학교를 졸업하지 못했다.

他因家裡太窮而沒能畢業。

- 이/가 가난하다

反 부유하다 富裕的
關 가난에서 벗어나다 脫離貧窮

가만히

副 [가만히]

安靜地

가 : **가만히** 좀 있어 봐. 무슨 소리가 들리는 것 같아.

가 : 安靜一下。好像有什麼聲音傳來的樣子。

나 : 그래? 나는 아무 소리도 안 들리는데…….

나 : 是嗎？我什麼聲音也沒聽到……。

關 가만히 있다 靜靜地待著、가만히 앉아 있다 靜靜地坐著、가만히 생각하다 靜靜地想

그대로

副 [그대로]

照原樣

가 : 책상이 엉망이다. 내가 정리 좀 할까?
가 : 書桌一團糟。要不要我來整理一下？

나 : 아니야. **그대로** 둬. 아직 일이 안 끝났어.
나 : 不用。就那樣放著。事情還沒有做完。

關 그대로 있다照樣存在、그대로 두다原樣放著、그대로 간직하다原封不動地保留

깨다 01

動 [깨 : 다]
⇨ 索引 p.622

醒

옆집에서 음악을 크게 틀어서 자다가 **깼다**.
鄰居放音樂很大聲，睡夢中被吵醒。

- 이／가 깨다
- 에서 깨다

反 자다睡
關 잠이 깨다睡醒、술이 깨다醒酒

나빠지다

動 [나빠지다]

變壞、惡化

가 : 요즘 멀리 있는 게 잘 안 보여요.
가 : 最近遠方的東西看不太清楚。

나 : 컴퓨터를 많이 해서 눈이 **나빠진** 거 아니에요?
나 : 莫非是電腦用太多視力惡化的吧？

- 이／가 나빠지다

품質／量 03

상태 • 狀態

나아지다
動 [나아지다]

好轉

가: 처음에는 걷지도 못했는데 이제는 천천히 걸을 수 있어요.
가: 剛開始連走也不行，現在可以慢慢走了。
나: 많이 **나아져**서 다행이에요.
나: 好轉很多，真的是太好了。

- 이／가 나아지다

關 성적이 나아지다成績好轉、얼굴이 나아지다臉色變好、형편이 나아지다情況好轉

낡다
形 [낙따]

老舊的、陳舊的

가: 중고 자전거라고 들었는데 별로 **낡**지 않았네요!
가: 聽說是中古腳踏車，但一點都不老舊啊！
나: 네, 몇 번 안 탔거든요.
나: 對，沒有騎過幾次。

- 이／가 낡다

💡「낡다」比起「낡아요」更常用「낡은 책상（舊桌子）」、「낡은 집（舊家）」。

녹다
動 [녹따]
⇨ 索引 p.622

溶化

가: 아이스크림 사 왔는데 같이 먹자.
가: 我買了冰淇淋，一起吃吧。
나: 정말? 그런데 아이스크림이 다 **녹**아 버렸어.
나: 真的嗎？但冰淇淋都溶化掉了。

- 이／가 녹다

反 얼다結冰、結凍⇨ p.197
關 얼음이 녹다冰融化、눈이 녹다雪融化

다양

名 [다양]
漢 多樣

多樣

가 : 신발을 하나 살까 하는데 어디가 좋아요?
가 : 想要買一雙鞋，要去哪買比較好呢？

나 : 새로 생긴 신발 가게에 한번 가 보세요. 값도 싸고 디자인도 **다양**해요.
나 : 去新開的鞋店看看。價格既便宜，款式又多樣。

- 이／가 다양하다

形 다양하다 多樣
參 다양성 多樣性、다양화 多樣化

品質／量 03

둥글다

形 [둥글다]
不 ㄹ 不規則

圓的

지구는 **둥글**다.
地球是圓的。

- 이／가 둥글다

미치다 01

動 [미치다]

① 瘋　② 發狂

그 여자는 아이가 없어졌다는 사실을 알자 **미친** 사람처럼 찾기 시작했다.
那女人一知道孩子不見的消息，就像瘋子一樣開始尋找。

내가 방금 무슨 말을 하려고 했지？ 생각이 안 나.
我剛剛要說什麼來著？想不起來了。

아, 답답해서 **미치**겠네.
啊，好煩呀，快瘋了。

💡「미치다」經常以「- 아／어／해서 미치겠다／미칠 것 같다」的形態使用。例如，加強「너무 답답해요 好煩悶」語氣時，可以說「답답해서 미치겠다 煩得快瘋了。」

193

상태 • 狀態

변함없다

形 [변 : 하멉따]
漢 變함없다

一直、依舊

고객 여러분, 저희 백화점을 **변함없**이 사랑해 주셔서 감사합니다.
各位貴賓，感謝您一直以來對我們百貨公司的喜愛。

副 변함없이 始終地

빠지다 01

動 [빠 : 지다]
⇨ 索引 p.622

①掉　②缺少　③缺席　④減肥

요즘 머리카락이 자꾸 **빠져**서 걱정이다.
最近頭髮一直掉，很擔心啊。

가 : 가방에 **빠진** 거 없이 다 챙겼니?
가 : 包包裡沒落掉東西，都收拾好了吧？

나 : 네, 세 번이나 확인했어요.
나 : 對，確認三次了。

동창 모임에 자꾸 **빠져**서 죄송합니다.
很抱歉，一直缺席同學聚會。

매일 꾸준히 운동을 했더니 살이 5kg이나 **빠졌**어요.
每天持續運動後（發現），瘦了五公斤。

- 이／가 빠지다
- 에／에서 빠지다

反 찌다 長肥／胖 ⇨ p.420

194

사라지다

動 [사라지다]

消失

가 : 내 열쇠 못 봤어?
가 : 沒有看到我的鑰匙嗎?
나 : 조금 전까지 책상 위에 있었는데 어디로 **사라졌**지?
나 : 剛剛還在桌上的,消失到哪去了呢?

- 이／가 사라지다
- 에서 사라지다
- (으)로 사라지다

상태

名 [상태]
漢 狀態

狀態

가 : 왜 그래? 어디 아파?
가 : 為什麼那樣?哪裡不舒服?
나 : 오늘 몸 **상태**가 별로 안 좋아.
나 : 我今天身體狀態不好。

關 상태가 좋다／나쁘다 狀態好／不好
參 건강 상태 健康狀態、몸 상태 身體狀態、정신 상태 精神狀態

새롭다

形 [새롭따]
不 ㅂ不規則

新的

손님 : 이 가게에서는 뭐가 제일 맛있어요? 추천해 주세요.
客人 : 這家店什麼最好吃呢?請推薦。
직원 : 이번에 개발한 **새로운** 메뉴인데 이건 어떠세요?
服務生 : 這是最近新開發的菜單,您覺得這個如何呢?

- 이／가 새롭다

195

상태 • 狀態

서투르다

形 [서ː투르다]
不 르不規則

生疏的

제가 한국말이 **서투른**데 다시 한번 말씀해 주시겠어요?

我韓語生疏，可以再說一次嗎？

- 이/가 서투르다
- 에 서투르다

縮 서툴다 生疏

신선하다

形 [신선하다]
漢 新鮮하다

新鮮的

가 : 회가 참 맛있네요!
가 : 生魚片真好吃！

나 : 바다 근처라서 **신선한** 것 같아요.
나 : 好像是在海邊附近而很新鮮的樣子。

- 이/가 신선하다

關 신선한 과일 新鮮的水果、신선한 채소 新鮮的蔬菜、신선한 공기 新鮮的空氣

썩다

動 [썩따]

腐敗、腐壞

자기 전에 이를 닦지 않으면 이가 **썩**으니까 꼭 이를 닦아.

睡前不刷牙的話牙齒會腐壞，一定要刷牙。

- 이/가 썩다

앞두다

動 [압뚜다]

面臨、瀕臨

한국에서는 시험을 **앞두**고 미역국을 먹지 않는 사람이 많다.

在韓國臨考之前不吃海帶芽湯的人很多。

- 을/를 앞두다

💡 「앞두다」以「- 을/를 앞두고」的形態使用。

얼다

動 [얼ː다]
不 ㄹ不規則
⇨ 索引 p.622

結凍

가 : 지금도 눈이 와요?
가 : 現在還下雪嗎？

나 : 아니요, 눈은 안 오는데 길이 **얼**어서 미끄러우니까 조심하세요.
나 : 不，雪是不下了，路卻結凍會滑，請小心。

- 이/가 얼다

反 녹다 融化
使 얼리다 結凍

엉망

名 [엉망]

一蹋糊塗、亂糟糟

가 : 김 대리, 보고서가 이게 뭐야! **엉망**이잖아!
가 : 金代理，這報告寫的什麼啊！一蹋糊塗！

나 : 죄송합니다. 다시 해 오겠습니다.
나 : 抱歉。我重新寫再送來。

- 이/가 엉망이다

關 집이 엉망이다 家裡亂糟糟、글씨가 엉망이다 字跡亂糟糟、점수가 엉망이다 分數一蹋糊塗

197

상태 • 狀態

여유

名 [여유]
漢 餘裕

從容、寬裕

가 : 요즘 왜 이렇게 짜증을 자주 내?
가 : 你最近為什麼經常如此煩躁呢？
나 : 미안해. 시험 때문에 마음의 **여유**가 없어서 그래.
나 : 抱歉。因為考試的緣故，內心不安穩，以致如此。

- 이/가 여유롭다

形 여유롭다 從容的
關 여유가 있다／없다 從容／不安、여유를 갖다 擁有寬裕

여전히

副 [여전히]
漢 如前히

仍然

가 : 승호 씨, 중국어를 참 잘하네요!
가 : 勝浩你的漢語真的很好呢！
나 : 아니에요. 중국어를 배운 지 10년이 넘었는데 **여전히** 말하기는 어려워요.
나 : 不。漢語學了超過 10 年，仍然覺得口說很難。

오래되다

形 [오래되다／오래뒈다]

久的

가 : 한국에 온 지 **오래됐**어요?
가 : 來韓國很久了嗎？
나 : 아니요, 1년밖에 안 됐어요.
나 : 不，只來了一年。

유지

名 [유지]
漢 維持

保持

가 : 앞 차하고 부딪히겠다. 앞 차와 적당한 거리를 **유지**해야 사고가 안 나지.
가 : 要撞到前面的車子了。要與前車保持適當距離，才不會出車禍。

나 : 나도 알아. 그런데 앞 차가 너무 천천히 가서 답답해.
나 : 我也知道。但前車開太慢了很煩燥。

- 을/를 유지하다
- 이/가 유지되다

動 유지하다維持、유지되다被維持

이르다 02

形 [이르다]
不 르不規則
⇨ 索引 p.623

早的

가 : 내일 아침 6시에 만날까요?
가 : 要不要明天早上六點見面？

나 : 너무 **일러**요. 7시쯤 만나요.
나 : 太早了。約七點見面吧。

- 보다 이르다
- 기에 이르다

反 늦다晚的

💡 「이르다早」用在時間的快，但不能用在速度的快。
　　빠르게 걷는다. (O) 快走
　　이르게 걷는다. (X)

品質／量 **03**

상태 • 狀態

일정 01

名 [일쩡]
漢 一定

一定

가 : 선생님, 된장찌개에 넣을 두부는 어떻게 잘라야 해요?

가 : 老師，放大醬裡的豆腐，要怎麼切呢？

나 : 1cm로 **일정**하게 자르세요.

나 : 請固定 1cm 地切。

- 이／가 일정하다

形 일정하다一定的
參 일정 기준一定基準、일정 기간一定期間、일정 금액一定金額

자연스럽다

形 [자연스럽따]
不 ㅂ 不規則
漢 自然스럽다
⇨ 索引 p.623

看似自然的

가 : 어떻게 하면 한국 사람처럼 **자연스럽**게 말할 수 있어요?

가 : 要如何才能像韓國人一樣自然地說韓語呢？

나 : 드라마를 많이 보고 한국 사람과 많이 이야기하세요.

나 : 請多看戲劇並多跟韓國人談話。

- 이／가 자연스럽다

反 부자연스럽다不自然的

잘나다

形 [잘라다]

帥、長得好、了不起

동생 : 형, 나 이번 시험에서 또 100점을 받았어. 난 진짜 천재인 것 같아.

弟弟 : 哥，我這次考試又考了 100 分。我是真天才吧。

형 : **잘난** 척 좀 하지 마!

哥 : 別裝帥！

- 이／가 잘나다

反 못나다醜

잘되다

動 [잘되다/잘뒈다]
⇨ 索引 p.622

順利、順暢、事如所願

가 : 행사 준비 **잘돼** 가요?
가 : 活動準備順利進展嗎？

나 : 네, 거의 다 끝나 가요.
나 : 是的，幾乎都要結束了。

- 이/가 잘되다

反 안되다 不順利 ⇨ p.36

잘못되다

動 [잘못되다/잘몯뙤다]

做錯

가 : 여기요, 계산이 **잘못된** 것 같아요.
가 : 您好，計算好像算錯了。

나 : 그래요? 영수증 좀 보여 주세요.
나 : 是嗎？請給我看收據。

- 이/가 잘못되다

잠들다

動 [잠들다]
不 ㄹ 不規則

入睡、睡著

가 : 왜 숙제를 집에서 안 하고 학교에서 해?
가 : 為什麼作業不在家寫要來學校寫呢？

나 : 어젯밤에 숙제를 하다가 **잠들**어 버렸거든.
나 : 因為昨天晚上寫著就睡著了。

- 이/가 잠들다

品質／量 03

201

상태 • 狀態

지저분하다

形 [지저분하다]
⇨ 索引 p.625

髒亂的、紊亂的

가 : 방이 왜 이렇게 **지저분해**? 청소 좀 해.
가 : 房間為什麼這麼髒亂？打掃一下。

나 : 안 그래도 지금 하려고 해.
나 : 不用你說，我現在正要去打掃。

- 이／가 지저분하다

類 더럽다髒的

차다 02

動 [차다]
⇨ 索引 p.622

充滿

가 : 엄마, 생선 구우셨어요? 생선 냄새가 집 안에 가득**찼**어요.
가 : 媽媽，您烤魚了嗎？魚味充滿整個家裡。

나 : 그래? 창문 좀 열까?
나 : 是嗎？窗戶要不要開一下？

- 에 - 이／가 차다
- 이／가 -(으)로 차다

反 비다空

최악

名 [최ː악／
췌ː악]
漢 最惡

最糟、最差

가 : 어제 소개팅한 여자 어땠어?
가 : 昨天相親的女生如何？

나 : 물어보지 마! **최악**이었어.
나 : 別問！非常糟。

- 이／가 최악이다

關 최악의 상황最糟的情況、최악의 상태最糟的狀態

202

타다

動 [타다]

燒焦

가 : 고기는 제가 구울게요.
가 : 肉我來烤。

나 : 고기가 **타**지 않게 잘 구우세요.
나 : 肉請別燒焦了，好好烤。

- 이／가 타다

使 태우다燒焦

터지다

動 [터 : 지다]

破裂、爆裂

그만 불어. 풍선이 **터지**겠다.
別吹了。氣球要破了。

가 : 더 먹어.
가 : 吃多一點。

나 : 너무 많이 먹어서 배가 **터질** 것 같아.
나 : 吃很多，肚子感覺要爆了。

- 이／가 터지다

편리

名 [펼리]
⇨ 索引 p.621

便利、方便

가 : 왜 이쪽으로 이사하셨어요?
가 : 為什麼搬家到這邊呢？

나 : 교통도 **편리**하고 집 근처에 마트도 있거든요.
나 : 因為交通便利，且家附近有賣場。

- 에／에게 편리하다
- 기에 편리하다

形 편리하다便利的、方便的
反 불편不便

品質／量 03

203

상태 • 狀態

평범하다

形 [평범하다]
漢 平凡하다

平凡的

가 : 그 연예인 직접 보니까 어땠어?
가 : 那藝人你親自看到了，感覺如何呢？
나 : 너무 **평범하**게 생겨서 나는 연예인이 아닌 줄 알았어.
나 : 長得太平凡了，我以為不是藝人呢。

- 이/가 평범하다

푸르다

形 [푸르다]
不 러不規則

藍的、青的

가 : **푸른** 바다를 보니까 좋지?
가 : 看了碧藍的海感覺不錯吧？
나 : 응, 빨리 수영하고 싶다.
나 : 嗯，想快點游泳。

- 이/가 푸르다

關 푸른 하늘青天

풍부하다

形 [풍부하다]
漢 豐富하다

豐富的

가 : 계란을 매일 먹어요?
가 : 每天吃雞蛋嗎？
나 : 네, 값도 싸고 영양도 **풍부하**잖아요.
나 : 是的，價格便宜且營養豐富。

- 이/가 풍부하다

204

흐르다

動 [흐르다]
不 르不規則

①流　②流淚　③流逝

우리 집 앞에는 청계천이 **흐른다**.
家前有清溪川流水。

음악을 듣다가 나도 모르게 눈물이 **흘렀다**.
聽著音樂，我也不知不覺流淚了。

가 : 네 딸이 벌써 고등학생이니?
가 : 你女兒已經上高中了喔？

나 : 응, 세월이 정말 빠르게 **흐르**지?
나 : 對啊，歲月過得真快呀？

- 이／가 흐르다

흔하다

形 [흔하다]
⇨ 索引 p.623

眾多的、易得的、平凡的

가 : 이 티셔츠 어때?
가 : 這件 T 恤如何？

나 : 오늘도 그 옷 입은 사람을 몇 명이나 봤어. 그 디자인은 너무 **흔하**니까 사지 마.
나 : 今天也看到好幾個人穿那件衣服。設計太平凡，別買。

- 이／가 흔하다

副 흔히 平常地
反 드물다 稀少的

205

상태 • 狀態

흘리다

動 [흘리다]

使流

가 : 왜 이렇게 땀을 **흘려**?
가 : 為什麼這樣子流汗呢？

나 : 뛰어왔거든.
나 : 因為我是跑過來的。

- 을/를 흘리다

關 땀을 흘리다流汗、눈물을 흘리다流淚、콧물을 흘리다流鼻水

複習一下

品質／量 | 狀態

請連接相反的單字。

1. 얼다 •　　　　　　　　• ① 비다
2. 차다 •　　　　　　　　• ② 늦다
3. 이르다 •　　　　　　　• ③ 녹다

請選出適合填入（　）的單字。

4. 사람은 감정 (　　)에 따라 먹고 싶은 음식도 달라진다고 한다.
① 모양　　② 최악　　③ 상태　　④ 여유

5. 다이어트를 한 후에 줄어든 몸무게를 그대로 (　　)하는 것은 매우 힘든 일이다.
① 풍부　　② 중복　　③ 편리　　④ 유지

請閱讀短文後回答問題。

> 나는 ㉠한 달 후에 한국으로 유학을 가려고 한다. 한국어를 조금 할 수 있지만 아직 많이 ㉡_____ 한국에 가면 적응을 잘 할 수 있을지 걱정이 된다. 친구들은 유학을 가면 어차피 한국어를 배울 거니까 가기 전부터 걱정할 필요가 없다고 했지만 그래도 ㉢_____ 있을 수 없어서 일주일에 두 번씩 한국어를 공부하고 있다. 빨리 한국에 가서 한국어도 배우고 많은 사람들을 만나면서 ㉣_____ 한국 문화를 경험해 보고 싶다.

6. ㉠과 바꿔 쓸 수 있는 것을 고르십시오.

① 한국 유학을 앞두고 있다.
② 한국 유학 생활이 엉망이다.
③ 한국의 유학 생활은 평범하지 않다.
④ 한국에 유학을 가는 경우는 흔하다.

7. ㉡과 ㉢에 들어갈 알맞은 것을 고르십시오.

① ㉡ 서툴러서 ㉢ 여전히　　② ㉡ 오래돼서 ㉢ 가만히
③ ㉡ 오래돼서 ㉢ 여전히　　④ ㉡ 서툴러서 ㉢ 가만히

8. ㉣에 들어갈 알맞은 것을 고르십시오.

① 명확한　　② 일정한　　③ 다양한　　④ 동일한

정도・程度

2 정도
程度

🔊 17.mp3

가까이
副 名 [가까이]

近

뭐라고? 안 들려. **가까이** 와서 말해.
你說什麼？我聽不到。靠近一點說。

- 와/과 가까이하다
- 을/를 가까이하다

動 가까이하다 接近
反 멀리 遠
關 가까이 오다 靠近、가까이 다가가다 靠近、가까이 지내다 關係密切交往

가늘다
形 [가늘다]
不 ㄹ 不規則
➪ 索引 p.623

細的，纖細的

가：이 원피스는 벨트가 있어서 허리가 **가늘**어 보여요.
가：這連身裙有帶子，因此腰看起來纖細。

나：그래요? 그럼 한번 입어 볼게요.
나：真的嗎？那我去試穿。

反 굵다 粗的 ➪ p.209

208

가득

副 [가득]

充滿

아들 : 엄마, 이 옷도 세탁기에 넣어도 돼요?
兒子：媽媽，這衣服可以放洗衣機嗎？

엄마 : 세탁기에 빨래를 **가득** 넣으면 안 좋아. 그건 다음에 빨자.
媽媽：洗衣機裡放太多（要洗的）衣物不太好。那件下次洗吧。

- 에 - 이/가 가득하다
- 이/가 -(으)로 가득하다

形 가득하다 滿的
關 가득 넣다 放滿、가득 차다 裝滿、가득 따르다 斟滿、가득 담기다 裝滿

거칠다

形 [거칠다]
不 ㄹ不規則

粗糙的

가 : 요즘 피부가 **거칠**어져서 고민이야.
가：最近皮膚變粗糙，真讓人苦惱。

나 : 심하면 피부과에 한번 가 봐.
나：嚴重的話，去看一下皮膚科吧。

- 이/가 거칠다

굵다

形 [국 : 따]
➡ 索引 p.623

粗的

가 : 이 반지를 한번 껴 봐. 어울릴 것 같아!
가：這戒指戴看看。應該很合適！

나 : 손가락이 **굵**어서 안 맞을 것 같은데.
나：我手指粗，好像不太適合。

- 이/가 굵다

反 가늘다 細的 ➡ p.208
關 손가락이 굵다 手指粗、목소리가 굵다 聲音粗

209

정도 • 程度

귀하다

形 [귀ː하다]
漢 貴하다

尊貴的，貴重的

가 : 외국에서 **귀한** 손님이 오시는데 어떤 식당에 가면 좋을까요?
가 : 貴客從國外來，去哪個餐廳比較好呢？
나 : 인사동에 가면 좋은 한정식 집이 많아요.
나 : 去仁寺洞的話，有很多不錯的韓定食餐廳。

- 이/가 귀하다

關 귀하게 자라다 富養、귀한 손님 貴客

💡「귀하다」經常以「귀하게」、「귀한」的形態使用。

그다지

副 [그다지]
⇨ 索引 p.626

不太

가 : 여기에서 그 박물관까지 멀어?
가 : 從這裡到博物館遠嗎？
나 : **그다지** 멀지 않아.
나 : 不太遠。

類 별로 一點不、그리 不太 ⇨ p.210

💡「그다지」必須與「- 지않다」、「- 지못하다」等一起使用。

그리

副 [그리]
⇨ 索引 p.626

不怎麼

가 : 시험이 어려웠어요?
가 : 考試很難嗎？
나 : **그리** 어렵지 않았어요.
나 : 不怎麼難。

類 그다지 不太 ⇨ p.210、별로 不太

💡「그리」必須與「- 지않다」、「- 지못하다」等一起使用。

끊임없다

形 [끄니멉따]

不間斷的

가 : 좀 쉬면서 해요. 너무 일만 하는 거 아니에요?
가 : 休息過後再做吧。你是不是太專心工作了?

나 : 저도 쉬고 싶은데 **끊임없**이 할 일이 생기네요.
나 : 我也想要休息,但要做的事情不斷生出來。

副 끊임없이 不間斷地
關 끊임없이 노력하다 不斷地努力

너무나

副 [너무나]

太過於

어제 날씨가 **너무나** 더워서 잠을 제대로 잘 수가 없었어.
昨天天氣太熱了,都無法好好睡覺。

널리

副 [널리]

廣地、廣泛地

그 가수의 뮤직비디오가 유튜브를 통해 **널리** 알려졌다.
那個歌手的 MV,透過 Youtube 被人廣泛熟知。

關 널리 쓰이다 廣泛被使用、널리 알려지다 廣泛為人所知、널리 알리다 廣泛告知

정도 • 程度

넘치다

動 [넘ː치다]

滿溢、橫溢

가 : 저 스케이트 선수는 항상 자신감이 **넘쳐** 보여요.
가 : 那個溜冰選手經常看起來自信滿滿。

나 : 늘 연습을 많이 하잖아요.
나 : 他很常練習。

- 이/가 넘치다
- 에 -이/가 넘치다

關 술이 넘치다喝太多／酒滿溢、사랑이 넘치다充滿愛、자신감이 넘치다充滿自信

대단하다

形 [대ː단하다]

了不起的

가 : 저 아이는 피아노를 배운 적이 없는데 음악을 들으면 똑같이 칠 수 있다고 해요.
가 : 聽說那孩子沒有學過鋼琴，但聽了音樂後，能夠彈出相同的曲子。

나 : 정말 **대단하**네요!
나 : 真是了不起！

- 이/가 대단하다

關 인기가 대단하다受歡迎、실력이 대단하다非常有實力、대단한 일了不起的事情

대충

副 [대충]

大概、大略、馬虎

가 : 여보, 설거지를 이렇게 **대충** 하면 어떻게 해? 다시 해야 되잖아.
가 : 老公，碗怎麼可以這樣大略洗一下而已？你這樣不就要再洗一次嗎。

나 : 미안해. 내가 다시 할게.
나 : 抱歉，我重新洗。

더욱

副 [더욱]

更

요시코 씨, 새해 복 많이 받으세요. 앞으로 **더욱** 건강하고 행복하세요.
祝芳子新年快樂。希望您之後更加健康幸福。

되게

副 [되ː게/뒈ː게]

非常

가 : 와! 이 고기 정말 맛있다! 너도 빨리 먹어.
가 : 哇！這個肉真的吃！你也快點吃。

나 : 너 고기 **되게** 좋아하는구나! 이렇게 좋아하는 줄 몰랐어.
나 : 你非常喜歡肉啊！不知道你這麼喜歡。

💡「되게」不太用於文書，常使用於口語對話中。

뛰어나다

形 [뛰어나다]

出眾的、傑出的

그 가수는 처음에는 관심을 못 받았지만 **뛰어난** 노래 실력으로 인기를 얻게 되었다.
那歌手剛開始沒有得到很大的關心，但以傑出的歌唱實力而漸漸受到青睞。

- 이/가 뛰어나다
- 에 뛰어나다

關 솜씨가 뛰어나다 手藝出眾、성능이 뛰어나다 性能出眾、실력이 뛰어나다 實力出眾

品質／量 **03**

정도 • 程度

막 01

副 [막]

猛然地

가 : 어디 아파?
가 : 哪裡不舒服？
나 : 배가 너무 고파서 **막** 먹었는데 소화가 잘 안되는것 같아.
나 : 好像是肚子很餓，而猛然地進食導致消化不良的樣子。

별 01

冠 [별]
漢 別

特別

가 : 리에랑 사귀는 거예요?
가 : 你是在跟理惠交往嗎？
나 : 아니요, 우리는 그냥 친구예요. **별** 사이 아니에요.
나 : 沒有，我們只是朋友。不是特別的關係。

부드럽다

形 [부드럽따]
不 ㅂ不規則

柔軟的

이 샴푸를 한번 써 보세요. 머리카락이 **부드러워**져요.
這洗髮精請用看看。頭髮會柔順起來。

- 이／가 부드럽다

關 부드러운 목소리 溫柔的聲音、부드러운 음식 軟的食物

비교적

冠 副 名 [비ː교적]
漢 比較的

比較的

내일은 오늘보다 **비교적** 따뜻하겠습니다.
明天會比今天較為溫暖。

사소하다

形 [사소하다]
漢 些少하다

微細的、微不起眼的、微不足道的

나이가 들면 **사소한** 것을 자주 잊어버린다.
上了年紀的話，會經常忘記細小的事情。

- 이/가 사소하다

關 사소한 문제微小問題、사소한 일小事、사소한 실수微小失誤

品質／量 03

세다 02

形 [세 : 다]
⇨ 索引 p.623

強的、猛的

가 : 이에서 피가 나요.
가 : 牙齒流血了。

나 : 이를 닦을 때 너무 **세**게 닦으면 안 돼요.
나 : 刷牙的時候，不可以猛力刷。

關 힘이 세다力氣強、고집이 세다固執強烈、술이 세다酒烈、경쟁률이 세다競爭率強

💡 對很會喝酒的人說「술이 세다（酒量好）」；對不會喝酒的人說「술이 약하다（酒量弱）」。

실컷

副 [실컫]
⇨ 索引 p.626

盡情地

가 : 시험 끝나면 뭐 하고 싶어요?
가 : 考試結束的話，想做什麼呢？

나 : **실컷** 놀고 싶어요.
나 : 想要盡情的玩。

同 마음껏
關 실컷 놀다盡情的玩、실컷 먹다盡情的吃、실컷 자다盡情的睡

정도 • 程度

심각하다

形 [심ː가카다]
漢 深刻하다

嚴重的

가: 그 사람 많이 다쳤대요?
가: 聽說他受傷嚴重？

나: 생각보다 **심각하**대요. 수술해야 한다고 해요.
나: 聽說比想像的嚴重。還聽說必須開刀。

- 이/가 심각하다

關 문제가 심각하다 問題嚴重、피해가 심각하다 受害嚴重、심각하게 고민하다 嚴重煩惱

약간

副 名 [약깐]
漢 若干
⇨ 索引 p.626

稍微、若干

가: 비빔밥 맵지 않아?
가: 拌飯不辣嗎？

나: **약간** 매운데 맛있어.
나: 有點辣，好吃。

類 조금 一點點

얇다

形 [얄ː따]
⇨ 索引 p.623

薄的

가: 밖에 바람이 많이 부는데 너무 **얇게** 입은 거 아니야?
가: 外面風很大，你那樣穿不會太薄嗎？

나: 그럼 점퍼(jumper)를 가지고 나가야겠다.
나: 那麼要帶件短褂出門。

- 이/가 얇다

反 두껍다 厚
關 옷이 얇다 衣服薄、책이 얇다 書薄

얕다

形 [얕따]
⇨ 索引 p.623

淺的

가 : 이 수영장은 아이들도 놀 수 있어요?
가 : 這個游泳池小孩也可以下去玩嗎？
나 : **얕**으니까 걱정하실 필요 없습니다.
나 : 水很淺，您不用擔心。

- 이／가 얕다

反 깊다深

연하다

形 [연 : 하다]
漢 軟하다
⇨ 索引 p.623

①嫩的　②淺的

가 : 이 집 고기 맛있지요?
가 : 這家烤肉好吃嗎？
나 : 네, 고기가 **연하**고 기름이 적어서 맛있네요！
나 : 是的，肉很嫩，且不油膩，很好吃！

가 : 어떤 색으로 염색해 드릴까요?
가 : 要幫您染什麼色？
나 : **연한** 갈색으로 해 주세요.
나 : 請幫我染淺咖啡色。

反 질기다韌的 (①) 、진하다濃 (②) ⇨ p.221
關 고기가 연하다肉很嫩、커피가 연하다咖啡很淡、연한 색淺色

品質／量 03

217

정도 • 程度

영원

名 [영 : 원]
漢 永遠

永遠

가 : 잘 다녀와. 도착하면 연락해.
가 : 路上小心。抵達的話，跟我連絡。
나 : **영원**히 이별하는 것도 아닌데 그만 울어.
나 : 又不是永遠離別的，別哭了。

- 이／가 영원하다

形 영원하다 永遠的
副 영원히 永遠地

온통

副 名 [온통]
⇨ 索引 p.626

全、都

너무 배가 고파서 머릿속이 **온통** 음식 생각뿐이다.
肚子太餓了，腦袋想到的都是吃的。

類 전부、모두 全部、所有

완전히

副 [완전히]
漢 完全히

完全地

가 : 지난번에 다친 어깨는 다 나았어요?
가 : 上次受傷的肩膀都好了嗎？
나 : 아니요, 아직 **완전히** 낫지 않았어요. 치료받는 중이에요.
나 : 沒有，還沒完全痊癒。正在治療中。

자꾸

副 [자꾸]

總是、老是

요즘 **자꾸** 약속을 잊어버려서 걱정이야.
最近老是忘記約定，真是擔心。

저렴하다

形 [저ː렴하다]
漢 低廉하다
索引 p.625

廉價的

지금 주문하시면 더 **저렴한** 가격으로 사실 수 있습니다.
現在訂購的話，能夠以低廉價格買到。

類 싸다便宜的

적당하다

形 [적땅하다]
漢 適當하다

適合、適當

요가는 실내에서 하기에 **적당한** 운동이다.
瑜珈是很適合在室內做的運動。

- 이／가 적당하다
- 에／에게 적당하다
- 기에 적당하다

전부

副 名 [전부]
漢 全部
索引 p.624

總共、全部

가：사과 5개, 복숭아 5개에 얼마예요?
가：五個蘋果、五個水蜜桃，總共多少錢呢？
나：**전부** 8,000원입니다.
나：全部是八千元。

類 모두全部

점차

副 名 [점차]
漢 漸次
索引 p.624

逐漸

비가 오다가 오후에 **점차** 맑아지겠습니다.
雨下到下午，將逐漸放晴。

參 점차적逐漸的
類 점점漸漸

💡 「점차」以「+- 아／어／해지다、動詞 +- 게 되다」的形態使用。經常與「늘어나다、줄어들다」等動詞一起使用。

品質／量 03

정도 • 程度

제법

副 名 [제법]

相當

가 : 스키를 **제법** 잘 타네요!
가 : 雪滑得相當好呢!

나 : 어렸을 때부터 배웠거든요.
나 : 我從小就開始學的呢。

- 이／가 제법이다

좀처럼

副 [좀ː처럼]

不容易

가 : 아직도 감기가 안 나았네요!
가 : 感冒還沒好啊!

나 : 네, 약을 먹는데도 **좀처럼** 잘 낫지 않네요.
나 : 對，儘管吃了藥，也是不容易好呢。

💡 「좀처럼不容易」必須與「‐지 않다，‐지못하다」一起使用。

지나치다

形 [지나치다]

過度的、過頭的、過份的

가 : 어제도 네 시간이나 운동을 했어.
가 : 昨天也運動四小時呢。

나 : 네 시간이나? 운동도 너무 **지나치**게 하면 안 좋아. 적당히 해.
나 : 四小時? 運動過度也不太好。適度運動吧。

- 이／가 지나치다

關 욕심이 지나치다 貪欲過份

진하다

形 [진하다]
⇨ 索引 p.625

濃的

가 : 무슨 커피 마실래?
가 : 要喝什麼咖啡呢?
나 : 난 에스프레소! 난 **진한** 커피가 좋아.
나 : 我要義式咖啡!我喜歡濃的咖啡。

- 이／가 진하다

反 연하다淡的
關 화장이 진하다畫濃妝、색깔이 진하다顏色很濃、진한 감동深深感動

짙다

形 [짇따]
⇨ 索引 p.623, 625

濃的、深的

가 : 파란색과 하늘색 중 뭐가 더 어울릴까?
가 : 藍色與青色中,哪個更合適呢?
나 : 그 바지에는 **짙**은 색이 더 잘 어울려!
나 : 那條褲子深色更適合!

- 이／가 짙다

類 진하다深的
反 연하다淡的
關 안개가 짙다濃霧、짙은 색深色、짙은 향기濃的香氣

💡 「짙다(濃、深)」與「진하다(濃)」的意思雖然很類似,但是「안개(霧)」的情況下只能夠使用「짙다」。

캄캄하다

形 [캄캄하다]
⇨ 索引 p.625

漆黑的

캄캄해서 아무것도 안 보여. 불 좀 켜 봐.
烏漆墨黑,所以什麼都沒看見。開一下燈吧。

類 어둡다黑的

정도 • 程度

텅

副 [텅]

空蕩蕩

가 : 냉장고가 **텅** 비어 있네!
가 : 冷凍庫空空的！

나 : 바빠서 마트에 못 가서 그래.
나 : 太忙而沒時間去超市的關係。

關 텅 비어 있다空蕩

통 01

副 [통]
⇨ 索引 p.626

完全、整個

가 : 왕핑 씨가 요즘 **통** 안 보이네요!
가 : 王平最近整個都沒看見人影呢！

나 : 출장 중이에요.
나 : 他正在出差。

類 전혀全然地
關 통 관심이 없다完全沒關心、통 연락이 없다完全沒有連絡、통 말이 없다完全沒有說話、통 입맛이 없다完全沒有食慾、통 모르겠다完全不知情、통 보이지않다完全看不到

💡「통」必須與「-지 않다」、「-못하다」、「없다」、「모르다」一起使用。

한꺼번에

副 [한꺼버네]

一下子、一舉

가 : 어제 잠을 못 잤어? 눈이 빨개.
가 : 昨天沒睡好嗎？眼睛好紅。

나 : 응, 얼마 전에 끝난 드라마를 1회부터 20회까지 **한꺼번에** 다 봤거든.
나 : 嗯，前陣子已經完結的連續劇，我從第一集到第二十集一口氣看完的關係。

헌
冠 [헌ː]

舊

새 자전거를 사서 **헌** 자전거를 버렸다.
買了新腳踏車,然後丟了舊的。

關 헌 옷舊衣、헌 책舊書
反 새新

훌륭하다
形 [훌륭하다]

出色的、偉大的

가 : 왜 그 대학교에 가려고 해요?
가 : 為什麼想去那所大學呢?
나 : 학교는 유명하지 않지만 **훌륭한** 교수님들이 많다고 들었거든요.
나 : 學校雖然不有名,但聽說有許多出色的教授。

- 이/가 훌륭하다

흔히
副 [흔히]

常見

가 : 요즘은 남자들도 액세서리를 많이 하는 것 같아요.
가 : 最近,很多男士也戴首飾。
나 : 맞아요. 목걸이를 한 남자를 **흔히** 볼 수 있어요.
나 : 對,可常看到戴項鍊的男士。

品質／量 03

複習一下

教育 | 考試

1. 下列選項中，請選出意思沒有相反的單字。

① 굵다 - 가늘다　　② 어둡다 - 캄캄하다
③ 가까이 - 멀리　　④ 세다 - 약하다

✏️ 請選出無法填入（　）的單字。

> 그 사람이 (　　　)-아／어／해서 좋아하는 것은 아니다. 그냥 좋다.

2. ① 뛰어나다　② 훌륭하다　③ 대단하다　④ 영원하다

> 너는 피부가 하얘서 (　　　)-(으)ㄴ 색이 잘 어울려.

3. ① 연하다　② 옅다　③ 얇다　④ 진하다

✏️ 請閱讀以下對話後回答問題。

> 가: 오늘 저녁 회식 메뉴가 삼겹살이라고 했지? 배가 고프니까 일은 안 되고 (㉠) 삼겹살 생각만 나네!
> 나: 그래? 사실은 나도 머릿속이 온통 그 생각뿐이야. 우리 오늘 저녁에 가서 (㉡) 먹자.

4. (㉠)에 들어갈 알맞은 것을 고르십시오.
① 자꾸　② 제법　③ 점차　④ 대충

5. (㉡)에 들어갈 알맞은 것을 고르십시오.
① 널리　② 완전히　③ 한꺼번에　④ 실컷

✏️ 請在例中找出適合填入（　）的單字。

> **例**　　사소하다　　넘치다　　적당하다

6. 아무리 좋은 음식도 (　　　)-게 먹는 게 좋아. 지나치게 먹으면 건강에 해로워.

7. (　　　)-(으)ㄴ 문제라고 생각해서 신경 쓰지 않으면 심각한 문제가 될 수 있어.

8. 어머니께서는 사랑이 (　　　)-는 얼굴로 나를 바라보셨다.

3 증감
增減

18.mp3

品質／量 03

감소

名 [감ː소]
漢 減少
索引 p.619, 625

減少

인구 **감소**로 여러 가지 사회 문제가 생기고 있다.
因人口減少之故，各種社會問題隨之產生。

- 을/를 감소하다
- 이/가 감소되다

動 감소하다減少、감소되다被削減
類 줄다減少⇨ p.230
反 증가增加⇨ p.231

늘다

動 [늘다]
不 ㅂ不規則
索引 p.622, 625

增強、增加、增長

가 : 한국어 실력이 정말 많이 **늘**었네요!
가 : 韓國語的實力增長很多呢！

나 : 한국 친구랑 말하기 연습을 많이 해서 그런 것 같아요.
나 : 好像是經常和韓國朋友練習對話，因而進步的樣子。

- 이/가 늘다

類 증가하다增加⇨ p.231
反 줄다減少⇨ p.230
使 늘리다增加⇨ p.177
關 실력이 늘다實力增長、시간이 늘다時間增加、몸무게가 늘다體重增加

225

증감 • 增減

늘어나다

動 [느러나다]
⇨ 索引 p.622

增加

봄이 되면서 등산을 하는 사람들이 **늘어나고** 있다.

春天到了，爬山的人在增加著。

- 이/가 늘어나다

反 줄어들다減少 ⇨ p.230
關 시간이 늘어나다時間增加、인구가 늘어나다人口增加、재산이 늘어나다財產增加

더하다

動 [더하다]

加

삼에 사를 **더하면** 칠이다.(3+4=7)

三加四等於七。

參 빼다減 ⇨ p.227、곱하다乘、나누다除 ⇨ p.121

💡 讀數學符號時，「+」為「더하기」,「−」為「빼다」,「×」為「곱하기」,「÷」為「나누기」。「3+4=7」讀為「삼 더하기 사는 칠」。

모으다

動 [모으다]
不 으不規則

聚集、收集

가 : 여기 있는 종이 버려도 돼요?
가 : 這裡的紙可以丟掉嗎？

나 : 아니요, 안 돼요. 다시 쓰려고 **모아** 둔 거예요.
나 : 不，不可以。那是我想要再利用而收集起來的。

- 을/를 모으다
- 을/를 -에 모으다
- 을/를 -(으)로 모으다

빠지다 02

動 [빠지다]

①落（水）、陷入　②著迷

저기 호수에 사람이 **빠졌**어요. 좀 도와주세요.
那邊湖水有人落水了。請幫幫忙。

내 동생은 가수에게 **빠져**서 콘서트장만 쫓아다닌다.
我妹妹對歌手很著迷，追著演唱會跑。

- 이／가 - 에 빠지다
- 이／가 N에／에게 빠지다

빼다

動 [빼ː다]

①祛除　②移除

가 : 손님, 뭘 드릴까요?
가 : 客人，可以幫您什麼忙嗎？

나 : 여기 비빔밥 한 그릇이요. 저는 고기는 안 먹으니까 고기 **빼**고 주세요.
나 : 我要一碗拌飯。我不吃肉，請不要放肉。

가 : 뭐부터 할까요?
가 : 要從什麼開始動手呢？

나 : 먼저 책장에서 책부터 **빼** 주세요.
나 : 請先把書桌上的書移除吧。

- 에서 - 을／를 빼다

關 얼룩을 빼다祛除汙漬、살을 빼다減肥
參 더하다加⇨ p.226、곱하다乘、나누다除⇨ p.121

品質／量 03

증감・增減

얻다

動 [얻 : 따]

獲得

가 : 요즘에 세계 여러 나라에서 한국의 김치를 수입한다고 들었어요.
가 : 聽說最近世界各國都進口韓國的辛奇。
나 : 요즘 김치가 건강에 좋은 음식으로 인기를 **얻**고 있거든요.
나 : 因為最近辛奇是對健康有益的食物而受歡迎。

- 을/를 얻다
- 에서/에게서 -을/를 얻다

關 인기를 얻다受歡迎、공짜로 얻다免費取得

「얻다」以「얻어요」、「얻으니까」活用。

없애다

動 [업 : 쌔다]

消除，去除

가 : 요즘 방에 모기가 너무 많아서 잠을 잘 못 자요.
가 : 最近房間很多蚊子，無法睡好。
나 : 모기를 **없애**려면 이 약을 뿌려 보세요.
나 : 想要消滅蚊子的話，請噴這藥。

- 을/를 없애다

關 냄새를 없애다消除味道、범죄를 없애다消除犯罪、남녀차별을 없애다消除男女差別

제거

名 [제거]
漢 除去

除去

가 : 냉장고에서 냄새가 너무 많이 나요.
가 : 從冰箱裡發出很重異味。
나 : 식빵을 사용해 보세요. 냉장고 냄새 **제거**에 식빵이 좋대요.
나 : 請用吐司。在消除冰箱的味道上聽說吐司有效。

- 을/를 제거하다
- 이/가 제거되다

動 제거하다除去、제거되다被除去
參 냄새 제거除去異味、얼룩 제거除去污漬

제외

名 [제외/제웨]
漢 除外

除外

가 : 한국의 산을 모두 가 봤어요?
가 : 韓國的山都有去過嗎?
나 : 한라산을 **제외**하고 모두 가 봤어요.
나 : 除了漢拏山以外，全都去過了。

- 을/를 제외하다
- -에서 -이/가 제외되다

動 제외하다除外、제외되다被除外

品質/量 03

줄다

動 [줄다]
不 ㄹ 不規則
➡ 索引 p.622, 625

減少

가：아빠, 무슨 일 있으세요? 얼굴이 안 좋아 보이세요.
가：爸爸，您有什麼事嗎？臉色看起來很不好。

나：요즘 가게에 손님이 **줄어서** 큰일이구나!
나：最近店裡客人減少，真糟啊！

- 이/가 줄다

類 감소하다減少 ➡ p.225
反 늘다增加 ➡ p.225

💡 「줄다／줄어들다／감소하다」有以下差異

	數／量／時間 (學生數，上課)	長度 (毛衣)	力氣／能力 (韓語實力)
줄다減少	O	O	O
줄어들다縮減	O	O	X
감소하다減少	O	X	X

줄어들다

動 [주러들다]
不 ㄹ 不規則
➡ 索引 p.622

縮小、縮水

가：엄마, 이게 뭐예요? 옷이 **줄어들어서** 입을 수가 없잖아요.
가：媽媽，這是什麼呢？衣服縮水不能穿了。

나：아이고, 어떡하니? 내가 세탁 방법을 잘못 봤네!
나：哎呀，怎麼辦呢？我洗衣服的方法錯了！

- 이/가 줄어들다

反 늘어나다增加 ➡ p.226

증가

名 [증가]
漢 增加
⇨ 索引 p.619, 625

增加

최근 일하는 엄마들을 위해 저녁 9시까지 아이를 돌봐 주는 어린이집이 **증가**하고 있다.

最近為了職業婦女們，照顧孩子到晚上九點的托兒所正在增加。

- 을/를 증가하다
- 이/가 증가되다

動 증가하다增加、증가되다被增加
類 늘다增加 ⇨ p.225
反 감소減少 ⇨ p.225

💡 「늘다／늘어나다／증가하다」有以下差異

	數／量／時間 (學生，上課)	長度 (毛衣)	力氣／能力 (韓國語實力)
늘다增加	O	X	O
늘어나다增加	O	O	X
증가하다增加	O	X	X

추가

名 [추가]
漢 追加

追加

가 : 여기요, 삼겹살 2인분 **추가**요.
가 : 您好，要追加兩人份的五花肉。

나 : 네, 잠깐만 기다리세요. 손님.
나 : 好，請稍等，客人。

- 에 - 을/를 추가하다
- 에 - 이/가 추가되다

動 추가하다追加、추가되다被追加
關 추가로追加
參 추가적追加的、추가 비용追加費用、추가 모집追加招募

品質／量
03

231

증감 • 增減

퍼지다

動 [퍼ː지다]

散播、擴散

저 빵집은 빵이 맛있다는 소문이 **퍼진** 후에 손님이 많아졌어요.

那家麵包店的麵包很好吃的傳聞散播之後，客人多起來了。

- 이／가 퍼지다
- 에 퍼지다
- (으)로 퍼지다

關 소문이 퍼지다 傳聞散播、냄새가 퍼지다 味道散播、전염병이 퍼지다 散播傳染病

확대

名 [확때]
漢 擴大
⇨ 索引 p.621

放大、擴大

가 : 아저씨, 이것 좀 **확대**해서 복사해 주세요.
가 : 大叔，請幫我放大影印。

나 : 얼마나 **확대**해 드릴까요?
나 : 要幫你放多大呢？

- 을／를 확대하다
- 이／가 확대되다

動 확대하다 擴大、확대되다 被擴大
反 축소 縮小
參 확대 복사 放大影印

232

複習一下

品質／量｜增減

1. 下列選項中，請選出意思沒有相反的單字。

① 늘다 - 줄다　　　　② 확대하다 - 축소하다

③ 증가하다 - 감소하다　　④ 퍼지다 - 빠지다

✏️ 請閱讀以下短文並回答問題。

> 나의 꿈은 세계 여행을 하는 것이다. 이 꿈을 위해서 지금은 일을 하면서 돈을 (㉠) 있다. 월급은 ㉡적어지고 생활비는 ㉢많아져서 내 꿈을 이룰 수 있을지 걱정이 된다. 그렇지만 포기하지 않고 노력한다면 언젠가는 여행 비용을 마련할 수 있을 것이다.

2. (㉠)에 들어갈 알맞은 단어를 고르십시오.

① 더하고　　② 빠지고　　③ 모으고　　④ 없애고

3. ㉡과 ㉢에 바꾸어 쓸 수 있는 단어를 쓰십시오.

㉡ (　　　　　)　　　　㉢ (　　　　　)

✏️ 請在例中找尋能夠填入 (　) 的正確單字。

> **例**　　얻다　빼다　없애다　추가하다　제외하다

4. 인터넷의 발달로 많은 사람들이 인터넷을 통해 정보를 (　　　)-고 있다.

5. 저희가 말씀 드린 서류를 (　　　)-아／어／해서 다시 보내 주세요.

6. 살을 (　　　)-(으)려면 음식 조절과 운동을 함께 해야 한다.

7. 이 약은 여드름을 (　　　)-는 데에 효과적이다.

8. 제주도를 (　　　)-(으)ㄴ 모든 지역은 이틀 안에 물건을 받으실 수 있습니다.

4 수량／크기／범위
數量／大小／範圍

19.mp3

가지
依 [가지]

種類

가：이 티셔츠는 하얀색밖에 없어요?
가：這件 T-shirt 只有白色的嗎？

나：아니에요. 저쪽에 여러 **가지** 색깔이 있어요.
나：不是。那邊還有各種顏色。

參 여러 가지 數種、몇 가지 幾種

각각
副 名 [각깍]
漢 各各

各自

가：미술관 입장료는 모두 같나요?
가：美術館門票都是一樣嗎？

나：어른은 10,000원, 아이는 5,000원 **각각** 다릅니다.
나：成人 10,000 韓元，小孩 5,000 韓元，各不同。

關 각각 다르다 各不同

각자
副 名 [각짜]
漢 各自

各自

가：도시락을 준비해야 되나요?
가：要準備餐盒嗎？

나：아니요, 점심에 도시락을 나눠 드립니다. 그런데 음료수는 **각자** 준비해야 합니다.
나：不用，中午會提供餐盒。但飲料要各自準備。

關 각자 준비하다 各自準備、각자 맡다 各自負責

간

依 [간]
漢 間

①之間　②相互間

서울 – 도쿄 **간** 편도 370,000 원
왕복 560,000 원
首爾–東京單程 370,000 韓元
往返 560,000 韓元

자매 **간**의 사이가 참 좋네요!
姊妹之間的關係真好！

곁

名 [곁]

旁邊

가 : 엄마, 주사 맞기 싫어!
가 : 媽媽，我不要打針！

나 : 엄마가 **곁**에 있을 테니까 걱정하지 마.
나 : 媽媽會在旁邊，別擔心。

關 곁에 있다在旁邊、곁을 지키다守護在旁邊、곁에서 도와주다 從旁邊協助

고급

名 [고급]
漢 高級

高級

가 : 이번 달에도 수영 신청했어?
가 : 這個月也報名游泳嗎？

나 : 응, 이번 달에는 **고급**반을 신청했어.
나 : 嗯，這個月報了高級班。

- 이/가 고급스럽다

形 고급스럽다高級的
參 초급初級 - 중급中級 - 고급高級

品質／量 03

수량 / 크기 / 범위 • 數量／大小／範圍

공동

名 [공동]
漢 共同

共同

가 : 티셔츠 참 예쁘네요! 어디에서 샀어요?
가 : T-shirt 真美！哪裡買的呢？
나 : 친구들이랑 인터넷에서 **공동** 구매한 거예요.
나 : 跟朋友共同網購的。

參 공동체共同體、공동주택公寓大樓、공동 시설公共設施

군데

依 [군데]

處、地方

가 : 오늘 몇 군데 구경했어?
가 : 今天看了幾處呢？
나 : 오늘 간 곳이 너무 넓어서 한 **군데**밖에 못 봤어.
나 : 今天去的地方太廣，只看了一處。

參 한 군데一處、여러 군데數處、몇 군데幾處

규모

名 [규모]
漢 規模

規模

가 : 직원이 100명 정도 되는데 다 들어갈 수 있을까요?
가 : 職員有 1001 名，能容納這麼多人嗎？
나 : 회의장 **규모**가 크니까 걱정하지 마세요.
나 : 會場規模很大，請別擔心。

關 규모가 크다／작다規模大／小
參 대규모大規模、소규모小規模

기준

名 [기준]
漢 基準

基準

시대에 따라 미인의 **기준**이 다르다.
隨時代不同，對美女的基準都不同。

關 기준을 세우다建立基準、기준에 따라依循基準
參 평가 기준評價基準

기타

名 [기타]
漢 其他

其他

기타 궁금한 것이 있으시면 저희 사무실로 직접 전화하시기 바랍니다.
如有其他不解事項，請直接打電話到辦公室。

參 기타 등등其他等等

길이

名 [기리]

長度

가 : 아저씨, 이 바지 **길이** 좀 줄여 주세요.
가 : 大叔，請幫我修改這褲子的長度

나 : 얼마나 줄여 드릴까요?
나 : 要修改多少呢？

關 길이가 길다／짧다長度長／短、길이를 늘리다／줄이다增加／縮短長度、길이를 재다量長度

깊이

名 [기피]

深度

가 : 이 호수의 **깊이**는 얼마나 돼요?
가 : 這湖水深度多少呢？

나 : 2m예요.
나 : 2m。

關 깊이가 깊다／얕다深度深／淺、깊이를 재다量深度

品質／量 03

수량 / 크기 / 범위 • 數量／大小／範圍

내부

名 [내ː부]
漢 內部
➡ 索引 p.619

內部

우리 가게는 지금 **내부** 수리 중입니다. 1월 3일부터 다시 문을 열 예정입니다.
我們店現在內部整修中。預計 1 月 3 日會重新開張。

反 외부外部
關 내부를 들여다보다探視內部
參 내부 수리內部整修

내외

名 [내ː외]
漢 內外
➡ 索引 p.624

①左右　②內外

아들 : 교수님, 이번 보고서는 몇 장 정도 써야 합니까?
學生：教授，這次報告要寫幾張呢？

교수 : A4 10장 **내외**로 써 오세요.
教授：請完成 A4 紙 10 張左右。

유명한 가수의 콘서트 때는 늘 공연장 **내외**에 사람이 많다.
有名歌手舉辦演唱會的時候，表演場地內外人很多。

類 안팎裡外
參 국내외國內外

높이

名 [노피]

高度

한라산의 **높이**는 약 1,950m로 한국에서 제일 높다.
漢拏山高度約 1,950m，是韓國最高的山。

關 높이를 재다量測高度

다수

名 [다수]
漢 多數
⇨ 索引 p.619

多數

가 : 다들 이번 주에는 시간이 없어서 못 간다고 해.
가 : 大家都說這週沒有時間，沒辦法去。
나 : 그래? **다수**의 생각이 그러면 이번 주 말고 다음 주에 가자.
나 : 是嗎？多數人那樣想的話，那麼不要這週，改下週去吧。

反 소수少數
關 다수의 생각多數的想法、다수의 의견多數的意見

대부분

副 名 [대부분]
漢 大部分

大部分

가 : 그 친구의 말을 믿어도 될까?
가 : 那朋友說的話，可以相信嗎？
나 : 믿지 마. 그 친구가 하는 말의 **대부분**은 거짓말이야.
나 : 別相信。那朋友說的話，大部分都是謊言。

💡 「大部分的〈名詞〉」經常以「〈名詞〉的大部分」型態使用。

대형

名 [대 : 형]
漢 大型
⇨ 索引 p.619

大型

가 : 집 근처에 **대형** 할인 마트가 생겼어.
가 : 家附近有家大型特賣商場新開張。
나 : 앞으로 쇼핑하기 편리하겠다.
나 : 以後購物會很方便。

反 소형小型
參 대형 마트大型商場、대형 할인 매장大型折扣商場、대형-중형-소형大型-中型-小型

品質／量 03

239

수량 / 크기 / 범위 • 數量／大小／範圍

딴
冠 [딴]

別的

내 얘기 듣고 있어? **딴** 생각하지 말고 잘 들어.
你在聽我說話嗎？不要想別的，好好的聽。

類 다른 其他
關 딴 생각 其他想法、딴 일 其他事情、딴 곳 其他地方、딴 사람 其他人

만
名 [만]
漢 滿

滿

가 : 나이가 어떻게 되세요?
가 : 年紀幾歲呢？

나 : **만**으로 29 살이에요.
나 : 滿 29 歲。

💡 在韓國，韓國人認為從媽媽肚子開始算一歲，所以通常在表示年紀的時候，會比實際年齡多一歲。

몇몇
冠 數 [면몯]

幾個

가 : 아직도 가게 문 안 닫았어요?
가 : 店還沒關門嗎？

나 : 네, **몇몇** 손님들이 남아 있어서 정리 중이에요.
나 : 是的，還剩幾個客人，正在整理中。

미터
名 [미터]

米、公尺

가 : 100 **미터**(m)를 몇 초에 달려요?
가 : 你一百米跑幾秒呢？

나 : 13 초에 달려요.
나 : 跑 13 秒。

參 킬로미터 公里 (km) - 미터 公尺 (m) - 센티미터 公分 (cm)

번째

依 [번째]
漢 番째

第…次

오늘은 우리 지우의 첫 **번째** 생일입니다. 돌잔치에 와 주셔서 감사합니다.
今天是我們智宇的第一次生日。感謝大家蒞臨周歲宴。

參 첫 번째 第一次、두 번째 第二次、몇 번째 第幾次

범위

名 [버ː위]
漢 範圍

範圍

가：시험 **범위**가 어디까지예요?
가：考試範圍到哪裡呢？

나：15과까지예요.
나：到15課。

參 시험 범위 考試範圍

선착순

名 [선착쑨]
漢 先着順

抵達順序

오늘 저희 가게에서 화장품을 사시면 **선착순** 10분께 선물을 드립니다.
今天如果在本店購買化妝品的話，依先後順序送10位客人禮物。

關 선착순으로 나눠 주다 先後順序發給
參 선착순 7명 依照抵達順序 7 名

品質／量
03

수량 / 크기 / 범위 • 數量／大小／範圍

아무것

名 [아 : 무걷]

任何東西

가 : 어제 면접 잘 봤어요?
가 : 昨天面試順利嗎？

나 : 아니요, **아무것**도 생각이 안 나서 대답을 잘 못했어요. 아무래도 떨어질 것 같아요.
나 : 沒有，任何東西都想不起來，而沒能好好回答。不管怎麼說，好像會落榜的樣子。

關 아무것도 아니다 沒什麼、아무거나（아무것이나）괜찮다 什麼都可以

약

冠 [약]
漢 約

大約

하루에 **약** 700만 명이 서울의 지하철을 이용하고 있다.
一天大約有七百萬人使用首爾的地鐵。

양

名 [양]
漢 量
⇨ 索引 p.620

量

가 : 이 식당 정말 괜찮지요?
가 : 這餐廳真的還不錯吧？

나 : 네, **양**도 많고 맛있어서 또 오고 싶어요.
나 : 是的，份量多味又美，想再來。

反 질質 ⇨ p.509
關 양이 많다／적다 量多／少
參 양적 數量

242

양쪽

名 [양 : 쪽]
漢 兩쪽

兩邊、雙方

가 : 이쪽만 아프세요?
가 : 只有這邊痛嗎?
나 : 아니요, **양쪽** 어깨 모두 아파요.
나 : 不，兩邊肩膀都痛。

參 한쪽一邊 ⇨ p.249

品質／量
03

억

名 [억]
漢 億

億

가 : 이 집은 얼마예요?
가 : 這房子多少錢呢?
나 : 3**억** 정도 합니다.
나 : 大約三億。

參 만萬 - 십만十萬 - 백만百萬 - 천만千萬 - 억億 - 조兆

여럿

名 [여럳]

幾個人、數人

가 : 뭐 먹을까요?
가 : 要吃什麼呢?
나 : **여럿**이 나눠 먹을 수 있는 피자를 시킬까요?
나 : 我們點多人可分著吃的披薩嗎?

외

依 [외 : ／웨 :]
漢 外

之外

가 : 이사하는 데에 돈이 많이 들지?
가 : 搬家花很多錢吧?
나 : 응, 예상 **외**로 돈이 많이 들더라고.
나 : 對，比預期還多花許多錢。

關 그 외에 除此之外

243

수량 / 크기 / 범위 • 數量／大小／範圍

위
依 [위]

名、位

2012년 런던 올림픽에서 한국은 5**위**를 했다.
2012 年倫敦奧林匹克，韓國排名第五。

關 1 위를 하다第一、3 위를 차지하다排名第三

이것저것
名 [이걷쩌걷]

這個那個

가 : 뭘 많이 사 왔네요!
가 : 買什麼這麼多東西呀！
나 : 네, 이사를 했더니 **이것저것** 필요한 게 많아서요.
나 : 嗯，搬了家，所以買了各種必需品。

關 이것저것 입어 보다試穿這件那件、이것저것 물어보다問東問西

이내
名 [이 : 내]
漢 以內
⇨ 索引 p.623

以內

가 : 준이치 씨, 내가 부탁한 일 어떻게 됐어요?
가 : 順一，我拜託的事情如何呢？
나 : 지금 하고 있습니다. 2시간 **이내**에 끝내겠습니다.
나 : 我正在做。兩小時內可以完成。

類 안 쪽

이상
名 [이 : 상]
漢 以上
⇨ 索引 p.620

以上

3만 원 **이상** 주문하시면 배송료가 무료입니다
如果訂購三萬元以上，免運費。

反 이하以下⇨ p.245
關 5년 이상五年以上、3회 이상三次以上

이외

名 [이ː외/이웨]
漢 以外

以外

가 : 한국어 **이외**에도 할 수 있는 외국어가 있어요?
가 : 除了韓國語以外，會的外國語有嗎？

나 : 네, 일본어를 조금 해요.
나 : 是，我會說一點點日語。

💡 主要以「이외에」的形態使用。

이하

名 [이하]
漢 以下
⇒ 索引 p.620

以下

이 놀이기구는 120cm **이하** 어린이는 탈 수 없습니다.

這遊樂器材，120cm 以下的孩童無法搭乘。

反 이상 以上 ⇒ p.244

일부

名 [일부]
漢 一部

一部分

가 : 요즘에는 고등학생들도 화장을 한대요.
가 : 聽說最近高中生也化妝呀。

나 : **일부** 학생만 그런 거예요. 다 그런 것은 아니에요.
나 : 只有部分學生是那樣。不全都是。

전원

名 [저눤]
漢 全員

全員、全體

가 : 이번 소풍에 못 가는 사람 있어요?
가 : 這次郊遊有沒辦法去的人嗎？

나 : 아니요, 우리 반은 **전원** 다 갑니다.
나 : 沒有，我們班全體都參加。

品質／量
03

수량 / 크기 / 범위 • 數量／大小／範圍

전체
名 [전체]
漢 全體

全體

마을 **전체**가 홍수로 피해를 입었다.
整個村子都因洪水而受肆虐。

參 마을 전체全村、국가 전체全國

절반
名 [절반]
漢 折半

一半

경제가 안 좋아서 20대의 **절반**이 취직을 못 하고 있다.
經濟不好，20歲近半找不到工作。

주요
名 [주요]
漢 主要

主要

가 : 오늘부터 서울 시내 **주요** 백화점에서 세일을 시작한대.
가 : 聽說從今天開始，首爾市的主要百貨公司開始折扣活動。

나 : 그래? 그럼 오랜만에 쇼핑하러 갈까?
나 : 是嗎？那麼我們時隔許久，去逛街吧？

參 주요 사건主要事件、주요 원인主要原因、주요 고객主要顧客、주요 뉴스主要消息

첫째
冠 數 [첟째]

第一

저희 약국은 매달 **첫째**, 셋째 일요일은 쉽니다.
本藥局每個月的第一週、第三週的週日休息。

參 첫째第一 - 둘째第二 - 셋째第三

최고

名 [최:고/쉐:고]
漢 最高
⇨ 索引 p.621

最好、最棒

가 : 수진아, 아빠가 인형 사 왔다.
가 : 秀珍，爸爸買了娃娃給妳。
나 : 우와, 우리 아빠 **최고**!
나 : 哇，爸爸最好了！

反 최저最低、최악最壞 ⇨ p.202
參 최고 높이最高高度、최고 점수最高分數

💡 在表達分數、氣溫時，「최고最高」的反面是「최저最低」；
但在表達某種狀態時，「최고最高」的反面是「최악最差」。

최대

名 [최:대/쉐:대]
漢 最大
⇨ 索引 p.621

最大

가 : 이 카드를 사용하면 얼마나 할인돼요?
가 : 如果使用這張卡的話，會有多少的折扣呢？
나 : **최대** 60%까지 할인받을 수 있습니다.
나 : 最多可得60%的折扣。

反 최소最少 ⇨ p.247

최소

名 [최:소/쉐:소]
漢 最少
⇨ 索引 p.621

最少

기자 : 어제 지진으로 **최소** 30명이 다치거나 죽었다고 합니다.
記者 : 據聞昨天的地震，至少有30名傷亡。

反 최대最大 ⇨ p.247

최소한

名 [최:소한/쉐:소한]
漢 最少限
⇨ 索引 p.621

至少、最少限度

저녁을 먹은 후에 **최소한** 2시간 후에 자는 것이 좋다.
吃過晚餐後，至少要兩個小時之後再睡覺比較好。

反 최대한最大限度

品質／量 03

수량 / 크기 / 범위 • 數量／大小／範圍

편

依 [편]
漢 篇

部、首、篇

가 : 한 달에 보통 영화 몇 **편**쯤 보세요?
가 : 一個月通常看幾部電影呢？

나 : 영화를 좋아해서 3~4**편**쯤 봐요.
나 : 因我喜歡電影，會看 3~4 部左右。

한계

名 [한ː계／
　　한ː게]
漢 限界

極限、界限

가 : 나는 더 이상 못 걷겠어. 여기까지가 내 **한계**야.
가 : 我不能再走了。到這裡是我的極限了。

나 : 다 왔어. 5분만 더가면 돼.
나 : 快到了。再走五分鐘就到了。

關 한계가 있다／없다有／沒有界限、한계를 극복하다克服極限

💡 再也無法忍受的時候說「참는 데에도 한계가 있다（忍耐也有個限度）」。

한두

冠 [한두]

一兩（次）（個）

가 : 노래방에 자주 가요?
가 : 很常去 KTV 嗎？

나 : 일 년에 **한두** 번 가요.
나 : 一年去一兩次。

參 한두一兩（次）- 두세兩三（次）- 서너三四（次）- 네다섯四五（次）

한쪽

名 [한쪽]

一側

가 : 계속 **한쪽** 머리가 아프네!
가 : 頭的一側一直在痛！
나 : 참지 말고 약 먹어.
나 : 別忍了，吃藥。

參 양쪽兩側 ⇨ p.243

회

依 [회]
漢 回

① 屆 ② 次

제17**회** FIFA 월드컵(World Cup)은 한국과 일본이 함께 개최했다.
第十七屆 FIFA 世界盃，是韓國與日本共同舉辦的。

이 카드는 비밀번호를 5**회** 이상 잘못 누르신 경우, 사용이 불가능합니다.
這張卡如果密碼輸入錯誤超過五次以上，就無法使用。

關 여러 회許多次、10회 10次

횟수

名 [회쑤/휃쑤]
漢 回數

次數

서울시티투어버스 표를 사면 하루 동안 **횟수**에 관계 없이 이용하실 수 있습니다.
如果購買首爾觀光巴士的票，一天可無限次搭乘。

關 횟수가 줄다/늘다次數減少/增加、횟수가 많다/적다次數多/少

複習一下

品質／量 ｜ 數量／大小／範圍

請從例找出符合圖片的適當單字。

例　　　높이　　길이　　깊이

1. (　　)　　2. (　　)　　3. (　　)

4. 以下何者的關係是不同的呢？

① 최대 – 최소　② 이상 – 이하　③ 외부 – 내부　④ 다수 – 일부

請選擇適合填入 (　) 的正確單字。

5. 요즘 대학생들의 직업 선택 (　　)은/는 월급이나 적성이라고 한다.

① 기준　　② 횟수　　③ 한계　④ 범위

6. 옷가게에서 (　　) 많이 입어 봤지만 마음에 드는 옷이 없었다.

① 최소한　　② 대규모　　③ 이것저것　　④ 아무거나

請在例中找出適合填入 (　) 的單字。

例　　　가지　　번째　　군데

7. 오늘 어머니 생신 선물을 사려고 여러 (　　)을/를 돌아다녔지만 결국 사지 못했다.

8. 이번이 몇 (　　) 교통사고인지 모르겠다. 왜 운전만 하면 자꾸 교통사고를 낼까?

9. 라면을 맛있게 끓이는 방법에는 여러 (　　)이/가 있는데 어떤 방법부터 가르쳐 줄까?

用漢字學韓語・性

✎ 我們來看看韓文詞彙是如何與漢字產生聯繫的。

性能 (p.508)
이 자동차는 엔진의 성능이 뛰어나서 많이 팔린다.
這汽車引擎的性能很出色，因而暢銷。

성능

個性 (p.54)
유행하는 옷보다는 자신의 개성을 살릴 수 있는 옷을 입도록 하세요.
比起流行服飾，請穿著能夠凸顯自己個性的衣服。

개성

性 — **성** | 성품 品性

男性 (p.80)
우리 쇼핑몰에서는 남성 의류와 여성 의류를 모두 판매합니다.
本商場男性與女性的衣服都有販售。

남성

異性 (p.90)
요즘은 초등학생들도 이성 친구를 사귄다고 한다.
聽說最近小學生也交異性朋友。

이성

특성

特性
고양이는 옆으로 누워서 잠을 자는 특성이 있다.
貓咪有側臥睡覺的特性。
(p.511)

적성

適應能力 (p.284)
자신의 적성을 고려해서 직업을 선택하는 것이 중요하다.
考慮自己適應能力再選擇工作是很重要的。

251

04

지식／교육
知識／教育

1 **학문** 學問
2 **연구／보고서** 研究／報告
3 **학교생활** 學校生活
4 **수업／시험** 上課／考試

用漢字學韓語・教

1 학문
學問

🔊 20.mp3

과학
名 [과학]
漢 科學

科學

과학의 발전은 우리의 생활을 편리하게 만들어 주었다.
科學發展使我們的生活便利。

參 과학적科學性的、과학자科學家、과학 기술科學技術

교양
名 [교ː양]
漢 教養

教養，通識，修養

가 : 한국어를 언제 배웠어요?
가 : 什麼時候學韓語的呢？

나 : 대학교 때 **교양** 수업으로 배웠어요.
나 : 大學通識課學的。

공공장소에서 큰 소리로 떠드는 것은 **교양** 없는 행동이다.
在公共場所，大聲喧嘩是沒有教養的行為。

關 교양이 있다／없다有／沒有教養、교양이 높다教養高, 교양을 쌓다蓄積修養
參 교양적教養性的、교양 프로그램教養節目

국어

名 [구거]
漢 國語

國語

가: 우리 아이가 4살인데 영어 학원에 보내고 싶어요.
가: 我小孩四歲，想送她去英語補習班。
나: 아직 어린데 **국어**부터 가르쳐야 하지 않아요?
나: 年紀還小，不是應該要從國語開始教嗎？

논문

名 [논문]
漢 論文

論文

가: 졸업 **논문** 쓰기 시작했어요?
가: 開始寫畢業論文了嗎？
나: 아니요, 아직 무엇에 대해서 쓸지 결정하지 못했어요.
나: 還沒，還沒有決定要針對什麼主題書寫。

關 논문을 쓰다 寫論文
參 논문 심사 審查論文、학위 논문 學位論文、소논문 小論文

문자

名 [문짜]
漢 文字

文字

'한글'은 한국 사람들이 사용하는 **문자**이다.
「韓文」是韓國人使用的文字。

參 문자 메시지 簡訊

문학

名 [문학]
漢 文學

文學

가: 한국 소설가의 이름은 어떻게 알아요?
가: 怎麼知道韓國小說家的名字呢？
나: 제가 대학교에서 한국 **문학**을 전공했거든요.
나: 因為我在大學的時候，主修韓國文學的。

知識／教育 04

255

학문 • 學問

박사

名 [박싸]
漢 博士

博士

오늘은 황 **박사**님을 모시고 '한국의 교육 문제'에 대해 들어 보겠습니다.
今天邀請到黃博士，一同來聆聽「韓國的教育問題」。

關 학위를 받다得到學位、학위를 따다摘得學位
參 학사學士 - 석사碩士 - 박사博士

발견

名 [발견]
漢 發見

發現

그 의사는 암을 일으키는 DNA를 **발견**했다.
那位醫師發現引起癌症的DNA。

- 을/를 발견하다
- 이/가 발견되다

動 발견하다發現、발견되다發現
參 발명發明

분야

名 [부냐]
漢 分野

方面、領域

가 : 이번에 새로 생긴 도서관에 가 봤어?
가 : 這次新開的圖書館，去看過了嗎？

나 : 응, 다양한 **분야**의 책이 많아서 좋더라.
나 : 嗯，有多樣領域的書，還不錯。

상대적

冠 名 [상대적]
漢 相對的
⇨ 索引 p.620

相對性的

여성은 남성에 비해 **상대적**으로 키가 작다.
女性比男性相對的身材矮。

反 절대적絕對的

상식
名 [상식]
漢 常識

常識

그 사람은 책을 많이 읽어서 **상식**이 풍부하다.
他書讀很多，所以常識豐富。

關 상식이 풍부하다／부족하다 常識豐富／不足
參 상식적 常識性的

수학
名 [수학]
漢 數學

數學

가：초등학교 때 공부 잘했어요?
가：國小的時候，很會讀書嗎？

나：국어는 잘했는데 **수학**은 잘 못했어요.
나：國語還不錯，但數學不太好。

언어
名 [어너]
漢 言語

語言

나라마다 **언어**가 다르다.
每個國家的語言都不一樣。

역사
名 [역싸]
漢 歷史

歷史

가：왜 **역사** 드라마를 좋아해요?
가：為什麼喜歡歷史劇呢？

나：한국어도 배우고 한국 **역사**도 배울 수 있거든요.
나：因為能夠學習韓語跟韓國歷史。

關 역사를 기록하다 記錄歷史、역사를 쓰다 寫歷史
參 역사적 歷史性的、역사 소설 歷史小說、역사적 사건 歷史性事件、역사적 인물 歷史性人物

知識／教育 04

257

학문 • 學問

의학

名 [의학]
漢 醫學

醫學

가 : 대학에서 뭘 전공하고 싶어요?
가 : 你在大學想要主修什麼呢？
나 : **의학**을 전공하고 싶어요.
나 : 想要主修醫學。

參 의학적醫學上的、한의학韓醫學

일반적

冠 名 [일반적]
漢 一般的

一般性的

일반적으로 한국 사람들은 다른 사람 집에 갈 때 빈손으로 가면 안 된다고 생각한다.
一般而言，韓國人到他人家裡做客時，認為不能空手去。

전망

名 [전 : 망]
漢 展望

①前景、展望　②景觀

가 : 교수님, 앞으로 어떤 전공이 인기가 많아질 것 같습니까?
가 : 教授，你認為未來什麼專業會漸受歡迎的呢？
나 : 앞으로는 디자인 전공이 인기를 끌 것으로 **전망**됩니다.
나 : 我認為在未來，設計專攻有望成為吸引人氣的學問。

이 방은 바다가 보여서 **전망**이 좋네요!
這房間可以看到海，展望良好！

- 을/를 전망하다
- 을/를 -(으)로 전망하다
- 이/가 -(으)로 전망되다

動 전망하다展望、전망되다被展望／看好
關 전망이 좋다／나쁘다展望好／不好

점

名 [점]
漢 點

點、處

김치는 좋은 **점**이 아주 많습니다. 첫째, 김치는 칼로리가 낮아서 다이어트에 좋습니다.
辛奇優點很多。首先，辛奇的卡路里很低，所以助於節食。

關 좋은 점優點、나쁜 점缺點、배울 점要學習之處

💡 「점點，處」以「〈形容詞〉+-(으)ㄴ 점，〈動詞〉+-(으)ㄴ/는/(으)ㄹ 점」的形態使用。

知識／教育 04

주제

名 [주제]
漢 主題

主題

가: 이번 강연회의 **주제**가 뭐래?
가: 這次演講的主題是什麼呢？

나: 한국 전통 노래인 '아리랑의 의미'에 대해서 이야기한대.
나: 聽說是談韓國傳統音樂「阿里郎的意義」。

- 을/를 주제로 하다

關 주제를 정하다決定主題、주제로 하다定為主題
參 논문 주제論文主題、대화 주제對話主題

필수

名 [필쑤]
漢 必須

必須

가: 이 수업도 꼭 들어야 하는 거였어?
가: 這門課是一定要聽的嗎？

나: 그럼, 우리 과 학생들은 **필수**로 들어야 해.
나: 對，這是本系學生的必修課。

參 필수적必須的、필수 조건必須條件、필수 과목必修科目

학문 • 學問

학과

名 [학꽈]
漢 學科

學系

안녕하세요. 저는 경영**학과** 2학년 준이치입니다.
您好。我是經營管理學系二年級的順一。

학자

名 [학짜]
漢 學者

學者

가 : 저는 언어**학자**가 되고 싶어요.
가 : 我想要成為語言學學者。

나 : 왕위 씨는 언어에 관심이 많으니까 잘 어울릴 것 같아요.
나 : 王偉你對語言很關心，會很適合的。

2 연구／보고서
研究／報告

결론

名 [결론]
漢 結論
索引 p.623

結論

가：보고서 다 썼어요?

가：報告書都寫完了嗎？

나：서론이랑 본론은 다 썼어요. 이제 **결론**만 쓰면 돼요.

나：序論跟本論都寫完了。現在只寫結論就完成了。

類 마무리 結論
關 결론을 맺다 下結論
參 결론적 結論的

💡 在寫報告的結論時，分為「序論」、「本論」及「結論」。

공통

名 [공ː통]
漢 共同

共同，相同

두 언어의 **공통**점과 차이점에 대해 조사해 오십시오.

請調查兩語言的共同點與差異點。

- 이／가 공통되다

動 공통되다 共同、相同
參 공통적 共同的、공통점 共同點

💡 「공통」經常以「공통된」、「공통의」的形態使用。

知識／教育 04

연구 / 보고서 • 研究／報告

관계

名 [관계/관게]
漢 關係
⇨ 索引 p.623

關係

가 : 날씨와 기분이 **관계**가 있을까요?
가 : 天氣與心情有關係嗎？
나 : 그럼요. 비가 오면 우울해지잖아요.
나 : 當然。下雨的話不就會變憂鬱嗎？

그 사람은 성격이 좋아서 대인 **관계**가 좋아요.
他的性格很好，所以人際關係很好。

- 에 관계하다
- 이/가 관계되다
- 이/가 -와/과 관계되다

動 관계하다 相關、관계되다 有關係
類 관련 關聯 ⇨ p.262
關 관계가 있다／없다 有／沒有關係、관계가 깊다 關係深、관계를 맺다／끊다 締結關係／斷關係
參 대인 관계 人際關係

관련

名 [괄련]
漢 關聯
⇨ 索引 p.624

相關

우주 과학과 **관련**된 책은 어디에 있어요?
和宇宙科學相關的書放在哪裡呢？

- 와/과 관련하다
- 이/가 관련되다
- 이/가 -와/과 관련되다

動 관련하다 相關、관련되다 有關聯
類 관계 關係 ⇨ p.262
關 관련이 있다／없다 有／沒有關聯
參 관련성 關聯性、관련 도서 相關圖書

관찰

名 [관찰]
漢 觀察

觀察

오늘 토마토를 심었으니까 일주일 동안 어떻게 자라는지 **관찰**해 보자.

今天種了番茄，我們來觀察在一週內會如何生長吧。

- 을／를 관찰하다
- 에 대하여 관찰하다
- 이／가 관찰되다

動 관찰하다觀察、관찰되다被觀察
參 관찰 결과觀察結果

知識／教育 04

관하다

名 [관 : 하다]
漢 關하다
⇨ 索引 p.625

關於

가 : 무엇에 관한 책을 쓰고 계십니까?
가 : 您在寫關於什麼的書籍呢？

나 : '언어와 문화'에 **관한** 책을 쓰고 있습니다.
나 : 我正在寫有關「語言與文學」的書籍。

類 대하다關於⇨ p.265

💡「관하다關於」經常以「- 에 관한」，「- 에 관하여」，「- 에 관해서」的形態使用。

구체적

冠 名 [구체적]
漢 具體的

具體的

된장이 건강에 좋다는 말을 많이 들었는데요. 어떻게 좋은지 **구체적**으로 알고 싶어요.

我常聽說大醬對身體很好。我想要知道具體是如何對身體好的。

關 구체적으로 예를 들다具體舉例、구체적인 계획具體的計畫、구체적인 내용具體內容

263

연구 / 보고서 • 研究／報告

근거

名 [근거]
漢 根據

根據

가 : 커피는 몸에 안 좋대요. 마시지 마세요.
가 : 聽說咖啡對身體不好。請別喝。
나 : 제 생각은 다른데 그렇게 말하는 **근거**가 있어요?
나 : 我看法不同，有那樣說的根據嗎？

- 에 근거하다

動 근거하다 以⋯為根據
關 근거가 있다／없다 有／沒有根據、사실에 근거하다 根據事實

달하다

動 [달하다]
漢 達하다

達到

이번 조사에서는 결혼을 하지 않고 혼자 사는 사람이 25%에 **달한** 것으로 나타났다.
在這次調查中顯示，未婚獨居的人達 25%。

- 에 달하다

關 10%에 달하다 達到 10%、100명에 달하다 達到 100 名

대상

名 [대 : 상]
漢 對象

對象

직장인 500명을 **대상**으로 여름 휴가 계획을 조사하려고 하는데 참여 부탁드립니다.
(本問卷是)以上班族 500 名為對象，欲調查暑期休假計畫，敬請參與。

參 조사 대상 調查對象、참가 대상 參加對象、연구 대상 研究對象

💡「대상」經常以「- 을／를 대상으로」形態使用。

대하다 02

動 [대 : 하다]
漢 對하다
⇨ 索引 p.625

對於

여러분, 다음 시간까지 '한국의 떡'에 **대해**서 조사해 오십시오.

各位，請下次上課之前，調查「韓國的年糕」。

類 관하다關於 ⇨ p.263

💡 「대하다」經常以「- 에 대한」、「- 에 대하여」、「- 에 대해서」形態使用。

목적

名 [목쩍]
漢 目的

目的

이 연구의 **목적**은 외국인들이 한국 생활에서 겪는 어려움이 무엇인지를 알아보는 데 있다.

這研究的目的是要了解外國人在韓國生活經歷的困難是什麼。

關 목적을 이루다完成目的
參 연구 목적研究目的

미치다 02

動 [미치다]

給予、波及、及於

부모의 말과 행동은 아이에게 영향을 **미친**다.

父母的言行對孩子造成影響。

- 에/에게 -을/를 미치다

關 영향을 미치다給予影響

바탕

名 [바탕]

基礎

그동안 모아 온 자료를 **바탕**으로 연구 계획서를 썼다.

我以過去蒐集的資料為基礎，寫了研究計畫。

- 에 바탕을 두다

關 바탕으로 만들다做基礎、바탕을 두다做為基礎、사실을 바탕으로以事實為基礎

知識／教育 04

265

연구 / 보고서 • 研究／報告

반면

名 [반 : 면]
漢 反面

反面、相反

조사 결과, 결혼할 사람을 선택할 때 남성은 외모를 가장 중요하게 생각하는 **반면**에 여성은 경제적 능력을 중요하게 생각하는 것으로 나타났다.

調查結果顯示，在選擇要結婚的對象時，男性認為外貌最重要；相反地，女性認為經濟能力最重要。

💡「반면」經常以「〈形容詞〉+ -(으) ㄴ 반면에」、「〈動詞〉+ -(으) ㄴ／는 반면에」的形態使用。

발명

名 [발명]
漢 發明

發明

가 : 세탁기, 청소기는 누가 처음 만든 거예요?
가 : 洗衣機，吸塵器是誰最先製造的呢？

나 : 에디슨이 아내를 위해서 **발명**했다고 들었어요.
나 : 聽說是愛迪生為了妻子而發明的。

- 을／를 발명하다
- 이／가 발명되다

動 발명하다發明、발명되다被發明
參 발명품發明品、발명가發明家

보고서

名 [보 : 고서]
漢 報告書

報告

가 : 교수님, 이번 **보고서**는 언제까지 제출해야 합니까?
가 : 教授，這次的報告要什麼時候繳交呢？

나 : 다음 주 월요일까지 제출하도록 하십시오.
나 : 請下週三前繳交。

關 보고서를 쓰다寫報告、보고서를 내다繳交報告、보고서를 제출하다提出報告

266

분석

名 [분석]
漢 分析

分析

신제품의 문제점을 **분석**해서 다음 주까지 내세요.
請分析新產品的問題，下週繳交。

- 을/를 분석하다
- 을/를 -(으)로 분석하다
- 이/가 -(으)로 분석되다

動 분석하다分析、분석되다被分析
參 분석적分析的、원인 분석原因分析、내용 분석內容分析、문제점 분석問題點分析

知識／教育 04

비교

名 [비교]
漢 比較

比較

두 그림을 **비교**해서 다른 점을 찾아보십시오.
請比較兩張圖，並找出相異之處。

- 을/를 - 와/과 비교하다
- 을/를 -에게 비교하다
- 이/가 - 와/과 비교되다
- 이/가 -에/에게 비교되다

動 비교하다比較、비교되다被比較
關 비교 대상比較對象、비교 분석比較分析
參 비교적比較性的

설문

名 [설문]
漢 設問

問卷

가 : 보고서를 쓰려면 사람들의 생각을 알아야 하는데 어떻게 하지?
가 : 想要寫報告的話應瞭解人們的想法，這要怎麼做呢？

나 : 그럼 먼저 **설문** 조사부터 할까?
나 : 那麼，要不要先做問卷調查？

- 에/에게 - 을/를 설문하다

動 설문하다問卷調查　關 설문에 응답하다回答問卷
參 설문 조사問卷調查

267

연구 / 보고서 • 研究／報告

시도

名 [시 : 도]
漢 試圖

試圖、嘗試

가 : 실험 결과 잘 나왔어?
가 : 考試結果好嗎？

나 : 아니, 이번에도 실패해서 다시 **시도**해 보려고 해.
나 : 沒有，這次也失敗了，所以想要重考。

- 을／를 시도하다

動 시도하다 試圖

실험

名 [실험]
漢 實驗

實驗

가 : 너는 왜 이 회사 화장품만 써?
가 : 你為什麼只用這公司的化妝品呢？

나 : 이 회사에서는 동물 **실험**을 하지 않거든. 그래서 마음에 들어.
나 : 因為這公司不做動物實驗。所以我喜歡。

- 을／를 실험하다

動 실험하다 實驗
參 실험적 實驗性的

연구

名 [연 : 구]
漢 研究

研究

가 : 대학원에 가면 뭘 공부하고 싶어요?
가 : 上研究所的話，想要學什麼呢？

나 : 자동차 디자인에 대해서 **연구**해 보고 싶어요.
나 : 我想要研究汽車設計。

- 을／를 연구하다
- 이／가 연구되다

動 연구하다 研究、연구되다 被研究
參 연구원 研究院、연구자 研究者、연구 대상 研究對象

예

名 [예 :]
漢 例

例

장미는 색깔에 따라 의미가 다르다. **예**를 들면 빨간 장미는 '사랑'을 의미하고 노란 장미는 '이별'을 의미한다.

玫瑰按顏色其意義不同。例如，紅玫瑰是指「愛」；黃玫瑰是指「離別」。

關 예를 들다舉例、예를 보이다出示實例、예를 들어 설명하다舉例說明

💡 「예」經常以「예를 들면」、「예를 들어」的形態使用。

예측

名 [예 : 측]
漢 豫測

預測

가 : 인터넷 뉴스를 봤는데 지구가 100년 후에 없어질거래.

가 : 看網路新聞說地球在 100 年後會消滅。

나 : 말도 안 돼. 미래를 **예측**할 수 있는 사람은 아무도없어.

나 : 不像話。能夠預測未來的人一個也沒有。

動 예측하다預測、예측되다被預測
關 예측이 맞다／틀리다預測正確／錯誤、결과를 예측하다預測結果

응답

名 [응 : 답]
漢 應答

回答

출퇴근 시간에 뭘 하느냐는 질문에 **응답**자 중 50% 이상이 휴대폰을 사용한다고 답했다.

針對上下班時間做什麼的問題，應答者中超過 50%以上回答使用手機。

- 에 - 다고／-(느)ㄴ다고 응답하다

動 응답하다回答
反 질의質疑
參 응답자應答者

연구 / 보고서 • 研究／報告

의하다

名 [의하다]
漢 依하다
⇨ 索引 p.625

依據

이 책에 **의하**면 낮에만 활동하는 동물들은 보통 밤에 잘 보지 못한다고 한다.
根據這本書說，白天活動的動物通常晚上看不到牠們出沒。

類 따르다 根據

💡 「의하다」經常以「-에 의한」、「-에 의하면」、「-에 의해」的形態使用。

자극

名 [자ː극]
漢 刺戟

刺激

가 : 음악을 좋아하시나 봐요. 매일 들으시네요!
가 : 你好像很喜歡音樂。每天都在聽啊！

나 : 음악을 꾸준히 들으면 뇌를 계속 **자극**해서 기억력이 좋아진대요.
나 : 聽說經常聽音樂的話，會持續刺激腦部，記憶力會變好。

- 을／를 자극하다
- 이／가 자극되다

動 자극하다 刺激、자극되다 被刺激
關 자극이 없다 沒有刺激、자극을 주다／받다 給／受刺激
參 자극적 刺激性的

조사

名 [조사]
漢 調查

調查

가 : 외국인들이 제일 좋아하는 한국 음식이 뭐예요?

가 : 外國人最喜歡的韓國料理是什麼呢？

나 : 설문 **조사** 결과에 따르면 외국인들이 제일 좋아하는 한국 음식은 '불고기'래요.

나 : 根據問卷調查結果，外國人們最喜歡的韓國料理是「烤肉」。

- 을／를 조사하다
- 이／가 조사되다

動 조사하다 調查、조사되다 被調查
關 원인을 조사하다 調查原因
參 조사 결과 調查結果

知識／教育 04

차이

名 [차이]
漢 差異

差異

요즘 아침과 저녁의 온도 **차이**로 인해 감기에 걸리는 사람들이 증가하고 있다.

最近因早晚溫差而感冒的人正在增加中。

關 차이가 있다／없다 有／沒有差異、차이가 나다 產生差異、별 차이가 없다 沒特別差異
參 차이점 差異點、세대 차이 世代差異代溝、문화 차이 文化差異、성격 차이 個性差異

271

연구 / 보고서 • 研究／報告

차지

名 [차지]

占有、佔據

주말에 운동이나 취미 활동을 하는 직장인이 전체 조사 대상자의 13%를 **차지**했다.

在週末從事運動或是興趣活動的上班族，占整體調查對象的 13%。

- 을/를 차지하다

動 차지하다 占

關 1위를 차지하다 占第一名、10%를 차지하다 占 10%、절반 이상을 차지하다 占一半以上

參 독차지 獨占

현상

名 [현ː상]
漢 現象

現象

가 : 환경 오염 때문에 세계 여러 나라에서 이상 기후 **현상**이 나타나고 있대요.

가 : 據說因為環境汙染，世界各國出現氣候異常的現象。

나 : 맞아요. 아직 5월인데도 30℃가 넘는 날이 많잖아요.

나 : 對啊。即使仍是五月，超過 30℃ 以上的天數多起來了。

關 현상이 나타나다 現象出現、현상을 유지하다 維持現象、현상을 극복하다 克服現象

확률

名 [황뉼]
漢 確率

概率、機率、或然率

당첨될 **확률**이 거의 없는데도 많은 사람들이 복권을 산다.

即使中獎率幾乎沒有，但許多人仍然購買彩券。

關 확률이 높다／낮다 機率高／低、확률이 크다／적다 機率大／小

參 확률적 機率的

複習一下

知識／教育｜研究／報告

1. 請選出與例所列單字有關的選項。

> 例　　　과학　　　학자　　　논문　　　실험

① 연구　　② 상식　　③ 교양　　④ 능력

請連接相符的選項。

2. 보고서를　•　　　　　•　① 미치다
3. 결과가　　•　　　　　•　② 들다
4. 예를　　　•　　　　　•　③ 내다
5. 영향을　　•　　　　　•　④ 나오다

請在例中找尋能夠填入（　）的正確單字。

> 例　　발견하다　　조사하다　　달하다　　대하다

6.
> 정미래 교수는 한국 대학생 1,000명의 학습 습관을 （　㉠　）-(으)ㄴ 결과, 성적이 우수한 학생들에게서 한 가지의 공통점을 （　㉡　）-았/었/했다. 그것은 '매일, 같은 시간에, 같은 장소에서, 계획한 학습량을 꾸준히 실천하는 것'이다.

㉠ (　　　　　)　　㉡ (　　　　　)

7.
> '청소년연구소'가 한국, 미국, 일본, 중국 등 4개국 고교생을 대상으로 해외 유학에 （　㉠　）-(으)ㄴ 설문 조사를 했다. 그 결과 해외 유학을 희망하는 한국 학생이 82%에 （　㉡　）-아/어/해 가장 높은 것으로 나타났다. 중국의 경우, 해외 유학을 원하는 고교생은 58%였고, 미국은 53%, 일본은 46%로 조사됐다.

㉠ (　　　　　)　　㉡ (　　　　　)

3 학교생활
學校生活

고교생
名 [고교생]
漢 高校生

高中生

한국 **고교생**의 수업 시간은 평균 9시간 정도이다.
韓國高中生的上課時間平均是 9 小時左右。

類 고등학생高中生

꾸중
名 [꾸중]

批評、訓斥

가 : 기분이 안 좋아 보이네! 무슨 일 있어?
가 : 你看起來心情不好啊！有發生什麼事情嗎？
나 : 아까 친구랑 싸워서 선생님께 **꾸중**을 들었거든.
나 : 剛剛跟朋友吵架，被老師訓斥了。

- 을/를 꾸중하다
- 에게 -다고/(느)ㄴ다고 꾸중하다

動 꾸중하다批評、訓斥
關 꾸중을 듣다被訓斥

낙서

名 [낙써]
漢 落書

塗鴉

가 : 책에 **낙서**하지 마. 도서관에서 빌린 책이야.
가 : 別在書本上塗鴉。這是圖書館借的書。

나 : 안 그래도 지금 지우려고 했어.
나 : 不用你說，我現在正要擦掉了。

- 에 낙서하다

動 낙서하다 塗鴉
關 벽에 낙서하다 牆壁上塗鴉
參 낙서 금지 禁止塗鴉

다하다

動 [다 : 하다]

盡力

가 : 이번 대회에서도 열심히 하세요.
가 : 這次比賽也請努力。

나 : 네, 최선을 **다하**겠습니다.
나 : 我會盡全力的。

- 을/를 다하다

關 최선을 다하다 盡力、정성을 다하다 盡心

대

依 [대 :]
漢 對

對

가 : 어제 축구 누가 이겼어?
가 : 昨天足球誰贏了？

나 : 삼 **대** 이(3:2)로 우리 팀이 이겼어
나 : 三對二，我隊贏了。

參 1 : 1 (일 대 일) 一對一、A 팀 대 B 팀 A 組對 B 組

知識／教育
04

275

학교생활 • 學校生活

동기

名 [동ː기]
漢 動機

動機

교사 : 한국어를 배우게 된 **동기**가 무엇입니까?
教師：你學習韓語的動機是什麼呢？

학생 : 제가 좋아하는 가수가 하는 말을 알아듣고 싶었기 때문이에요.
學生：是我想聽懂，我喜歡的歌手所說的話的緣故。

동아리

名 [동아리]

社團

가 : 댄스 **동아리**에 들어가려면 춤을 잘 춰야 해요?
가：想要加入跳舞社的話，必須要很會跳舞嗎？

나 : 아니에요. 들어간 후에 배우면 돼요.
나：不。可以加入後再學。

關 동아리에 가입하다 加入社團
參 동아리 모임 社團聚會

목표

名 [목표]
漢 目標

目標

가 : 시험공부 열심히 하고 있어?
가：有在努力準備考試嗎？

나 : 그럼, 이번에도 1등을 **목표**로 공부하고 있어.
나：當然。這次也是以第一名為目標在讀書。

關 목표를 세우다 設立目標、목표를 정하다 訂目標

문구

名 [문구]
漢 文具

文具

가위, 칼, 풀, 테이프 등을 **문구**류라고 한다.
剪刀、小刀、膠水、膠帶等稱為文具。

參 문구류 文具類、문구점 文具店

276

미팅

名 [미팅]

聯誼、約會

가 : 선생님, 대학생 때 **미팅**을 해 본 적이 있어요?
가 : 老師，在大學的時候聯誼過嗎？

나 : 그럼요, 당연하지요.
나 : 當然，當然呀。

動 미팅하다 聯誼
關 미팅에서 만나다 在聯誼中認識
參 소개팅 相親

💡「미팅」是指跟幾名異性見面之後，決定最喜歡的一名；而「소개팅（相親）」是指男女一對一見面。

반납

名 [반 : 납]
漢 返納

退還、歸還

가 : 도서관에서 빌린 책 **반납**했어?
가 : 圖書館借的書還了嗎？

나 : 아, 또 깜빡했네!
나 : 啊，又忘記了！

- 을/를 반납하다
- 에/에게 -을/를 반납하다
- 이/가 반납되다

動 반납하다 退還／歸還、반납되다 被退還／歸還
關 책을 반납하다 還書、열쇠를 반납하다 還鑰匙

반장

名 [반장]
漢 班長

班長

선생님 : 지금부터 한 학기 동안 우리 반 학생들을 도와줄 **반장**을 뽑겠습니다.
老師：現在開始我們要選出一學期期間協助同學的班長。

關 반장을 뽑다 選班長

知識／教育 04

277

학교생활 • 學校生活

밤새우다

動 [밤새우다]

熬夜

가 : 시험공부를 많이 못해서 **밤새워**야 할 것 같아.
가 : 沒辦法好好準備考試，好像該熬夜了。

나 : 또 벼락치기 하려고?
나 : 又想要臨時抱佛腳嗎？

關 밤새워 공부하다熬夜讀書、밤새워 놀다熬夜玩

💡 在考試前夕而急忙讀書稱為「벼락치기（抱佛腳）」。

별명

名 [별명]
漢 別名

綽號

가 : 어렸을 때 **별명**이 뭐였어요?
가 : 小時候的綽號是什麼呢？

나 : 키가 커서 친구들이 '기린'이라고 불렀어요.
나 : 因為身高高，所以朋友都叫我「長頸鹿」。

關 별명을 부르다叫綽號、별명을 짓다取綽號、별명을 붙이다給人取綽號

사례

名 [사 : 례]
漢 事例

事例，例子

지금부터 우리 대학교 선배들의 취업 성공 **사례**를 들어 보도록 하겠습니다.
現在開始，我們來聆聽大學學長們就職成功的例子。

關 사례를 들다舉例

상

名 [상]
漢 賞

獎、獎品

축하해요. 미술 대회에서 1등을 해서 **상**을 받았다면서요?
恭喜。聽說在美術比賽中第一名,獲獎了?

關 상을 주다/받다給/接受獎品、상을 타다得獎

상담

名 [상담]
漢 商談

商談、諮詢

가 : 열심히 공부하고 있는데 계속 성적이 오르지 않아.
가 : 努力讀書但成績仍然沒有起色。

나 : 그럼 선생님과 한번 **상담**해 봐.
나 : 那麼跟老師談談吧。

- 을/를 상담하다
- 와/과 -을/를 상담하다
- 와/과 -에 대해 상담하다

動 상담하다商談
關 상담을 받다接受商談
參 상담 센터商談中心、진학 상담生涯商談、고민 상담煩惱商談

소문

名 [소ː문]
漢 所聞

傳聞、閒言

학생1 : 너 그 **소문** 들었어? 국어 선생님께서 결혼하신대.
學生1 : 你有聽到傳聞了嗎?聽說國語老師要結婚了。

학생2 : 어머, 그래? 언제 하신대?
學生2 : 天啊,是嗎?說是什麼時候?

關 소문이 나다謠言生出、소문이 퍼지다閒言散播、소문을 내다說閒話、소문을 듣다聽閒言

知識/教育 04

학교생활 • 學校生活

순서

名 [순 : 서]
漢 順序

順序

지금부터 한 사람씩 **순서**대로 나와서 발표해 주십시오.

現在開始，一個個地按照順序出來報告。

關 순서를 기다리다 等待排序、순서를 지키다 遵守秩序

시합

名 [시합]
漢 試合

比賽

가 : 우리 점심 먹고 농구 **시합**할래?
가 : 我們要不要午餐後比賽籃球？

나 : 그래, 좋아! **시합**에서 지는 사람이 아이스크림 사기로 하자.
나 : 好啊！比賽輸的人要請冰淇淋。

- 와/과 시합하다

動 시합하다 比賽
關 시합에서 이기다/지다 比賽贏/輸、시합에서 비기다 比賽打平

야단

名 [야단]
漢 惹端

訓斥、責罵

수업 시간에 옆 친구와 떠들다가 선생님께 **야단**을 맞았다.

上課時間跟旁邊的朋友聊天，挨老師罵了。

關 야단을 치다/맞다 罵/挨罵

💡 不說「야단을 하다」、「야단을 듣다」而說「야단을 치다」、「야단을 맞다」。

280

예정

名 [예 : 정]
漢 豫定

預定

가 : 선생님, 내일 몇 시에 출발해요?
가 : 老師，明天幾點出發呢？
나 : 9시에 출발할 **예정**이에요.
나 : 預定 9 點出發。

- 을／를 -(으)로 예정하다
- 기로 예정하다
- 이／가 -(으)로 예정되다
- 이／가 -기로 예정되다

動 예정하다 預定

💡 「예정」經常以「-(으)ㄹ 예정이다」的形態使用。

우승

名 [우승]
漢 優勝

優勝、冠軍

가 : 지난주에 대학생 축구 대회가 있었지요? 어떻게 됐어요?
가 : 上週有大學足球比賽吧？結果如何呢？
나 : 우리 학교가 **우승**했어요.
나 : 我們學校獲得冠軍。

- 에서 우승하다
- 에서 -이／가 우승하다

動 우승하다 得冠軍
關 우승으로 이끌다 引致得冠軍、우승을 차지하다 得到冠軍
參 우승 후보 冠軍候選人

학교생활 • 學校生活

유치원

名 [유치원]
漢 幼稚園

幼稚園、幼兒園

가 : 아이가 **유치원**에 안 가려고 해서 걱정이에요.
가 : 孩子不想去幼稚園，所以很擔心。
나 : 처음이라서 그럴 거예요. 너무 걱정하지 마세요.
나 : 因為是第一次而那樣子的。不要太擔心。

인원

名 [이눤]
漢 人員

人數，人員

회의에 몇 명 왔어요? 참석 **인원** 좀 확인해 주세요.
會議有幾個人來？請確認一下出席人員。

關 인원이 부족하다人員不足、인원을 파악하다掌握人數

장난

名 [장난]

打鬧

준이치 : 야! 너희 둘 **장난** 좀 치지 마. 공부를 할 수 없잖아.
順一 : 呀！你們兩個別鬧了。讀不下書了。

앤디, 폴 : 미안해. 조용히 할게.
安迪、保羅 : 抱歉。我們會安靜一點。

- 와/과 장난하다

動 장난하다打鬧
關 장난을 치다開玩笑、장난이 심하다玩笑過火
參 장난감玩具、장난 전화惡作劇電話

282

장래

名 [장내]
漢 將來

未來

가 : **장래** 희망이 뭐예요?
가 : 未來希望是什麼呢？

나 : 저는 로봇을 만드는 과학자가 되고 싶어요.
나 : 我想要做一名製作機器人的科學家。

關 장래가 밝다未來光明、前途光明
參 장래 희망未來希望

장학금

名 [장ː학끔]
漢 獎學金

獎學金

가 : 이번 학기에 누가 **장학금**을 받게 되었어요?
가 : 這學期是誰得到獎學金呢？

나 : 리에 씨예요.
나 : 是理惠。

參 장학금獎學金、장학생得到獎學金的學生

재학

名 [재ː학]
漢 在學

在學

저는 한국대학교 4학년에 **재학** 중입니다.
我是韓國大學的四年級在學生。

- 에 재학하다

動 재학하다在學
參 재학생在學生、휴학休學、복학復學、퇴학退學

知識／教育 04

283

학교생활 • 學校生活

적성

名 [적썽]
漢 適性

性向

가 : 지금 하고 있는 일은 **적성**에 잘 맞아요?
가 : 現在做的事情與性向合適嗎？

나 : 네, 재미있어서 시간 가는 줄 모를 정도예요.
나 : 是的，感覺很有趣，而到了不知時間流逝的地步。

關 적성에 맞다／안 맞다合適於／不合適於性向

적응

名 [저긍]
漢 適應

適應

가 : 한국 생활에 **적응**했어요?
가 : 你適應韓國生活了嗎？

나 : 네, 한국 친구가 도와줘서 많이 익숙해졌어요.
나 : 是的，韓國朋友幫我，非常熟悉了。

- 에 적응하다
- 이／가 -에 적응되다

動 적응하다適應、적응되다被適應
參 적응력適應力

중고생

名 [중고생]
漢 中高生

初高中生

이번 방학에 **중고생**들이 꼭 읽어야 하는 책 100권을 읽기로 했다.
這次假期我決定要讀初高中生必讀的一百本書。

參 중고등학교初高中學校、중고등학생初高中生

증명

名 [증명]
漢 證明

證明

가 : 대학원에 지원하고 싶은데요. 어떤 서류를 준비해야 하나요?
가 : 我想要報考研究所。必須要準備那些文件呢?
나 : 자기소개서와 졸업 **증명**서, 성적 **증명**서를 준비하세요.
나 : 請準備自我介紹、畢業證書、成績單。

- 을／를 증명하다
- 이／가 증명되다

動 증명하다證明、증명되다被證明
關 증명서를 떼다取得證書
參 증명사진證照照片、졸업 증명서畢業證書、성적 증명서成績單

지다 01

動 [지다]

輸

가 : 가위바위보를 해서 **진** 사람이 청소를 하는 게 어때?
가 : 剪刀石頭布，輸的人打掃，如何?
나 : 좋아. 가위바위보!
나 : 好。剪刀石頭布!

- 에／에게 지다
- 에서 지다

反 이기다贏
關 경기에／에서 지다比賽輸、싸움에／에서 지다打架輸、전쟁에／에서 지다戰爭輸

학교생활 • 學校生活

지원 01

名 [지원]
漢 志願

報名

이번에 우리 과에 **지원**한 사람이 몇 명쯤 돼요?
這次報考我們科系的人有幾名呢？

- 에 지원하다
- 을/를 지원하다

動 지원하다 報名
參 지원자 報名的人、지원율 報考率

진학

名 [진ː학]
漢 進學

升學

가: 졸업한 후에 취직할 거예요?
가: 畢業之後要找工作嗎？

나: 아니요, 대학원에 **진학**하려고 해요.
나: 不，想要升研究所。

- 에 진학하다

動 진학하다 升學
關 대학에 진학하다 升大學
參 진학 상담 升學諮商

체험

名 [체험]
漢 體驗

體驗

가: '한국의 집'에서 어떤 문화 **체험**을 할 수 있어요?
가: 在「韓國之家」能體驗到什麼文化？

나: 한복도 입어 볼 수 있고 전통차도 마실 수 있어요.
나: 可以穿韓服，以及喝到傳統茶。

- 을/를 체험하다

動 체험하다 體驗
參 문화 체험 文化體驗、체험 프로그램 體驗活動

286

칭찬

名 [칭찬]
漢 稱讚

稱讚

엄마 : 오늘 발표를 잘했어?
媽媽：今天發表順利嗎？

딸 : 네, 선생님께서 잘했다고 **칭찬**해 주셨어요.
女兒：對，老師稱讚我做得很好。

- 을/를 칭찬하다
- 다고/(느)ㄴ다고 칭찬하다

動 칭찬하다 稱讚
關 칭찬을 듣다 獲得稱讚、칭찬을 받다 受稱讚

知識／教育 04

학부모

名 [학뿌모]
漢 學父母

學生家長

가 : **학부모** 회의가 언제 있어요?
가：學生家長的會議是什麼時候呢？

나 : 다음 주 수요일에 있어요.
나：下週三。

287

複習一下

知識／教育 | 學校生活

✏️ 請連接相對應的單字與解釋。

1. 밤새우다 • 　　　• ① 종이에 장난으로 글씨나 그림을 그린다.
2. 낙서하다 • 　　　• ② 어떤 생활이나 환경에 익숙해진다.
3. 적응하다 • 　　　• ③ 일하거나 공부하면서 밤에 잠을 자지 않는다.

4. 請選出錯誤的選項。
   ① 야단을 – 치다　　　② 미팅을 – 놀다
   ③ 꾸중을 – 듣다　　　④ 장난을 – 치다

✏️ 請在例中找尋能夠填入（　）的正確單字。

> 例　　상담하다　　체험하다　　칭찬하다

5. 오늘 회사에서 처음으로 발표를 했는데 다들 (　　)-아／어／해 주셔서 기분이 좋았다.

6. 오늘 김치 박물관에 가서 김치 만들기를 (　　)-았／었／했는데 아주 재미있었다.

7. 나는 내일 선생님께 대학교 진학 문제에 대해서 (　　)-기로 했다.

✏️ 請閱讀以下短文後回答問題。

> 오늘은 회사에서 농구 대회가 있는 날이었다. 우리 팀은 열심히 뛰어 결승전까지 가게 되었다. 그러나 결승전은 다른 경기에 비해 공을 넣기가 쉽지 않았다. 상대편에 키가 큰 선수들이 많았기 때문이다. 우리 팀 선수 중에 한 명이 다쳐서 힘들게 경기를 했고 결국 90:97로 져서 (㉠)을/를 놓쳤다. 우리 팀이 지기는 했지만 모두 최선을 (㉡) 때문에 아쉽지 않았다.

8. (㉠)에 들어갈 알맞은 것을 고르십시오.
   ① 기회　　② 시합　　③ 우승　　④ 장래

9. (㉡)에 들어갈 알맞은 것을 고르십시오.
   ① 했기　　② 다했기　　③ 들었기　　④ 만들었기

4 수업／시험
上課／考試

🔊 23.mp3

知識／教育 04

감상문
名 [감ː상문]
漢 感想文

心得

이 소설책을 읽고 **감상문**을 써 오세요.
請閱讀這本小說後寫心得。

參 독서 감상문閱讀心得

강사
名 [강ː사]
漢 講師

講師

가 : 피터 씨, 한국에서 무슨 일을 하고 있어요?
가 : 彼得，你在韓國做什麼工作呢？

나 : 대학교에서 영어 **강사**로 일하고 있어요.
나 : 我是大學的英語講師。

關 강사로 일하다從講師工作
參 학원 강사補習班講師

강연
名 [강ː연]
漢 講演

演講、演說

다음 주에 도서관에서 유명한 소설가의 **강연**이 있는데 같이 갈래?
下週圖書館有著名小說家演講，要不要一起去？

- 에게 -을／를 강연하다
- 에게 -에 대해 강연하다

動 강연하다演講
關 강연이 열리다舉行演講、강연을 듣다聽演講
參 강연회演說會

289

수업 / 시험・上課／考試

강의

名 [강:의／강:이]
漢 講義

上課

가 : 오늘 **강의** 어땠어?
가 : 今天的上課如何？

나 : 내용이 어렵지 않고 재미있어서 좋았어.
나 : 內容沒有很難且很有趣，所以感覺不錯。

-을／를 강의하다
-에게 -을／를 강의하다

動 강의하다 上課
關 강의를 듣다 聽課、강의를 신청하다 申請修課
參 강의실 教室、강의 내용 授課內容、인터넷 강의 線上授課

강조

名 [강조]
漢 強調

強調

가 : 시험공부 어떻게 하고 있어?
가 : 你如何準備考試的呢？

나 : 선생님께서 중요하다고 **강조**하신 것부터 공부하고 있어.
나 : 我是從考師說重要且強調的部分開始讀。

-을／를 강조하다
-다고／(느) ㄴ다고 강조하다
-이／가 강조되다

動 강조하다 強調、강조되다 被強調

과제

名 [과제]
漢 課題
⇨ 索引 p.623

作業

가 : 오늘 **과제**는 뭐야?
가 : 今天作業是什麼呢?

나 : 교과서 연습 문제를 풀어 오는 거야.
나 : 要我們解答課本內的練習題。

類 숙제作業
參 학교 과제學校作業

교사

名 [교ː사]
漢 教師

教師

가 : 왕위 씨의 형은 무슨 일을 해요?
가 : 王偉的哥哥是做什麼工作呢?

나 : 고등학교 **교사**예요.
나 : 高中老師。

💡 在大學教書的人稱為「교수」。

교육

名 [교ː육]
漢 教育

教育

모든 학생은 컴퓨터 **교육**을 10시간 이상 받아야 합니다.
所有的學生都要接受10小時以上的電腦教學。

- 을/를 교육하다

動 교육하다教育
關 교육을 받다接受教育
參 교육적教育上的

수업 / 시험 • 上課／考試

교재
名 [교 : 재]
漢 教材

教材

가 : 교수님, **교재**는 어디에서 사야 될까요?
가 : 教授，要在哪裡購買教材呢？
나 : 학교 안에 있는 서점에 가 보세요.
나 : 請到學校裡的書店。

參 교재비**教材費**

그룹
名 [그룹]

組、群

이번에는 A **그룹**, B **그룹**으로 나누어서 토론을 해 보겠습니다.
這次將會分成 A、B 組討論。

기초
名 [기초]
漢 基礎

基礎

나는 한국어를 혼자 공부해서 **기초**가 부족하다.
我獨自學習韓語，所以基礎不夠。

- 에 기초하다

動 기초하다**基礎**
關 기초가 부족하다**基礎不夠**
參 기초적**基礎的**、기초 실력**基礎實力**、기초 조사**基礎調查**

마무리
名 [마무리]
⇨ 索引 p.623

收尾、結尾、最後整理／檢查

여러분, 5분 남았습니다. 쓰고 있는 글을 **마무리** 하세요.
各位，剩下五分鐘。請把正在寫的句子做最後整理。

- 을／를 마무리하다

動 마무리하다**收尾**
參 마무리 단계**收尾階段**

292

맞추다

動 [맏추다]

核對

가 : 너 시험 잘 봤어? 1번 정답이 몇 번이야?

가 : 你考試有考好嗎？第一題的正確答案是幾號呢？

나 : 3번 아니야? 우리 뭐 틀렸는지 같이 답을 **맞춰** 보자.

나 : 不是三號嗎？我們來一起核對答案吧。

- 을/를 맞추다
- 을/를 -에/에게 맞추다
- 을/를 -와/과 맞추다

문법

名 [문뻡]
漢 文法

文法

가 : 한국어를 배우기가 어때요?

가 : 學韓語學得如何呢？

나 : 우리 나라 말과 **문법**이 달라서 어려워요.

나 : 跟我國語言文法不同，感覺困難。

參 문법적文法上的

반복

名 [반 : 복]
漢 反覆

反覆

가 : 어떻게 하면 외국어를 잘할 수 있어요?

가 : 該怎麼做才能學好外國語呢？

나 : 배운 것을 **반복**해서 연습해 보세요.

나 : 將已經學過的東西反覆練習。

- 을/를 반복하다
- 이/가 반복되다

動 반복하다反覆、반복되다被反覆

293

수업 / 시험 • 上課／考試

붙다
動 [붇따]

①貼　②考上

가 : 너 시험에 **붙**었어?
가 : 你考上了嗎？
나 : 아니, 아직 모르겠는데.
나 : 不，還不知道。
가 : 사무실 앞에 합격한 사람 이름이 **붙**어 있으니까 가서 확인해 봐.
가 : 辦公室前有張貼合格名單，去確認吧。

關 종이가 붙어 있다 紙黏著、메모가 붙어 있다 便條黏著

💡「시험에 붙다」有「合格」的意思；其相反詞為「시험에／에서 떨어지다（落榜）」。

성적
名 [성적]
漢 成績

成績

이번 시험은 열심히 공부했는데 **성적**이 오르지 않아서 속상하다.
這次考試很努力準備，但成績沒進步，很是傷心。

關 성적이 좋다／나쁘다 成績好／不好、성적이 오르다／떨어지다 成績進步／退步

일등
名 [일뜽]
漢 一等
索引 p.621

第一名

가 : 엄마, 이번 시험에서 **일등**을 하면 정말 게임기 사주실 거지요?
가 : 媽媽，如果我這次考試得到第一名的話，真的會買遊戲機給我嗎？
나 : 그럼 약속을 했으니까 사 줘야지!
나 : 當然，已經約好了會買給你的！

反 꼴등 最後一名
關 일등을 하다 第一名、일등을 차지하다 得第一名

잇다

動 [읻 : 따]
不 ㅅ不規則

①連接　②繼承

앞 문장과 뒤 문장을 **이**어서 한 문장으로 만드십시오.
請把前句與後句連接成一個句子。

가 : 이 빵집 50년이 넘었지요?
가 : 這家麵包店超過五十年了吧？

나 : 네, 할아버지의 뒤를 **이**어서 지금은 아버지께서 하고 계세요.
나 : 對，繼爺爺之後，現在是家父在經營。

-을/를 잇다
-을/를 -와/과 잇다

정답

名 [정 : 답]
漢 正答

正確答案

가 : 2번 문제 **정답**이 뭐야? 3번이야?
가 : 第二個問題正確答案是什麼呢？三號嗎？

나 : 아니, 1번이야.
나 : 不是，是一號。

關 정답을 맞히다 正解

제출

名 [제출]

交、提出

가 : 서류를 꼭 직접 가서 **제출**해야 합니까?
가 : 資料一定要親自到現場繳交嗎？

나 : 아닙니다. 이메일로 보내셔도 됩니다.
나 : 不用，也可以寄 E-MAIL。

-을/를 -에/에게 제출하다
-이/가 -에/에게 제출되다

動 제출하다 提出、제출되다 被提出
參 보고서 제출 交報告、제출 서류 提出資料

知識/教育 04

수업 / 시험 • 上課／考試

참고

名 [참고]
漢 參考

參考

가 : 무슨 책이에요?
가 : 這是什麼書呢？
나 : 선생님께서 한국어를 공부할 때 **참고**하라고 주신 책이에요.
나 : 是老師讓我學韓語時參考而送我的書。

- 을/를 참고하다
- 에 -을/를 참고하다
- 이/가 -에/에게 참고되다

動 참고하다 參考、참고되다 被參考
參 참고서 參考書、참고 자료 參考資料

출석

名 [출썩]
漢 出席
⇨ 索引 p.621

出席

선생님 : **출석**을 부르겠습니다. 안나 씨, 왕핑 씨…….
老師 : 開始點名。安娜、王平……。

- 에 출석하다

動 출석하다 出席
反 결석 缺席
關 출석을 부르다 點名、呼名
參 출석부 簽到簿、출석 인원 出席人員

평균

名 [평균]
漢 平均

平均

가 : 이번 중간시험 **평균**이 몇 점이에요?
가 : 這次期中考的平均是幾分呢？
나 : 92점이에요.
나 : 92分。

參 평균적 平均性的

필기

名 [필기]
漢 筆記

筆記

가 : 미안하지만 수업 시간에 **필기**한 것 좀 보여 줄 수 있어?
가 : 抱歉，上課時的筆記，可以借我嗎？
나 : 그럼. 여기 있어.
나 : 當然。這裡。

- 을/를 필기하다
- 을/를 -에 필기하다

動 필기하다 做筆記
參 필기구 文具、書寫工具

知識／教育 04

학습

名 [학씁]
漢 學習

學習

요즘은 동영상을 이용해서 외국어를 **학습**하는 사람들이 많다.
最近透過影片學習外語的人很多。

- 을/를 학습하다

動 학습하다 學習
參 학습자 學習者、학습 능력 學習能力、학습 태도 學習態度、외국어 학습 外語學習

한자

名 [한ː짜]
漢 漢字

漢字

왕위 씨의 이름은 **한자**로 어떻게 써요?
王偉的漢字怎麼寫？

297

수업 / 시험 • 上課／考試

합격

名 [합격]
漢 合格
⇨ 索引 p.621

合格

가 : 아버지, 저 토픽 4급에 **합격**했어요.
가 : 爸爸，我 TOPIK 4 級合格了。
나 : 그래. 그동안 공부하느라 고생했어.
나 : 好。這段期間讀書辛苦了。

動 합격하다合格、합격되다考上
反 불합격不合格

향상

名 [향상]
漢 向上

提高

가 : 지난번보다 듣기 실력이 많이 **향상**됐네요!
가 : 比起上次，聽力實力提高很多耶！
나 : 감사합니다. 드라마를 보면서 열심히 공부했거든요.
나 : 謝謝。因為邊看連續劇，努力學習。

- 을/를 향상하다
- 이/가 향상되다

動 향상하다提高、향상되다提高
關 실력이 향상되다實力提高、수준이 향상되다水準提高、기술이 향상되다技術提高

複習一下

知識／教育 ｜ 上課／考試

✏️ 請連接意思相同的單字與解釋。

1. 제출하다 •　　　　• ① 어떤 일을 하면서 책이나 필요한 자료를 본다.
2. 향상되다 •　　　　• ② 숙제나 보고서를 낸다.
3. 참고하다 •　　　　• ③ 실력이나 능력, 수준 등이 더 높아진다.

✏️ 請從例中找出符合㉠、㉡的單字並填入空格。

> **例**　　과제　　필기구　　일등　　제출　　교재　　평균

4. 강연을 들으러 오실 때는 연필이나 볼펜과 같은 (㉠)을/를 준비해 가지고 오십시오. 강연을 들으실 때 필요한 (㉡)은/는 저희가 드립니다.

　㉠ (　　　　　)　　　　㉡ (　　　　　)

5. 이번 주 (㉠)은/는 자기가 가장 재미있게 읽은 책에 대한 감상을 써 오는 것입니다. 월요일까지 (㉡)하면 됩니다.

　㉠ (　　　　　)　　　　㉡ (　　　　　)

6. 오늘 지난주에 본 중간 시험 결과가 나왔다. 나는 (㉠) 90점으로 우리 반에서 (㉡)을/를 했다. 기분이 좋아서 수업이 끝난 후에 부모님께 전화를 드렸다.

　㉠ (　　　　　)　　　　㉡ (　　　　　)

✏️ 請看例，並選出能夠填入 (　　) 的正確單字。

> **例**　　강조하다　　합격하다　　교육하다

7. 저는 새로 들어온 직원을 (　　　　)-는 일을 하고 있습니다.
8. 발표문에서 (　　　　)-고 싶은 내용은 밑줄을 그으십시오.
9. 며칠 전에 면접을 본 회사에 (　　　　)-아/어/해서 다음 달부터 출근하게 됐다.

用漢字學韓語・教

✏️ 我們來看看韓文詞彙是如何與漢字產生聯繫的。

教 / 교 — 가르치다 (教導、教學)

교사 — 教師 (p.291)
우리 어머니께서는 중학교 교사십니다.
我媽媽是初中老師。

교양 — 教養 (p.254)
교양을 쌓으려면 책을 많이 읽어야 해요.
想要培養教養的話，必須要多閱讀。

교육 — 教育 (p.291)
외국어 교육은 어릴 때부터 시작하는 것이 좋다고 한다.
有云外語教育從小開始為佳。

불교 — 佛教 (p.556)
우리 가족은 종교가 불교라서 한 달에 두세 번 함께 절에 간다.
我們家族是佛教，一個月一起去寺廟兩三次。

교재 — 教材 (p.292)
학기가 시작되면 학생들은 수업에 필요한 교재를 사야 한다.
學期開始的話，學生們必須要買上課要用的教材。

300

05 의식주
食衣住

1 **의생활** 服裝
2 **식생활** 飲食
3 **요리 재료** 食材
4 **조리 방법** 烹飪方法
5 **주거 생활** 居住生活
6 **주거 공간／생활용품** 居住空間／生活用品
7 **집 주위 환경** 住家周圍環境

用漢字學韓語・品

1 의생활
服裝

24.mp3

검다

形 [검ː따]
⇨ 索引 p.625

黑的

가 : 왕핑 씨가 누구예요?
가 : 王平是誰呢?
나 : **검**은 양복을 입고 있는 남자예요.
나 : 穿黑西裝的男子。

- 이/가 검다

關 색깔이 검다顏色黑、검은 머리黑髮
類 까맣다黑的
參 검은색黑色

금

名 [금]
漢 金

金

가 : 조카 돌잔치 선물로 **금**반지를 사려고 해요.
가 : 我想要買金戒指,做為姪女周歲宴的禮物。
나 : 요즘 **금**값이 올라서 **금**반지는 많이 비쌀 거예요.
나 : 最近金價上漲,金戒指會很貴的。

參 금색金色、금메달金牌、금반지金戒指、은銀

302

맞다 01

動 [맏따]

合適

가 : 입어 보니까 어떠세요? 잘 **맞**으세요?

가 : 試穿之後，感覺如何？合適嗎？

나 : 허리가 좀 큰 것 같아요. 작은 걸로 다시 입어 볼게요.

나 : 腰有一點大。我想再試穿小號一點的。

- 이／가 - 에／에게 맞다

關 몸에 맞다 合身、입에 맞다 合胃口、딱 맞다 剛好合適

묻다

動 [묻따]

沾

가 : 너 옷에 뭐 **묻**었어.

가 : 你衣服沾到什麼了。

나 : 어? 그렇네. 아까 점심 먹다가 **묻**은 것 같아.

나 : 喔？真的耶。好像是剛剛吃午餐的時候沾到的。

- 이／가 - 에 묻다

💡「묻다 沾」經常以「묻어요」、「묻으니까」活用。

소매

名 [소매]

袖子

가 : 아까 그 옷 마음에 든다고 했잖아. 안 사려고?

가 : 剛剛不是說喜歡那件衣服嗎。不想買嗎？

나 : 응, 입어 보니까 **소매**가 짧아.

나 : 嗯，試穿了一下，袖子短了。

參 긴소매 長袖、민소매 無袖

💡「민소매」是指「沒有袖子的衣服」，也有人說「나시 (背心)」。

食衣住 05

의생활 • 服裝

수선

名 [수선]
漢 修繕
索引 p.625

縫補

가 : 이 바지 **수선**하고 싶은데 얼마나 걸려요?
가 : 我想要縫補這件褲子，會花多久時間呢？

나 : 이틀 정도 걸립니다.
나 : 大約會花兩天的時間。

- 을/를 수선하다
- 이/가 수선되다

動 수선하다 修理補、수선되다 被修理
類 고치다 修改、수리하다 修理
參 옷 수선 修補衣服、신발 수선 修補鞋子

💡「수선」是衣服、鞋子的修補；「수리」是故障物品的修理。

스타일

名 [스타일]

風格

가 : 이번 겨울에는 어떤 **스타일**이 유행할까요?
가 : 這次冬天什麼風格會流行？

나 : 긴 코트가 유행할 거라고 해요.
나 : 聽說長版外套會流行。

💡 在穿戴合適的衣服、鞋子、飾品時，可以說「스타일이 좋다（風格好）」。

액세서리

名 [액쎄서리]

飾品

가 : 학교 앞에 **액세서리** 가게가 새로 생겼어.
가 : 學校前新開了一家飾品店。

나 : 그래? 그럼 수업 후에 구경 가자.
나 : 真的嗎？那麼下課後我們去看看吧。

關 액세서리를 착용하다 佩戴飾品

💡「액세서리」指「項鍊」、「戒指」、「手環」、「耳環」等，也有人發音為「악세사리」稱之。

얼룩

名 [얼룩]

污漬、斑點

가 : 어? 옷에 이게 뭐예요?
가 : 喔？衣服上這是什麼呢？

나 : 커피인 것 같아요. **얼룩**이 생기기 전에 빨리 빨고 올게요.
나 : 好像是咖啡。在變成斑紋前，我去洗一下（再回來）。

- 에 얼룩이 생기다

關 얼룩이 생기다 產生斑紋污漬、얼룩을 빼다 清除汙漬

옷차림

名 [옫차림]

著裝、衣著

옷차림은 때와 장소에 맞아야 한다.
衣著須配合時機與場所。

의생활 • 服裝

은

名 [은]
漢 銀

銀

가 : 무슨 색 목걸이가 좋을까?
가 : 你喜歡什麼顏色的項鍊呢？
나 : 여름이니까 **은**색이 좋지 않을까? 시원해 보이잖아.
나 : 因為是夏天，所以銀色比較好吧？看起來很清爽。

參 은색銀色、은메달銀牌、금金⇨ p.302

의류

名 [의류]
漢 衣類

衣服、服飾

가 : 동대문 **의류** 상가에 가 본 적이 있어요?
가 : 去過東大門的服飾店嗎？
나 : 네, 한 번 가 봤는데 옷도 많고 가격도 싸서 좋더라고요.
나 : 有去過一次，衣服很多且便宜，感覺不錯。

參 의류 상가服飾店

줄무늬

名 [줄무늬]

條紋

가 : 날씬해 보이고 싶은데 어떤 티셔츠가 좋을까요?
가 : 我想要看起來瘦一點，怎樣的 T 恤比較好呢？
나 : 이 세로 **줄무늬** 티셔츠는 어떠세요?
나 : 直條紋的 T 恤如何呢？

參 세로 줄무늬直條紋、가로 줄무늬橫條紋

패션

名 [패션]

時尚

나는 **패션** 디자이너가 되고 싶어서 졸업 후에 프랑스로 유학을 갈 예정이다.
我想成為時尚衣裳設計師，因此，畢業後計畫去法國留學。

參 패션쇼時裝秀、패션 모델時裝模特兒、패션 디자이너時裝設計師、패션 잡지時裝雜誌

홈쇼핑

名 [홈쇼핑]

在家購物

가 : 보통 어디에서 옷을 사?
가 : 通常在去哪裡買衣服呢？

세로 줄무늬   가로 줄무늬

나 : 쇼핑하러 갈 시간이 없어서 **홈쇼핑**이나 인터넷 쇼핑을 자주 이용하는 편이야.
나 : 因為沒有去購物的時間，所以經常利用電視購物或是網購。

흡수

名 [흡쑤]
漢 吸收

吸收

손님 : 등산복 좀 보여 주세요.
客人 : 請給我看登山服。

점원 : 이거 어떠세요? 이 옷은 디자인도 예쁘고 땀 **흡수**도 잘 되거든요.
店員 : 這個如何呢？這件衣服設計很漂亮且也很吸汗。

- 을/를 흡수하다
- 이/가 -에 흡수되다
- 이/가 -(으)로 흡수되다

動 흡수하다吸收、흡수되다吸收

食衣住 05

의생활 • 服裝

희다

形 [히다]
⇨ 索引 p.625

白的

흰색과 검은색 옷은 아무 옷에나 다 잘 어울린다.
白色與黑色衣服與任何一件衣服搭配都很合適。

類 하얗다 白色
關 흰옷 白色衣服、흰머리 白頭髮

💡「婚紗」與「牙齒」通常不會說「흰 웨딩드레스」、「흰 이」；而是說「하얀 웨딩드레스」、「하얀 이」。

複習一下

食衣住 | 服裝

請在例中找尋能夠填入（　）的正確單字。

> **例**　　금　　검다　　희다　　은

1. (　　)-(으)ㄴ 눈이 내리는 겨울을 좋아하세요?
2. (　　)-(으)ㄴ 색 원피스를 입으면 날씬해 보인다고 한다.
3. 올림픽에서 1등을 하면 (　　)메달, 2등을 하면 (　　)메달, 3등을 하면 동메달을 받는다.

請閱讀以下對話，並從例中找出適合填入的單字。

> 직원: 어서 오세요. 뭘 찾으세요?
> 손님: 코트 좀 보여 주세요.
> 직원: 이건 어떠세요? 키가 크셔서 이런 (㉠)이/가 잘 어울릴 것 같아요.
> 손님: 디자인이 (㉡)-아/어/해서 마음에 드네요! 그런데 소매가 좀 긴 것 같아요.
> 직원: 그럼 소매를 (㉢)-아/어/해 드릴까요?
> 손님: 네, 그렇게 해 주세요.

> **例**　　독특하다　　스타일　　수선하다

4. (㉠)에 들어갈 알맞은 것을 쓰십시오. (　　　)
5. (㉡)에 들어갈 알맞은 것을 쓰십시오. (　　　)
6. (㉢)에 들어갈 알맞은 것을 쓰십시오. (　　　)

請在例中找出適合填入的單字。

> **例**　　액세서리　　패션　　묻다　　맞다

7. 원피스에 기름이 (　　　)-았/었/했는데 어떻게 해야 해요?
8. 리에 씨는 (　　　) 모델처럼 키가 커서 아무 옷이나 잘 어울린다.
9. 이 사이즈는 안 (　　　)-는 것 같아요. 좀 더 작은 거 없나요?

2 식생활
飲食

가리다
動 [가리다]

挑選、分辨

우리 아이는 피부병이 있어서 음식을 **가려**서 먹어야해요.
我的小孩有皮膚病,所以必須要挑選飲食。

- 을/를 가리다

고소하다
形 [고소하다]

香噴噴的

가 : 이 과자 **고소하고** 맛있네요!
가 : 這餅乾很香很好吃!

나 : 땅콩이 많이 들어가서 그런 것 같아요.
나 : 好像是因為裡頭有加入許多花生才好吃的。

- 이/가 고소하다

골고루
副 [골고루]

均衡地、均勻地、平均地

가 : 엄마, 이거 먹기 싫어요.
가 : 媽媽,我不喜歡吃這個。

나 : 그러면 키가 안 커. **골고루** 먹어야 해.
나 : 那樣個子會長不高。要均衡吃。

關 골고루 먹다 均衡吃、골고루 나눠 주다 平均分送

과식

名 [과ː식]
漢 過食

過飽、飲食過量

가 : 맛있는데 왜 안 먹어요?
가 : 很好吃，為什麼不吃呢？

나 : 점심에 **과식**을 했더니 속이 좀 안 좋아요.
나 : 中午吃太多，腹部不舒服。

動 과식하다 過飽、飲食過量

굶다

動 [굼ː따]

挨餓

가 : 너무 바빠서 점심을 먹을 시간이 없어요.
가 : 我太忙了，沒有時間吃午餐。

나 : **굶**지 말고 빵이라도 드세요.
나 : 別挨餓，吃點麵包之類的吧。

- 을/를 굶다

關 밥을 굶다 餓、굶어 죽다 餓死

단맛

名 [단맏]

甜味

설탕의 **단맛**은 기분을 좋게 만든다.
糖果的甜味使心情好。

參 신맛 酸味 ⇨ p.313、짠맛 鹹味、쓴맛 苦味

단백질

名 [단ː백찔]
漢 蛋白質

蛋白質

콩, 고기, 두부, 계란에는 **단백질**이 많이 들어 있다.
花生、肉、豆腐、雞蛋裡蛋白質豐富。

關 단백질이 풍부하다／부족하다 蛋白質豐富／不足

식생활 • 飲食

비타민

名 [비타민]

維生素

가 : 요즘 잠을 많이 자지만 계속 피곤해요.
가 : 最近睡很多，但仍一直感覺疲倦。

나 : **비타민** C나 D가 부족하면 그럴 수 있대요.
나 : 聽說維生素 C 或 D 缺乏會那樣。

關 비타민이 풍부하다／부족하다 維他命豐富／不足

상하다

動 [상하다]
漢 傷하다

①變質　②受傷

가 : 어? 이 우유에서 이상한 냄새가 나.
가 : 喔？牛奶有奇怪的味道發出。

나 : **상한** 것 같은데……. 마시지 마.
나 : 好像變質了……。別喝。

가 : 혹시 아까 내가 한 말 때문에 기분이 **상했**어?
가 : 是因為我剛剛說的話而心情不好嗎？

나 : 아니, 전혀.
나 : 不是，完全不。

- 이／가 상하다

關 기분이 상하다 心情不好、속이 상하다 傷心、상한 음식 變質的 식물

섭취

名 [섭취]
漢 攝取

攝取

가 : 저는 커피를 하루에 7잔 정도 마셔요.
가 : 我一天喝七杯咖啡。
나 : 그렇게 많이 마셔요? 카페인(caffeine)을 많이 **섭취**하면 건강에 좋지않아요.
나 : 喝那麼多嗎？咖啡因攝取太多的話，對健康不好。

- 을/를 섭취하다

動 섭취하다 攝取
關 골고루 섭취하다 均衡攝取、음식물을 섭취하다 攝取食物
參 단백질 섭취 攝取蛋白質、비타민 섭취 攝取維他命

食衣住
05

시다

形 [시다]

酸的

가 : 할아버지, 귤 좀 드세요.
가 : 爺爺，請吃橘子。
나 : 나는 **신** 과일은 별로야.
나 : 我酸的水果不怎麼喜歡。

- 이/가 시다

參 신맛 酸味、달다 甜的、맵다 辣的、쓰다 苦的、짜다 鹹的、싱겁다 淡的、고소하다 香的

안주

名 [안주]
漢 按酒

下酒菜、佐酒菜

가 : **안주** 뭐 시킬까?
가 : 下酒菜要點什麼呢？
나 : 맥주 **안주**로는 치킨이 최고야. 치킨 먹자.
나 : 啤酒下酒菜來說，炸雞最好。吃炸雞吧。

💡「안주」也可稱之為「술안주」。

313

식생활・飲食

영양

名 [영양]
漢 營養

營養

가 : 아이에게 어떤 간식을 만들어 주면 좋을까요?
가 : 要給小孩做怎樣的零食比較好呢？
나 : 감자와 계란을 넣은 샌드위치가 어때요? **영양**이 풍부하거든요.
나 : 馬鈴薯加雞蛋的三明治如何呢？營養豐富呢。

關 영양이 풍부하다／부족하다營養豐富／不足、영양을 보충하다補充營養
參 영양소營養素

육식

名 [육씩]
漢 肉食

肉食

가 : 우리 남편은 고기가 없으면 밥을 안 먹어요.
가 : 我老公沒有肉的話不吃飯。
나 : **육식**을 많이 하면 건강에 안 좋다고 하던데……
나 : 攝取太多肉的話，聽說對健康不好……。

動 육식하다葷食
參 육식주의자葷食主義者、채식素食

이롭다

形 [이ː롭따]
不 ㅂ不規則
⇨ 索引 p.623

有益的

토마토는 몸에 **이로운** 영양소가 많다.
番茄有益於身體的營養素很多。

- 에／에게 이롭다

反 해롭다有害 ⇨ p.317

인분

名 [인분]
漢 人分

人份

가 : 떡볶이 몇 **인분** 시킬까?
가 : 要點辣炒年糕幾人份呢？

나 : 4명이니까 4**인분** 시키자.
나 : 我們四個人，點四人份吧。

입맛

名 [임맏]
⇨ 索引 p.623

胃口

가 : 밥 먹어. 얼른.
가 : 快吃飯。

나 : 방금 일어나서 **입맛**이 없어요. 이따가 먹을게요.
나 : 剛剛才起床，沒有胃口。我等一下再吃。

類 밥맛胃口、식욕食慾
關 입맛이 없다沒有胃口、입맛이 까다롭다口味挑剔的／挑嘴、입맛을 잃다喪失胃口

조리

名 [조리]
漢 調理

烹飪

이 요리의 재료와 **조리**법을 자세하게 알려 주십시오.
請詳細地告訴我料理的材料與烹飪方法。

- 을／를 조리하다
- 이／가 조리되다

動 조리하다烹飪、조리되다被烹飪
參 조리법烹飪法、조리 과정烹飪過程

식생활・飲食

조식

名 [조ː식]
漢 朝食
⇨ 索引 p.624

早餐

우리 호텔은 **조식** 포함해서 1박에 250,000원입니다.

我們飯店包含早餐，住宿一晚 250,000 韓元。

類 아침밥早餐、아침 식사早餐
參 조식早餐 - 중식中餐 - 석식晚餐

종류

名 [종ː뉴]
漢 種類

種類

가: 김치김밥, 치즈김밥, 불고기김밥, 참치김밥 등이 있는데 뭘 먹고 싶어요?

가: 有泡菜海苔飯捲、起司海苔飯捲、烤肉海苔飯捲、鮪魚海苔飯捲等，想吃什麼呢？

나: 김밥의 **종류**가 정말 많네요! 뭐가 제일 맛있어요?

나: 飯捲的種類真的很多呢！哪個最好吃呢？

關 종류가 같다／다르다種類相同／不同、종류가 다양하다種類多樣

즉석

名 [즉썩]
漢 即席

即食

편의점에서 파는 음식은 **즉석**에서 먹을 수 있으니까 시간이 없을 때 먹기 좋다.

便利店賣的食物，可以即時食用，在沒時間食用時最方便。

參 즉석 식품即食食品、즉석 떡볶이即食辣炒年糕、즉석 사진拍立得／快照

채식

名 [채 : 식]
漢 菜食

素食

가 : 우리 아이가 고기는 안 먹고 채소만 먹어요.
가 : 我小孩不吃肉，只吃菜。

나 : 아이들이 **채식**만 하면 키가 안 클 텐데…….
나 : 小孩只吃素食的話，會長不高……。

動 채식하다菜
參 채식주의자菜食主義、육식肉

해롭다

形 [해 : 롭따]
不 ㅂ不規則
漢 害롭다

有害的

가 : 어제도 늦게까지 술을 마셔서 머리가 아파요.
가 : 昨天也喝酒喝到很晚，頭好痛。

나 : 그렇게 매일 술을 마시면 몸에 **해로워**요.
나 : 那樣子每天喝酒的話，對身體有害。

- 에／에게 해롭다

反 이롭다有益的 ⇨ p.314

향

形 [향]
不 ㅂ不規則
漢 香

香味

가 : 이 와인(wine) 어때요?
가 : 這紅酒如何？

나 : 맛과 **향**, 모두 좋네요!
나 : 味道與香氣都很好！

類 향기香氣
參 딸기 향草莓香、포도 향葡萄香

食衣住
05

317

複習一下

食衣住 | 飲食

✎ 請在例中找出適合描述圖像的單字。

例　　단맛　　쓴맛　　고소한 맛

1. (　　)　　2. (　　)　　3. (　　)

✎ 請在例中找出適合填入㉠、㉡的單字。

例　　채식　　종류　　단백질　　골고루

4.
> 엄마: 반찬이 많은데 왜 계속 같은 것만 먹니? (㉠) 먹어.
> 아이: (㉡)이/가 많으면 뭐 해요? 제가 좋아하는 게 없잖아요.

㉠ (　　　　)　　　　㉡ (　　　　)

5.
> (㉠)을/를 하는 사람들은 고기를 먹지 않으니까 (㉡)이/가 부족한 경우가 많다고 한다. 그래서 고기 대신 두부와 달걀, 우유 등으로 부족한 영양을 보충한다고 한다.

㉠ (　　　　)　　　　㉡ (　　　　)

✎ 請在例中找尋能夠填入 (　) 的正確單字。

例　　해롭다　　상하다　　섭취하다

6. 여름에는 음식이 잘 (　　)-기 때문에 먹고 남은 음식은 냉장고에 넣어둬야 한다.

7. 감기에 걸렸을 때는 삼겹살처럼 기름이 많은 음식은 (　　)-(으)니까 먹지 마십시오.

8. 남성은 하루에 2,500칼로리(kcal)를 (　　)-아/어/해야 한다고 한다.

3 요리 재료
食材

26.mp3

가루
名 [가루]

粉

가 : 김치는 모두 매워요?

가 : 辛奇都會辣嗎？

나 : 아니요, 고춧**가루**가 안 들어간 김치는 안 매워요.

나 : 不會的。沒有添加辣椒粉的辛奇不辣。

參 고춧가루 辣椒粉、밀가루 麵粉、후춧가루 胡椒粉

국수
名 [국쑤]

麵條

가 : 점심에 뭐 먹을까?

가 : 午餐要吃什麼呢？

나 : 입맛이 없으니까 매운 걸 먹고 싶다. 비빔**국수** 먹을까?

나 : 沒有胃口，想吃點辣的東西。我們吃拌麵吧？

關 국수를 삶다 煮麵條

319

요리 재료・食材

껍질
名 [껍찔]

皮、殼

가 : 사과를 깎을까요?
가 : 要切蘋果嗎?

나 : 아니요, 사과는 **껍질**까지 모두 먹어야 건강에 좋다고 해요.
나 : 不用。聽說蘋果要帶皮吃才有益於健康。

關 껍질을 벗기다 削皮、껍질을 까다 剝皮

꿀
名 [꿀]

蜂蜜

가 : 인삼차가 너무 써요.
가 : 人蔘茶太苦了。

나 : 그럼 **꿀**을 좀 넣으세요.
나 : 那麼請放一點蜂蜜。

關 꿀을 타다 泡蜂蜜

나물
名 [나물]

野菜

비빔밥에는 몸에 좋은 여러 가지 **나물**이 들어간다.
拌飯中有許多對身體好的野菜。

關 나물을 무치다 涼拌野菜

된장

名 [된ː장/됀ː장]
漢 된醬

味噌、大醬

종업원: 뭘 드릴까요?
店員：您要點什麼餐呢？

손님: 김치찌개 하나, **된장**찌개 하나 주세요.
客人：請給我一個泡菜鍋跟一個味噌鍋。

關 된장을 담그다醃漬味噌
參 된장찌개味噌鍋、고추장辣椒醬、간장醬油

밀가루

名 [밀까루]

麵粉

빵은 **밀가루**로 만든다.
麵包是用麵粉做的。

식용유

名 [시굥뉴]
漢 食用油

食用油

프라이팬에 **식용유**를 조금 넣은 후에 야채와 고기를 넣고 같이 볶으세요.
在炒鍋裡放入些許食用油後，蔬菜與肉一起炒。

식품

名 [식품]
漢 食品

食品

가: 컵라면 먹을래요?
가：要吃杯麵嗎？

나: 저는 인스턴트(instant) **식품**은 안 먹어요.
나：我不吃即食食品。

關 식품을 구입하다購買食品
參 즉석 식품即食食品、인스턴트 식품即食食品／速食品

食衣住 05

요리 재료 • 食材

양념
名 [양념]

調味料

가 : 불고기를 만들고 싶은데 **양념**을 만들기가 너무 어려워요.
가 : 我想要做烤肉，但調味料太難做了。
나 : 그럼 직접 만들지 말고 마트에 가서 사세요.
나 : 那麼別自己做，到超市去買吧。

- 을/를 양념하다
- 에 양념하다

動 양념하다 調味
關 양념을 넣다 放調味料

얼음
名 [어름]

冰塊

커피에 **얼음**을 좀 더 넣어 주세요.
請在咖啡中稍微放點冰塊。

關 얼음이 녹다 冰塊融化、얼음을 얼리다 凍冰塊

와인
名 [와인]

葡萄酒、紅酒

가 : 레드 **와인**이 좋으세요? 화이트 **와인**이 좋으세요?
가 : 喜歡紅酒嗎？還是喜歡白酒呢？
나 : 스테이크를 시켰으니까 레드 **와인**을 먹읍시다.
나 : 點了牛排，所以我們喝紅酒吧。

參 레드 와인 (red wine) 紅酒、화이트 와인 (white wine) 白酒

「와인」也稱為「포도주 (葡萄酒)」。

음료

名 [음ː뇨]
漢 飲料

飲料

공연장에 **음료**나 음식을 가지고 들어오시면 안 됩니다.
在表演場內，不能攜帶飲料或飲食進入。

類 음료수飲料
參 탄산음료碳酸飲料 ⇨ p.324

죽

名 [죽]
漢 粥

粥、稀飯

가 : 오늘 소화가 잘 안되는 것 같아.
가 : 今天消化好像不太好。

나 : 그럼 밥 말고 **죽** 먹어.
나 : 那麼別吃飯，吃粥吧。

찬물

名 [찬물]
⇨ 索引 p.621, 624

冷水

가 : 왜 배탈이 났어?
가 : 為什麼拉肚子呢?

나 : 오늘 너무 더워서 하루 종일 **찬물**을 많이 마셨거든.
나 : 今天非常熱，一整天喝了很多冷水的緣故。

類 냉수冷水
反 더운물熱水

치즈

名 [치즈]

起司

가 : 뭘 드릴까요?
가 : 要吃什麼呢?

나 : **치즈** 버거 하나, 콜라 한 잔 주세요.
나 : 我要一個起司堡、一杯可樂。

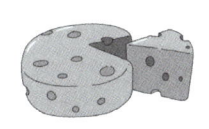

食衣住 05

323

요리 재료 • 食材

콩

名 [콩]

黃豆

두부는 **콩**으로 만든다.
豆腐是黃豆做的。

탄산음료

名 [탄ː사늠뇨]
漢 炭酸飲料

碳酸飲料

가 : 콜라를 너무 많이 마시는 거 아니에요?

가 : 你不是可樂喝太多了吧？

나 : **탄산음료**가 건강에 안 좋은 것은 알지만 참을 수가 없어요.

나 : 我雖然知道碳酸飲料對健康不好，但忍不住。

4 조리 방법
烹飪方法

27.mp3

구이
名 [구이]

燒烤

가: 점심에 뭐 먹을까?
가: 午餐要吃什麼呢？
나: 학교 앞에 생선**구이**집이 생겼는데 가 보자.
나: 學校前有開了一家烤海鮮餐廳，去那邊吧。

參 생선구이烤海鮮、갈비구이烤肉排

까다
名 [까다]
⇨ 索引 p.625

剝

왕핑아, 마늘 좀 **까** 줄래?
王平，要不要幫我剝洋蔥？

- 을/를 까다

類 벗기다剝 ⇨ p.179
關 껍질을 까다削皮

💡 「까다」經常是在「皮很硬」、「從皮裡取／挖／剝出東西時」使用；「벗기다」經常是在「皮很軟」、「沒有從皮中取／挖／剝出東西時」使用。「大蒜、洋蔥、橘子」用「까다」；「海鮮、玉米」用「벗기다」表示。

食衣住 05

조리 방법 • 烹飪方法

끓다

動 [끌타]

沸騰、滾

가 : 라면은 언제 넣어야 돼?
가 : 泡麵要什麼時候放呢？

나 : 물이 **끓**으면 넣어.
나 : 水滾的話，就放。

- 이/가 끓다

關 물이 끓다水滾、라면이 끓다泡麵滾了

담그다

動 [담그다]
不 으不規則

①醃漬　②浸泡

가 : 김치를 직접 **담그**세요?
가 : 親自醃泡菜嗎？

나 : 아니요, 사서 먹어요.
나 : 沒有，買來吃的。

달걀을 삶은 후에 찬물에 **담갔**다가 까면 껍질이 잘 까진다.
雞蛋煮後，在冷水中浸泡一下再剝，殼就容易剝掉。

- 을/를 담그다
- 에 -을/를 담그다

關 김치를 담그다醃泡菜、된장/고추장/간장을 담그다醃大醬/辣椒醬/醬油

담다

動 [담따]

盛裝

예쁜 그릇에 음식을 **담**으면 더 맛있어 보인다.
食物裝在漂亮的器皿的話，會看起來更好吃。

- 에 -을/를 담다

덜다

動 [덜다]
不 ㄹ 不規則

①減撥　②減輕

가 : 밥이 너무 많아서 다 못 먹을 것 같아.
가 : 飯太多了，好像吃不完。

나 : 그럼 나한테 **덜**어. 내가 먹을게.
나 : 那麼減撥些給我。我吃。

가 : 왜 아르바이트를 해요?
가 : 為什麼要打工呢？

나 : 부모님의 부담을 **덜**어 드리고 싶거든요.
나 : 因為想要減輕父母的負擔。

- 에서 - 을/를 덜다
- 을/를 덜다

關 걱정을 덜다減輕憂慮、고민을 덜다減輕煩惱、부담을 덜다減輕負擔

덮다

動 [덥따]

蓋、覆蓋

가 : 선생님, 이 다음에는 어떻게 할까요?
가 : 老師，接下來要怎麼做呢？

나 : 냄비 뚜껑을 **덮**고 30분 정도 더 끓이세요.
나 : 蓋上蓋子再多煮 30 分鐘左右。

- 에 - 을/를 덮다
- 을/를 덮다

關 뚜껑을 덮다蓋上蓋子、책을 덮다闔上書

조리 방법 • 烹飪方法

데우다

動 [데우다]
不 ㄹ不規則
⇨ 索引 p.622

加熱

가 : 피자가 식어서 맛이 없어.
가 : 比薩冷了，不好吃。

나 : 그럼 전자레인지에 **데워**서 먹어.
나 : 那麼拿去微波爐加熱吃。

反 식히다 冷卻 ⇨ p.328

뒤집다

動 [뒤집따]

①上下翻面　②裡外翻面

어? 고기 탄다! 빨리 **뒤집**어.
喔？肉焦了！快點翻面。

가 : 너 옷 **뒤집**어서 입은 거 아니야?
가 : 你是不是衣服穿反了？

나 : 어? 그렇네!
나 : 疑？對耶！

- 을/를 뒤집다

關 고기를 뒤집다 肉翻面、옷을 뒤집어 입다 穿反衣服

💡「뒤집다」經常以「뒤집어요」、「뒤집으니까」活用。

삶다

動 [삼ː따]

煮

가 : 감자는 몇 분 동안 **삶**아야 맛있어요?
가 : 馬鈴薯要煮幾分鐘才會好吃呢？

나 : 30분 정도 **삶**으세요.
나 : 煮三十分鐘左右。

- 을/를 삶다

關 달걀을 삶다 煮蛋、옥수수를 삶다 煮玉米、국수를 삶다 煮麵

섞다

動 [석따]

混合

가 : 이거 사과와 오렌지를 **섞**어서 만든 주스인데 드셔 보세요.
가 : 這是蘋果跟柳橙混合製作的果汁，請喝看看。
나 : 정말 맛있네요!
나 : 真的很好喝！

익다

動 [익따]

成熟

가 : 이 삼겹살 먹어도 돼요?
가 : 五花肉可以吃嗎？
나 : 네, 다 **익**었으니까 드세요.
나 : 可以，都熟了，請吃。

- 이/가 익다

關 고기가 익다 肉煮熟

젓다

動 [젇 : 따]
不 ㅅ不規則

攪拌

야채 주스는 마시기 전에 잘 **저**어 드세요.
果菜汁在喝之前，請攪拌完全再喝。

關 커피를 젓다 攪拌咖啡

複習一下

食衣住 | 飲食、食材、烹飪方法

✏️ 請寫下符合圖像的動詞。

1. (　　)　2. (　　)　3. (　　)　4. (　　)

✏️ 請閱讀以下短文後回答問題。

카레 맛있게 만드는 방법

- 재료: 소고기, 감자, 당근, 양파, 카레 가루

1. 감자와 양파는 껍질을 (㉠)-아/어/해 둔다.
2. 감자, 양파, 당근은 1.5㎝로 썰고, 소고기는 2㎝로 썰어 둔다.
3. 준비된 감자와 당근을 냄비에 넣고 볶다가 (㉡)-(으)면 양파와 소고기를 넣고 볶는다.
4. 볶은 재료에 물을 넣고 끓이다가 재료가 다 (㉡)-(으)면 카레를 넣는다.
5. 카레를 (㉢)-(으)면서 끓인다.

5. (㉠)에 들어갈 알맞은 것을 고르십시오.

　① 까다　② 덮다　③ 담다　④ 덜다

6. (㉡)에 들어갈 알맞은 것을 고르십시오.

　① 섞다　② 익다　③ 식히다　④ 삶다

7. (㉢)에 들어갈 알맞은 것을 고르십시오.

　① 데우다　② 뒤집다　③ 끓다　④ 젓다

5 주거 생활
居住生活

갈다
動 [갈다]
不 ㄹ不規則
⇨ 索引 p.625

更換

가: 어, 시계가 멈췄네!
가: 這手錶停了！
나: 그렇네! 배터리(battery)를 **갈**아야겠다.
나: 對耶！要更換電池了。

- 을/를 -(으)로 갈다

類 교체하다 交換

깨끗이
副 [깨끄시]

乾淨地

가: 아빠, 안녕히 주무세요.
가: 爸爸，晚安。
나: 그래, 자기 전에 이 **깨끗이** 닦고 자.
나: 嗯，睡覺前乾淨地刷牙再睡。

깨다 02
動 [깨다]

打破

가: 엄마, 제가 설거지를 할까요?
가: 媽媽，我要洗碗嗎？
나: 그래, 그릇 **깨**지 않게 조심해.
나: 好，別打破碗，小心。

- 을/를 깨다

關 그릇을 깨다 打破碗、유리창을 깨다 打破玻璃窗

주거 생활 • 居住生活

꾸미다

動 [꾸미다]

布置、裝飾、裝扮

가 : 방을 예쁘게 **꾸미**고 싶은데 어떤 커튼을 사는 게 좋을까요?
가 : 想要漂亮地布置房間，買哪種窗簾比較好呢？

나 : 꽃무늬 커튼을 사는 게 어때요?
나 : 買花紋的窗簾，你覺得如何？

- 을／를 꾸미다

關 집을 꾸미다 布置家

늦잠

名 [늗짬]

睡懶覺

가 : 왜 늦었어요?
가 : 為什麼遲到呢？

나 : 미안해요. **늦잠**을 잤어요.
나 : 抱歉。我睡過頭了。

關 늦잠을 자다 睡懶覺
參 아침잠 晨眠／午睡、낮잠 晝寢／午睡

먼지

名 [먼지]

灰塵

가 : 방에 무슨 **먼지**가 이렇게 많아? 청소 좀 해.
가 : 房間怎麼會有這麼多灰塵？打掃一下吧。

나 : 이번 주는 너무 바쁘니까 주말에 할게.
나 : 這周太忙了，周末再打掃。

關 먼지가 많다 灰塵很多、먼지가 나다 生灰塵、먼지가 쌓이다 灰塵堆積、먼지가 날리다 灰塵飛起來

분리

名 [불리]
漢 分離

分離、分類

가：이 쓰레기를 같이 버려도 돼요?
가：這垃圾可以一起丟嗎?
나：종이는 **분리**해서 저쪽에 따로 버리세요.
나：紙張分類之後，另外丟那邊。

- 와/과 -을/를 분리하다
- 에서 -을/를 분리하다
- 이/가 -와/과 분리되다

動 분리하다分離、분리되다被分離
參 쓰레기 분리수거垃圾分類回收

설치

名 [설치]
漢 設置

安裝

가：에어컨은 직접 **설치**해야 하나요?
가：冷氣要自己安裝嗎?
나：아닙니다. 고객님! 저희 직원이 가서 **설치**해 드릴겁니다.
나：不用。客人！我們的員工去幫您安裝。

- 에 -을/를 설치하다
- 이/가 -에 설치되다

動 설치하다安裝、설치되다被安裝
關 설치가 복잡하다/간편하다安裝複雜/簡便
參 CCTV 설치安裝 CCTV、에어컨 설치安裝冷氣機、설치 위치安裝位置、설치 비용安裝費用

주거 생활 • 居住生活

세차

名 [세ː차]
漢 洗車

洗車

가: 차 깨끗하다! **세차**했어?
가: 車子好乾淨！洗車了嗎？

나: 응, 주유소에서 무료로 해 줬어.
나: 嗯，在加油站免費幫我洗了車。

- 을/를 세차하다

動 세차하다 洗車
參 자동 세차 自動洗車

애완동물

名 [애ː완동물]
漢 愛玩動物

寵物

가: 저희 집에 고양이가 한 마리 있는데 아파트에서 키울 수 있나요?
가: 我們家有一隻貓，公寓可以養嗎？

나: 죄송합니다. 저희 아파트에서는 **애완동물**을 키울수 없습니다.
나: 抱歉。我們公寓不能養寵物。

關 애완동물을 키우다 養寵物
參 애완견 寵物狗、애완 용품 寵物用品

양치

名 [양치]
漢 養齒

刷牙

양치질은 하루에 3번, 3분 동안 해야 한다.
刷牙要一天三次，一次三分鐘。

動 양치하다 刷牙
參 양치질 刷牙

334

울리다 02

動 [울리다]

鳴響、被弄哭／響

가 : 왜 늦게 왔어?
가 : 為什麼遲到了？

나 : 알람 **울리**는 소리를 못 듣고 계속 잤어.
나 : 沒聽到鬧鐘的聲音，而繼續睡了。

- 이/가 울리다

關 전화벨이 울리다 電話聲響、알람이 울리다 鬧鐘響

월세

名 [월쎄]
漢 月貰

月租

가 : 이 집은 방이 2개, 화장실과 부엌이 있어요.
가 : 這房子房間有兩個、有廁所與廚房。

나 : 그래요? **월세**가 얼마예요?
나 : 真的嗎？月租是多少呢？

關 월세를 내다 交出房租
參 전세 全租（傳貰）/ 押租

위생

名 [위생]
漢 衛生

衛生

가 : 그 식당 왜 갑자기 문 닫았어?
가 : 那家餐廳為什麼突然關門了呢？

나 : **위생** 상태가 나빠서 문제가 되었다고 해.
나 : 聽說是衛生狀態不好，有問題的緣故。

參 위생적 衛生的、위생 상태 衛生狀況、위생 검사 衛生檢查、식품 위생 食品衛生

食衣住 05

주거 생활 • 居住生活

이삿짐

名 [이사찜/이삳찜]
漢 移徙짐

搬家的行李

가 : 네, **이삿짐**센터입니다.
가 : 您好，這是搬家公司。
나 : 다음 주 토요일에 이사를 하려고 하는데요. 예약가능한가요?
나 : 下週六想要搬家。可以預約嗎？

關 이삿짐을 싸다/풀다打包/打開行李、이삿짐을 싣다裝載搬家行李、이삿짐을 나르다運送搬家行李、이삿짐을 옮기다搬運搬家行李
參 이삿짐센터搬家公司

일상

名 [일쌍]
漢 日常

日常

가 : 바빠서 운동할 시간이 없어요.
가 : 太忙了，沒有時間運動。
나 : 그럼 엘리베이터를 타지 말고 걸어서 다니는 게 어때요? **일상**생활에서 쉽게 할 수 있잖아요.
나 : 那麼不要搭電梯，走路如何？這在日常生活中，很容易做到。

參 일상적日常的、일상생활日常生活

자취

名 [자취]
漢 自炊

自炊、自己開火

가 : 하숙해요? **자취**해요?
가 : 是寄宿呢？還是自己煮呢？
나 : 친구랑 같이 **자취**하고 있어요.
나 : 我是跟朋友一起開伙。

- 에서 자취하다

動 자취하다自己煮食
參 하숙寄宿

잠그다

動 [잠그다]
不 으不規則
⇨ 索引 p.622

鎖、關

가 : 집에서 나올 때 문 잘 **잠갔**니?
가 : 出家門的時候，門有上鎖嗎？

나 : 그럼요. 두 번이나 확인했어요.
나 : 當然。確認兩次了。

- 을/를 잠그다

反 틀다扭開 ⇨ p.339
關 문을 잠그다關門、가스를 잠그다關瓦斯

조절

名 [조절]
漢 調節

調節

가 : 너무 추운데 에어컨 온도 좀 **조절**해 주세요.
가 : 太冷了，請調一下冷氣溫度。

나 : 25℃ 정도면 괜찮으세요?
나 : 25℃左右可以嗎？

- 을/를 조절하다
- 이/가 조절되다

動 조절하다調節、조절되다被調節
關 온도를 조절하다調節溫度、체중을 조절하다調節體重、속도를 조절하다調節速度

주거

名 [주ː거]
漢 住居

居住

가 : 이 집은 왜 이렇게 비싸지요?
가 : 這房子為什麼這麼貴？

나 : 공원도 있고 지하철도 가까워서 **주거** 환경이 좋거든요.
나 : 因為有公園且離地鐵近，因此居住環境很好。

參 주거 환경居住環境、주거 공간居住空間

주거 생활 • 居住生活

주민

名 [주 : 민]
漢 住民

居民

주민 여러분께 알려 드립니다. 내일 오후 2시부터 5시까지는 물이 나오지 않습니다. 필요한 물은 미리 준비해 두시기 바랍니다.

請各位居民注意。明天下午兩點開始到五點停水。請事先準備需用的水。

參 주민 센터社區服務中心、아파트 주민公寓居民

충전

名 [충전]
漢 充電

充電、儲值

형, 휴대폰을 **충전**하려고 하는데 **충전**기 어디에 있어?

哥哥，我想要充手機，充電器在哪裡呢？

- 을/를 충전하다
- 이/가 충전되다

動 충전하다充電、충전되다充電
關 휴대폰을 충전하다給手機充電、교통카드를 충전하다交通卡儲值
參 충전기充電器

치우다

動 [치우다]

①整理　②收拾

가 : 공부하려면 책상부터 좀 **치우**지 그래?
가 : 想要讀書的話，先從整理書桌開始吧?

나 : 조금 전에 **치웠**는데요!
나 : 剛剛整理過了!

이 의자를 안 쓸 거면 저쪽으로 좀 **치우**세요.
這椅子如果不使用的話，請收到那邊吧。

- 을/를 치우다
- 을/를 -(으)로 치우다

關 방을 치우다整理房間

틀다

動 [틀다]
不 ㄹ 不規則
⇨ 索引 p.625

① 扭開　② 擰開

가 : 축구 시작하겠다! 텔레비전 좀 **틀어** 봐.
가 : 足球要開始了！打開電視來看吧。

나 : 몇 번 채널(channel)이지?
나 : 哪個頻道的呢？

가 : 언니, 화장실에 왜 물이 안 나와?
가 : 姊姊，廁所為什麼沒有水呢？

나 : 어? 아까 내가 **틀었을** 때는 나왔는데…….
나 : 咦？剛剛我開的時候還有……。

- 을/를 틀다

類 켜다 打開
反 끄다 (①) 關熄、잠그다 (②) 關 ⇨ p.337

💡「틀다」雖然與「켜다」意思相似，但只能使用於電視、廣播、冷氣等。
불을 켜다 (O)　開燈、點火
불을 틀다 (X)

향기

名 [향기]
漢 香氣

香氣、香味

향기가 참 좋네! 무슨 꽃이야?
香氣真好聞！是什麼花呀？

- 이/가 향기롭다

形 향기롭다 芬芳
類 향香
關 향기가 좋다 香氣好、향기가 나다 香氣生出、향기를 맡다 聞香氣

6 주거 공간／생활용품
居住空間／生活用品

29.mp3

가스
名 [가스]

瓦斯、天然氣

가 : 이번 달 **가스** 요금이 너무 많이 나왔어요.
가 : 這個月的瓦斯費用很多。

나 : 겨울이라서 그럴 거예요.
나 : 因為是冬天而那樣的。

關 가스가 폭발하다 瓦斯爆炸
參 가스레인지 瓦斯爐、가스밸브 瓦斯閥門、가스 요금 瓦斯費用

꽃병
名 [꼳뼝]
漢 꽃瓶
索引 p.624

花瓶

가 : 꽃을 좀 사 왔어요.
가 : 我買了一些花。

나 : 고마워요. **꽃병**에 꽂으면 예쁘겠네요.
나 : 謝謝。插在花瓶會很美。

關 꽃병에 꽂다 插在花瓶
類 화병 花瓶

끈
名 [끈]

帶子

리에 씨, 운동화 **끈**이 풀렸어요.
理惠，你的鞋帶鬆了。

關 끈이 풀리다 帶子鬆開、끈을 풀다 解開帶子、끈을 묶다 綁帶子
參 신발끈 鞋帶、운동화 끈 運動鞋鞋帶、구두 끈 皮鞋鞋帶、머리 끈 髮帶

대문

名 [대 : 문]
漢 大門

大門

가 : 이 집은 **대문** 앞이 항상 깨끗하네요!
가 : 這家的大門前經常很乾淨！
나 : 할머니께서 아침마다 청소하시더라고요.
나 : 奶奶每天早上都打掃的。

도구

名 [도 : 구]
漢 道具

工具、道具

가 : 청소 **도구**는 어디에 있나요?
가 : 打掃工具在哪裡呢？
나 : 화장실 옆에 있어요.
나 : 在廁所旁邊。

參 청소 도구 打掃工具、조리 도구 烹飪工具

렌즈

名 [렌즈]

隱形眼鏡、透鏡

가 : 안경 때문에 너무 불편해.
가 : 戴眼鏡感覺很不舒服。
나 : 그럼 **렌즈**를 껴 보는 게 어때?
나 : 那麼試戴隱形眼鏡如何？

關 렌즈를 끼다／빼다 戴／拿掉隱形眼鏡、렌즈를 착용하다 戴隱形眼鏡
參 콘택트렌즈 隱形眼鏡、안경 렌즈 眼鏡鏡片

주거 공간 / 생활용품 • 居住空間／生活用品

바닥

名 [바닥]

地板，地面

가 : 내 볼펜이 어디 갔지?
가 : 我的原子筆哪裡去了呢？
나 : 저기 **바닥**에 떨어져 있네.
나 : 掉到那邊的地板上了呢。

關 바닥에 떨어지다掉到地板上、바닥에 떨어뜨리다弄掉到地板上、바닥에 쏟다灑到地板上

베개

名 [베개]

枕頭

가 : 어제 푹 잤어요?
가 : 昨天有睡好嗎？
나 : **베개**가 너무 높아서 잘 못 잤어요.
나 : 枕頭太高，沒睡好。

關 베개를 베다枕枕頭

봉지

名 [봉지]
漢 封紙

①包　②袋

가 : **봉지**에 넣어 드릴까요?
가 : 要幫您放到袋子裡嗎？
나 : 아니요, 가방에 넣으면 돼요.
나 : 不用，放到提包就可以了。

과자 2**봉지**를 사시면 1**봉지**를 더 드립니다.
如果您購買兩包餅乾的話，再送一包。

關 봉지에 넣다放到袋子、봉지에 담다裝到袋子、봉지를 뜯다打開袋子

342

비닐

名 [비닐]

塑膠

가 : **비닐**봉지 드릴까요?
가 : 要給您塑膠袋嗎?
나 : 네, 주세요.
나 : 好,請給我。

參 비닐봉지 塑膠袋、비닐우산 塑膠雨傘

💡 「비닐봉지」可以稱為「비닐봉투」。

사물

名 [사:물]
漢 事物

事物,物品

개는 냄새만 맡아도 멀리 있는 **사물**이 무엇인지 금방 알 수 있다.
狗狗即使只聞味道,也能夠馬上知道遠處的東西是什麼。

상자

名 [상자]
漢 箱子

①箱子 ②箱

준이치 : 소포를 좀 보내려고 하는데요.
順一 : 我想要寄小包裹。

우체국 직원 : 여기 올려놓으세요. **상자** 안에 뭐가 들어있어요?
郵局職員 : 請放這上面。箱子裡裝什麼呢?

라면 한 상자에 라면이 몇 개 들어 있어요?
泡麵一箱裡面裝幾包泡麵呢?

關 상자를 열다 打開箱子、상자에 담다 裝箱、상자에 넣다 放到箱子、상자에서 꺼내다 從箱子中取出

💡 「箱子」也稱為「박스(Box)」。

食衣住 05

주거 공간 / 생활용품 • 居住空間／生活用品

세제

名 [세ː제]
漢 洗劑

洗滌劑

가 : 설거지할 때 쓸 **세제**를 사려고 하는데 뭐가 좋아요?
가 : 想要買洗碗用的洗滌劑，哪個好呢？
나 : 요즘 이 **세제**가 인기예요. 과일로 만들어서 주부들이 좋아해요.
나 : 最近這洗劑很有名。因為是用水果做的，所以主婦們很喜歡。

안방

名 [안빵]
漢 안房

主臥室

아들 : 엄마, 아빠 어디 계세요?
兒子 : 媽媽，爸爸在哪裡呢？
엄마 : **안방**에서 주무시는데 왜?
媽媽 : 在主臥室裡睡覺，怎麼了呢？

參 침실寢室、욕실浴室⇨ p.344、주방廚房⇨ p.346

욕실

名 [욕씰]
漢 浴室

浴室

가 : 지금 **욕실**에 누가 있어?
가 : 浴室現在誰在那裡呢？
나 : 형이 샤워하고 있어요.
나 : 哥哥正在沖澡。

參 침실寢室、안방主臥室⇨ p.344、주방廚房⇨ p.346

용품

名 [용 : 품]
漢 用品

用品

가: 스키**용품**은 몇 층에 있어요?
가: 滑雪用品在幾樓呢？
나: 스포츠**용품**은 6층에 있습니다.
나: 運動用品在六樓。

參 학용품學生用品、생활용품生活用品、주방용품廚房用品、스포츠용품運動用品

유리

名 [유리]
漢 琉璃

玻璃

가: **유리**창을 여러 번 닦았는데 깨끗해지지 않아요.
가: 玻璃窗擦了好幾次，都擦不乾淨。
나: 그럼 신문지로 닦아 보세요.
나: 那麼用報紙擦看看。

參 유리컵玻璃杯、유리창玻璃窗、유리 제품玻璃製品

이불

名 [이불]

棉被，被子

날씨가 추워졌으니까 밤에 잘 때 **이불**을 잘 덮고 주무세요.
天氣變冷了，晚上睡覺的時候，請蓋被子再睡覺。

關 이불을 덮다蓋被子、이불을 깔다鋪被子、이불을 개다／펴다摺疊／攤開被子

이어폰

名 [이어폰]

耳機

지하철에서 음악을 들을 때는 **이어폰**을 끼고 들으세요.
在地鐵聽音樂的時候，請戴耳機。

關 이어폰을 끼다戴耳機、이어폰을 꽂다插耳機

食衣住 05

주거 공간 / 생활용품 • 居住空間／生活用品

자동

名 [자동]
漢 自動
⇨ 索引 p.621

自動

가 : 이 문이 왜 안 열리지요?
가 : 這個們為什麼打不開？
나 : 이 버튼을 누르면 **자동**으로 열려요.
나 : 按這按鈕的話，門會自動打開。

反 수동 手動
關 자동으로 켜지다／꺼지다 自動點／熄滅、자동으로 열리다／닫히다 自動開／關
參 자동문 自動門、자동이체 自動轉帳

장바구니

名 [장빠구니]
漢 場바구니

菜籃

가 : 봉투 필요하세요?
가 : 請問需要袋子嗎？
나 : 아니요, **장바구니**를 가지고 왔어요.
나 : 不用。我有帶菜籃。

주방

名 [주방]
漢 廚房
⇨ 索引 p.624

廚房

가 : 어떤 아르바이트를 해 보셨어요?
가 : 有打過什麼工呢？
나 : 식당 **주방**에서 설거지도 해 보고 아이들을 가르치는 일도 해 봤어요.
나 : 有做過餐廳廚房洗碗，也有教過小朋友。

類 부엌 廚房

💡 「부엌」通常是指在家做料理的地方。「주방」用於餐廳或飯店中，做料理的地方。但是，高級住宅或公寓裡，也可以說「주방」。

창가

名 [창까]
漢 窓가

窗邊

직원 : 어느 쪽 자리로 드릴까요?
職員 : 您要坐哪個位子呢？

손님 : **창가** 자리로 주세요.
客人 : 請讓我坐窗邊。

💡 飛機、火車、客運等，靠窗的座位稱之為「창가 자리」；人們來來去去的地方，稱之為「통로 자리」。

통 02

名 [통]
漢 桶

桶

쓰레기는 쓰레기**통**에 버려 주세요.
垃圾請丟垃圾桶。

參 쓰레기통垃圾桶、물통水桶、필통筆筒

풍선

名 [풍선]
漢 風船

氣球

가 : 아빠, 저 **풍선** 사 주세요.
가 : 爸爸，請買氣球給我。

나 : 그래. 무슨 색으로 사 줄까?
나 : 好。要買什麼顏色呢？

關 풍선이 터지다氣球破裂、풍선을 불다吹氣球、풍선을 터뜨리다弄破掉氣球

플라스틱

名 [플라스틱]

塑膠

플라스틱과 종이는 재활용할 수 있으니까 따로 버리세요.
塑膠跟紙張可以重複利用，所以請另外丟棄。

參 플라스틱 그릇塑膠碗、플라스틱 제품塑膠製品

食衣住 05

347

주거 공간 / 생활용품 • 居住空間／生活用品

현관

名 [현관]
漢 玄關

玄關

현관에 있는 신발 좀 정리해라.
玄關的鞋子整理一下。

화분

名 [화분]
漢 花盆

花盆

집들이 선물로 **화분**이 어때요?
喬遷喜宴的禮物，送花盆如何？

화장품

名 [화장품]
漢 化粧品

化妝品

직원: 어떤 **화장품**을 찾으세요?
職員；請問您在找怎樣的化妝品呢？

손님: 스킨과 로션 좀 보여 주세요.
客人：請給我看化妝水與乳液。

關 화장품을 바르다 抹化妝品
參 스킨 化妝水、로션 乳液

複習一下

食衣住 | 居住空間／生活用品

1. 以下何者之間的關係不同？

① 끈을 묶다 – 끈을 풀다　② 이불을 개다 – 이불을 펴다
③ 렌즈를 끼다 – 렌즈를 빼다　④ 텔레비전을 틀다 – 텔레비전을 켜다

✎ 請看以下圖並在（　）寫下正確的單字。

| 例 | 화분
꽃병 | 천장
바닥 | 화장품
쓰레기통 | 이어폰
애완동물 | 벽 |

2. (　　　)　**3.** (　　　)　**4.** (　　　)
5. (　　　)　**6.** (　　　)　**7.** (　　　)
8. (　　　)　**9.** (　　　)　**10.** (　　　)

7 집 주위 환경
家的周圍環境

30.mp3

고층
名 [고층]
漢 高層

高樓層

고층 빌딩이 많은 도시는 하늘을 보기가 힘들어서 답답하다.
充滿高樓層建築的都市，很難看到天空而覺得煩悶。

參 고층 빌딩 高樓層建築物、고층 건물 高樓層建築物

공간
名 [공간]
漢 空間

空間

손님：식당에 주차장이 있어요?
客人：餐廳有停車場嗎?

종업원：네, 주차 **공간**이 아주 넓으니까 걱정하지 마세요.
職員：有，停車空間很廣，請別擔心。

關 공간이 좁다／넓다 空間窄／寬、공간을 활용하다 活用空間、공간을 차지하다 占空間
參 공간적 空間的、문화 공간 文化空間、생활 공간 生活空間、휴식 공간 休息空間

길거리
名 [길꺼리]

街頭

떡볶이, 순대와 같은 **길거리** 음식을 먹어 봤어요?
有吃過辣炒年糕、大腸的街頭小吃嗎?

놀이터

名 [노리터]

遊樂場

가 : 이 근처에 아이들이 놀 수 있는 곳이 있어요?
가 : 這附近有小孩可以玩的地方嗎？

나 : 네, 이쪽으로 5분만 걸어가시면 **놀이터**가 있어요.
나 : 是的，往這邊走路五分鐘就有遊樂場。

목욕탕

名 [모곡탕]
漢 沐浴湯

澡堂

가 : 아침 먹고 **목욕탕**에 갔다 올게.
가 : 吃完早餐，我要去澡堂。

나 : 오늘 수요일이잖아. **목욕탕** 쉬는 날이야.
나 : 今天不是週三嗎。是澡堂休息的日子。

바깥

名 [바깓]
⇨ 索引 p.624

外面

가 : **바깥**보다 집 안이 더 더운 것 같아요.
가 : 家裡好像比外面更熱。

나 : 에어컨을 안 켜서 그래요. 에어컨을 좀 켤까요?
나 : 那是沒開冷氣才那樣子的。要開冷氣嗎？

類 밖外
反 안裡、內
關 바깥 날씨外面天氣、바깥 공기外面空氣

집 주위 환경 • 家的周圍環境

부동산

名 [부동산]
漢 不動產

不動產

가 : 회사랑 가까운 곳에 집을 구하고 싶은데요.
가 : 我想要找離公司近的房子。
나 : 회사 근처에 있는 **부동산**에 가 보세요.
나 : 請到公司附近的不動產看看。

상가

名 [상가]
漢 商街

商店街、商場

가 : 요즘 유행하는 옷을 어디에서 싸게 살 수 있어요?
가 : 哪裡能夠便宜買到最近流行的衣服呢？
나 : 강남에 있는 지하**상가**가 괜찮을 것 같아요.
나 : 江南的地下商店街好像不錯。

參 전자 상가電子商店街、의류 상가衣服商店街、상가 건물商店街建築物

센터

名 [센터]

中心

가 : 휴대폰이 고장 난 것 같아.
가 : 手機好像故障了。
나 : 빨리 서비스 **센터**에 가지고 가 봐.
나 : 快點拿到服務中心。

參 이삿짐센터搬家公司、고객 센터客戶中心、서비스 센터服務中心、스포츠 센터運動中心

소방

名 [소방]
漢 消防

消防

가：어디에 불이 났나 봐.
가：看來好像有地方發生火災了。

나：그러게, **소방**차가 5대나 지나가네.
나：真的，有五輛消防車過去了。

參 소방관消防員、소방차消防車、소방서消防署、소방 시설消防設施

시설

名 [시ː설]
漢 施設

設施

가：이 헬스클럽은 넓고 **시설**도 참 좋네요.
가：這健身房很寬敞，設施也很不錯。

나：네, 그래서 다른 곳보다 조금 비쌉니다.
나：對呀，所以比其他地方貴一點。

關 시설이 좋다/나쁘다設施好/不好、시설을 갖추다擁有設施

엘리베이터

名 [엘리베이터]

電梯

가：왜 이렇게 땀을 많이 흘려요?
가：為什麼流那麼多汗呢？

나：네, **엘리베이터**가 고장 나서 계단으로 올라왔거든요.
나：嗯，電梯壞了，所以爬樓梯上來。

엘리베이터　에스컬레이터

參 에스컬레이터手扶梯

💡 「엘리베이터」也稱之為「승강기（升降機）」。

집 주위 환경 • 家的周圍環境

원룸

名 [원룸]

套房

부동산 직원 : 어떤 집을 찾으세요?
不動產職員：請問有在找怎樣的房子嗎？

준이치 : 지하철역과 가까운 **원룸** 있어요?
順一：有離地鐵站近一點的套房嗎？

위치하다

動 [위치하다]
漢 位置하다

位置

이 백화점은 교통이 편리한 곳에 **위치해** 있다.
這家百貨公司位於交通便利的地方。

- 에 위치하다

주변

名 [주변]
漢 周邊
⇨ 索引 p.624

周圍

가 : 집 **주변**에 호수가 있어서 참 좋겠어요.
가：家的周圍有湖水，很不錯吧。

나 : 네, 그래서 저녁 먹고 자주 산책해요.
나：對，所以晚餐後經常去散步。

類 주위 周圍
參 주변 환경 周圍環境、생활 주변 生活圈環境、학교 주변 校園周圍

주택

名 [주 : 택]
漢 住宅

住宅

우리 집은 **주택**가에 있어서 조용하다.
我們家在住宅區，所以很安靜。

關 주택을 마련하다 準備房子、주택을 구입하다 購屋
參 주택가 住宅區

중국집

名 [중국찝]
漢 中國집

中式餐館

가 : 아~자장면 먹고 싶다!
가 : 啊~我想吃炸醬麵！
나 : 그럼 내가 **중국집**에 전화할게.
나 : 那我打電話給中式餐館。

코너

名 [코너]

區、區塊

가 : 과일 **코너**가 어디에 있어요?
가 : 水果區在哪裡呢？
나 : 야채 **코너** 옆에 있습니다.
나 : 在蔬菜區旁邊。

편의

名 [펴늬/펴니]
漢 便宜

便利，方便

우리 동네에는 도서관, 주차장, 공원 등의 **편의** 시설이 많아서 살기 좋다.
我們社區裡有圖書館、停車場、公園等方便設施非常多，住起來舒適。

參 편의점便利店、편의 시설便利設施

複習一下

食衣住 | 住家周圍環境

✏️ 請在例中找出適合填入（　）的單字。

> **例**　　센터　　코너　　공간　　시설

1. 지하철역 안에는 여러 가게들과 잠시 쉬었다 갈 수 있는 휴식 (　　)이/가 있다.
2. 이사를 할 때 이삿짐 (　　)을/를 이용하면 간편하게 이사를 할 수 있다.
3. 이 아파트에는 어린이 놀이터, 어린이 도서관 등 어린이를 위한 (　　)이/가 많아서 좋다.
4. 저녁 7시쯤 백화점에 가면 식품 (　　)에서 할인을 하기 때문에 음식을 싸게 살 수 있다.

✏️ 請看以下圖示，並在（　）填入適合的單字。

> **例**　놀이터　　소방서　　중국집　　부동산　　목욕탕

5. (　　)
6. (　　)
7. (　　)
8. (　　)
9. (　　)

用漢字學韓語・品

✏️ 我們來看看韓文詞彙是如何與漢字產生聯繫的。

品 | 품 | 物件 / 用品

반품 — 退貨 (p.381)
물건을 받아 보시고 마음에 안 들면 반품 가능합니다.
收到貨物之後,如果不滿意可退貨。

식품 — 食品 (p.321)
백화점 식품 매장은 7시 이후에 가면 할인을 한다.
百貨店的食品賣場在七點以後有打折。

용품 — 用品 (p.345)
이사하면서 주방용품을 새것으로 다 바꾸었다.
搬家的時候,把廚房用品全部都換成新的。

제품 — 製品 (p.509)
이 제품은 가격이 싸고 디자인이 예뻐서 인기가 많다.
這產品價格便宜,設計好看,所以很受歡迎。

화장품 — 化妝品 (p.348)
넌 무슨 화장품을 사용하니?
你用什麼化妝品呢?

품질 — 品質 (p.512)
이 제품은 지난번에 산 것보다 품질이 좋다.
這產品比上次買的品質更好。

06 날씨/생활
天氣／生活

1 **일기 예보** 天氣預報
2 **여가 활동** 休閒活動
3 **문제／해결** 問題／解決

用漢字學韓語・用

1 일기 예보
天氣預報

건조
名 [건조]
漢 乾燥

乾燥

가 : 날씨가 **건조**해서 피부도 **건조**해진 것 같아요.
가 : 好像是因為天氣乾燥,皮膚也乾燥起來的樣子。

나 : 물을 많이 드세요.
나 : 請多喝水。

- 이/가 건조하다

形 건조하다 乾燥的

기온
名 [기온]
漢 氣溫

氣溫

오늘 낮 **기온**은 33℃까지 올라가겠습니다.
今天白天氣溫將上升到 33℃。

關 기온이 올라가다/내려가다 氣溫上升/下降、기온이 높다/낮다 氣溫高/低、기온이 떨어지다 氣溫下降
參 최고 기온 最高氣溫、최저 기온 最低氣溫

끼다
動 [끼ː다]

壟罩、瀰漫

가 : 오늘 빨래해도 될까?
가 : 今天可以洗衣服嗎?

나 : 구름이 **낀** 걸 보니까 비가 올 것 같아. 내일 해.
나 : 看烏雲密布,好像要下雨。明天洗吧。

關 구름이 끼다 烏雲密布、안개가 끼다 起霧

더위

名 [더위]
⇨ 索引 p.619

暑氣、熱

한국 사람들은 여름에 **더위**를 이기기 위해서 삼계탕을 먹는다.
韓國人在夏天為對抗暑氣而吃人蔘雞湯。

反 추위寒冷⇨ p.364
關 더위를 이기다對抗暑氣、더위를 참다忍受暑氣
參 무더위悶熱

💡 在夏天因炎熱天氣而沒有食慾及力氣，稱之為「더위 먹다」。

도

依 [도 :]
漢 度

度

가 : 어제까지는 덥더니 오늘 좀 시원하네요. 지금 몇 **도**(℃)예요?
가 : 昨天很熱，今天卻涼爽。現在是幾度呢？

나 : 23**도**(℃)예요.
나 : 23 度。

맞다 02

動 [맏따]

①冒雨 ②正中、答對

가 : 왜 비를 **맞**고 왔어? 우산 안 챙겨 갔니?
가 : 為什麼淋雨來？沒帶傘嗎？

나 : 챙기려고 했는데 깜빡했어요.
나 : 我有想要帶，卻忘了。

너, 지금까지 시험에서 0 점(빵점) **맞**은 적 있어?
你到現在，有在考試得過零分嗎？

- 을／를 맞다

關 비를 맞다冒雨、눈을 맞다看對眼／互相喜歡

天氣／生活 06

361

일기 예보 • 天氣預報

무덥다

形 [무덥따]
不 ㅂ不規則

悶熱

가 : 요즘 계속 **무더워**서 밤에 잠을 잘 못 자는 사람들이 많대.
가 : 聽說因為最近一直都很熱，晚上睡不好的人很多。
나 : 맞아. 나도 어젯밤에 잠을 잘 못 잤어.
나 : 對啊。我也是昨天晚上睡不好。

- 이/가 무덥다

關 무더운 날씨 悶熱的天氣
參 무더위 悶熱

소나기

名 [소나기]

驟雨

가 : 비가 많이 오는데 우산을 살까?
가 : 雨下很大，要不要買雨傘？
나 : **소나기**니까 잠깐 기다려 보자.
나 : 因為是驟雨，我們暫且等看看吧。

關 소나기가 그치다 驟雨停

습기

名 [습끼]
漢 濕氣

濕氣

가 : 요즘 계속 비가 와서 집 안에 **습기**가 많아요.
가 : 最近一直下雨，家裡濕氣很重。
나 : 지금 마트에서 **습기**를 없애는 제품을 할인하고 있으니까 가 보세요.
나 : 最近賣場除溼產品在打折，去看看吧。

關 습기가 많다 溼氣重、습기가 차다 充滿濕氣、습기를 없애다 除溼、습기를 제거하다 去除濕氣

영상 01

名 [영상]
漢 零上
⇨ 索引 p.620

零度以上

가 : 오늘도 춥겠지요?
가 : 今天也會很冷吧？
나 : 아침에는 좀 추운데 낮에는 **영상** 7도까지 올라간대요.
나 : 白天有點冷，但聽說早上會到七度。

反 영하零度以下 ⇨ p.363
關 영상으로 올라가다上升到零度以上

💡 在表達溫度時，通常一定會說「영하 (零度以下)」，「영상 (零度以上)」幾乎不會說。

영하

名 [영하]
漢 零下
⇨ 索引 p.620

零下

가 : 서울은 겨울에 얼마나 추워요?
가 : 首爾冬天有多冷？
나 : **영하** 13도(℃)까지 떨어지는 날이 많아요.
나 : 掉到零下十三度的日子很多。

反 영상零度以上 ⇨ p.363
關 영하로 떨어지다掉到零度以下

온도

名 [온도]
漢 溫度

溫度

가 : 좀 추운데 에어컨 좀 꺼 주시면 안 돼요?
가 : 有點冷，可以關冷氣嗎？
나 : 손님, 죄송하지만 다른 손님들도 계시니까 **온도**를 조금만 올려 드리겠습니다.
나 : 客人，很抱歉，還有其他客人在，所以只幫你稍微調升一點溫度。

關 온도를 올리다／내리다調升／降溫度、온도를 조절하다調節溫度
參 실내 온도室內溫度

天氣／生活 06

363

일기 예보 • 天氣預報

자외선

名 [자 : 외선/
자 : 웨선]
漢 紫外線

紫外線

가 : 오늘 햇빛이 너무 강한 것 같아요.
가 : 今天太陽光好像太強了。
나 : 이런 날은 **자외선**이 강하니까 선크림(sun cream)을 꼭 발라야 해요.
나 : 這種日子紫外線很強，所以必須要擦防曬乳。

關 자외선이 강하다 紫外線很強
參 자외선 차단제 防曬乳

💡「자외선 차단제 (防曬乳)」又稱為「선크림 (防曬乳)」。「선크림」讀音為 [썬크림]。

추위

名 [추위]
⇨ 索引 p.619

寒冷、寒氣

가 : 이번 주말에 스키장에 갈래요?
가 : 這周末要去滑雪場嗎？
나 : 미안해요. 저는 **추위**를 많이 타서 겨울에는 밖에 나가는 게 싫어요.
나 : 抱歉。我因為怕冷，所以冬天不喜歡出門。

反 더위 暑熱 ⇨ p.361
關 추위를 타다 怕冷
參 꽃샘추위 春寒

💡「꽃샘추위 (春寒)」是指因冬天忌妒春天開花，即使春天來臨，也像寒冬一樣冷的期間。

파도

名 [파도]
漢 波濤

海浪

오늘은 바람이 많이 불고 **파도**가 높으니까 수영을 하지 마십시오.
今天風大浪高，請勿游泳。

關 파도가 높다 浪高、파도가 심하다 波浪強

2 여가 활동
休閒活동

가꾸다

動 [가꾸다]

耕種

가 : 취미가 뭐예요?
가 : 興趣是什麼呢?

나 : 꽃을 **가꾸**는 거예요.
나 : 種花。

- 을/를 가꾸다

關 채소를 가꾸다 種菜

결승

名 [결씅]
漢 決勝

決勝、決賽

가 : 지금 축구 **결승**전 하는 중인데 텔레비전 안 보고 뭐 해?
가 : 現在正在足球決賽,怎不看電視?

나 : 그래? 벌써 시작했어?
나 : 是喔?已經開始了喔?

關 결승에 나가다 出戰決賽、결승에 오르다 晉升決賽
參 결승전 決賽、준결승 準決賽

여가 활동・休閒活動

곡

名 [곡]
漢 曲

曲子

가 : 기타 칠 줄 알아요? 그럼 한 **곡**만 쳐 주세요.
가 : 會彈吉他嗎？那麼請彈一首歌。
나 : 좋아요. 무슨 노래를 듣고 싶어요?
나 : 好啊。想聽什麼歌呢？

參 작곡가作曲家

관람

名 [괄람]
漢 觀覽

觀賞、觀看

이 영화는 19살 이상만 **관람**할 수 있습니다.
這電影只能 19 歲以上觀賞。

- 을/를 관람하다

參 박물관 관람參觀博物館、영화 관람觀賞電影、공연 관람觀賞表演

나들이

名 [나드리]

出門，外出

오늘은 비가 많이 오겠습니다. **나들이**를 계획하고 계신 분들은 다음 주로 미루시는 것이 좋겠습니다.
今天會下大雨。如有計畫外出的人延期到下週為宜。

關 나들이를 가다外出

단체

名 [단체]
漢 團體

團體

가 : 저희 20명인데 **단체** 할인 받을 수 있나요?
가 : 我們有 20 人，能夠有團體折扣嗎？

나 : 그럼요, 20명부터 10% 할인됩니다.
나 : 當然，20 名開始能夠打九折。

參 단체 여행團體旅行、단체 사진團體照、단체 생활團體生活

대여

名 [대ː여]
漢 貸予
索引 p.625

租借

스키가 없는데 스키장에서 **대여**할 수 있어요?
沒有滑雪板，可以在滑雪場租嗎？

- 에／에게 - 을／를 대여하다

動 대여하다租貸
類 빌려 주다借給、貸出

동호회

名 [동호회／동호훼]
漢 同好會

同好會

가 : 요즘 주말에 할 일도 없고 너무 심심해요.
가 : 最近周末都沒事做，好無聊。

나 : 그럼 우리 사진 **동호회**에 오세요.
나 : 那麼請來我們攝影同好會。

關 동호회에 가입하다加入社團

💡 「동호회」是職場或一般人因興趣而聚集的社團；「동아리 (社團)」是由學校學生組成的興趣聚會。

天氣／生活 06

367

여가 활동・休閒活動

매표소

名 [매ː표소]
漢 賣票所

售票處

가 : 우리 오후에 어디에서 만날까?
가 : 下午要在哪裡見面呢？
나 : 박물관 **매표소** 앞에서 만나자.
나 : 在博物館售票處前見面吧。

머무르다

動 [머무르다]
不 르不規則

逗留、短暫停留

가 : 일본에 여행을 가면 어디에서 지낼 거야?
가 : 去日本旅行時，要住哪呢？
나 : 친척 집에 **머무르려고** 해.
나 : 我想住親戚家。

- 에 머무르다

縮 머물다逗留

메달

名 [메달]

獎牌

가 : 이번 대회에서 한국은 **메달**이 몇 개예요?
가 : 在這次比賽中，韓國得到幾個獎牌呢？
나 : 금**메달** 10개, 은**메달** 3개, 동**메달** 24개예요.
나 : 金牌 10 個、銀牌 3 個、銅牌 24 個。

關 메달을 따다摘得獎牌
參 금메달金牌、은메달銀牌、동메달銅牌

박람회

名 [방남회/방남훼]
漢 博覽會

博覽會

가 : 이번 주말에 꽃 **박람회**가 있는데 같이 갈래요?
가 : 這週末有花卉博覽會，要一起去嗎？

나 : 좋아요. 재미있을 것 같아요.
나 : 好啊。好像會很有趣。

關 박람회가 열리다博覽會被舉辦、박람회를 관람하다參觀博覽會
參 무역 박람회貿易博覽會、취업 박람회就業博覽會

상금

名 [상금]
漢 賞金

獎金

가 : 이번 골프 대회에서 1등을 하면 **상금**이 얼마예요?
가 : 在這次高爾夫比賽得到第一名的話，獎金多少錢呢？

나 : 1억 정도 돼요.
나 : 大約是一億。

關 상금을 타다贏得獎金、상금을 받다獲得獎金

속하다

動 [소카다]
漢 屬하다

所屬、隸屬

우리가 **속한** 팀이 이겨서 신났다.
我們所屬的隊伍贏了，好開心。

- 에 속하다

여가 활동 • 休閒活動

수집

名 [수집]
漢 收集／蒐集
⇨ 索引 p.625

收集

가 : 취미가 뭐예요?
가 : 你的興趣是什麼呢？
나 : 만화책 **수집**이에요.
나 : 收集漫畫書。

- 을／를 수집하다
- 이／가 수집되다

動 수집하다收集、수집되다被收集
類 모으다聚集
關 자료를 수집하다收集資料
參 수집가收集家、우표 수집收集郵票、정보 수집收集資訊

숙박

名 [숙빡]
漢 宿泊

住宿

가 : 네, 제주 호텔입니다.
가 : 您好，濟州飯店。
나 : 7월 5일부터 7월 8일까지 **숙박** 가능한가요?
나 : 7月5日到7月8日可以住宿嗎？

- 에 숙박하다

動 숙박하다住宿
參 숙박 시설住宿設施

숙소

名 [숙쏘]
漢 宿所

住所

가 : 부산에 괜찮은 **숙소**가 있나요?
가 : 釜山有不錯的住所嗎？
나 : 해운대 근처에 싸고 깨끗한 호텔이 있다고 들었어요.
나 : 聽說海雲台附近有便宜又乾淨的飯店。

370

악기

名 [악끼]
漢 樂器

樂器

가 : **악기**를 배운 적이 있어요?
가 : 曾學過樂器嗎？

나 : 네, 어릴 때 피아노를 배웠어요.
나 : 是的，小時候學過鋼琴。

關 악기를 연주하다 演奏樂器

야외

名 [야 : 외／야 : 웨]
漢 野外
⇨ 索引 p.620

戶外、露天

가 : 내일 비가 와도 공연을 하나요?
가 : 明天下雨也會表演嗎？

나 : 비가 오면 **야외** 공연은 취소됩니다.
나 : 下雨的話，戶外表演就會被取消。

여가

名 [여가]
漢 餘暇

閒暇、休閒

가 : **여가** 시간에 보통 뭘 하세요?
가 : 通常閒暇時間都做什麼呢？

나 : 영화를 보거나 운동을 해요.
나 : 看電影或運動。

參 여가 시간 閒暇時間、여가 활동 休閒活動

天氣／生活 06

371

여가 활동 • 休閒活動

연주

名 [연주]
漢 演奏

演奏

가 : 무슨 악기를 **연주**할 줄 알아요?
가 : 你會演奏什麼樂器呢？

나 : 기타를 칠 줄 알아요.
나 : 我會彈吉他。

- 을/를 연주하다

動 연주하다 演奏
關 악기를 연주하다 演奏樂器
參 연주회 演奏會、연주자 演奏者

오락

名 [오 : 락]
漢 娛樂

娛樂

가 : 무슨 TV 프로그램을 자주 봐요?
가 : 通常都看什麼電視節目呢？

나 : 저는 연예인들이 많이 나오는 **오락** 프로그램을 자주 봐요.
나 : 我經常看有許多演藝人員出場的娛樂節目。

關 오락을 즐기다 享受娛樂
參 오락 시간 娛樂時間、오락 프로그램 娛樂節目

💡 最近「오락 프로그램 (娛樂節目)」也經常稱為「예능 프로그램 (藝能節目)」。

온천

名 [온천]
漢 溫泉

溫泉

가 : 이번 겨울에는 어디로 여행을 가고 싶어요?
가 : 這次冬天想去哪裡旅行？

나 : 날씨가 추우니까 **온천**에 가서 쉬고 싶어요.
나 : 因為天氣冷，所以想去溫泉休憩。

372

응모

名 [응ː모]
漢 應募

應徵

이번 이벤트(event)에 **응모**하시는 모든 분들께 예쁜 컵을 드립니다.
報名這次活動的所有人,都贈送美麗的杯子。

- 에 응모하다

動 응모하다 報名、應徵

일반

名 [일반]
漢 一般

一般

```
입 장 료
일반: 10,000원
학생: 8,000원
```

```
入場費
一般人: 10,000元
學生:   8,000元
```

參 일반적 一般性的 ⇨ p.258、일반인 一般人、일반화 普及

자유

名 [자유]
漢 自由

自由

가: 아르바이트 해서 모은 돈으로 뭐 할 거야?
가: 打工所存的錢要做什麼呢?

나: 유럽으로 **자유** 여행을 가려고 해.
나: 我想要去歐洲自助旅行。

- 이/가 자유롭다
- 이/가 자유스럽다

形 자유롭다 充滿自由的 ⇨ p.21、자유스럽다 看似自由的
參 자유 여행 自助旅行

天氣/生活 06

373

여가 활동・休閒活動

전시

名 [전 : 시]
漢 展示

展示

가 : 7월에는 어떤 **전시**회가 있나요?
가 : 七月有什麼展覽會呢?

나 : 이번 달에는 한국의 전통 도자기를 **전시**하고 있습니다.
나 : 這個月正展示韓國傳統陶瓷器。

- 을／를 전시하다
- 이／가 전시되다

動 전시하다 展示、전시되다 被展示
參 전시회 展覽會、전시관 展覽館

취하다 02

動 [취 : 하다]
漢 取하다

採取、採用

손님 : 이 약을 먹으면 빨리 낫겠지요?
客人 : 吃了這個藥,會快點好起來吧?

약사 : 약을 먹는 것도 중요하지만 감기에 걸렸을 때에는 충분한 휴식도 **취해**야 합니다.
藥師 : 雖然吃藥也很重要,但感冒的時候也要充分休息。

關 휴식을 취하다 休息一下、수면을 취하다 睡一下

포함

名 [포함]
漢 包含

包含

가 : 여행비에 식사비도 **포함**되나요?
가 : 旅行費用也包含餐費嗎？
나 : 아침은 **포함**되고 점심, 저녁은 **포함**되지 않습니다.
나 : 有包含早餐，但沒有包含午晚餐。

- 을／를 포함하다
- 을／를 -에 포함하다
- 이／가 -에 포함되다

動 포함하다包含、포함되다被包含在內
參 조식 포함包含早餐、석식 포함包含晚餐

해소

名 [해 : 소]
漢 解消
⇨ 索引 p.625

解除、消除

나는 한 달에 두 번 공연을 보면서 스트레스를 **해소**한다.
我一個月會看兩次表演，消除壓力。

- 을／를 해소하다
- 이／가 해소되다

動 해소하다解除／消除、해소되다解除／消除
類 풀다解除
關 스트레스를 해소하다消除壓力

여가 활동・休閒活動

활용
名 [화룡]
漢 活用

活用

가: 어떻게 하면 시간 **활용**을 잘 할 수 있을까요?
가: 要怎樣做才能活用時間呢？

나: 일을 하기 전에 계획을 세워 보세요.
나: 請在做事情之前訂定計畫吧。

- 을/를 -에 활용하다
- 을/를 -(으)로 활용하다
- 이/가 -에 활용되다
- 이/가 -(으)로 활용되다

動 활용하다 活用、활용되다 被活用
參 재활용 再利用、시간 활용 時間活用、공간 활용 空間活用

회비
名 [회ː비/
훼ː비]
漢 會費

會費

저희 모임에 나오려면 한 달에 한 번 **회비**를 내셔야 합니다.
想要參加我們聚會的話，一個月必須繳交一次會費。

關 회비를 내다 繳交會費

회원
名 [회원/훼원]
漢 會員

會員

가: 저기 이 책을 좀 빌리고 싶은데요.
가: 你好我想要借那本書。

나: 네, 저희 도서관 **회원**이세요?
나: 好的，是我們圖書館的會員嗎？

參 회원 가입 加入會員、회원 모집 招募會員、회원 카드 會員卡

376

휴식

名 [휴식]
漢 休息

休息

목욕을 한 후에는 충분한 **휴식**이 필요합니다.
在洗澡之後，需要充分休息。

關 휴식이 필요하다 休息是必須的、휴식을 취하다 休息
參 휴식 공간 休息空間、휴식 시간 休息時間

💡 「휴식」經常與「취하다（採取）」一起使用。

複習一下

天氣／生活 | 天氣預報、休閒活動

✏️ 請連接有相互關係的單字。

1. 메달을 •　　　　　　• ① 끼다
2. 구름이 •　　　　　　• ② 따다
3. 악기를 •　　　　　　• ③ 해소하다
4. 스트레스를 •　　　　• ④ 연주하다

5. 以下關係中，何者不同？

   ① 영상 – 영하　② 실내 – 야외　③ 더위 – 추위　④ 습기 – 기온

✏️ 請在例中找尋能夠填入㉠、㉡的正確單字。

> 例　휴식　야외　나들이　박람회　머무르다　관람하다

6. 가: 이번 휴가에 온천으로 여행 간다면서요?
   나: 네, 가족들이랑 같이 호텔에 (　㉠　)-(으)면서 며칠 동안 (　㉡　) 좀 취하고 오려고요.

   ㉠ (　　　　　)　　　　㉡ (　　　　　)

7. 내일은 최저 기온이 20도로 따뜻한 날씨가 계속되겠습니다. (　㉠　) 활동을 하기에 좋은 날씨니 가족들과 함께 산책을 하시거나 가까운 곳으로 (　㉡　)을/를 가시는 건 어떨까요?

   ㉠ (　　　　　)　　　　㉡ (　　　　　)

8. 서울에서 가까운 도시에서 꽃 (　㉠　)이/가 열린다고 해서 주말에 친구들과 (　㉡　)-(으)러 다녀왔다. 아름다운 꽃을 실컷 보고 사진도 많이 찍을 수 있어서 좋았다.

   ㉠ (　　　　　)　　　　㉡ (　　　　　)

3 문제／해결
問題／解決

경우

名 [경우]
漢 境遇

際遇、情況

물건에 문제가 있을 **경우**에는 교환, 환불이 가능합니다.
東西有問題的情況時，能夠交換、退貨。

💡 「경우」經常以「〈동사〉+ -(으)ㄴ/는/(으)ㄹ 경우」，「이런／저런／그런 경우」的形態使用。

내용물

名 [내ː용물]
漢 內容物

內容物

공항 직원 : 내용물 좀 확인하겠습니다. 가방 좀 열어주십시오.
機場職員：要確認一下內容物。請打開包包。

대기

名 [대기]
漢 待機

等待

가 : 오래 기다려야 해요?
가 : 要等很久嗎？

나 : 손님이 10분 정도 계시니까 30분 정도 **대기**하셔야 합니다.
나 : 客人約有十位，所以大概要等三十分鐘。

문제 / 해결 • 問題／解決

따지다

動 [따지다]

①追究、計較　②考慮、評估

직원에게 일주일이 지났는데도 주문한 물건이 도착하지 않았다고 **따졌**다.
向職員追究訂購的物品已經過了一週都還沒有收到。

물건을 사기 전에 먼저 디자인, 가격 등을 **따져** 봐야해요.
在買東西之前，要先評估設計、價格等。

- 에／에게 - 을／를 따지다
- 에／에게 - 다고／(느)ㄴ다고 따지다

무상

名 [무상]
漢 無償
⇨ 索引 p.620

免費

가 : 이 휴대폰 산 지 6개월 됐는데 수리비를 내야 하나요?
가 : 這手機買了六個月，要付修理費嗎？

나 : 아닙니다. 1년까지는 **무상**으로 수리해 드립니다.
나 : 不用。一年內為您免費修理。

反 유상須付費

💡 經常以「무상으로」的形態使用。

문의

名 [무ː늬／무ː니]
漢 問議

詢問

자세한 내용은 전화로 **문의**하시기 바랍니다.
詳細內容請以電話詢問。

- 에／에게 - 을／를 문의하다

動 문의하다詢問

380

문제점

名 [문제쩜]
漢 問題點

問題點

이 냉장고는 전기 요금이 많이 나온다는 **문제점**이 있다.
這冰箱有電費頗多的問題。

關 문제점을 찾다找問題點、문제점을 발견하다發現問題點、문제점을 해결하다解決問題點

반품

名 [반ː품]
漢 返品

退貨

가 : **반품**하고 싶은 물건이 있는데 어떻게 해야 하나요?
가 : 有想要退貨的物品，應該要怎樣做呢？

나 : **반품**은 7일 이내에 하셔야 하며 먼저 홈페이지에 **반품** 신청을 하셔야 합니다.
나 : 退貨要七日內辦理，且須先上網申請退貨。

- 을/를 - 에 반품하다
- 을/를 -(으)로 반품하다
- 이/가 - 에 반품되다
- 이/가 -(으)로 반품되다

動 반품하다退貨、반품되다被退貨

버튼

名 [버튼]

按鍵、按鈕

이 **버튼**을 누르시면 예약이 취소됩니다.
按下這按鍵的話，預約就被取消。

關 버튼을 누르다按按鍵

문제 / 해결 · 問題／解決

변경

名 [변 : 경]
漢 變更

變更

가 : 여기서 회의하는 거 아니에요?
가 : 在這裡開會吧？
나 : 예상보다 사람이 많아져서 회의 장소가 **변경**되었습니다.
나 : 因為參加會議的人比預期多，所以會議場所變更了。

- 을／를 -(으)로 변경하다
- 이／가 -(으)로 변경되다

動 변경하다 變更、변경되다 變更

보관

名 [보 : 관]
漢 保管

保管

가 : 이 가방 **보관**할 수 있는 데가 있어요?
가 : 有可保管這提包的地方嗎？
나 : 네, 물품 **보관**함은 저쪽이에요.
나 : 有的，物品保管箱的話，在那邊。

- 을／를 -에 보관하다
- 이／가 -에 보관되다

關 보관이 편리하다 保管方便、보관에 주의하다 保管上注意
參 물품 보관함 物品保管箱、냉장 보관 冷藏保管

부품

名 [부품]
漢 部品

零件

가 : 냉장고를 새로 사야 하나요?
가 : 須要新買冰箱嗎？
나 : 아니요, **부품**을 하나만 바꾸시면 다시 사용하실 수있습니다.
나 : 不用。只更換一個零件就可以再使用了。

關 부품을 바꾸다 更換零件、부품을 갈다 更換零件、부품을 교체하다 更換零件

분실

名 [분실]
漢 紛失
⇨ 索引 p.620, 624

遺失

신용 카드를 잃어버렸는데 **분실** 신고는 어떻게 해야 돼요?
我信用卡遺失了，遺失申報要怎樣做呢？

- 을/를 분실하다
- 이/가 분실되다

動 분실하다遺失、분실되다被遺失
類 유실遺失
反 습득拾得、撿到
參 분실물遺失物、분실 신고遺失申報

불만

名 [불만]
漢 不滿

不滿

가: 너 오늘 왜 그래? 나한테 무슨 **불만** 있어?
가: 你今天為什麼那樣？對我有什麼不滿嗎？

나: 아니야, 그냥 기분이 좀 안 좋아서 그래.
나: 沒有，只是心情不好才那樣的。

關 불만이 있다/없다有/沒有不滿、불만이 쌓이다不滿累積、불만을 가지다抱有不滿、고객의 불만客戶不滿

불평

名 [불평]
漢 不平

抱怨、怨懟

가: 우리 회사는 매일 늦게까지 일해야 하고 월급도 적고…….
가: 我們公司每天都加班到很晚，且薪水很少……。

나: 너희 회사만 그런 거 아니니까 **불평**하지 마!
나: 不是只有你們公司那樣，別抱怨！

動 불평하다抱怨

💡「불평」是話說的；「불만 (不滿)」比起口說或行為，是表達內心狀態。

天氣/生活 06

383

문제 / 해결 • 問題／解決

비상구

名 [비ː상구]
漢 非常口

緊急出口

승무원 : 손님, 이 자리는 **비상구** 옆 자리이기 때문에 사고가 나면 저희를 도와주셔야 합니다.

空服員 : 客人，這位子是在緊急出口旁，所以如果有事故發生，您要幫忙我們。

關 비상구로 대피하다 疏散至緊急出口
參 비상벨 呼救鈴、비상금 緊急備用金、비상약 急救藥

소음

名 [소음]
漢 騷音

噪音

가 : 저 공사 언제 끝나지? **소음** 때문에 공부를 할 수가 없어.
가 : 那工程什麼時候結束呢？噪音弄得沒辦法讀書。

나 : 오늘 안에 끝난다고 했어. 조금만 참아.
나 : 說是今天之內會結束。再忍一下。

關 소음이 나다 產生噪音、소음이 심하다 噪音嚴重
參 소음 문제 噪音問題、소음 방지 噪音防止、소음 공해 噪音公害

연결

名 [연결]
漢 連結

連接

주문은 1번, 교환과 환불은 2번, 상담원 **연결**은 0번을 눌러 주십시오.

如訂購請按1，退貨與退款請按2，與客服人員通話請按0。

動 연결하다 連接、연결되다 被連接
參 인터넷 연결 連接網際網路、전화 연결 連接電話

작동

名 [작똥]
漢 作動

運作、工作

가：키보드가 **작동**이 잘 안 돼요.
가：鍵盤運作不太靈光。

나：그럼 키보드 청소를 해 보세요.
나：請清理一下鍵盤看看。

關 작동이 되다／안 되다可／不運作
參 작동법運作方法

해결

名 [해결]
漢 解決

解決

가：지난번에 말한 그 일 잘 **해결**됐어요?
가：上次說的事情，順利解決了嗎?

나：네, 잘 **해결**됐으니까 걱정하지 마세요.
나：有，已經順利解決了，請別擔心。

動 해결하다解決、해결되다被解決
關 문제를 해결하다解決問題、고민을 해결하다解決困擾
參 해결책解決方法

환불

名 [환ː불]
漢 還拂

退款

가：이 책을 **환불**하고 싶은데요…….
가：想要退這本書的款項……。

나：네, 영수증은 가지고 오셨습니까?
나：好的，發票帶來了嗎?

動 환불하다退款
參 환불 수수료退款手續費

天氣／生活 06

385

複習一下

天氣／生活｜問題／解決

✎ 請在例中找出適合填入（　）的單字。

| 例 | 대기실 | 보관 | 환불 |

1. 가:이 옷 마음에 안 들면 교환할 수 있나요?
   나:그럼요. 교환은 일주일 이내에 가능하시고 (　　　)을/를 하실 경우, 반드시 영수증을 가지고 오셔야 합니다.

2. 가:면접을 보러 왔는데요.
   나:아, 그러세요? 저쪽 (　　　)에서 기다리세요.

3. 저희 세탁소에 맡기신 세탁물은 한 달 동안만 (　　　)해 드립니다. 그 이후에는 책임지지 않습니다.

✎ 請閱讀以下短文後，回答問題。

> 오늘 저희 홈쇼핑에서는 올해 최신형 노트북을 가지고 왔습니다. 작년에 나온 노트북은 작동하면서 ㉠시끄러운 소리가 심하게 난다든지 크기에 비해 무겁다는 불평이 많았는데요. 이번에 나온 노트북은 이러한 부분을 보완해서 소리는 작게, 무게는 아주 가볍게 만들었습니다. 그리고 1년 안에 고장이 나면 ㉡돈을 받지 않고 A／S해 드리는 서비스까지!
> 지금 결정하기 어려우시다고요? 그럼 일단 주문하셔서 상품을 받아 보시고 마음에 안 들면 바로 ㉢_____을/를 하셔도 됩니다. 지금 바로 주문하십시오. 자세한 사항은 1577-1577번으로 ㉣_____ 주세요.

4. ㉠과 ㉡에 바꿔 쓸 수 있는 말은 무엇입니까?
   ① ㉠ 분실 ㉡ 무상　　② ㉠ 분실 ㉡ 불만
   ③ ㉠ 소음 ㉡ 불만　　④ ㉠ 소음 ㉡ 무상

5. ㉢에 들어갈 알맞은 단어를 고르십시오.
   ① 반품　② 불평　③ 경우　④ 문제점

6. ㉣에 들어갈 알맞은 단어를 고르십시오.
   ① 해결해　② 문의해　③ 작동해　④ 변경해

用漢字學韓語・用

✎ 我們來看看韓文詞彙是如何與漢字產生聯繫的。

用 → 용 | 실용 / 實用

용품 (用品) p.345
가을이라서 등산용품이 인기가 많다.
因為是秋天，所以登山用品很受歡迎。

비용 (費用) p.497
피부과 치료는 비용이 많이 든다.
皮膚科的治療很花錢。

실용 (實用) p.499
집들이 선물은 화장지나 세제처럼 실용적인 것이 좋은 것 같아요.
喬遷喜宴的禮物以衛生紙或洗劑等實用的東西為宜。

적용 (適用) p.474
이것은 신제품이라서 할인이 적용되지 않습니다.
這是新產品，因此不適用折扣。

일회용 (一次性用品) p.464
환경을 보호하려면 일회용품 사용을 줄여야 해요.
要保護環境的話，必須減少使用一次性用品。

활용 (活用) p.376
시간 활용을 잘하는 사람이 성공한다고 한다.
能夠切實運用時間的人會成功。

07 사회생활
社會生活

1 **직장 생활** 職場生活
2 **구인/구직** 招募／求職

用漢字學韓語・會

1 직장 생활
職場生活

34.mp3

걸리다 02
動 [걸리다]

被卡住

가 : 왜 이 프린터가 안 되지요?
가 : 為什麼這個印表機不動呢？

나 : 종이가 **걸린** 것 같은데 확인해 보세요.
나 : 好像卡紙了，請確認一下。

- 에 - 이/가 걸리다

關 프린터에 종이가 걸리다 印表機裡紙被卡住

그만두다
動 [그만두다]

辭職、中止

가 : 갑자기 일을 **그만둔** 이유가 뭐예요?
가 : 突然辭職的理由是什麼呢？

나 : 건강이 좀 안 좋아져서요.
나 : 因為健康變得不好。

- 을/를 그만두다

關 일을 그만두다 辭職、회사를 그만두다 辭職、직장을 그만두다 辭職

그만하다
動 [그만하다]

就那樣，到此

오늘은 늦었으니까 **그만하고** 퇴근할까요?
今天晚了，我們要不要到此為止，下班呢？

- 을/를 그만하다

기한

名 [기한]
漢 期限

期限

가 : 오늘도 늦게까지 일해야 해요?
가 : 今天也要工作到很晚嗎?

나 : 네, **기한** 내에 끝내려면 이번 주는 계속 늦게 퇴근해야 할 것 같아요.
나 : 對,想要在期限之內完成的話,這週好像都要晚下班。

關 기한을 넘기다 超過期限、기한 내에 제출하다 期限內提交
參 제출 기한 提交期限

기획

名 [기획/기훽]
漢 企劃

規劃,企劃

가 : 이번 전시회 **기획**은 잘 되어 가고 있나요?
가 : 這次展覽規劃進行順利嗎?

나 : 네, **기획**은 끝났고 지금 장소를 알아보고 있는 중입니다.
나 : 是,規劃已經結束,現在正在瞭解場地。

- 을/를 기획하다
- 이/가 기획되다

動 기획하다 規劃/企劃、기획되다 被規劃/企劃
關 전시회를 기획하다 規劃展覽會
參 기획안 企劃案、기획 상품 企劃產品

社會生活 07

직장 생활 • 職場生活

날아가다 02

動 [나라가다]

飛走、失去、不見

가 : 갑자기 컴퓨터가 꺼져 버렸어. 파일이 **날아갔**으면 어떻게 하지?

가 : 電腦突然關機了。檔案不見怎麼辦？

나 : 다시 켜 봐. 괜찮을 거야.

나 : 再重新開機吧。應該會沒事。

關 파일이 날아가다 檔案不見、재산이 날아가다 財產飛了

담당

名 [담당]
漢 擔當

負責、擔任

가 : 홈페이지에서 제주도 여행 광고를 보고 전화드렸는데요.

가 : 看到網頁的濟州島旅行廣告而打電話。

나 : 네, 그런데 지금 **담당**자가 자리에 없습니다. 연락처를 남겨 주시면 연락드리겠습니다.

나 : 是，但現在負責人不在座位。請留電話，會跟您連絡。

- 을/를 담당하다

動 담당하다 負責
參 담당자 負責人、담당 의사 主治醫師、담당 기사 負責工程師

답장

名 [답짱]
漢 答狀

回信

이메일을 확인하시면 바로 **답장**을 보내 주시기 바랍니다.

請確認郵件後即惠予回信。

- 에/에게 답장하다

動 답장하다 回信
關 답장이 오다 收到回信、답장을 보내다 寄回信、답장을 쓰다 寫回信

대리

名 [대리]
漢 代理

代理、副理

부장님：김 **대리**, 승진 축하해！이제 김 대리가 아니고 김 과장이네！

部長：金代理，恭喜你升官！現在不是金代理，而是金課長了！

승호：감사합니다. 다 부장님 덕분입니다.

勝浩：謝謝。全都是部長的功勞。

關 대리로 승진하다 升為代理
參 대리-과장-부장-이사-사장 代理-課長-部長-理事-社長

社會生活 07

마감

名 [마감]

截止

가：이 서류 **마감**이 언제예요？
가：這文件的截止日期是什麼時候呢？

나：다음 주 금요일이에요.
나：到下週五。

- 을／를 마감하다
- 이／가 마감되다

動 마감하다 截止、마감되다 被截止

맡다 02

動 [맏따]

負責

가：이번에 들어온 미나 씨 어때？
가：這次新進的美娜如何呢？

나：**맡**은 일을 열심히 하는 것 같아요.
나：好像負責的事都很努力做。

- 을／를 맡다

關 일을 맡다 負責工作、업무를 맡다 承擔業務

393

직장 생활 • 職場生活

명함

名 [명함]
漢 名銜

名片

두 사람은 서로 인사하면서 **명함**을 주고받았다.
兩人相互問候並交換名片。

關 명함을 주고받다 交換名片

미루다

動 [미루다]
⇨ 索引 p.625

推遲、推延

가 : 퇴근 안 하세요?
가 : 還不下班嗎?

나 : 지금 하고 있는 일을 다 끝내고 가려고요. 내일로 **미루**고 싶지 않아서요.
나 : 我想要完成現在正在做的事情之後再走。不想要推延到明天。

類 연기하다 推遲 ⇨ p.398
反 앞당기다 提前
關 날짜를 미루다 推延日期、일을 미루다 後推工作、행사를 미루다 活動延期

보고

名 [보고]
漢 報告

報告

사장 : 박 과장, 무슨 일인가?
社長 : 朴課長, 有什麼事情呢?

박 과장 : 어제 회의 결과를 **보고**드리러 왔습니다.
朴課長 : 我想要跟您報告昨天會議結果。

- 을/를 - 에/에게 보고하다
- 이/가 - 에/에게 보고되다

動 보고하다 報告、보고되다 被報告
關 보고를 드리다 向…呈上報告、보고를 받다 收到報告

볼일

名 [볼 : 릴]

① 要做的事情 ② 上洗手間

회의 다 끝났으면 저는 **볼일**이 있어서 먼저 나가보겠습니다.
如果會議結束的話，我還有事要做，就先離開了。

쉬는 시간에 화장실에 갔는데 사람이 많아서 볼일을 못 보고 왔다.
休息時間去了廁所，但人太多，沒辦事就回來了。

關 볼일이 있다／없다 有／沒有事、볼일을 보다 上洗手間／辦事、볼일이 끝나다 事情辦完

社會生活 07

부서

名 [부서]
漢 部署

部門

가：어느 **부서**에서 일하고 계십니까?
가：你在哪個部門工作呢？

나：홍보부에서 일하고 있습니다.
나：我在公關部門工作。

參 담당 부서 負責部門、홍보부 公關部、총무부 總務部，경리부 會計部

부장

名 [부장]
漢 部長

部長

과장님, **부장**님께서 찾으시는데요.
課長，部長在找您。

參 대리 - 과장 - 부장 - 이사 - 사장대리 - 課長 - 部長 - 理事 - 社長

395

직장 생활 • 職場生活

사원
名 [사원]
漢 社員

職員

모든 **사원**들에게 새로운 회사 규칙에 대한 이메일을 보냈습니다. 꼭 확인하시기 바랍니다.
已經向所有的職員寄出公司的新規則。請務必要確認。

關 사원을 모집하다招募職員
參 평사원普通職員、신입 사원新入職員、경력 사원有經驗的職員

사정
名 [사ː정]
漢 事情

事情、隱情、苦衷

가 : 회식인데 요시코 씨는 왜 안 왔어요?
가 : 芳子為什麼沒來聚餐呢？
나 : 급한 **사정**이 생겨서 못 왔습니다.
나 : 因為有急事，不能來。

關 사정이 생기다重要事情發生、사정이 있다有隱情／苦衷、급한 사정急事

사항
名 [사ː항]
漢 事項

事項

주의 **사항**을 빨간색으로 표시해 두었으니 잘 읽어 보시기 바랍니다.
注意事項已經用紅色標示好了，請仔細閱讀。

參 주의 사항注意事項、요구 사항要求事項、참고 사항參考事項

심사
名 [심사]
漢 審查

審查

1차는 서류 **심사**, 2차는 면접입니다.
第一次是文件審查；第二次是面試。

動 심사하다審查、심사되다審查
關 심사를 받다接受審查
參 서류 심사文件審查、논문 심사論文審查

쌓다

動 [싸타]

累積、堆積

가 : 돈을 벌려고 아르바이트를 하는 거예요?

가 : 想要賺錢而打工嗎？

나 : 아니요, 취직을 하기 전에 경험을 **쌓**고 싶어서요.

나 : 不是，因為想在找工作之前累積經驗。

- 을/를 쌓다

關 실력을 쌓다累積實力、경험을 쌓다累積經驗、지식을 쌓다累積知識

💡 「쌓다」通常以「쌓아요」、「쌓으니까」活用。

아이디어

名 [아이디어]

點子、想法、構思

신제품 이름을 뭐라고 지을까요? 좋은 **아이디어**가 있으면 말해 주세요.

新產品要取什麼名字呢？有好的點子的話，請發言。

關 아이디어가 떠오르다構思浮現、아이디어를 내다提出點子

업무

名 [엄무]
漢 業務

工作、任務、業務

그 간호사는 **업무**가 많지만 항상 웃으면서 환자를 도와준다.

那位護理師工作很多，但常笑著協助患者。

關 업무를 맡다負責業務、업무를 담당하다承擔業務、업무를 처리하다處理業務

社會生活 07

직장 생활 • 職場生活

여부

名 [여부]
漢 與否

是否、能否

내일 회식의 참석 **여부**를 오늘 퇴근 전까지 알려 주시기 바랍니다.
明天聚餐參與與否，請在今天下班之前告知。

關 여부를 묻다詢問與否、여부를 알다知道與否、여부를 알리다 告知與否
參 가능 여부可能是否、성공 여부成功與否

연기 01

名 [연기]
漢 延期
⇒ 索引 p.625

延期

가 : 과장님, 오늘 회식하는 거 맞지요?
가 : 課長，今天聚餐對吧？
나 : 부장님께서 출장 중이시니까 다음 주로 **연기**합시다.
나 : 部長正在出差，我們延到下周吧。

- 을/를 -(으)로 연기하다
- 이/가 -(으)로 연기되다

動 연기하다延期、연기되다被延期
類 미루다延期、늦추다延遲／推遲
反 앞당기다提前

우수

名 [우수]
漢 優秀

優秀

우리 회사는 1년에 2번 우수 사원을 뽑습니다. **우수** 사원으로 뽑힌 사람에게는 3박 4일 제주도 여행 티켓을 드립니다.
我們公司一年兩次選拔優秀員工。被選為優秀的員工將贈送四天三夜的濟州島旅行券。

- 이/가 우수하다

關 품질이 우수하다品質優秀、성적이 우수하다成績優秀
參 우수상優等獎、우수 사원優秀員工

일정 02

名 [일쩡]
漢 日程

行程

가 : 이번 출장 **일정**이 어떻게 되지?
가 : 這次出差的行程怎樣呢？

나 : 내일 출발해서 3일 후에 돌아옵니다.
나 : 明天出發三日後回來。

關 일정을 잡다排行程、일정을 진행하다進行行程
參 회의 일정會議行程、출장 일정出差行程、여행 일정旅行行程

입사

名 [입싸]
漢 入社
⇨ 索引 p.621

入職、進入公司

가 : 김 과장, 우리 회사에 언제 **입사**했지?
가 : 金課長，你是什麼時候來公司的呢？

나 : 2003년에 **입사**했습니다.
나 : 我是 2003 年入職的。

- 에 입사하다

動 입사하다入職
反 퇴사離職
參 입사 시험入職考試、입사 동기入職動機

자료

名 [자료]
漢 資料

資料

가 : 회의 **자료** 어디에 있어요?
가 : 開會資料在哪裡呢？

나 : 복사해서 책상 위에 두었습니다.
나 : 影印之後放在桌上。

關 자료를 찾다找資料、자료를 수집하다收集資料
參 자료실資料室、회의 자료會議資料

社會生活 07

직장 생활 • 職場生活

전문

名 [전문]
漢 專門

專門

오늘은 경제 **전문**가를 모시고 '세계 경제'에 대해서 말씀을 들어 보겠습니다.
今天我們請到了經濟專家們討論「世界經濟」。

參 전문적專門性質的、전문가專家、전문 분야專業領域

제안

名 [제안]
漢 提案

提案、提議

가 : 너 다른 회사로 가기로 했어?
가 : 你決定去其他公司了嗎?

나 : 응, 그 회사에서 월급을 지금보다 20% 올려 주겠다고 **제안**했거든.
나 : 對,因為那公司提出了比現在薪水高20%的提案。

- 을/를 - 에/에게 제안하다
- 에/에게 -자고 제안하다
- 이/가 - 에/에게 제안되다

動 제안하다提案、제안되다被提案

제한

名 [제 : 한]
漢 制限

限制

가 : 제가 60살인데 이 일을 할 수 있을까요?
가 : 我六十歲了,能做這事情嗎?

나 : 그럼요, 이 일은 나이 **제한**이 없습니다.
나 : 當然,這工作是沒有年齡限制。

- 을/를 제한하다
- 이/가 제한되다

動 제한하다限制、제한되다受限制
關 제한이 있다/없다有/無限制、제한을 두다設限
參 제한적有限制的、제한 속도限速、제한 시간限制時間

조정

名 [조정]
漢 調整

調整

저희 회사에 일이 좀 생겨서 그러는데 회의 날짜를 내일로 **조정**할 수 있을까요?
我公司突然有事情，會議可以調整到明天嗎？

動 조정하다調整、조정되다被調整
關 시간을 조정하다調整時間、계획을 조정하다調整計畫、의견을 조정하다調整意見

지적

名 [지적]
漢 指摘

指導、指示、指出

가 : 보고서 정리 다 끝났어?
가 : 報告已經整理好了？

나 : 아니, 아직! 부장님께서 **지적**해 주신 것만 고치면 돼.
나 : 不，還沒！只要修改部長指出的部分即可。

- 을/를 지적하다
- 이/가 지적되다

動 지적하다指出、지적되다被指出
關 문제점을 지적하다指出問題點、실수를 지적하다指出錯誤、지적을 받다接受指教

쫓기다 02

動 [쫃끼다]

被追趕

가 : 점심 먹었어요?
가 : 吃過午餐了嗎？

나 : 일에 **쫓겨**서 아직 못 먹었어요.
나 : 被工作追趕，還沒吃呢。

- 에 쫓기다

關 일에 쫓기다被事情追趕、시간에 쫓기다被時間追趕
自 쫓다追趕 ⇨ p.149

社會生活 07

401

참석

名 [참석]
漢 參席

出席、參加

가 : 내일 회의에 꼭 **참석**해야 하나요?
가 : 明天會議必須要參加嗎？

나 : 그럼요, 모든 직원이 **참석**해야 합니다.
나 : 當然，所有的職員應參加。

- 에 참석하다

動 참석하다 出席、參加
關 회의에 참석하다 參加會議、결혼식에 참석하다 參加結婚典禮
參 참석 인원 參加人員

💡「참석／참가／참여」有以下差異。

참석 參加	참가 參加	참여 參與
會議，結婚典禮等，是有位置坐的聚會。	奧林匹克，世界盃等的大會	比賽，投票等的社會活動

책임

名 [채김]
漢 責任

責任，負責

이 프로젝트(project)는 제가 **책임**지고 하겠습니다.
這計畫由我來負責。

關 책임이 있다／없다 有／沒有責任、책임감이 강하다 責任感強、책임을 지다 負責
參 책임감 責任感
反 무책임 無責任

처리

名 [처리]
漢 處理

處理

가 : 준이치 씨는 일을 참 잘하지요?
가 : 順一很會處理事情吧？

나 : 네, 일 **처리**가 빠르고 정확해요.
나 : 對，處理事情的速度很快且正確。

- 을／를 -(으)로 처리하다
- 이／가 -(으)로 처리되다

動 처리하다處理、처리되다被處理
關 신속하게 처리하다迅速處理
參 일 처리處理事情、사고 처리事故處理、처리 속도處理速度

퇴직

名 [퇴ː직／
퉤ː직]
漢 退職
索引 p.624

退休

가 : 내년에 **퇴직**하시면 뭐 하시고 싶으세요?
가 : 如果明年退休的話，您想要做什麼嗎？

나 : 저는 일을 계속 더 하고 싶어서 다른 회사를 알아보려고 해요.
나 : 我想要繼續工作，所以在打聽其他公司。

動 퇴직하다退休
關 퇴임卸任
參 정년퇴직屆齡退休

프린터

名 [프린터]

印表機

가 : **프린터**가 안 되네요!
가 : 印表機不能用！

나 : 방금 전에 사용했는데……. 껐다가 다시 켜 보세요.
나 : 我剛剛還用呢……。請關了再開吧。

403

직장 생활 • 職場生活

한잔하다

動 [한잔하다]

喝一杯

가 : 금요일인데 **한잔하**러 갈까?
가 : 今天是周五，要喝一杯嗎？

나 : 좋지. 어디로 갈까?
나 : 好啊。要去哪裡呢？

關 한잔하러 가다去喝一杯

효율

名 [효 : 율]
漢 效率

效率

시간을 **효율**적으로 쓰는 방법은 미리 계획을 세우는 것이다.
要有效率利用時間的方法是事先制定計畫。

關 효율이 떨어지다效率低落、효율을 높이다提升效率、효율적으로 일하다有效率地工作
參 효율적有效率的、효율성效率性

2 구인／구직
招募／求職

🔊 35.mp3

경력

名 [경녁]
漢 經歷

經歷

가 : 이런 일을 해 보신 적이 있으십니까?
가 : 有做過這類的工作嗎？
나 : 네, 호텔에서 일한 **경력**이 있습니다.
나 : 有的，有在飯店工作的經歷。

關 경력이 있다／없다有／沒有經歷、
경력이 짧다／많다經歷淺短／豐富、경력을 쌓다累積經驗

구직

名 [구직]
漢 求職

求職

일자리를 찾고 싶은데 **구직** 사이트 좀 알려 주세요.
我想要找工作，請告訴我求職網站。

參 구직 광고求職廣告、구직 사이트求職網站

모집

名 [모집]
漢 募集

招募

가 : 저, 아르바이트 **모집** 광고를 보고 왔는데요.
가 : 我是看了招募打工的廣告後來的。
나 : 아, 그러세요? 대학생이세요?
나 : 啊，是嗎？您是大學生嗎？

- 을／를 모집하다
- 이／가 모집되다

動 모집하다招募、모집되다被招募
關 회원 모집招募會員、아르바이트생 모집招募工讀生、참가자 모집招募參加者

社會生活 07

405

구인 / 구직 • 招募／求職

뽑다
動 [뽑따]

選、拔、招

가 : 올해는 직원을 몇 명 **뽑**을 계획이십니까?
가 : 今年預計招幾名職員呢？

나 : 100명 정도 **뽑**으려고 합니다.
나 : 想招 100 名左右。

-을／를 - 에 뽑다
-을／를 -(으)로 뽑다

關 대표를 뽑다選代表、반장을 뽑다選班長

💡「뽑다選出」經常以「뽑아요」、「뽑으니까」活用。

신입
名 [시닙]
漢 新入

新人、新進

가 : 이번에 들어온 **신입** 사원들은 어때요?
가 : 這次新進職員們如何呢？

나 : 모두들 성실한 것 같아요.
나 : 我覺得大家都很實在。

參 신입 사원新進職員

실력
名 [실력]
漢 實力

實力

한국 회사에서 일하려면 무엇보다도 한국어 **실력**이 좋아야 한다.
想要在韓國公司工作的話，最重要的是韓語實力要好。

關 실력이 뛰어나다實力傑出、실력을 쌓다累積實力、실력을 기르다培養實力
參 외국어 실력外語實力

이력서

名 [이ː력써]
漢 履歷書

履歷

가 : 왕위 씨, 취직했어요?
가 : 王偉找到工作了嗎？
나 : 아직이요, 지금 여러 회사에 **이력서**를 내고 연락을 기다리는 중이에요.
나 : 還沒，給幾家公司寄了履歷，現在正在等連絡。

關 이력서를 쓰다 寫履歷、이력서를 작성하다 寫履歷、이력서를 내다 交履歷

인터뷰

名 [인터뷰]

面試、面談、採訪

가 : 너 시험 어떻게 됐어?
가 : 你考試如何呢？
나 : 1차 시험은 끝났고 **인터뷰**만 남았어.
나 : 第一次考試已經結束了，剩下面試。
기자 : 오늘의 MVP 박찬호 선수와 잠시 **인터뷰**를 하겠습니다.
記者 : 今天我們要短暫採訪 MVP 朴燦灝選手。

- 와/과 인터뷰하다
- 을/를 인터뷰하다

動 인터뷰하다 面試，採訪
關 인터뷰를 가지다 做採訪

💡 考試的時候也說「면접 시험（面試）」。

社會生活 07

407

구인 / 구직 • 招募／求職

일자리

名 [일 : 짜리]
⇨ 索引 p.623

工作位置、職位

요즘 경제가 안 좋아져서 **일자리**를 구하기가 어렵다.

最近經濟惡化，很難找工作。

類 직장職場
關 일자리를 구하다求職、일자리를 찾다找工作、일자리를 잃다 失去工作

자격

名 [자격]
漢 資格

資格

가 : 어떤 **자격**증을 가지고 계십니까?
가 : 你有什麼樣的資格證呢？
나 : 한식, 중식, 일식 요리사 **자격**증을 가지고 있습니다.
나 : 我有韓式、中式、日式廚師證照。

關 자격을 얻다獲得資格
參 자격증證照、지원 자격報名資格、참가 자격參加資格、응모 자격應徵資格

작성

名 [작썽]
漢 作成

編制、寫

이력서와 자기소개서를 **작성**해서 6월 4일까지 이메일로 보내십시오.

請寫好履歷表和自我介紹，在 6 月 4 日前以電子郵件寄來。

- 을/를 작성하다
- 이/가 작성되다

關 보고서를 작성하다寫好報告、신청서를 작성하다寫好申請書、이력서를 작성하다寫好履歷表

최종

名 [최ː종/췌ː종]
漢 最終

最終、最後

가 : 축하 드립니다. 저희 회사에 **최종** 합격하셨습니다.
가 : 恭喜您，最終錄取了我們公司。
나 : 감사합니다. 언제부터 출근하면 됩니까?
나 : 謝謝。什麼時候要上班呢？

參 최종적最後的、최종 목표最終目標、최종 단계最終階段、최종 심사最後審核、최종 결정最終決定

취업

名 [취ː업]
漢 就業
索引 p.624

就業

가 : 요즘 왜 이렇게 얼굴 보기 힘들어요?
가 : 最近為什麼都看不到人呢？
나 : **취업** 준비하느라고 바쁘거든요.
나 : 我為準備就業而忙著。

- 에 취업하다
- 에 취업되다

動 취업하다就業、취업되다就業
類 취직就業
關 취업이 힘들다就業困難
參 취업난就業困難、취업률就業率、취업 준비就業準備、취업 경쟁就業競爭、취업 문제就業問題

社會生活 07

409

구인 / 구직 • 招募／求職

통지

名 [통지]
漢 通知

通知

가 : 며칠 전에 면접을 봤는데요. 언제쯤 결과를 알 수 있을까요?
가 : 幾天前參加面試了。什麼時候能知道結果呢？

나 : 일주일 후에 개별적으로 **통지**해 드리겠습니다.
나 : 一週之後會個別通知。

- 에／에게 -을／를 통지하다
- 이／가 -에／에게 통지되다

動 통지하다 通知、통지되다 被通知
關 통지가 오다／가다 通知來／發通知、통지를 드리다 給通知

410

複習一下

社會生活 | 職場生活、招募／求職

1. 請在（ ）中填入正確單字。

> 사원 - （ ㉠ ） - 과장 - （ ㉡ ） - 이사 - 사장

㉠ (　　　　　)　　　　　　㉡ (　　　　　)

✎ 請看以下說明，並從例中找出適合的單字。

> **例**　　업무　　　　일정　　　　퇴직

2. 이것은 회사에서 맡은 일입니다. (　　　)
3. 이것은 일을 그만두고 일하던 곳에서 나가는 것입니다. (　　　)
4. 이것은 어떤 기간 동안 해야 할 일의 계획입니다. (　　　)

✎ 請回答以下問題。

> **시내 버스 기사 (㉠)**
> ・지원 (㉡): 버스 운전 경력 3년 이상
> ・지원 기간 : 2014. 5. 10 ~ 2014. 5. 30
> ・지원 방법: hankukbus.co.kr로 이력서 제출
> ＊면접 후 최종 결정

5. (㉠)에 들어갈 알맞은 것을 고르십시오.
　① 통지　　② 일자리　　③ 모집　　④ 취업
6. (㉡)에 들어갈 알맞은 것을 고르십시오.
　① 자격　　② 보고　　③ 실력　　④ 전문

✎ 請在例中找尋能夠填入（ ）的正確單字。

> **例**　참석하다　　뽑다　　한잔하다　　쌓다　　맡다

7. 올해 저희 회사에서는 경력 사원은 (　　　)-지 않고 신입 사원만 (　　　) -(스)ㅂ니다.
8. 취업 때문에 걱정하고 계십니까? 그렇다면 걱정하기 전에 자신의 실력을 (　　　)-(으)십시오.
9. 퇴근 후에 (　　　)-(으)러 갈까? 시원한 맥주 어때?
10. 이번에 (　　　)-(으)ㄴ 업무를 잘 처리하면 승진할 수도 있다.
11. 각 부서의 과장들은 내일 아침 회의에 꼭 (　　　)-기 바랍니다.

用漢字學韓語・會

✎ 我們來看看韓文詞彙是如何與漢字產生聯繫的。

동호회 (p.367)
同好會
우리 동호회는 주말마다 모여서 같이 자전거를 탑니다.
我們同好會每週末聚集騎腳踏車。

박람회 (p.369)
博覽會
이번 취업박람회는 11월, 한 달간 열릴 예정입니다.
這次就業博覽會預定在 11 月舉辦一個月。

會 / 회
모이다
會、集、聚

사회 (p.472)
社會
나는 대학교를 졸업하자마자 바로 사회 생활을 시작했다.
我大學一畢業就開始社會生活。

회원 (p.376)
會員
저희 스포츠 센터는 회원만 이용하실 수 있습니다.
我們的運動中心只有會員能夠使用。

회비 (p.376)
會費
저희 단체에 가입하시면 한 달에 한 번 회비를 내셔야 합니다.
加入我們團體，一個月必須繳交一次會費。

08
건강
健康

1 **신체/건강 상태** 身體/健康狀態
2 **질병/증상** 疾病/症狀
3 **병원** 醫院

用漢字學韓語・身

1 신체/건강 상태
身體／健康狀態

36.mp3

고개
名 [고개]

頭

가 : 한국에서 술 마실 때 지켜야 하는 예절이 있어요?
가 : 在韓國喝酒的時候有必須要遵守的禮節嗎？
나 : 어른과 술을 마실 때는 **고개**를 돌리고 마셔야 해요.
나 : 與長輩喝酒時必須轉頭側身喝。

關 고개를 숙이다／들다低／抬頭、고개를 끄덕이다點頭、고개를 돌리다轉頭

기운
名 [기운]

力氣

가 : 요즘 너무 더워서 **기운**이 없어.
가 : 最近太熱了，沒元氣。
나 : 그럼 삼계탕을 먹으러 갈까? 삼계탕을 먹으면 기운이 날 거야.
나 : 那麼我們要不要去吃人蔘雞湯？吃人蔘雞湯的話，會長元氣的。

關 기운이 있다／없다有／沒有元氣、기운이 나다有元氣、기운이 세다力氣大、기운을 내다振作起來

눈물

名 [눈물]

眼淚

가 : 왜 울어?

가 : 為什麼哭？

나 : 눈에 뭐가 들어간 것 같아. 계속 **눈물**이 나.

나 : 眼睛好像有什麼東西進去的樣子。一直流眼淚。

關 눈물이 나다 流眼淚、눈물을 흘리다 流眼淚、눈물을 닦다 擦眼淚

목숨

名 [목쑴]

性命

비행기 사고로 많은 사람들이 **목숨**을 잃었다.

因飛機事故，許多人喪失性命。

關 목숨을 구하다 救命、목숨을 잃다 失去性命、목숨을 바치다 奉獻性命

몸무게

名 [몸무게]
⇨ 索引 p.415

體重

가 : **몸무게**가 어떻게 되세요?

가 : 體重多少呢？

나 : 75kg이에요.

나 : 75公斤。

類 체중 體重 ⇨ p.420

關 몸무게가 늘다／줄다 體重增加／減少、몸무게를 재다 量體重

健康 08

신체 / 건강 상태 • 身體／健康狀態

보충

名 [보ː충]
漢 補充

補充

가: 우리 저녁에 고기 먹을까?
가: 我們晚餐要吃肉嗎？

나: 좋아. 오랜만에 영양 **보충**하자.
나: 好啊，久久來補充一次營養吧。

- 을/를 보충하다

動 보충하다補充
參 보충 수업補課、보충 설명補充說明、영양 보충補充營養

비결

名 [비ː결]
漢 祕訣

秘訣

연세가 많으신데도 건강해 보이시는데요. 특별한 **비결**이 있으세요?
您儘管年紀大，看起來還很健康。有特別的秘訣嗎？

參 건강 비결健康秘訣、성공 비결成功祕訣

뼈

名 [뼈]

骨骼

가: 엄마, 왜 매일 우유를 마셔야 돼요?
가: 媽媽，為什麼每天都要喝牛奶呢？

나: 우유를 많이 마시면 키도 크고 **뼈**가 튼튼해져.
나: 多喝牛奶的話，個子會長高且骨骼會變得健壯。

關 뼈가 부러지다骨頭斷、뼈가 굵다／가늘다骨骼粗／細

수명

名 [수명]
漢 壽命

壽命

가 : 한국인의 평균 **수명**은 어떻게 돼요?
가 : 韓國人的平均壽命是多少呢？

나 : 여자는 83세, 남자는 77세라고 해요.
나 : 聽說女生是 83 歲；男生是 77 歲。

關 수명이 길다／짧다 壽命長／短
參 평균 수명 平均壽命

신체

名 [신체]
漢 身體
⇨ 索引 p.624

身體

한국에서 **신체** 건강한 20세 이상의 남자들은 군대에 가야 한다.
在韓國身體健康的 20 歲以上男子，必須要當兵。

類 몸 身體
關 신체가 튼튼하다 身體健壯
參 신체적 身體上的、신체 언어 肢體語言

쓰러지다

動 [쓰러지다]

倒下、暈倒

119 좀 불러 주세요. 여기 사람이 **쓰러져** 있어요.
請打 119。這裡有人暈倒了。

- 이／가 - 에 쓰러지다
- 이／가 -(으)로 쓰러지다

關 사람이 쓰러지다 人暈倒、나무가 쓰러지다 樹木倒

健康 08

417

신체 / 건강 상태 • 身體／健康狀態

온몸
名 [온 : 몸]

全身

가 : 오랜만에 운동을 해서 **온몸**이 아프네요.
가 : 好久沒有運動，全身好痛。

나 : 그러니까 운동은 매일 해야 해요.
나 : 因此要每天運動。

關 온몸이 아프다全身疼痛

음성
名 [음성]
漢 音聲

聲音

가 : 여기 중국어로 설명해 주는 **음성** 안내기가 있나요?
가 : 這裡有中文說明的語音導覽器嗎？

나 : 네, 먼저 이름과 연락처를 여기에 써 주십시오.
나 : 有，請在這裡填寫名字與聯絡方式。

參 음성 안내기語音導覽器

임신
名 [임 : 신]
漢 妊娠

懷孕

축하합니다. **임신** 4주째입니다. **임신**하신 지 얼마 안되었으니까 조심하세요.
恭喜。您懷孕第四週。剛懷孕沒多久，請小心。

- 을／를 임신하다
- 이／가 임신되다

動 임신하다懷孕、임신되다被懷孕
參 출산生產

정신

名 [정신]
漢 精神
➡ 索引 p.621

精神

가 : 요즘 많이 바빠요?
가 : 最近很忙嗎？

나 : 네, 너무 바빠서 **정신**이 없어요.
나 : 對，忙到不可開交。

反 육체肉體
關 정신이 없다精神恍忽、정신을 차리다提振精神
參 정신적精神上的、정신력毅力

💡「정신」經常以「정신이 없다（沒有精神）」使用。

정신적

名 [정신적]
漢 精神的

精神上的

가 : 괜찮으세요? 많이 힘들어 보여요.
가 : 還好嗎？你看起來很累。

나 : 요즘 경제적으로, **정신적**으로 좀 힘드네요!
나 : 最近經濟上、精神上有點困難！

反 육체적肉體的
參 정신적 고통精神上的苦痛、정신적 사랑精神上的愛

주름

名 [주름]

皺紋

가 : 요즘 **주름**이 많아져서 걱정이야.
가 : 最近皺紋出現好多，真擔心。

나 : 나이가 드니까 **주름**이 생기는 건 당연하지.
나 : 上了年紀，皺紋產生是當然的。

關 주름이 생기다皺紋產生、주름이 늘다／줄다皺紋增加／減少、주름을 없애다消除皺紋

신체 / 건강 상태 • 身體／健康狀態

찌다

動 [찌다]
⇨ 索引 p.622

長胖

가 : 요즘 살이 너무 많이 **쪄**서 맞는 옷이 없어.
가 : 最近長胖了，所以沒有合適的衣服。

나 : 그래? 별로 안 **찐** 것 같은데.
나 : 是嗎？好像沒有胖很多。

反 빠지다 變瘦 ⇨ p.194
關 살이 찌다 變胖

체중

名 [체중]
⇨ 索引 p.624

體重

성별	남 ☑ 여 ☐
신장 (cm)	180cm
체중 (kg)	75kg

性別	男 ☑ 女 ☐
身高	180cm
體重	75kg

類 몸무게 體重 ⇨ p.415
關 체중이 늘다／줄다 體重增加／減少、체중을 늘리다／줄이다 增加／減少體重、체중을 재다 量體重
參 체중 조절 調整體重

침

名 [침]

口水、唾液

목이 부어서 **침**을 삼키기가 너무 힘들어요.
喉嚨腫起來，吞嚥口水很費力。

關 침이 나오다 口水流出來、침을 흘리다 流口水、침을 뱉다 吐口水、침을 삼키다 吞口水

피부

名 [피부]
漢 皮膚

皮膚

가 : 왜 이렇게 **피부**가 안 좋아졌어?
가 : 為什麼皮膚變不好了？
나 : 요즘 매운 음식을 계속 먹었더니 자꾸 뭐가 나.
나 : 最近一直吃辣的食物，結果一直長東西。

關 피부가 좋다／나쁘다皮膚好／不好、피부가 부드럽다皮膚柔滑、피부가 곱다皮膚美
參 피부과皮膚科、건성 피부乾性皮膚、지성 피부油性皮膚

해치다

動 [해ː치다]
漢 害치다

損害

가 : 건강을 **해치**는 술, 담배는 끊는 게 좋아요.
가 : 損害健康的酒、菸戒掉為宜。
나 : 저도 그렇게 하고 싶지만 생각처럼 잘 안 되네요.
나 : 我也想那樣做，但沒像想像中的順利。

- 을／를 해치다

關 건강을 해치다損害健康

혈액

名 [혀랙]
漢 血液

血液

가 : 안나 씨는 **혈액**형이 뭐예요?
가 : 安娜的血型是什麼呢？
나 : B형이에요.
나 : 是 B 型。

參 혈액형 (A형, O형, B형, AB형) 血型 (A型，O型，B型，AB型)

健康 08

신체 / 건강 상태 • 身體／健康狀態

힘

名 [힘]

力量

가 : 내일 드디어 면접을 보러 가요.

가 : 明天終於要去面試了。

나 : 그래요? **힘**내세요. 파이팅!

나 : 是嗎？請加油。Fighting！

關 힘이 세다／약하다 力氣大／小、힘이 나다 力氣生出、힘을 내다 加油

複習一下

健康 | 身體／健康狀態

✎ 請從例中找出適合填入㉠、㉡的單字。

例　　온몸　신체적　힘　주름　비결　뼈

1.
가: 어디 아파? 얼굴 색이 안 좋은데?
나: 팔, 다리, 어깨 (　㉠　)이/가 다 아파. 그래서 걸을 (　㉡　)도 없을 정도야.
가: 저런, 몸살 났나 봐! 나랑 같이 병원에 가자!

㉠ (　　　　) 　　㉡ (　　　　)

2.
가: 할머니께서는 연세가 많으신데도 (　㉠　)이/가 별로 없으세요! 특별한 (　㉡　)이/가 있으세요?
나: 그냥 찬물로 세수하고 화장품을 적게 사용한 것밖에 없어요.

㉠ (　　　　) 　　㉡ (　　　　)

3.
남자와 여자의 (　㉠　) 특징 중 가장 큰 차이는 남자의 (　㉡　)은/는 굵고 강하지만 여자의 (　㉡　)은/는 가늘고 약하다는 것이다.

㉠ (　　　　) 　　㉡ (　　　　)

✎ 請在例中找尋能夠填入 (　) 的正確單字。

例　　보충하다　쓰러지다　해치다

4. 부족한 잠은 건강을 (　　　)-(으)ㄹ 수 있기 때문에 매일 6시간 정도는 자는 것이 좋다.

5. 운동을 하면 땀을 많이 흘리게 되므로 물을 마셔서 수분을 (　　　)-아/어/해야 한다.

6. 도서관에서 공부하던 나는 할아버지께서 (　　　)-(으)셨다는 소식을 듣고 병원으로 달려갔다.

2 질병／증상
疾病／症狀

고통
名 [고통]
漢 苦痛

痛苦，苦痛

세계 여러 나라에는 아직도 먹을 것이 없어서 **고통**을 겪고 있는 사람이 많다.
在世界各個國家中，還有沒有東西吃而正在痛苦的人很多。

- 이／가 고통스럽다

形 고통스럽다 感到痛苦的
關 고통을 주다／받다 給予／蒙受痛苦、고통을 겪다 經歷痛苦、고통을 참다 容忍痛苦

금연
名 [그ː면]
漢 禁煙

禁菸

손님, 여기서 담배를 피우시면 안 됩니다.
客人，這裡不能抽菸。

여기는 **금연** 구역입니다.
這裡是禁菸區。

動 금연하다 禁菸
參 금연 구역 禁菸區、흡연 吸菸

독감

名 [독깜]
漢 毒感

重感冒、流感

가 : 병원에 간다고? 어디 아파?
가 : 要去醫院？哪裡不舒服？

나 : 이번 **독감**이 심하다고 해서 예방주사를 맞으러 가.
나 : 聽說這次流感嚴重，因此要去打疫苗。

關 독감이 심하다流感嚴重／감기에 걸리다患上流感、독감을 앓다得到重感冒
參 독감 예방 접종流感疫苗接種

두통

名 [두통]
漢 頭痛

頭痛

머리가 아파서 그러는데 **두통**약 좀 주세요.
我頭痛，請給我一些頭痛藥。

關 두통이 심하다頭痛嚴重
參 치통牙痛、생리통生理痛

몸살

名 [몸살]

渾身痠痛

왕핑 : 과장님, **몸살**이 나서 오늘 회사에 못 갈 것 같습니다.
王平 : 課長，我感覺渾身痠痛，今天無法去公司了。

과장님 : 알겠네. 그럼 푹 쉬고 내일 출근하도록 하게.
課長 : 知道了。那麼好好休息，明天再上班吧。

關 몸살이 나다全身痠痛
參 몸살감기重感冒

健康 08

질병 / 증상 • 疾病／症狀

부러지다

動 [부러지다]

折、斷

가 : 너 팔이 왜 이래?
가 : 你手臂為什麼那樣？

나 : 어제 농구하다가 넘어져서 **부러졌어**.
나 : 昨天打籃球的時候，跌倒摔斷了。

- 이/가 부러지다

關 뼈가 부러지다 骨折

부작용

名 [부 : 자공]
漢 副作用

副作用

환자 : 선생님, 이 약을 먹을 때 조심해야 하는 것이 있어요?
患者 : 藥師，吃這藥的時候有應該注意的事項嗎？

약사 : 이 약은 다른 약과 같이 먹으면 **부작용**이 생길 수도 있으니까 이 약만 드세요.
藥師 : 這藥與其他的藥一起吃的話，可能會產生副作用，所以請單獨吃。

關 부작용이 있다／없다 有／沒有副作用、부작용이 생기다 副作用產生

불면증

名 [불면쯩]
漢 不眠症

失眠症

가 : 요즘 계속 밤에 잠을 잘 못 자서 너무 힘들어.
가 : 最近好幾個晚上都無法睡覺，好累。

나 : **불면증**에 걸린 거 아니야?
나 : 不會是患了失眠吧？

關 불면증에 걸리다 患失眠症

수면

名 [수면]
漢 睡眠

睡眠

환자 : 일 때문에 하루에 보통 4시간밖에 못 자요.
患者：因為工作，所以一天通常只睡四小時。

의사 : **수면** 시간이 많이 부족하네요! 하루에 6시간 이상은 자야 합니다.
醫生：睡眠嚴重不足呢！一天必須要睡六小時以上。

關 수면을 취하다 補充睡眠
參 수면제 安眠藥

식중독

名 [식쭝독]
漢 食中毒

食物中毒

동생이 상한 음식을 먹어서 **식중독**에 걸렸다.
妹妹吃了壞掉的食物而食物中毒了。

關 식중독에 걸리다 食物中毒、식중독을 일으키다 引起食物中毒

심리

名 [심니]
漢 心理

心理

이번 사고로 아이가 **심리**적으로 불안한 상태입니다.
因這次事故孩子心理上處於不安狀態。

아이에게 좀 더 신경을 써 주십시오.
請多關心孩子。

參 심리적 心理上的、심리 상담 心理諮商、심리학자 心理學家

健康 08

질병 / 증상 • 疾病／症狀

알레르기

名 [알레르기]

過敏

가 : 이 복숭아 좀 드셔 보세요.
가 : 請吃水蜜桃。
나 : 저는 복숭아 **알레르기**가 있어서 못 먹어요.
나 : 我對水蜜桃過敏，不能吃。

關 알레르기가 있다／없다有／沒有過敏、알레르기를 일으키다引起過敏
參 꽃가루 알레르기花粉過敏症

앓다

動 [알타]

患病

가 : 살이 좀 빠진 것 같네요!
가 : 你好像有變瘦了！
나 : 감기 때문에 며칠 좀 **앓**았더니 그런 것 같아요.
나 : 好像是因為感冒，病了幾天才那樣的。

- 을／를 앓다
關 감기를 앓다得了感冒、몸살을 앓다患了全身倦怠病

암

名 [암ː]
漢 癌

癌症

가 : 그 영화 마지막에 어떻게 끝났어?
가 : 電影最後是如何結尾的呢？
나 : 남자 주인공이 **암**에 걸려서 죽었어.
나 : 男主角得了癌症死了。

關 암에 걸리다得到癌症、암을 일으키다引發癌症
參 위암胃癌、간암肝癌

장애

名 [장애]
漢 障礙

①殘疾 ②障礙

가 : 저쪽에 주차하면 되겠다.
가 : 可以停那邊。

나 : 저쪽은 **장애**인만 주차할 수 있는 곳이야.
나 : 那邊是只有障礙者才能停的地方。

지진으로 인해 일부 지역에서는 통신 **장애**가 있을 수도 있습니다.
因為地震，所以部分地區可能會發生通信障礙。

關 장애가 되다變成殘障、장애가 있다有障礙、장애를 일으키다 引起障礙
參 시각 장애인視障者、청각 장애인聽障者、수면 장애睡眠障礙

健康 08

증상

名 [증상]
漢 症狀
⇒ 索引 p.624

症狀

환자 : 콧물도 나고 열도 나고 기침도 해요.
患者 : 我流鼻水、發燒也咳嗽。

의사 : **증상**을 보니까 감기인 것 같네요!
醫生 : 看了症狀，好像是感冒了。

類 증세症狀
關 증상이 심하다症狀嚴重、증상이 나타나다症狀出現

지치다

動 [지 : 치다]

疲憊、累癱

가 : **지친**다, **지쳐**! 잠깐 쉬면 안 돼?
가 : 好累，好疲憊！不能休息一下下嗎？

나 : 그럼 커피 한잔하고 하자.
나 : 那麼我們喝杯咖啡再做吧。

- 에／에게 지치다

關 몸이 지치다身體疲憊、마음이 지치다內心疲憊

429

질병 / 증상 • 疾病／症狀

진통

名 [진통]
漢 鎭痛

止痛

가 : 이가 너무 아파서 머리까지 아파.
가 : 牙齒太痛了，連頭也痛。
나 : 그렇게 아프면 참지 말고 **진통**제를 먹어.
나 : 那麼痛的話，別忍著，吃止痛劑吧。

參 진통제鎭痛劑、止痛藥

질병

名 [질병]
漢 疾病

疾病

각종 **질병**에 걸리기 쉬운 여름에는 음식을 조심해야 한다.
在容易得到各種疾病的夏天，務必小心飲食。

關 질병에 걸리다患了疾病、질병을 앓다生病

체온

名 [체온]
漢 體溫

體溫

간호사 : 열이 좀 있는 것 같은데 **체온**부터 재 보겠습니다.
護士 : 你好像有一點發燒，先量體溫。

關 체온이 높다／낮다體溫高／低、체온이 떨어지다體溫下降、체온을 재다量體溫
參 체온계體溫計

통증

名 [통 : 쯩]
漢 痛症

疼痛，痛感

가 : 계속 앉아서 일했더니 허리 **통증**이 심해진 것 같아요.
가 : 好像是持續坐著工作以致腰痛變嚴重了。
나 : 정형외과에 가서 엑스레이를 찍어 봐요.
나 : 去骨科照 X 光吧。

關 통증이 심하다疼痛嚴重

430

피

名 [피]
⇨ 索引 p.624

血

가 : 어! 다리에서 **피**가 나는데?

가 : 喔！腳流血了？

나 : 오다가 넘어졌어.

나 : 我來的路上跌到了。

類 혈액血液
關 피가 나다流血、피가 멈추다流血停止、피를 흘리다流血
參 피검사血液檢查

피로

名 [피로]
漢 疲勞

疲勞

가 : 눈이 왜 이렇게 **피로**하지? 어제 잠을 못 자서 그런가?

가 : 我的眼睛為什麼這麼疲勞？是不是因為昨天沒睡好？

나 : 그럴 때는 잠시 눈을 감고 있거나 먼 곳을 2~3 분정도 보는 게 좋대.

나 : 那樣情況時最好閉上眼睛一陣子，看遠處 2~3 分鐘。

- 이/가 피로하다

形 피로하다疲勞的
關 피로가 쌓이다疲勞累積、피로가 풀리다疲勞消除、피로를 느끼다感到疲勞、피로를 풀다消除疲勞

健康 08

효과

名 [효ː과/
　　효ː꽈]
漢 效果

效果

가 : 감기약 계속 먹고 있어? 기침을 계속 하네!

가 : 有一直在吃感冒藥嗎？不斷咳嗽呢！

나 : 먹었는데 **효과**가 없어.

나 : 有吃了，但沒有效果。

關 효과가 있다/없다有/沒有效果、효과가 좋다效果好、효과를 보다見效
參 효과적效果的

431

질병 / 증상 • 疾病／症狀

흡연

名 [흐변]
漢 吸煙

吸菸

가 : 요즘은 담배를 피울 수 있는 **흡연** 장소가 많이 줄어서 불편해요.

가 : 近來能夠抽菸的場所大幅減少，感覺很不方便。

나 : 왕위 씨도 건강을 생각해서 담배를 끊어 보세요.

나 : 王偉你也請為了健康著想，戒菸吧。

參 흡연 구역吸菸區、흡연 금지禁止吸菸、간접 흡연二手菸、금연 禁菸

3 병원
醫院

38.mp3

검사

名 [검 : 사]
漢 檢査

檢查

환자 : 선생님 **검사** 결과가 어떻습니까?
患者：醫生檢查結果如何？

의사 : 걱정하실 정도는 아닙니다.
醫生：是不須擔心的程度。

- 을/를 검사하다
- 이/가 검사되다

動 검사하다檢查、검사되다檢查
關 검사를 받다接受檢查
參 시력 검사視力檢查、숙제 검사作業檢查、정밀 검사精密檢查

견디다

動 [견디다]
⇨ 索引 p.625

苦撐、堅持

사람은 물을 마시지 않고 일주일 이상 **견딜** 수 없다.
人們不能不喝水堅持一週以上。

- 을/를 견디다
- 에 견디다

類 참다忍受、忍耐
關 고통을 견디다堅撐痛苦、추위/더위를 견디다堅忍寒冷/炎熱

健康 08

433

병원・醫院

구하다

動 [구ː하다]
漢 救하다

救

어머니：저희 아이를 **구해** 주셔서 정말 고맙습니다.
媽媽： 真的非常謝謝您救我的孩子。

의사：아닙니다. 제가 해야 할 일을 했을 뿐입니다.
醫師：不會。我只是做了應該做的事而已。

- 을/를 구하다

關 목숨을 구하다拯救生命

낳다

動 [나ː타]

生產

그 병원이 그렇게 유명해? 왜 모두들 그 병원에서 아기를 **낳**으려고 해?
那家醫院有那麼有名嗎？為什麼大家都要到那醫院生產呢？

- 을/를 낳다

關 아이를 낳다生小孩、새끼를 낳다生小動物

💡「낳다」經常以「낳아요」、「낳으니까」活用。

복용

名 [보공]
漢 服用

服用

이 약은 하루에 3번, 식사 후 **복용**하시면 됩니다.
這個藥一天三次，飯後服用即可。

- 을/를 복용하다

動 복용하다服用
關 약을 복용하다服藥

생명

名 [생명]
漢 生命

生命

의사들은 환자들의 **생명**을 구하기 위해서 밤낮으로 노력한다.
醫生為了拯救患者的生命而不分晝夜地努力。

關 생명을 구하다拯救生命、환자의 생명患者的生命

수술

名 [수술]
漢 手術

手術

가 : 선생님, 우리 아이 괜찮은가요?
가 : 醫師，我的孩子沒事吧？

나 : **수술** 잘 됐으니까 걱정 안 하셔도 됩니다.
나 : 手術順利，請別擔心。

- 을/를 수술하다
- 이/가 수술되다

動 수술하다手術、수술되다被手術
關 수술이 잘 되다手術順利、수술을 받다接受手術
參 성형 수술整形手術

알약

名 [알략]
漢 알藥

藥丸

엄마 : 우리 아이가 **알약**을 잘 못 먹는데요.
媽媽 : 我孩子不太能服用藥丸。

의사 : 그럼 가루약으로 드릴게요.
醫生 : 那我給您藥粉。

參 가루약藥粉、물약水藥

健康 08

435

병원・醫院

응급

名 [응ː급]
漢 應急

急救

가 : **응급**실이 어디예요?
가 : 急診室在哪裡呢？

나 : 병원 들어가자마자 오른쪽으로 가시면 됩니다.
나 : 一進到醫院，右轉就到了。

動 응급하다急救
參 응급실急診室、응급 환자急診患者、응급 상황緊急情況

의료

名 [의료]
漢 醫療

醫療

그 병원은 **의료** 서비스가 좋아서 인기가 많다.
那醫院的醫療服務很好，因此很受歡迎。

參 의료보험醫療保險、의료 기관醫療機構、의료 시설醫療設施

재다

動 [재ː다]

測量

의사 : 이 환자 열이 많이 나는 것 같은데 열 좀 **재** 주세요.
醫生 : 這患者發燒嚴重，請量一下體溫。

關 몸무게를 재다量體重、키를 재다量身高

접수

名 [접쑤]
漢 接受

掛號

먼저 **접수**를 하신 후에 내과로 가십시오.
先掛號之後，請往內科走。

- 을/를 접수하다
- 이/가 -에/에게 접수되다

動 접수하다掛號、접수되다被接受／被受理
參 접수처掛號處、접수 마감掛號截止、원서 접수接受申請書、온라인 접수線上報名

종합

名 [종합]
漢 綜合

綜合

저희 병원에서는 치료하기가 어려울 것 같습니다.
在我們醫院治療可能有困難。

종합 병원으로 가시는 게 좋겠습니다.
建議到綜合醫院去。

- 을/를 종합하다
- 이/가 종합되다

動 종합하다綜合、종합되다被綜合
參 종합적綜合性的、종합 병원綜合醫院

참다

動 [참 : 따]
➪ 索引 p.625

忍受

가 : 너무 아파서 **참**을 수가 없어.
가 : 太痛了，無法忍受。

나 : 알았어. 의사 선생님 부를게.
나 : 知道了。我請醫師來。

- 을/를 참다

類 견디다忍受➪ p.433
關 화를 참다忍住怒火、웃음을 참다忍住笑聲、울음을 참다忍住不哭、졸음을 참다忍著疲憊

병원 • 醫院

출산

名 [출싼]
漢 出産

分娩、生産

축하드립니다. 3.5kg의 건강한 남자아이를 **출산**하셨습니다.
恭喜。生了 3.5 公斤的健康男孩。

- 을/를 출산하다
- 이/가 출산되다

動 출산하다分娩／生産、출산되다被分娩／生産
參 출산율出生率、출산 예정일預産期、출산 휴가産假、산부인과婦産科

퇴원

名 [퇴 : 원/
퉤 : 원]
漢 退院
⇨ 索引 p.621

出院

가 : 언제쯤 **퇴원**할 수 있을까요?
가 : 什麼時候能夠出院呢?
나 : 수술 결과가 좋아서 내일쯤 **퇴원**하셔도 될 것 같습니다.
나 : 因為手術結果很好，大概明天可以出院。

- 을/를 퇴원하다
- 에서 퇴원하다

動 퇴원하다出院
反 입원入院
參 퇴원 수속出院手續

438

회복

名 [회복/훼복]
漢 恢復

恢復

의사：생각보다 **회복**이 빠르시네요！
醫生：你比想像中恢復還快呢！

환자：선생님 덕분입니다.
患者：都是託醫師您的福。

- 을／를 회복하다
- 이／가 회복되다

動 회복하다 恢復、회복되다 被恢復
關 회복이 빠르다／느리다 恢復快／慢、건강을 회복하다 恢復健康
參 피로 회복 消除疲勞

健康
08

複習一下

健康 | 疾病／症狀、醫院

✏️ 請從例找出符合圖片的適當單字。

| 例 | 불면증 | 몸살 | 식중독 |

1. (　　　)　　　2. (　　　)　　　3. (　　　)

4. 請選出可以概括例的選項。

| 例 | 수면제 | 복용 | 진통제 | 처방 |

① 잠　　　② 약　　　③ 독감　　　④ 심리

✏️ 請連接有相關聯的單字。

5. 피가　　・　　　　・ ① 재다
6. 체온을　・　　　　・ ② 취하다
7. 수면을　・　　　　・ ③ 나다

✏️ 請在例中找尋能夠填入 (　) 的正確單字。

| 例 | 지치다 | 부러지다 | 출산하다 |

8. 어릴 때 다리가 (　　　)-아／아／해서 병원에 입원한 적이 있다.

9. 이삿짐을 다 옮기고 나니까 (　　　)-아／아／해서 움직일 수가 없었다.

10. 오늘 우리 언니가 새벽에 여자아이를 (　　　)-았／었／했다는 소식을 듣고 기뻐서 눈물이 났다.

用漢字學韓語・身

✏️ 我們來看看韓文詞彙是如何與漢字產生聯繫的。

身分證 — 신분증 (p473)

신분증이 없으시면 시험을 보실 수 없으니까 꼭 챙기십시오.

沒有身分證就不能考試，請一定要帶好。

身體 — 신체 (p.417)

한국에서 남자들은 군대에 가기 전에 신체 검사를 받는다.

在韓國男生入伍之前接受身體檢查。

身 → 신 | 몸 身體

您 — 당신 (p.81)

당신이 떠난 후, 오랫동안 나는 당신을 잊지 못했습니다.

您離開之後，很久我都無法忘記您。

自己 — 자신 (p.92)

넌 잘할 수 있을 거야. 너 자신을 믿어 봐!

你會做得很好的。相信你自己！

單身 — 독신 (p.71)

요즘에는 독신 남녀를 위한 독신자 아파트가 많이 생겼대요.

最近有很多為了單身男女的單身公寓出現。

441

09 자연／환경
自然／環境

1 **동식물** 動植物
2 **우주／지리** 宇宙／地理
3 **재난／재해** 災難／災害
4 **환경 문제** 環境問題

用漢字學韓語・氣

1 동식물
動植物

꼬리
名 [꼬리]

尾巴

주인이 돌아오자 강아지가 **꼬리**를 흔들며 뛰어왔다.
主人一回來，小狗搖著尾巴跑過來。

關 꼬리를 흔들다 搖尾巴

꽃잎
名 [꼰닙]

花瓣

바람이 불자 **꽃잎**이 떨어졌다.
風一吹，花瓣就掉落。

날개
名 [날개]

翅膀

가 : 저 새가 왜 날지 못하지요?
가 : 那鳥為什麼無法飛呢？
나 : **날개**를 다쳐서 그런 것 같아요.
나 : 好像是翅膀受傷了。

날개 / 부리 / 발톱

먹이
名 [머기]

食物、飼料

여러분, 구경하면서 동물들에게 **먹이**를 주지 마십시오. 병에 걸리거나 죽을 수 있습니다.
各位觀賞時，請不要給動物們食物。因為可能會生病或死掉。

關 먹이를 주다 給食、먹이를 찾다 覓食

벌레
名 [벌레]

蟲子

가 : 더운데 왜 창문을 닫아 놨어?
가 : 天氣很熱，為什麼要關窗呢？

나 : 창문을 열어 놓으니까 **벌레**가 자꾸 들어와서.
나 : 因為開窗的話，蟲子會一直飛進來。

關 벌레한테 물리다 被蟲子咬

뿌리
名 [뿌리]

根

이 식물은 물을 많이 주면 **뿌리**가 썩으니까 일주일에 한 번만 물을 주세요.
這植物如果澆太多水的話根會爛，所以請一週澆一次水。

식물
名 [싱물]
漢 植物

植物

식물은 햇빛과 물이 있어야 잘 자란다.
植物需要陽光和水才長得好。

잎
줄기
뿌리

參 동물 動物

인간
名 [인간]
漢 人間
⇨ 索引 p.623

人

인간과 동물의 다른 점은 무엇입니까?
人與動物的相異處是什麼呢？

類 사람 人
參 인간적 人性的、인간관계 人際關係、인간성 人性、인간답다 有人情味／有人性

💡「인간」比起「사람」更常用於學術類上。

自然／環境 09

2 우주／지리
宇宙／地理

40.mp3

강물
名 [강물]
漢 江물

江水

강물은 흘러서 바다로 간다.
江水流向大海。

關 강물이 깨끗하다／더럽다 江水乾淨／骯髒、강물이 흐르다 江水流動

공기
名 [공기]
漢 空氣

空氣

가: 시골에서 살고 싶은 이유가 뭐예요?
가: 想要在鄉下生活的理由是什麼呢？

나: **공기**도 맑고 조용하기 때문이에요.
나: 那是空氣清新且安靜的緣故。

關 공기가 좋다／나쁘다 空氣好／壞、공기가 맑다 空氣清新、공기가 깨끗하다 空氣清淨

남 02
名 [남]
漢 南

南

가을이 되자 새들이 따뜻한 **남**쪽으로 날아갔다.
一到冬天，眾鳥往溫暖的南方飛。

參 남쪽 南方、남극 南極、동 - 서 - 남 - 북 東 - 西 - 南 - 北

446

돌
名 [돌ː]

石頭

가 : 여기는 **돌**이 많아서 걷기 힘드네요!
가 : 這裡石頭很多，走起來很辛苦！
나 : 그렇지요? 그렇지만 이 **돌**을 구경하러 오는 사람들도 많아요.
나 : 是嗎？雖然如此，但來觀賞這些石頭的人也很多。

關 돌을 던지다 丟石頭

땅
名 [땅]

土地

가 : 너 왜 계속 **땅**만 보고 걸어?
가 : 你為什麼一直只看地面走路？
나 : 그냥 기분이 좀 안 좋아서 그래.
나 : 只是心情不好的關係。

뜨다 02
動 [뜨다]
不 으不規則
⇨ 索引 p.622

升、浮

해는 동쪽에서 **떠**서 서쪽으로 진다.
太陽從東邊升起，向西方落下。

- 이/가 뜨다

反 지다 落 ⇨ p.452

💡 「뜨다」只和「太陽、月亮、星星」一起使用。

모래
名 [모래]

沙子

가 : 너도 들어와. 물에서 같이 놀자!
가 : 你也進來。一起來玩水吧！
나 : 나는 수영하는 것보다 **모래** 위를 걷는 게 좋아.
나 : 我比起游泳，更喜歡在沙灘上走。

自然／環境 09

우주 / 지리 • 宇宙／地理

물질
名 [물질]
漢 物質

物質

담배에는 몸에 나쁜 **물질**이 많이 들어 있다.
香菸含有許多對身體不好的物質。

參 오염 물질 汙染物質

바닷가
名 [바다까／바닫까]

海邊

친구들과 **바닷가**에 놀러 가서 산책도 하고 사진도 찍었다.
跟朋友去海邊玩，散步又拍照。

바위
名 [바위]

岩石

산을 오르다가 **바위**에 앉아 잠시 쉬었다.
爬山途中，坐在岩石上暫時休息。

💡「돌」是能夠用手拿起；「바위」是無法用手拿起，且沉重的。

밭
名 [받]

田地、旱田

가 : 딸기가 참 맛있어 보여요.
가 : 草莓看起來很好吃。

나 : 아침에 **밭**에서 직접 가져온 거예요. 한번 드셔 보세요.
나 : 這是早上從田裡直接摘下來的。請吃看看。

參 채소밭 菜園、논 水田

448

별 02

名 [별 :]

星星

가：공기가 맑으니까 **별**이 참 많네요！
가：因為空氣清新，星星滿多的呢！

나：우와！ 저기 저 **별**은 '북두칠성'아니에요？
나：哇！那邊的星星不是「北斗七星」嗎？

參 별자리星座

口語中，想要表示某件事很困難，可以說「하늘에 별 따기（如摘天上的星星）」。

북극

名 [북끅]
漢 北極
⇨ 索引 p.619

北極

지구가 따뜻해져서 **북극**의 얼음이 점점 녹고 있다.
地球暖化，北極的冰漸漸融化。

反 남극南極
參 북극곰北極熊

빛

名 [빋]

光

빛이 없으면 아무것도 볼 수 없다.
沒有光的話，什麼都看不到。

關 빛을 비추다照射光線
參 햇빛太陽光、불빛火光

산소

名 [산소]
漢 酸素

氧氣

높은 곳에 가면 **산소**가 부족하니까 몸이 약한 사람은 여기에서 쉬세요．
到高處去氧氣不足，身體虛弱的人請在這裡休息。

參 이산화탄소二氧化碳

自然／環境 09

449

우주 / 지리 • 宇宙／地理

세상

名 [세ː상]
漢 世上
➡ 索引 p.624

世界上

이 반지는 제가 만들었기 때문에 **세상**에 하나밖에 없는 거예요.

這個戒指是我做的，所以世界上只有這麼一個。

類 세계 世界
關 넓은 세상 寬廣的世界

💡 通常「세상」是指我們生活的地方；「세계」是指所有的國家。

숲

名 [숩]

森林

가 : 여기 오니까 기분이 좋아지네요!
가 : 來這裡後，心情變得很好！

나 : **숲**에 나무가 많아서 공기가 맑고 시원하니까 그런것 같아요.
나 : 好像是因為森林裡樹木多，空氣因而清新涼爽的緣故吧。

關 푸른 숲 綠色樹林

아시아

名 [아시아]

亞洲

한국은 **아시아**의 동쪽에 있는 나라이다.
韓國是位於亞洲東邊的國家。

에너지

名 [에너지]

能源

가 : 생활에서 **에너지**를 절약할 수 있는 방법 좀 알려주세요.
가 : 請告訴我，在生活中能夠節能的方法。
나 : 컴퓨터를 사용하지 않을 때는 끄고 가까운 거리는 걸어서 다니세요.
나 : 電腦不使用的時候請關機，去近的地方時請走路去。

關 에너지를 절약하다／낭비하다 節省／浪費能源
參 태양 에너지 太陽能

自然／環境 09

우주

名 [우 : 주]
漢 宇宙

宇宙

가 : 100년쯤 후에 사람들은 신혼여행을 어디로 갈까요?
가 : 約100年後，人們蜜月旅行會去哪裡呢？
나 : 과학 기술이 더 발달해서 **우주**로 가지 않을까요?
나 : 科學技術更發達後，會去宇宙吧？

參 우주인 太空人、우주선 太空飛船、우주복 太空衣、우주 여행 太空旅行

자원

名 [자원]
漢 資源

資源

물은 우리에게 소중한 **자원**이기 때문에 아껴 써야 한다.
水是我們是最珍貴的資源，務必珍惜使用。

關 자원을 절약하다／낭비하다 節省／浪費資源
參 자연 자원 自然資源、천연 자원 (석유, 석탄) 天然資源 (石油，煤炭)

451

우주 / 지리 • 宇宙／地理

정상

名 [정상]
漢 頂上

山頂

가 : 조금만 더 가면 **정상**이니까 힘을 내요.
가 : 再往上走就到山頂了，加油。

나 : 아까도 그렇게 말했잖아요.
나 : 你剛剛不是也那樣說嘛。

關 정상에 오르다登上山頂、정상에서 내려오다從頂端下來

지구

動 [지구]
漢 地球

地球

우리가 살고 있는 곳을 **지구**라고 한다.
我們居住的地方稱為地球。

參 지구촌地球村

지다 02

名 [지다]
⇨ 索引 p.622

落

가 : 다리가 아픈데 좀 쉬었다가 내려가면 안 돼요?
가 : 腳痛，可以休息一下再下去嗎？

나 : 서둘러야 해요. 산에서는 해가 빨리 **지**니까요.
나 : 要快一點。因為在山上太陽很快就下山。

- 이／가 지다

反 뜨다上升 ⇨ p.447

💡「지다」只能和「太陽、月亮、星星」一起使用。

태양

名 [태양]
漢 太陽

太陽

지구는 **태양**을 돌고 있다.
地球繞著太陽轉。

參 태양계太陽界、태양 에너지太陽能

햇빛

名 [해삗/핻삗]

陽光

가 : 바다에 놀러 갈 때 뭘 준비해야 해요?
가 : 在去海邊玩的時候,應準備什麼呢?
나 : **햇빛**이 강하니까 모자를 꼭 쓰고 오세요.
나 : 太陽光很強,請一定要戴帽子來。

💡 「햇빛」也可以稱「햇볕」。

흙

名 [흑]

土、泥土

가 : 옛날에는 왜 **흙**으로 집을 지었을까요?
가 : 以前為什麼用泥土蓋房子呢?
나 : **흙**으로 집을 지으면 시원하고 건강에도 좋다고 해요.
나 : 聽說用泥巴蓋房的話,既涼爽,也有益健康。

自然／環境 09

453

複習一下

自然／環境 ｜動植物、宇宙／地理

✎ 請在例中找出適合圖像的單字。

例　동　서　남　돌　햇빛　모래　바위

1. (　　　)
2. (　　　)
3. (　　　)
4. (　　　)
5. (　　　)
6. (　　　)

✎ 請選出適合填入（　）的單字。

7. 한국에서는 매년 1월 1일 아침에 해 (　　) -는 것을 보기 위해 산이나 바다에 가는 사람들이 많다.

① 뜨다　② 지다　③ 오르다　④ 떨어지다

8. 뱀, 곰, 개구리와 같이 겨울에 잠을 자는 동물들은 따뜻한 봄이 되어 잠에서 깨면 가장 먼저 (　　)을/를 찾으러 다닌다.

① 공기　② 날개　③ 새끼　④ 먹이

9. 물은 우리 인간에게 (　　)와/과 마찬가지이다. 왜냐하면 우리는 물을 마시지 않으면 살 수 없기 때문이다.

① 환경　② 생명　③ 우주　④ 세상

3 재난／재해
災難／災害

41.mp3

가뭄
名 [가뭄]

乾旱

가：비가 너무 안 와서 큰일이에요.

가：一直不下雨不太妙。

나：맞아요. **가뭄** 때문에 채소 값이 너무 많이 올랐어요.

나：沒錯。因為乾旱，蔬菜價格飆升。

關 가뭄이 들다 遇到乾旱

구조
名 [구ː조]
漢 救助

救援，救助

가：어제 뉴스를 보니까 버스 사고가 크게 났더라고요.

가：昨天看了消息，公車出了嚴重的車禍。

나：네, 저도 봤어요. 전원 **구조**돼서 다행이에요.

나：對，我也有看到。全部的人都獲救，真幸運。

- 을／를 구조하다
- 에／에게 구조되다

動 구조하다 救援／救助、구조되다 獲救
參 119 구조대 119 救援隊

自然／環境 09

재난 / 재해 • 災難／災害

긴급

名 [긴급]
漢 緊急

緊急

긴급 뉴스를 알려 드리겠습니다. 서울은 오전 9시부터 10시 사이에 태풍이 지나가니까 외출을 하지 마시기 바랍니다.
播報一則緊急新聞。首爾早上 9 點到 10 點之間，有颱風經過，請不要外出。

- 이／가 긴급하다

形 긴급하다 緊急
參 긴급 뉴스 緊急新聞、긴급 구조 緊急救援
副 긴급히 緊急地

당하다

動 [당하다]
漢 當하다

遭受、遭遇

등산하다가 사고를 **당하**면 119에 전화하십시오.
爬山途中遭受事故時，請打 119 電話。

- 을／를 당하다

關 사고를 당하다 遇到事故、피해를 당하다 遇到意外

대비

名 [대ː비]

防備、應付、對立

가：너 장화 샀어?
가：你買了長靴嗎?

나：응, 장마에 **대비**해서 하나 샀어. 어때?
나：對，為防範梅雨買了一雙。你覺得如何?

- 에 대비하다
- 을／를 대비하다

動 대비하다 防備、應付
參 시험 대비 應備考試

456

대피

名 [대 : 피]
漢 待避

躲避，避難

관객 여러분, 지금 영화관 10층에 불이 났습니다. 빨리 밖으로 **대피**해 주시기 바랍니다.

各位來賓，現在電影院十樓發生火災。請盡速到外面避難。

- 에 대피하다
- (으)로 대피하다

動 대피하다 躲避，避難

무너지다

動 [무너지다]

坍塌

가 : 아침에 뉴스 들었어요? 서울다리가 **무너져**서 사람들이 많이 다쳤대요.

가 : 你聽了早上的新聞嗎？聽說首爾橋倒了，有許多人受傷。

나 : 어머, 정말요? 죽은 사람은 없대요?

나 : 天啊，真的嗎？沒有死亡的人嗎？

- 이／가 무너지다

關 건물이 무너지다 建築物倒塌、다리가 무너지다 橋樑倒塌

생존

名 [생존]
漢 生存

生存

이번 사고에서 **생존**한 사람이 몇 명이에요?

這次事故當中，生存者有幾名呢？

- 이／가 생존하다

動 생존하다 生存
參 생존자 生存者、생존 여부 生存與否

自然／環境 09

재난 / 재해 • 災難／災害

연기 02
名 [연기]
漢 煙氣

煙

저기 불 난 것 같아. **연기** 나는 것 좀 봐.
那邊好像失火了。看看那個煙冒起的樣子。

關 연기가 나다冒煙

예방
名 [예ː방]
漢 豫防

預防

산불 **예방**을 위해 라이터는 이곳에 두고 가시기 바랍니다.
為了要預防山火，請把打火機放在這裡再去。

- 을／를 예방하다
- 이／가 예방되다

動 예방하다預防、예방되다被預防
參 예방 주사預防注射、사고 예방事故預防、화재 예방火災預防

입다
動 [입따]

蒙受

가 : 이번에 갑자기 눈이 많이 내려서 피해를 많이 **입**으셨지요?
가 : 這次突然下大雪，受災嚴重吧？

나 : 네, 그동안 키운 채소들이 다 얼어 버렸어요.
나 : 是的，那段期間培植的蔬菜全都凍結了。

關 피해를 입다受災、손해를 입다受到災害、부상을 입다受傷、혜택을 입다受惠

💡「입다」經常以「입어요」、「입으니까」活用。

지진

名 [지진]
漢 地震

地震

요즘 세계 곳곳에서 **지진**이 자주 발생한다.
最近世界到處經常發生地震。

關 지진이 나다發生地震、지진이 일어나다發生地震、지진이 발생하다發生地震

파괴

名 [파ː괴／파ː궤]
漢 破壞

破壞

가：전쟁이 없어졌으면 좋겠어요.
가：希望戰爭消彌。

나：맞아요. 전쟁이 일어나면 모든 것이 다 **파괴**되잖아요.
나：沒錯。戰爭發生的話，所有的東西都會遭受破壞。

- 을／를 파괴하다
- 이／가 파괴되다

動 파괴하다破壞、파괴되다被破壞
參 파괴적破壞性的、자연 파괴自然破壞

폭발

名 [폭빨]
漢 爆發

爆炸

가：그 집에 왜 갑자기 불이 났대요?
가：那戶人家為什麼突然發生火災了？

나：부엌에서 가스가 **폭발**했다고 해요.
나：聽說是廚房的瓦斯爆炸。

- 이／가 폭발하다
- 이／가 폭발되다

動 폭발하다爆炸、폭발되다被爆炸
關 폭발적 인기爆發性的人氣、폭발적 관심爆發性的關心
參 폭발적爆發性的

自然／環境 09

459

재난 / 재해 • 災難／災害

폭우

名 [포구]
漢 暴雨

暴雨

가 : 어제 공연 잘 봤어?
가 : 看了昨天的表演嗎？

나 : **폭우** 때문에 공연이 취소돼서 못 봤어.
나 : 表演因暴雨而取消了，沒看到。

參 폭설暴雪

피해

動 [피ː해]
漢 被害
➩ 索引 p.621

受害、災害

이번 태풍으로 인해 전국에 크고 작은 **피해**가 발생했습니다.
因為這次颱風全國發生大大小小的災害。

反 가해加害
關 피해가 발생하다災害發生、피해를 당하다遭遇災害、피해를 입다受災
參 피해자受害者、재산 피해財產損害、인명 피해人命傷害、피해 상황受災情況

홍수

名 [홍수]
漢 洪水

洪水

가 : 비가 너무 많이 오지 않아요?
가 : 雨下得太多了吧？

나 : 네, 이렇게 계속 비가 오면 **홍수**가 날 것 같아요.
나 : 沒錯，這樣持續下雨的話，會發生洪水的。

關 홍수가 나다洪水發生、정보의 홍수訊息洪流

화재

名 [화재]
漢 火災

火災

한국에서는 **화재**가 발생하면 119에 전화한다.
在韓國如果發生火災,要打119電話。

關 화재가 나다火災發生、화재가 발생하다火災發生

5 환경 문제
環境問題

🔊 42.mp3

공해
名 [공해]
漢 公害

公害

공장이 많은 지역은 **공해** 문제가 심각하다.
許多工廠的地區,公害問題嚴重。

關 공해를 줄이다減少公害
參 공해 문제公害問題、소음 공해噪音公害

매연
名 [매연]
漢 煤煙

廢氣

자동차의 **매연** 때문에 대기 오염이 심각해지고 있다.
由於汽車廢氣,大氣污染逐漸嚴重。

關 공장의 매연工廠廢氣、자동차의 매연汽車廢氣

보존
名 [보ː존]
漢 保存

保存

자연환경을 **보존**하기 위해 산에서는 음식을 만들어 먹지 못하도록 하고 있다.
為了保存自然環境,在山裡禁止烹煮食物吃。

動 보존하다保存、보존되다保存
關 환경을 보존하다保存環境、문화재를 보존하다保存文化財
參 보존시키다被保存

462

보호

名 [보ː호]
漢 保護

保護

우리 가게에서는 환경 **보호**를 위해서 종이컵을 사용하지 않습니다.
我們店為了保護環境,而不使用紙杯。

- 을／를 보호하다
- 이／가 보호되다

動 보호하다保護、보호되다受保護
關 보호를 받다接受保護、자연을 보호하다自然保護
參 보호 시설保護設施

💡「보존 (保存)」用於「守護留存原樣」的時候;「보호 (保護)」用於「照顧或察看使其不受損傷」的時候。

自然／環境 09

산성비

名 [산성비]
漢 酸性비

酸雨

가 : 비가 별로 안 오는데 그냥 갈까요?
가 : 雨沒很大,就這樣去嗎?

나 : 안 돼요. 요즘 내리는 비는 **산성비**라서 우산을 꼭 써야 해요.
나 : 不可以。最近下的雨是酸雨,一定要撐傘。

환경 문제 • 環境問題

오염

名 [오염]
漢 汚染

汚染

가 : 환경 **오염**이 심각해져서 요즘 날씨가 이상한 것 같아요.
가 : 好像是環境汙染逐漸嚴重，以致最近天氣異常。
나 : 맞아요. 우리나라뿐만 아니라 세계적으로 문제가 되고 있어요.
나 : 對。不只是我國，這正成為世界性的問題。

- 이/가 오염되다

動 오염되다 汚染 關 오염을 줄이다 減少汚染
參 환경 오염 環境汙染、대기 오염 大氣汚染、오염 물질 汚染物質、오염시키다 使汚染

일회용

名 [일회용/일훼용]
漢 一回用

一次性用品

일회용품에는 종이컵, 나무젓가락, 음료수병 등이 있습니다.
一次性用品有紙杯、竹筷、飲料瓶等。

參 일회용품 一次性用品、일회용 나무젓가락 一次性竹筷

재활용

名 [재 : 화룡]
漢 再活用
⇨ 索引 p.624

再生利用、重復利用、回收

가 : 이 텔레비전 좋네요!
가 : 那台電視機很好耶！
나 : 그래요? **재활용** 센터에서 싸게 샀어요.
나 : 是嗎？在回收中心便宜買的。

- 을／를 -(으)로 재활용하다
- 이／가 -(으)로 재활용되다

動 재활용하다 回收利用、재활용되다 被回收利用
類 리사이클링 (recycling) 回收
參 재활용품 回收品、자원 재활용 資源回收

황사

名 [황사]
漢 黃沙

黃沙、沙塵

가 : **황사**가 너무 심해서 마스크를 사고 싶은데 어디에서 팔아요?
가 : 沙塵太嚴重，我想要買口罩，哪裡有賣呢？
나 : 편의점이나 약국에 가 보세요.
나 : 請去便利商店或藥局吧。

關 황사가 심하다 沙塵嚴重
參 황사 현상 沙塵現象

自然／環境 09

465

複習一下

自然／環境 | 災難／災害、環境問題

1. 請選出能夠共同填入（ ）的單字。

> 지진이 （　　　），　　화재가 （　　　），　　홍수가 （　　　）

① 들다　　② 나다　　③ 입다　　④ 오다

✏️ 請看以下說明，從例中找出並填入合適敘述的單字。

> **例**　　가뭄　　　홍수　　　산소　　　매연

2. 이것은 오랫동안 비가 내리지 않아서 생기는 문제다. （　　　）

3. 이것은 공장이나 자동차에서 나오는 연기로 환경을 오염시킨다.
（　　　）

4. 이것은 비가 너무 많이 와서 강물이 넘치는 것이다. （　　　）

5. 이것은 사람이 살기 위해서 꼭 필요한 것으로 O_2라고 말하기도 한다.
（　　　）

✏️ 請從例中找出適合填入（ ）的單字。

> **例**　　일회용　　화재　　보호하다　　대피하다

6.
> 어제 저녁 6시쯤 서울 명동에 있는 한국백화점에서 불이 나서 40여 명이 긴급（ ㉠ ）-았/었/했습니다. 경찰은 "엘리베이터에서 연기가 났다."는 백화점 직원의 말을 바탕으로 （ ㉡ ） 원인을 조사하고 있습니다.

㉠ （　　　　　）　　　　㉡ （　　　　　）

7.
> 자연환경을 （ ㉠ ）-(으)려면 어떻게 해야 할까요? 대중교통을 이용하고 （ ㉡ ） 종이컵이나 나무젓가락 등의 사용을 줄여 보세요. 그리고 머리를 감을 때 샴푸를 조금만 사용하도록 하세요.

㉠ （　　　　　）　　　　㉡ （　　　　　）

用漢字學韓語・氣

✎ 我們來看看韓文詞彙是如何與漢字產生聯繫的。

氣溫 (p.360) — 기온
봄가을에는 기온 차가 커서 감기에 걸리기 쉽다.
在春秋時溫差大，因此容易感冒。

空氣 (p.446) — 공기
비가 오고 공기가 깨끗해졌다.
下雨之後，空氣清淨下來。

氣 — 기
기운
氣氛、氣、力氣

濕氣 (p.362) — 습기
집안의 습기를 없애는 방법 좀 알려 주세요.
請告訴我消除家裡溼氣的方法。

香氣 (p.339) — 향기
무슨 향수를 썼어요? 향기가 참 좋네요!
你用什麼香水呢？香氣真好聞！

勇氣 (p.106) — 용기
오늘 용기를 내서 그 여자에게 고백했는데 거절을 당했다.
今天提起勇氣向她告白，但被拒絕了。

467

10 국가／사회
國家／社會

1. **국가／정치** 國家／政治
2. **사회 현상／사회 문제**
   社會現象／社會問題
3. **사회 활동** 社會活動

用漢字學韓語・國

1 국가／정치
國家／政治

43.mp3

가정
名 [가정]
漢 家庭

家庭

요즘은 **가정**에서 집안일을 하는 남자가 많아졌다.
最近在家裡，做家事的男子多起來了。

參 가정적家庭的、가정 교육家庭教育

공공
名 [공공]
漢 公共

公共

공원이나 지하철 같은 **공공**장소에서 담배를 피우면 안 됩니다.
像是公園或地鐵的公共場所不可抽菸。

參 공공장소公共場所、공공요금公共費用、공공시설公共設施、공공 기관公共機構

공휴일
名 [공휴일]
漢 公休日

公休日

가：10월 9일은 한글날이지요? **공휴일**이에요?
가：10月9日是韓文節對吧？是公休日嗎？
나：네, 맞아요. 그래서 모두들 쉬어요.
나：對，沒錯。所以大家都放假。

국가
名 [국까]
漢 國家

國家

많은 선수들이 **국가**대표가 되어 세계 대회에 나가고 싶어 한다.
許多選手都想要成為國家隊代表，參加世界比賽。

參 국가적國家性的

국민
名 [궁민]
漢 國民

國民

외국인이 대한민국의 **국민**이 되려면 어떻게 해야 해요?
外國人想要成為韓國國民的話應該要怎樣做呢？

권리
名 [궐리]
漢 權利

權利

가 : 책을 복사해서 봐도 돼요?
가 : 書本可以影印來看嗎？

나 : 책에 대한 **권리**는 작가에게 있으니까 마음대로 복사하면 안 돼요.
나 : 書籍權利在於作家，所以不能隨心所欲地影印。

關 권리가 있다／없다有／沒有權利、권리를 가지다擁有權利

귀국
名 [귀ː국]
漢 歸國

回國

가 : 공항에 왜 가요?
가 : 為什麼去機場？

나 : 유학 간 동생이 오늘 **귀국**하거든요.
나 : 因為去留學的弟弟今天回國。

- 이／가 귀국하다

動 귀국하다回國

국가 / 정치 • 國家／政治

기관
名 [기관]
漢 機關

機構

시청, 경찰서, 소방서, 우체국 등을 공공 **기관**이라고 한다.
市廳、警察局、消防局、郵局等稱之為公共機構。

參 공공 기관公共機構、담당 기관負責機構、전문 기관專門機構

대통령
名 [대ː통녕]
漢 大統領

總統

가 : 내일은 회사에 안 가요?
가 : 明天不去公司嗎？

나 : 네, **대통령**을 뽑는 날이라서 쉬어요.
나 : 對，因為是總統選舉的日子，所以放假。

북한
名 [부칸]
漢 北韓

北韓

남한과 **북한**은 1991년 세계 탁구 대회에 한 팀으로 나갔다.
南韓與北韓在1991年的世界桌球比賽中，一起組隊參賽。

북한
남한

參 북한 동포北韓同胞、북한 주민北韓居民、남한南韓

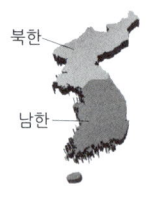

사회
名 [사회/사훼]
漢 社會

社會

사회생활에서 약속을 지키는 것보다 중요한 것은 없다.
社會生活中，沒有比遵守約定更重要的事情。

關 사회에 나가다步入社會、사회에 적응하다適應社會
參 사회적社會的、사회인社會人士、사회생활社會生活

세계
名 [세:계／세:게]
漢 世界

世界
세계 인구는 2011년에 70억을 넘었다.
世界人口在 2011 年的時候超過七十億人。

參 세계적世界性的、전 세계全世界、세계 각국世界各國

시민
名 [시:민]
漢 市民

市民
서울시는 옛날 시청 건물에 서울 **시민**을 위한 도서관을 만들었다.
首爾市在舊市廳建築內成立一座首爾市民圖書館。

신분증
名 [신분쯩]
漢 身分證

身分證
한국에서는 주민 등록증, 여권, 운전면허증을 **신분증**으로 사용할 수 있어요.
在韓國，居民登錄證、護照、駕照可做為身分證使用。

關 신분증을 발급받다收到身分證、신분증을 제시하다出示身分證

의무
名 [의:무]
漢 義務

義務
국민의 **의무** 중의 하나는 세금을 내는 것이다.
國民的義務之一是繳稅。

關 의무를 다하다盡義務
參 의무적義務性的、의무화義務化

國家／社會 10

국가 / 정치 • 國家／政治

적용
名 [저굥]
漢 適用

適用

65세 이상 노인에게는 '지하철 무료 이용'이 **적용**된다.

對65歲以上老人而言，適用「免費搭乘地鐵」。

- 을／를 - 에／에게 적용하다
- 이／가 - 에／에게 적용되다

動 적용하다適用、적용되다適用
參 적용 대상適用對象

전국
名 [전국]
漢 全國

全國

11월 8일에 '대학수학능력시험'이 **전국**적으로 실시됐다.

在11月8日全國實施「大學學業能力測驗」。

參 전국적全國性的

전쟁
名 [전ː쟁]
漢 戰爭

戰爭

가 : 한국 **전쟁**은 언제 일어난 거예요?
가 : 韓戰是什麼時候發生的呢？
나 : 1950년 6월 25일에 시작돼서 1953년 7월 27일에 끝났어요.
나 : 1950年6月25日開始，到1953年7月27日結束。

- 와／과 전쟁하다

動 전쟁하다戰爭
關 전쟁이 나다戰爭發生、전쟁을 일으키다引發戰爭

474

정부

名 [정부]
漢 政府

政府

정부는 다음 달부터 가스 요금을 3% 정도 올리겠다고 발표했다.
政府公告下個月開始要調漲瓦斯費用 3%。

參 정부 정책政府政策、정부 관계자政府相關人士

정치

名 [정치]
漢 政治

政治

신문을 보면 그 나라의 **정치**, 사회, 경제에 대해서 알 수 있다.
看新聞可以知道那國家的政治、社會、經濟。

- 이/가 정치하다

動 정치하다從事政治
參 정치적政治性的、정치가政治家、정치 활동政治活動

주의 02

名 [주의/주이]
漢 主義

主義

대한민국은 자유 민주**주의** 국가이다.
大韓民國是自由民主主義的國家。

參 민주주의民主主義、공산주의共產主義

지역

名 [지역]
漢 地域

地區、地域

가 : 피자 가게에 전화했는데 왜 안 되지?
가 : 打電話給比薩店，為什麼打不通呢？

나 : **지역** 번호 눌렀어? 가게 전화번호 앞에 서울 **지역** 번호 '02'를 눌러야해.
나 : 有按區號嗎？店家的電話前面，要再加上首爾地區的號碼 02。

參 지역적地區性的、피해 지역受災區

國家／社會 10

475

국가 / 정치 • 國家／政治

지정

名 [지정]
漢 指定

指定

'남대문'은 국보 1호로 **지정**된 문화재이다.
「南大門」是被指定為國寶一號的文化財產。

- 을／를 지정하다
- 이／가 -(으)로 지정되다

動 지정하다 指定、지정되다 被指定
參 지정 좌석 對號座位

질서

名 [질써]
漢 秩序

秩序

왜 이렇게 교통**질서**를 안 지켜요? 사고라도 나면 어떻게 하려고 해요?
為什麼這麼不遵守交通秩序呢？如果發生事故怎麼辦？

關 질서를 지키다 遵守秩序
參 교통질서 交通秩序

투표

名 [투표]
漢 投票

投票

11월 19일은 대통령 선거 날입니다. **투표** 시간은 오전 6시부터 오후 6시까지입니다.
11月19號是總統大選。投票時間是早上六點開始到下午六點為止。

- 이／가 투표하다

動 투표하다 投票
關 투표를 실시하다 實施投票
參 찬반 투표 贊反投票

476

평등

名 [평등]
漢 平等
⇨ 索引 p.621

平等

모든 사람은 법 앞에 **평등**하다.

人人在法律面前平等。

- 와/과 평등하다

形 평등하다 平等
反 불평등 不平等
參 남녀 평등 男女平等

평화

名 [평화]
漢 平和

和平

전쟁이 일어나기 전까지 그 마을은 아주 **평화**로웠다.

戰爭發生之前，那村莊非常和平。

- 이/가 평화롭다
- 이/가 평화스럽다

形 평화롭다 和平、평화스럽다 感覺和平的
關 평화를 지키다 保衛和平、평화를 유지하다 維持和平
參 평화적 和平的、세계 평화 世界和平

후보

名 [후보]
漢 候補

候選人

가: 이번에 나온 대통령 **후보**가 모두 몇 명이에요?
가: 這次總統候選人有幾人呢？

나: 7명이에요.
나: 有 7 人。

關 후보로 나오다 報名競選
參 후보 선수 候補選手、우승 후보 優勝候選人

國家／社會
10

複習一下

國家／社會｜國家／政治

◎ 請連結以下適合的選項。

1. 의무를　•　　　　　•　① 실시하다
2. 전쟁이　•　　　　　•　② 다하다
3. 질서를　•　　　　　•　③ 지키다
4. 투표를　•　　　　　•　④ 나다

◎ 請在例中找出適合填入（　）的單字。

> 例　평화　정부　공휴일　북한　국민　신분증

5. 대한민국은 아시아의 동쪽 끝에 위치한 나라이다. '한국(韓國 : Korea)' 또는 '남한(South Korea)'이라고도 불린다. '한국'은 남한과 (　　)을/를 모두 가리키는 넓은 의미를 가지고 있으나 좁은 의미에서는 대한민국을 가리킨다.

（　　　　　）

6. 대한민국의 (㉠)은/는 만 19세 이상이 되면 대통령을 뽑을 권리를 가진다. 투표하러 갈 때는 주민 등록증이나 운전면허증, 여권 등의 (㉡)을/를 가지고 가야 한다.

㉠（　　　　　）　　　㉡（　　　　　）

7. 국경일은 (㉠)이/가 정하여 축하하는 날이다. 대한민국의 국경일은 3월 1일(삼일절), 7월 17일(제헌절), 8월 15일(광복절), 10월 3일(개천절), 10월 9일(한글날)이다. 제헌절을 제외한 다른 국경일은 (㉡)(으)로 지정되어 있어서 학교나 회사에 가지 않는다.

㉠（　　　　　）　　　㉡（　　　　　）

2 사회 현상／사회 문제
社會現象／社會問題

간접
名 [간 : 접]
漢 間接
索引 p.619

間接

가 : 여기에서 담배를 피우면 어떻게 해요! **간접** 흡연이 더 나쁜 거 몰라요?
가 : 怎麼可以在這裡抽菸呢！你不知道二手菸更不好嗎？

나 : 아, 미안해요. 나가서 피울게요.
나 : 抱歉。我去外面抽。

反 직접直接
參 간접적間接性的、간접 경험間接經驗、간접 흡연二手菸／間接吸菸

개선
名 [개 : 선]
漢 改善

改善

저희 백화점에서는 장애인들을 위한 주차장, 엘리베이터, 휴식 공간을 만드는 등 환경 **개선**을 위해 노력하고 있습니다.
本百貨公司為改善殘障人士專用停車場、電梯、休息空間等環境而努力著。

- 을／를 개선하다
- 이／가 개선되다

動 개선하다改善、개선되다被改善
關 환경을 개선하다改善環境
參 개선 방안改善方案

國家／社會 10

479

사회 현상 / 사회 문제 • 社會現象／社會問題

대도시
名 [대 : 도시]
漢 大都市

大都市

많은 젊은 사람들이 **대도시**로 떠나서 시골에 일할 사람이 없다.

許多年輕人移向大都市，鄉下沒了工作的人。

맞벌이
名 [맏뻐리]

雙薪

여성들의 경제 활동이 늘어남에 따라 **맞벌이** 부부가 증가하고 있다.

隨著女性們的經濟活動增加，雙薪夫婦正在增加中。

動 맞벌이하다 雙薪
參 맞벌이 부부 雙薪夫婦

발생
名 [발쌩]
漢 發生

發生

이번 교통사고의 **발생** 원인은 운전자의 음주 운전 때문인것으로 밝혀졌습니다.

這次交通事故發生的原因據查是司機酒駕的緣故。

- 이／가 발생하다
- 에서 발생하다
- 이／가 발생되다
- 에서 발생되다

動 발생하다 發生、발생되다 發生
參 발생적 發生的、사고 발생 發生事故、화재 발생 發生火災、발생 원인 發生原因

밝히다

名 [발키다]

說明、表明、解釋

가：그 사건의 범인이 누구로 **밝혀**졌어요?
가：那事件的犯人是誰弄清楚了嗎？

나：바로 이웃집 사람이래요.
나：說正是鄰居。

- 에게 -을/를 밝히다

關 의견을 밝히다表明意見、원인을 밝히다說明原因、사실을 밝히다揭露事實

벌

名 [벌]
漢 罰

懲罰

법을 어기면 **벌**을 받는다.
若違法則受罰。

- 을/를 벌하다

動 벌하다懲罰、責罰
關 벌이 가볍다/무겁다懲罰輕/重、벌을 주다/받다懲罰/受到懲罰、벌을 내리다下達懲罰
參 벌금罰金

범죄

名 [범ː죄/
범ː쮀]
漢 犯罪

犯罪

요즘 스마트폰(smartphone)을 이용한 **범죄**가 늘고 있다.
最近使用智慧手機犯罪的人增加。

關 범죄가 늘다/줄다犯罪增加/減少、범죄가 발생하다犯罪發生、범죄를 줄이다減少犯罪、범죄를 저지르다作案犯罪
參 범죄적犯罪的

사회 현상 / 사회 문제 • 社會現象／社會問題

변화

名 [변 : 화]
漢 變化

變化

젊은 사람들의 생각의 **변화**로 결혼 후 아이를 1명만 낳으려는 가정이 많아지고 있다.

由於年輕人想法的變化，因此結婚後只想生一名孩子的家庭越來越多。

-(으)로 변화하다
-(으)로 변화되다

動 변화하다 變化、변화되다 被變化
關 변화가 생기다 變化產生、변화를 주다 使變化、변화를 가져오다 帶來變化、변화에 적응하다 適應變化

불법

名 [불법／불뻡]
漢 不法

不法，違法

여기에 주차하시면 안 됩니다. **불법**입니다.

不可以在這裡停車。這是違法的。

參 불법적 違法的、불법 주차 違法停車、불법 다운로드 違法下載、불법 복제 非法複製

불우

名 [부루]
漢 不遇

弱勢

가 : **불우** 이웃을 위한 음악회를 하는데 같이 갈래요?
가 : 為了協助弱勢家庭舉辦的音樂會，要一起去嗎？
나 : 네, 좋아요. 음악도 듣고 **불우** 이웃도 돕고 좋네요.
나 : 好啊。既聽音樂又幫助弱勢家庭，很不錯。

- 이／가 불우하다

形 불우하다 不幸的
參 불우 이웃 弱勢家庭

사건

名 [사:껀]
漢 事件

事件

지난 주말 한강에서 물고기 1,000마리가 죽은 **사건**이 발생했습니다.
上週末發生了漢江裡死了一千條魚的事件。

關 사건이 발생하다事件發生、사건이 터지다事件爆發、사건을 해결하다解決事件

사생활

名 [사생활]
漢 私生活

私生活

연예인에 대한 지나친 관심은 **사생활** 침해로 이어질 수 있습니다.
對演藝人員的過分關心，可能延伸為對私生活的侵害。

參 사생활 보호保護私生活、사생활 침해侵害私生活

사회적

關 名 [사회적/사훼적]
漢 社會的

社會性的

실업자 증가 문제는 개인의 문제가 아닌 **사회적** 문제이다.
失業者增加的問題不是個人問題，而是社會的問題。

關 사회적 분위기社會上的氛圍、사회적 혼란社會上的混亂

세대

名 [세:대]
漢 世代

世代

가 : 어떨 때 부모님과 **세대** 차이를 느껴요?
가 : 什麼時候會感覺到跟父母的代溝呢？

나 : 요즘 인기 있는 가수의 이름을 모르실 때 **세대** 차이를 느껴요.
나 : 他們不知道最近有名歌手的名字時，才會感覺到代溝。

參 세대 차이世代差異

國家／社會 10

483

사회 현상 / 사회 문제 • 社會現象／社會問題

실업

名 [시럽]
漢 失業
➪ 索引 p.504、508

失業

경제가 어려워서 매년 **실업**자가 늘고 있다.
經濟困難，所以每年失業的人增加中。

動 실업하다失業
類 실직失業
反 취업就業
參 실업자失業者、실업률失業率

양로원

名 [양 : 노원]
漢 養老院

養老院

가 : 봉사 동아리에서는 무슨 일을 해요?
가 : 在志工社團都做什麼事呢？

나 : 1주일에 1번 **양로원**에 가서 할머니, 할아버지의 친구가 되어 드려요.
나 : 一週去養老院一次，與爺爺奶奶做朋友。

어기다

動 [어기다]
➪ 索引 p.622

違反

음주 운전, 운전 중 휴대폰 사용 등 교통법을 **어기**면 벌금을 내야 한다.
若違反酒駕、開車用手機等交通規則，必須要繳納罰金。

- 을/를 어기다

反 지키다遵守
關 법을 어기다違反法律、규칙을 어기다違反規則、약속을 어기다違反約定

위기

名 [위기]
漢 危機

危機

한국은 1998년 IMF 경제 **위기**를 국민의 힘으로 극복했다.

韓國以全國人民的力量克服了 1988 年的 IMF 經濟危機。

關 위기를 극복하다克服危機、위기를 이겨내다戰勝危機、위기에 빠지다陷入危機、위기에서 벗어나다脫離危機

參 위기 상황危機情況、경제 위기經濟危機、식량 위기糧食危機

음주

名 [음ː주]
漢 飲酒
⇨ 索引 p.620

飲酒

가 : 맥주 한 잔밖에 안 마셨으니까 운전해도 되겠지?

가 : 我只喝一杯啤酒而已，應該可以開車吧？

나 : 무슨 소리야? 한 잔만 마셔도 **음주** 운전이야.

나 : 你在說什麼？即使是喝一杯，也是酒駕。

反 금주禁酒
參 음주 운전酒駕、음주 운전 단속取締酒駕、과음飲酒過量

일으키다

動 [이르키다]

①引起　②攙扶、拉起

학생 : 선생님, 다시는 친구들과 싸우지 않겠습니다.

學生 : 老師，我不再跟朋友們吵架了。

선생님 : 이렇게 계속 문제를 **일으키**면 학교에 다닐 수 없어요.

老師 : 如果一直惹事的話，就不能再來學校了。

아기가 걷다가 넘어지자 엄마가 아기를 **일으켜** 줬다.

孩子走路滑倒，媽媽就把孩子扶起來。

關 사고를 일으키다引發事故、문제를 일으키다引發問題、몸을 일으키다扶起身體

國家／社會 10

485

사회 현상 / 사회 문제 • 社會現象／社會問題

저지르다

動 [저지르다]
不 르不規則

犯錯，惹禍

가 : 잘못을 **저질러** 놓고 왜 솔직하게 말하지 않았어?
가 : 惹禍了，為什麼不坦白說呢？
나 : 혼날까 봐서요.
나 : 因為怕被罵。

關 잘못을 저지르다惹事端、범죄를 저지르다犯罪

차별

名 [차별]
漢 差別

差別

최근 여러 회사들은 채용, 승진, 월급과 관련된 남녀 **차별** 문제를 많이 개선하고 있다.
最近許多公司有關僱用、升職、薪水的男女差別待遇問題，有極大的改善。

- 을／를 차별하다
- 이／가 차별되다

動 차별하다差別、차별되다被差別
關 차별이 심하다差別嚴重、차별을 받다受到差別
參 차별적差別的、차별화差異化、남녀 차별男女差別

현실

名 [현 : 실]
漢 現實
⇨ 索引 p.621

現實

노숙자의 증가를 통해 우리 사회의 어두운 **현실**을 볼 수 있다.
透過遊民的增加，我們能夠看見社會黑暗的現實面。

反 이상理想
關 현실에 만족하다滿足於現實、현실로 다가오다接近現實
參 현실적現實的

혼란

名 [홀ː란]
漢 混亂

混亂、紊亂

대학교 입학 시험이 갑자기 바뀌어서 고등학교 3학년 학생들이 **혼란**을 겪고 있다.

大學入學考試突然改變,高中三年級的學生們正陷入一片紊亂中。

- 이/가 혼란하다
- 이/가 혼란스럽다

動 혼란하다 混亂
形 혼란스럽다 混亂
關 혼란을 가져오다 帶來混亂、혼란을 겪다 遭遇混亂、혼란에 빠뜨리다 使陷入紊亂中

훔치다

動 [훔치다]

偷竊

가: 어제 옆집에 도둑이 들어와서 비싼 물건을 **훔쳐** 갔대.

가: 聽說昨天鄰居家裡遭小偷侵入,偷走了貴重的物品。

나: 진짜? 다친 사람은 없대?

나: 真的嗎?有人受傷嗎?

- 을/를 훔치다

國家/社會 10

3 사회 활동
社會活動

45.mp3

개최
名 [개최/개쵀]
漢 開催

舉辦

가 : 한국에서도 올림픽을 **개최**한 적이 있어요?
가 : 韓國也曾舉辦奧林匹克運動會嗎?
나 : 그럼요. 1988년에 서울에서 올림픽을 했었어요.
나 : 當然。1988 年首爾舉辦過奧林匹克運動會。

- 을/를 개최하다
- 이/가 개최되다

動 개최하다舉辦、개최되다被舉辦
關 올림픽을 개최하다舉辦奧林匹克運動會、전시회를 개최하다舉辦展覽

기부
名 [기부]
漢 寄附

捐獻

가 : 저 도서관 멋있네요!
가 : 那圖書館好美啊!
나 : 그렇죠? 어떤 회사가 아이들을 위해서 **기부**한 돈으로 지은 거예요.
나 : 是吧?那是用某個公司為孩子們所捐獻的金錢蓋的。

- 에/에게 - 을/를 기부하다
- 이/가 - 에 기부되다

動 기부하다捐獻、기부되다被捐獻

기증

名 [기증]
漢 寄贈

捐贈

가 : 여기 있는 물건들은 왜 이렇게 싸요?
가 : 這裡的東西為什麼這麼便宜呢？
나 : 사람들에게 **기증**받은 물건이기 때문에 싸게 팔고 있어요.
나 : 這些東西是人們捐贈的，所以便宜賣。

- 을／를 - 에 기증하다
- 이／가 기증되다

動 기증하다捐贈、기증되다被捐贈
關 기증을 받다接受捐贈
參 장기 기증長期捐贈

도움

名 [도움]

幫忙、幫助、助益

가 : 바쁘신데 도와주셔서 감사합니다.
가 : 感謝在百忙之中給予幫助。
나 : 저도 **도움**이 돼서 기쁩니다.
나 : 我也有助益，很高興。

關 도움이 되다有幫助、도움을 주다／받다給予／受到協助

벌어지다

動 [버ː러지다]

舉辦、爆生裂開、展開

추석을 맞아 남산한옥마을에서 다양한 행사가 **벌어졌다**.
逢迎中秋，南山韓屋村展開了多樣的活動。

關 싸움이 벌어지다爆發打架、축제가 벌어지다慶典舉辦

國家／社會
10

사회 활동 • 社會活動

벌이다

動 [버 : 리다]

進行、推展、開展

가 : 사무실이 좀 더운 것 같네요!

가 : 辦公室有點熱！

나 : 에어컨을 껐거든요. 우리 회사에서 '하루 한 시간 에어컨 끄기 운동'을 **벌이**고 있어서요.

나 : 因為關冷氣了。我們公司正推展「一天關冷氣一小時運動」。

- 을/를 벌이다

關 사업을 벌이다展開事業

봉사

名 [봉 : 사]
漢 俸仕

當義工、服務

가 : 매주 **봉사** 활동을 다니기 힘들지 않으세요?

가 : 每周當義工不會累嗎？

나 : 힘들기는 하지만 다른 사람을 도와줄 수 있어서 기뻐요.

나 : 是辛苦，但可以幫助別人，覺得很高興。

- 에/에게 봉사하다
- 을/를 위해 봉사하다

動 봉사하다當義工
參 봉사자志願者、봉사 활동義工活動

제공

名 [제공]
漢 提供

提供

가 : 제가 이번 행사에 자원봉사를 신청했는데요. 식사를 따로 준비해 가야 하나요?
가 : 我申請了這次活動的志工服務。我要另外準備餐點去嗎？
나 : 아니요, 식사는 무료로 **제공**해 드립니다.
나 : 不用，餐點是免費提供。

動 제공하다提供、제공되다被提供
參 자료 제공提供資料、정보 제공提供資訊、숙식 제공提供食宿

지원 02

名 [지원]
漢 支援

提供、支援

우리 단체는 세계 곳곳의 가난한 아이들에게 책과 학용품을 **지원**해 주고 있습니다.
我們團體正提供全世界困難的孩子們書籍與文具。

- 을/를 지원하다
- 에/에게 -을/를 지원하다

動 지원하다提供、支援
關 지원이 있다/없다有/沒有支援、지원이 끊기다支援中斷、지원을 받다接受支援
參 지원금補助金

참여

名 [차며]
漢 參與

參與

여러분의 적극적인 **참여**로 이번 행사를 잘 마쳤습니다. 관계자 여러분, 대단히 고맙습니다.
由於各位的積極參與，這次活動順利結束了。參與活動的各位，非常感謝。

- 에 참여하다

動 참여하다參與
參 참여자參與者、참여율參與率

國家／社會 10

사회 활동・社會活動

행사

名 [행사]
漢 行事

活動

가 : 이번 불꽃 축제 **행사**에 참가한 나라는 어디예요?
가 : 參加這次火花大會的國家是哪裡呢？
나 : 해마다 다른데 이번에는 캐나다, 일본, 프랑스, 한국이래요.
나 : 每年都不同，這次是加拿大、日本、法國跟韓國。

動 행사하다從事活動
關 행사를 열다舉辦活動、행사를 개최하다舉辦活動、행사를 치르다舉辦活動、행사에 참가하다參加活動

후원

名 [후ː원]
漢 後援

贊助、援助

가 : 그 선수를 **후원**하는 회사가 어디예요?
가 : 贊助那選手的公司是哪家呢？
나 : 유명한 스포츠 의류 회사예요.
나 : 是有名的運動服裝公司。

- 을/를 후원하다

動 후원하다贊助、援助
關 후원을 받다接受贊助、援助
參 후원자贊助者／援助者、후원 단체贊助團體／援助團體

複習一下

國家／社會 ｜ 社會現象／社會問題、社會活動

✏️ 請連接意思符合的單字與解釋。

1. 범죄　•　　　　　　•　① 지역이 넓고 사람이 많으며 발전한 곳을 말한다.

2. 맞벌이　•　　　　　•　② 법을 어기는 행동을 말한다.

3. 대도시　•　　　　　•　③ 결혼한 부부가 모두 직장 생활을 하면서 돈을 버는 것을 말한다.

✏️ 閱讀文章並回答下列問題。

> '좋은 세상, 좋은 사람들'
>
> '좋은 세상, 좋은 사람들'을 아십니까? 저희 단체는 세계 곳곳의 가난한 아이들에게 집과 학교를 지어 주는 단체입니다. 이번에 따뜻한 봄을 맞이해 늘 ㉠_____-고 싶은 마음은 있으나 시간이 없거나 방법을 몰라서 못하고 계신 분들을 위해 특별한 행사를 마련했습니다.
> ㉡사용하지 않는 물건이나 입지 않는 옷을 가져다주시면 그것을 모아 필요한 아이들에게 전달하도록 하겠습니다.
> 세계의 아이들과 사랑을 나누고 싶은 여러분의 많은 ㉢_____ 바랍니다.
>
> • 행사 일시: 2014년 5월 24일 (토) 1:00 ~ 6:00
> • 행사 장소: 서울 시청 앞 광장
> • ㉣이번 행사를 도와주는 곳 : 00 회사, 월드비전, 유니세프

4. (㉠)에 들어갈 알맞은 것을 고르십시오.
　① 봉사하다　② 발생하다　③ 벌어지나　④ 일으키다

5. (㉢)에 들어갈 알맞은 것을 고르십시오.
　① 변화　　② 개선　　③ 차별　　④ 참여

6. ㉡과 ㉣에 바꿔 쓸 수 있는 말은 무엇입니까?
　① ㉡ 기증 ㉣ 제공　　　② ㉡ 기증 ㉣ 후원
　③ ㉡ 제공 ㉣ 개최　　　④ ㉡ 후원 ㉣ 개최

用漢字學韓語・國

✎ 我們來看看韓文詞彙是如何與漢字產生聯繫的。

國 / 국 / 나라 / 國家

國家 (p.471) — 국가

우리 박물관은 국가가 지정한 공휴일에만 쉽니다.
博物館只在國定公休日閉館。

國民 (p.471) — 국민

경제가 어렵습니다. 국민 여러분, 힘을 냅시다.
經濟困難。各位國民！奮力加油！

國語 (p.255) — 국어

국어는 그 나라의 사람들이 사용하는 언어이다.
國語是該國人所使用的語言。

國樂 (p.569) — 국악

주말에 외국인을 위한 국악 공연이 있는데 같이 보러가자.
周末有專為外國人舉辦的國樂表演，一起去看吧。

全國 (p.474) — 전국

내일은 전국적으로 비가 내리겠습니다.
明天會全國下雨。

回國 (p.471) — 귀국

대학교를 졸업하면 바로 귀국할 예정이에요？
大學畢業的話，預定馬上回國嗎？

11 경제 經濟

1 **경제 활동** 經濟活動
2 **생산／소비** 生産／消費
3 **기업／경영** 企業／經營
4 **금융／재무** 金融／財務

用漢字學韓語・金

1 경제 활동
經濟活動

46.mp3

갚다
動 [갑따]
⇨ 索引 p.622

還、償還、回報

미안한데 5만 원만 빌려줄 수 있어? 내일 꼭 **갚을**게.

抱歉,可以借我五萬嗎?明天一定會還。

- 에/에게 -을/를 갚다

反 빌리다 借
關 돈을 갚다 還錢、빚을 갚다 還債

경제적
關 名 [경제적]
漢 經濟的
⇨ 索引 p.619

經濟性的

집이 너무 멀어서 지하철을 이용하는 것보다 차를 사는 것이 더 **경제적**이다.

家很遠了,與其搭乘地鐵,不如買車更有經濟效益。

反 비경제적 非經濟性的

낭비
名 [낭ː비]
漢 浪費
⇨ 索引 p.619

浪費

직원 여러분, 에너지 **낭비**를 막기 위해 사용하지 않는 컴퓨터의 전원은 꺼 두시기 바랍니다.

各位職員,為了要避免浪費能源,請關掉不使用的電腦。

- 을/를 낭비하다

動 낭비하다 浪費
反 절약 節約 ⇨ p.501
關 낭비가 심하다 浪費嚴重、낭비를 막다 防止浪費
參 에너지 낭비 能源浪費、자원 낭비 資源浪費、시간 낭비 時間浪費

노동

名 [노동]
漢 勞動

勞動

노동 인구의 감소는 국가의 경쟁력을 떨어뜨린다.
勞動人口的減少，降低了國家經濟力量。

動 노동하다 勞動
參 노동력 勞動力、노동자 勞動者

발전

名 [발쩐]
漢 發展

發展

경제 **발전**을 위해서는 다른 나라와 무역을 많이 해야한다.
為了經濟發展，必須要與其他國家多多貿易。

- 이/가 발전하다
- (으)로 발전하다
- 이/가 발전되다

動 발전하다 發展、발전되다 被發展
參 발전적 發展性的、경제 발전 經濟發展、기술 발전 技術發展

비용

名 [비ː용]
漢 費用

費用

요즘에는 이사하려면 이사 **비용**이 얼마나 들어?
最近要搬家的話，搬家費用需要多少呢？

關 비용이 들다 產生費用、비용을 마련하다 籌措費用

경제 활동 • 經濟活動

소득
名 [소ː득]
漢 所得

所得

가 : **소득**이 높은 직업이 뭐예요?
가 : 高所得的職業是什麼呢？
나 : 고**소득** 직업으로는 CEO, 의사, 변호사 등이 있어요.
나 : 高所得的職業有執行長、醫師、律師等。

關 소득이 있다/없다有/無所得、소득이 높다/낮다所得高/低
參 고소득高所得、저소득低所得

수입 01
名 [수입]
漢 輸入
⇨ 索引 p.620

進口

가 : 체리랑 망고는 **수입** 과일이라서 너무 비싸요.
가 : 櫻桃跟芒果是進口水果，太貴了。
나 : 그래서 저도 망고를 좋아하지만 자주 못 먹어요.
나 : 雖然我也喜歡芒果，但不能經常吃。

- 에서 - 을/를 수입하다
- 이/가 - 에서 수입되다

動 수입하다進口、수입되다被進口
反 수출出口

수입 02
名 [수입]
漢 收入
⇨ 索引 p.620

收入

가 : 이 가게의 한 달 **수입**이 얼마예요?
가 : 這家店的月收入是多少呢？
나 : 월 1,000만 원 정도예요
나 : 大概是一個月一千萬元。

反 지출支出⇨ p.501
關 수입이 좋다/나쁘다收入好/壞、수입이 많다/적다收入多/少、수입이 늘다/줄다收入增加/減少

수준

名 [수준]
漢 水準

水準

경제가 발전해야 국민들의 생활 **수준**도 높아질 수 있다.
經濟必須發展，才能夠提高國民的生活水準。

關 수준이 높다／낮다水準高／低、수준을 높이다／낮추다提高／降低水準
參 생활 수준生活水準

수출

名 [수출]
漢 輸出
索引 p.620

輸出，出口

최근 동남아 지역으로의 전자제품 **수출**이 증가하고 있다.
最近東南亞地區的電子產品出口增加。

- 에 수출하다
-(으)로 수출하다
-이／가 -에 수출되다
-이／가 -(으)로 수출되다

動 수출하다輸出／出口、수출되다被輸出／出口
反 수입輸入／進口
關 수출이 증가하다／감소하다出口增加／減少
參 수출량輸出量、수출품輸出品

실용

名 [시룡]
漢 實用

實用

가：이거 예쁜데 이걸로 할까?
가：這個很美，買這個嗎？

나：예쁜 것보다 **실용**적인 걸로 하자.
나：比起漂亮的東西，我們買實用的東西吧。

參 실용적實用的

경제 활동 • 經濟活動

예산

名 [예ː산]
漢 豫算

預算

정부가 장애인 복지와 관련된 **예산**을 늘리기로 했다.
政府決定增加殘障人士的福利與其相關預算。

關 예산을 늘리다/줄이다 增加/減少預算、예산을 짜다 制定預算、예산에 맞추다 符合預算

인상 02

名 [인상]
漢 引上
索引 p.621

漲價

가 : 그 소식 들었어요? 다음 달부터 택시 요금이 **인상**된대요.
가 : 有聽到那消息了嗎？聽說從下個月開始計程車費用要漲價。

나 : 그래요? 얼마나 **인상**된대요?
나 : 真的嗎？要漲多少呢？

反 인하 降價

장사

名 [장사]

生意

가 : 요즘 가게에 손님은 많아요?
가 : 最近店裡客人多嗎？

나 : 날씨가 더워서 그런지 **장사**가 잘 안 되네요!
나 : 或許因為天氣熱，生意不太好！

動 장사하다 做生意

절약

名 [저략]
漢 節約
⇨ 索引 p.619

節省

가 : 집에서 학교까지 걸어 다니면 힘들지 않아요?
가 : 從家裡走路到學校，不會累嗎？
나 : 별로 멀지 않으니까 괜찮아요. 운동도 되고 교통비도 **절약**할 수 있어서 좋고요.
나 : 因為不遠，所以還好。可以運動也能夠節省交通費用，所以很好。

- 을／를 절약하다
- 이／가 절약되다

動 절약하다節省、절약되다被節省
類 아끼다珍惜
反 낭비浪費 ⇨ p.501
參 에너지 절약節約能源、시간 절약節省時間

지출

名 [지출]
漢 支出
⇨ 索引 p.620

支出

매달 30만 원씩 저금하고 있는데 지난달에는 **지출**이 많아서 저축을 못했다.
每個月存 30 萬，上個月支出太多而無法儲蓄。

- 을／를 - 에／에게 지출하다
- 을／를 -(으)로 지출하다
- 이／가 - 에／에게 지출되다
- 이／가 -(으)로 지출되다

動 지출하다支出、지출되다被支出
反 수입收入
關 지출이 많다／적다支出多／少、지출이 늘다／줄다支出增加／減少
參 지출액支出額、지출 항목支出項目

經濟 11

경제 활동・經濟活動

형편

名 [형편]
漢 形便

情況、環境條件、生活情況

가 : 다음 학기에도 학교 계속 다닐 거지?

가 : 下個學期也會繼續上學吧？

나 : 아니, **형편**이 좀 어려워서 다음 학기에는 쉬려고 해.

나 : 不會，因情況有點困難，下個學期要休學。

關 형편이 어렵다生活情況困難、형편이 좋아지다／나빠지다生活情況好轉／惡化

複習一下

經濟 | 經濟活動

✏️ 請連結意思相反的單字。

1. 인상 • • ① 지출
2. 경제적 • • ② 인하
3. 수입 • • ③ 저소득
4. 고소득 • • ④ 비경제적

✏️ 請填入能夠共同符合_____的單字。

5.
- 아버지의 사업 실패로 가정 형편이 _____-아/어/해졌다.
- 이번 한국어능력시험은 듣기가 제일 _____-았/었/했다.

① 심하다   ② 어렵다   ③ 높이다   ④ 이기다

6.
- 부모님을 모시고 해외여행을 다녀왔는데 비용이 생각보다 훨씬 많이 _____-았/었/했다.
- 이 가방이 너무 무거운데 좀 _____-아/어/해 주시겠어요?

① 줄다   ② 막다   ③ 적다   ④ 들다

✏️ 能夠替換以下畫底線的單字是何者？

가: 이 식당은 올 때마다 새로운 메뉴가 있네!
나: 그렇지? 사장님이 일 년에 한두 번씩 해외의 유명한 식당에 직접 가서 먹어 보고 연구해서 우리 입맛에 맞게 새로운 메뉴를 계속 만든대.

7. ① 개발하다   ② 노동하다   ③ 수입하다   ④ 발전하다

가: 분리수거를 하면 좋은 점이 뭐예요?
나: 쓰레기 처리 비용도 아낄 수 있고 환경도 보호할 수 있어요.

8. ① 수출하다   ② 절약하다   ③ 장사하다   ④ 낭비하다

2 생산／소비
生產／消費

47.mp3

개발
名 [개발]
漢 開發

開發

이번에 **개발**한 신제품인데 한번 써 보세요.
這是這次開發的新產品，請試用。

- 을／를 개발하다
- 이／가 개발되다

動 개발하다開發、개발되다被開發
參 신제품 개발新產品開發、프로그램 개발程式開發

결제
名 [결쩨]
漢 決濟

結帳、消帳

가：카드 **결제** 가능한가요?
가：可以信用卡結帳嗎？

나：그럼요, 가능합니다. 카드 주시겠어요?
나：當然，可以的。請給我信用卡？

- 을／를 결제하다
- 이／가 결제되다

動 결제하다結帳、결제되다結帳
關 결제가 가능하다可以結帳、카드로 결제하다信用卡結帳
參 결제 방식結帳方式、현금 결제現金結帳、카드 결제信用卡結帳

공장
名 [공장]
漢 工場

工廠

자동차 **공장**에 견학을 가 본 적이 있어요?
有去參觀過汽車工廠嗎？

關 공장을 세우다建立工廠

504

공짜

名 [공짜]
⇨ 索引 p.619、623

免費

가 : 이 양말 얼마예요?
가 : 這襪子多少錢呢？
나 : 행사 기간이라서 바지를 사시면 양말은 **공짜**로 드려요.
나 : 因為是活動期間，所以買褲子，就免費送襪子。

關 공짜로免費
反 유료付費 ⇨ p.509
類 무료免費

구매

名 [구매]
漢 購買

購買

가 : 티셔츠를 정말 싸게 샀네요!
가 : T恤真的便宜買到了！
나 : 네, 인터넷 공동 **구매** 사이트를 이용하면 저렴하게 살 수 있거든요.
나 : 對，如果利用網路團購網站購買的話，就能夠便宜買。

- 을/를 구매하다

動 구매하다購買

구입

名 [구입]
漢 購入

購買

손님, 교환 및 환불은 **구입** 후 일주일 이내, 영수증을 가져오셔야 가능합니다.
客人，換貨或退款必須在購買後一週內攜帶收據前來才可以。

- 에서/에게서 - 을/를 구입하다

動 구입하다購入

생산 / 소비 • 生產／消費

기계

名 [기계/기계]
漢 機械

機器

가 : 이 **기계** 또 고장 났나 봐요!
가 : 這機器又故障了！

나 : 서비스 센터에 연락해 보세요.
나 : 請聯絡服務中心。

關 기계가 고장 나다 機器故障、기계를 수리하다 修理機器

기능

名 [기능]
漢 機能

功能

가 : 새로 산 휴대폰 써 보니까 어때?
가 : 使用新買的手機後，覺得如何？

나 : **기능**이 많아서 좋아.
나 : 功能很多，不錯。

關 기능이 있다／없다 有／無功能、기능이 많다 功能很多、기능이 다양하다 功能多樣
參 기능적 功能的

나머지

名 [나머지]

剩下、其餘

가 : 과일 사고 남은 돈은 제가 써도 돼요?
가 : 買完水果剩下的錢，我可用嗎？

나 : 그래, **나머지**는 네 용돈으로 써.
나 : 可以，剩下的錢就當你的零用錢用。

농사

名 [농사]
漢 農事

農耕

가 : 퇴직 후에 뭐 할 생각이에요?
가 : 退休後想要做什麼嗎？

나 : 고향에 내려가서 **농사**를 지으려고 해요.
나 : 我想要回鄉務農。

關 농사를 짓다 務農
參 쌀농사 水稻耕作、농사철 農忙期、농산물 農產物

농촌

名 [농촌]
漢 農村

農村

농촌 생활은 도시 생활에 비해 여유로울 뿐만 아니라 이웃의 따뜻함을 느낄 수 있어서 좋다.
農業生活比起都市生活，不只是悠閒，更是能夠感受到鄰居的溫暖，感覺很不錯。

參 농촌 생활 農村生活、농촌 체험 農村體驗

생산

名 [생산]
漢 生產

生產

가 : 이 공장은 뭘 **생산**하는 곳이에요?
가 : 這家工廠是生產什麼的地方呢？

나 : 라면을 만드는 곳이에요.
나 : 是生產泡麵的地方。

- 을／를 생산하다
- 이／가 생산되다

動 생산하다 生產、생산되다 被生產
關 생산이 늘어나다／줄어들다 生產增加／減少
參 생산적 生產的、생산량 生產量、생산자 生產者、대량 생산 大量生產、소비 消費 ⇨ p.508

經濟

11

507

생산 / 소비 • 生產／消費

석유

名 [서규]
漢 石油

石油

가 : **석유**값이 또 올랐다면서요?
가 : 石油價格又上漲了？
나 : 네, 그래서 차를 가지고 다니는 사람이 줄어든 것 같아요.
나 : 對，因此開車的人減少了。

성능

名 [성ː능]
漢 性能

性能

가 : 카메라를 새로 사려고 하는데 뭐가 좋을까요?
가 : 想要新買相機，哪樣好？
나 : 이 카메라 어떠세요? **성능**이 아주 뛰어나요.
나 : 這相機如何呢？性能非常傑出。

關 성능이 좋다／나쁘다 性能好／不好、성능이 뛰어나다／떨어지다 性能優秀／落後

소비

名 [소ː비]
漢 消費

消費

가 : 요즘 등산용품 **소비**가 늘고 있대요.
가 : 聽說最近登山用品消費增加。
나 : 건강에 관심을 가지는 사람이 많아져서 그런 것 같아요.
나 : 好像是關心健康的人越來越多的關係吧。

- 에 - 을／를 소비하다
- 에 소비되다

動 소비하다 消費、소비되다 被消費
關 소비가 늘다／줄다 消費增加／減少
參 소비자 消費者、소비량 消費量、과소비 過度消費、생산 生產

유료

名 [유 : 료]
漢 有料
⇨ 索引 p.619

收費

가 : 이 근처에 주차장이 있나요?
가 : 附近有停車場嗎?

나 : 네, 있기는 한데 **유료** 주차장밖에 없어요.
나 : 有,但只有收費停車場。

反 무료免費

제품

名 [제 : 품]
漢 製品

產品

가 : 선글라스 좀 보여 주세요.
가 : 請給我看太陽眼鏡。

나 : 이 **제품**은 어떠세요?
나 : 這產品如何呢?

參 신제품新產品

질

名 [질]
漢 質
⇨ 索引 p.620

品質

가 : 이 화장품 써 보니까 어때요?
가 : 用了這化妝品後,感覺如何呢?

나 : 가격에 비해서 양도 많고 **질**도 좋아요.
나 : 比起價格,它的量多品質也很好。

反 양量 ⇨ p.242
關 질이 좋다／나쁘다品質好、壞、질을 높이다提高品質、삶의 질 生活品質、양보다 질品質比量更重要
參 질적質量方面

經濟

11

생산 / 소비 • 生產／消費

충동

名 [충동]
漢 衝動

衝動

가 : 할인 상품을 보면 저도 모르게 자꾸 **충동**구매를 하게 돼요.
가 : 看到打折商品，我也經常是不知不覺地衝動購物。
나 : 그럼 쇼핑하러 갈 때 카드를 사용하지 말고 현금을 쓰세요.
나 : 那麼在逛街的時候別用信用卡，請用現金。

- 을／를 충동하다

動 충동하다 衝動
關 충동이 있다／없다 有／沒有衝動、충동이 들다 有衝動、충동을 느끼다 感覺衝動
參 충동적 衝動的、충동구매 衝動購物

쿠폰

名 [쿠폰]

優惠券、折扣券

가 : 이 **쿠폰**을 사용하면 얼마예요?
가 : 使用這優惠券的話，多少錢呢?
나 : **쿠폰**을 사용하시면 20% 할인돼서 15,000원입니다.
나 : 如果您使用優惠券的話打八折，15,000元。

參 할인 쿠폰 折扣券

특산

名 [특싼]
漢 特產

特產

가 : 제주도의 **특산**물이 뭐예요?
가 : 濟州島的特產是什麼呢?
나 : 귤, 갈치, 흑돼지 등이 있어요.
나 : 有橘子、白帶魚跟黑豬肉。

參 특산품 特產品、특산물 特產物

특성

名 [특썽]
漢 特性

特性

광고는 물건의 **특성**을 잘 보여 줘야 한다.
廣告必須要凸顯物品的特性。

關 특성이 있다／없다有／沒有特性、특성을 살리다強調特性

특징

名 [특찡]
漢 特徵
索引 p.624

特徵

가：이 자전거의 가장 큰 **특징**이 뭐예요？
가：這腳踏車最大的特徵是什麼呢？

나：다른 자전거에 비해서 작고 가벼워요.
나：比起其他腳踏車，它的體積小且輕巧。

類 특색特色
關 특징이 있다／없다有／沒有特徵、특징을 보이다展現特徵、특징을 찾다尋找特徵
參 특징적獨特的

💡「특성」是指原來擁有特質；「특징」是與其他東西比較時所使用。

표시

名 [표시]
漢 標示

標示

가：이 우유는 유통 기한이 어디에 **표시**되어 있어요？
가：這牛奶的保存期限標示在哪呢？

나：위쪽을 한번 살펴보세요.
나：請看一下上面。

- 을／를 표시하다
- 이／가 표시되다

動 표시하다標示、표시되다被標示

經濟

11

생산 / 소비 • 生產／消費

품목
名 [품 : 목]
漢 品目

品目、品項

5월 한 달간, 전 **품목** 최대 50% 세일!
五月一個月間全部的商品最多打五折！

參 판매 품목販賣品項、전 품목全品項

품질
名 [품 : 질]
漢 品質

品質

가 : 두 개 중에 뭘 살지 고민이에요.
가 : 我苦惱要買這兩者中哪一個。

나 : 이거 한번 써 보세요. 이 제품은 **품질**이 좋아서 인기가 많아요.
나 : 請試用一下這個吧。這產品的品質好，很受歡迎的。

關 품질이 좋다／나쁘다品質好／不好、품질이 뛰어나다品質出色、품질이 떨어지다品質下降

할인
名 [하린]
漢 割引

折扣

가 : 왜 매일 저녁 늦게 마트에 가요?
가 : 為什麼每天晚上很晚去超市呢？

나 : 문 닫기 전에 가면 **할인** 상품이 많잖아요.
나 : 因為關門之前去的話，打折的商品很多。

- 을／를 할인하다
- 이／가 할인되다

動 할인하다折扣、할인되다折扣
關 할인율이 높다／낮다折扣率高／低、할인을 받다得到折扣
參 할인 쿠폰折扣優惠券、할인 판매折扣出售、10% 할인打九折

複習一下

經濟 | 生產/消費

✏️ 請連接合適的單字。

1. 농사를 •   • ① 늘어나다
2. 소비가 •   • ② 수리하다
3. 기계를 •   • ③ 짓다
4. 충동을 •   • ④ 느끼다

✏️ 請回答以下問題。

> 가: 노트북을 사고 싶은데요. 어디에서 ㉠사면 좋을까요?
> 나: 학교 앞에 전자 제품을 파는 매장이 있는데 한번 가 보세요. 학생들을 위해서 20% (㉡) 행사도 하고 있던데요.
> 가: 그래요? 어느 회사 노트북이 좋아요?
> 나: 저는 ○○○에서 만든 걸 쓰고 있어요. 가격이 비싸지 않은데도 (㉢)이/가 좋아서 일할 때 좋더라고요.

5. ㉠과 바꾸어 쓸 수 있는 말을 고르십시오.
   ① 표시하다   ② 구매하다   ③ 생산하다   ④ 적립하다

6. (㉡)에 들어갈 알맞은 것을 고르십시오.
   ① 결제   ② 적립   ③ 품목   ④ 할인

7. (㉢)에 들어갈 알맞은 것을 고르십시오.
   ① 기계   ② 성능   ③ 나머지   ④ 특징

✏️ 請從例中選出可填入（　）的單字。

| 例 | 농촌 | 석유 | 공장 | 공짜 |

8. 물건을 생산하는 곳을 (　　)(이)라고 한다.

9. 사우디아라비아, 러시아, 이란, 이라크는 대표적인 (　　) 생산국이다.

10. 아이들이 직접 자연을 느낄 수 있도록 한 달에 한 번 (　　) 체험 학습을 하러 간다.

11. 오늘 화장품을 구입하신 모든 분께 (　　)(으)로 샴푸를 드리고 있습니다.

3 기업／경영
企業／經營

거래

名 [거ː래]
漢 去來

交易

가：그 회사와 **거래**한 지 오래되었어요?
가：你們和那家公司交易很久了嗎？
나：2년쯤 되었어요.
나：已經兩年多了。

- 와／과 - 을／를 거래하다
- 이／가 거래되다

動 거래하다 交易、거래되다 被交易
關 거래가 이루어지다 交易完成、거래가 끊기다 交易中斷、거래를 끊다 中斷交易
參 거래처 交易處、거래 명세서 交易明細表

경영

名 [경영]
漢 經營

經營

회사를 **경영**하는 데 제일 어려운 점은 무엇입니까?
在經營公司上最困難的地方是什麼呢?

- 을／를 경영하다
- 이／가 경영되다

動 경영하다 經營、경영되다 被經營
參 경영학 經營學、최고 경영자（CEO）最高經營者／執行長

경쟁

名 [경 : 쟁]
漢 競爭

競爭

가 : 에어컨 가격이 왜 이렇게 싸지요?
가 : 冷氣機價格為什麼這麼便宜呢？
나 : 여름이 끝나 가니까 마트들이 가격 **경쟁**을 해서 그런 것 같아요.
나 : 因為夏天即將結束，各家超市在做價格競爭所致的樣子。

動 경쟁하다競爭
關 경쟁이 심하다競爭嚴重、
　　경쟁에서 이기다／지다在競爭中獲勝／敗下
參 경쟁력競爭力、경쟁심競爭精神、경쟁자競爭者、경쟁률競爭率、경쟁 관계競爭關係

계약

名 [계 : 약／
　　게 : 약]
漢 契約
⇨ 索引 p.619

契約

가 : 이번에 어느 회사와 **계약**하기로 했습니까?
가 : 這次決定要和哪家公司簽契約？
나 : 그냥 지난번에 일했던 회사와 계속 하려고요.
나 : 仍舊是跟上次工作的公司繼續合作。

- 와／과 - 을／를 계약하다
- 와／과 - 기로 계약하다
- 와／과 - 기로 계약되다

動 계약하다契約、계약되다契約
反 해약解約、해지解除
關 계약을 맺다簽契約
參 계약서契約書

고객

名 [고객]
漢 顧客

客戶、客人

고객님, 뭘 도와드릴까요?
客人，要幫您什麼忙呢？

參 고객 센터客戶中心

經濟

11

515

기업 / 경영・企業／經營

관리

名 [괄리]
漢 管理

管理

어떻게 하면 월급을 제대로 **관리**할 수 있을까요?
要如何才能正確妥善管理薪水呢？

- 을／를 관리하다
- 이／가 관리되다

動 관리하다 管理、관리되다 被管理
參 월급 관리 薪水管理、건강 관리 健康管理、고객 관리 顧客管理

기업

名 [기업]
漢 企業

企業

가 : 한국에는 어떤 대**기업**이 있어요?
가 : 在韓國有什麼大企業呢？

나 : 삼성, 현대, SK, LG 등이 있어요.
나 : 有三星、現代、SK、LG 等數家。

關 기업을 운영하다 營運企業
參 기업인 企業人、대기업 大企業、중소기업 中小企業、벤처 기업 風險企業

마케팅

名 [마케팅]

市場銷售、行銷

가 : 요즘에는 운동선수들이 광고를 많이 찍는 것 같아요.
가 : 最近好像有許多運動選手拍廣告。

나 : 그게 새로운 **마케팅** 전략 중의 하나래요.
나 : 聽說這是新的市場策略之一。

參 마케팅 전략 市場策略

매장

名 [매 : 장]
漢 賣場

賣場

가 : 저기, 실례지만 식품 **매장**이 몇 층에 있나요?
가 : 先生／小姐，很抱歉，食品賣場在哪一樓呢？

나 : 지하 1층에 있습니다.
나 : 在地下一樓。

參 식품 매장食品賣場、의류 매장衣服賣場、화장품 매장化妝品 賣場

반응

名 [바 : 능]
漢 反應

反應、迴響

가 : 아저씨, 요즘 어떤 운동화가 인기가 많아요?
가 : 叔叔，最近什麼運動鞋最受歡迎呢？

나 : 이 운동화 어떠세요? 디자인도 예쁘고 가격도 싸서 **반응**이 좋아요.
나 : 這運動鞋覺得如何呢？設計好看也漂亮，價格也便宜，反應良好。

- 에 반응하다

動 반응하다反應
關 반응이 좋다反應良好、반응이 없다沒有反應、반응을 얻다得到反應

보너스

名 [보너스]

獎金、賞金

이번 달에 **보너스** 받았으니까 내가 한턱낼게.
我這個月拿到獎金，我請客。

關 보너스를 주다／받다給／拿獎金、보너스를 지급하다支付獎金

기업 / 경영 • 企業／經營

보상

名 [보ː상]
漢 補償

補償

저희 가게에서 산 물건이 다른 가게보다 비싸면 **보상**해 드리겠습니다.

在我們店裡買的物品，如果比其他店家貴的話，將提供您補償。

- 에／에게 - 을／를 보상하다
- 에／에게 보상되다

動 보상하다補償、보상되다被補償

서비스

名 [써비쓰]

服務

그 백화점은 **서비스**가 좋기로 유명해 늘 손님이 많다.

那百貨公司以服務良好而聞名，所以客人經常有很多。

- 에／에게 - 을／를 서비스하다

動 서비스하다服務
關 서비스가 좋다／나쁘다服務好／不好
參 애프터서비스售後服務、서비스 센터服務中心

손해

名 [손ː해]
漢 損害
索引 p.620

損失、虧本

가 : 아저씨, 좀 더 깎아 주시면 안 돼요?
가 : 叔叔，可以打折嗎？
나 : 아이구, 안 돼요! 더 깎아 주면 내가 **손해**예요.
나 : 哎呀，不行！再打折的話，我就虧本了。

- 에／에게 - 을／를 서비스하다

動 손해되다受到損害
反 이익利益
關 손해를 보다遭受損害、손해를 입다遭受損害、손해를 끼치다使令虧損、손해를 보상하다補償虧損

업체

名 [업체]
漢 業體

業者

가 : 이번 취업 박람회에 참가하는 **업체**는 얼마나 된대요?
가 : 聽說參加這次就業博覽會的業者有幾家呢?
나 : 백여 곳이 넘는대요.
나 : 聽說超過百家。

參 대행업체大型業者、협력 업체協力業者

운영

名 [우ː녕]
漢 運營

經營

가 : 부모님께서는 무슨 일을 하세요?
가 : 父母是做什麼工作的呢?
나 : 학원을 **운영**하고 계세요.
나 : 在經營補習班。

- 을/를 운영하다
- 이/가 운영되다

動 운영하다經營、운영되다被經營
關 기업을 운영하다經營企業、학원을 운영하다經營補習班

유통

名 [유통]
漢 流通

流通

가 : 이 상품은 언제부터 **유통**되나요?
가 : 這商品什麼時候會開始流通呢?
나 : 다음 달 1일부터 **유통**될 거예요.
나 : 下個月1號開始開始流通。

- 을/를 유통하다
- 이/가 유통되다

動 유통하다流通、유통되다被流通
參 유통 기한流通期間、유통 과정流通過程

經濟

11

기업 / 경영 • 企業／經營

이미지

名 [이미지]

形象

가 : 그 회사는 **이미지**가 참 좋은 것 같아요.
가 : 那公司的形象好像不錯。
나 : 어려운 사람들을 위해 좋은 일을 많이 하잖아요.
나 : 他們為了幫助困難的人們，做了很多好事。

關 이미지가 좋다／나쁘다 形象好／不好
參 이미지 관리 形象管理

창업

名 [창ː업]
漢 創業

創業

한국대학교는 졸업생들의 **창업**을 적극적으로 지원해 주고 있다.
韓國大學正積極地支援畢業生們的創業。

- 을／를 창업하다

動 창업하다 創業
關 회사를 창업하다 創立公司、창업에 성공하다／실패하다 創業成功／失敗
參 창업 지원 센터 創業支援中心

혜택

名 [혜ː택／
헤ː택]
漢 惠澤

優惠、優待

가 : 지금 휴대폰을 바꾸면 어떤 **혜택**이 있어요?
가 : 最近想要換手機的話，有什麼優惠呢？
나 : 일 년 동안 매달 통화 요금을 5% 할인해 드립니다.
나 : 一年通話費每個月優惠 5%。

關 혜택이 많다／적다 優惠多／少、혜택을 주다／받다 給／得到優待
參 할인 혜택 折扣優惠

520

홍보

名 [홍보]
漢 弘報

宣傳

가 : 이번 신제품을 어떻게 **홍보**하면 좋을까요?
가 : 這次新產品要如何宣傳比較好呢？

나 : 신문에 광고를 하는 건 어때요?
나 : 在報紙上登廣告如何呢？

- 을/를 홍보하다

動 홍보하다 宣傳
參 홍보 효과 宣傳效果、홍보 포스터 宣傳海報

1 금융／재무
金融／財務

🔊 49.mp3

금액
名 [그맥]
漢 金額

金額

직원 : 손님, 찾으실 **금액**을 여기에 써 주세요.
職員：客人，請在這裡寫下要取錢的金額。

발급
名 [발급]
漢 發給

發行

가 : 신용 카드를 **발급**받으려면 시간이 오래 걸리나요?
가 : 拿到信用卡，會很久嗎？

나 : 아니요, 지금 바로 가능합니다.
나 : 不會，現在就可以拿到。

- 에게 - 을／를 발급하다
- 에게 발급되다

動 발급하다 發行、발급되다 被發行
關 카드를 발급하다 發給信用卡、증명서를 발급하다 發給證明、서류를 발급하다 發給文件

보증

名 [보증]
漢 保證

保證

저희 은행에서 돈을 빌리실 때는 **보증**인이 필요없습니다.
向我們銀行借錢的時候，不需要保證人。

- 을/를 보증하다

動 보증하다 保證　關 품질을 보증하다 品質保證
參 보증금 保證金、보증인 保證人、보증 기간 保證期間

보험

名 [보ː험]
漢 保險

保險

가 : 외국 사람이니까 한국에서 병원에 가면 비싸지 않아요?
가 : 因為是外國人，在韓國看病，不是會貴嗎？

나 : 유학생 **보험**을 들어서 별로 비싸지 않아요.
나 : 因為有加入了留學生保險，不會太貴。

關 보험에 가입하다 加入保險、보험을 해약하다 保險解約、보험을 들다 加入保險

사인

名 [싸인]
⇨ 索引 p.624

簽字

손님 : 카드로 계산할게요.
客人 : 我用信用卡結帳。

직원 : 네, 여기에 **사인**해 주십시오.
職員 : 好的，請在這裡簽名。

- 에 사인하다

動 사인하다 簽名
類 서명 簽名、서명 署名 ⇨ p.524
關 서류에 사인하다 在文件上簽名、사인을 받다 拿到簽名

經濟 11

금융 / 재무 • 金融／財務

서명

名 [서 : 명]
漢 署名
索引 p.624

署名

이 서류에 날짜와 이름을 쓰신 후 **서명**을 해 주십시오.

請在這文件上寫上日期、姓名之後簽名。

- 에 서명하다

動 서명하다簽名
類 사인簽名⇨ p.523
關 서류에 서명하다在文件上簽名、계약서에 서명하다在契約書上簽名

💡 雖然「사인」與「서명」同義，但請有名人物或演藝人員簽名，應說「사인」，而不是說「서명」。

세금

名 [세 : 금]
漢 稅金

稅金

가 : 음식값이 메뉴판에 있는 가격과 다르네요!
가 : 食物的價格跟菜單上的價格不一樣耶！

나 : 이 영수증에 있는 가격은 **세금**이 포함된 가격이에요.
나 : 發票上的價格是有包含稅金的價格。

關 세금을 내다付稅金

수수료

名 [수수료]
漢 手數料

手續費

가 : 근처에 현금 자동 지급기(ATM)가 있나요?
가 : 附近有 ATM 自助提款機嗎？

나 : 저 편의점에 있는데 저기에서 돈을 찾으면 **수수료**를 내야 해요.
나 : 那家便利店有，但在那裡提款要支付手續費。

關 수수료가 나오다產生手續費、수수료를 내다付手續費

수표

名 [수표]
漢 手票

支票

가 : **수표**로 계산해도 되나요?
가 : 可以用支票支付嗎？

나 : 네, **수표** 뒤에 이름과 전화번호를 써 주세요.
나 : 可以，請在支票後面寫下名字與電話號碼。

關 수표를 내다付支票

신용

名 [시ː뇽]
漢 信用

信用

가 : 이 **신용** 카드는 어디에서나 사용할 수 있어요?
가 : 這信用卡在哪裡都可以使用嗎？

나 : 네, 국내, 해외 모두 가능합니다.
나 : 是的，在國內外都可以使用。

關 신용이 떨어지다信用下降、신용을 얻다得到信用、
　　신용을 잃다失去信用
參 신용 카드信用卡、신용 불량信用不良

이자

名 [이ː자]
漢 利子

利息

이자가 높은 은행 좀 소개해 주세요.
請介紹我利息高的銀行。

關 이자가 높다／낮다利息高／低、
　　이자가 싸다／비싸다利息便宜／貴、이자를 내다付利息
參 무이자無利息

經濟 11

금융／재무 • 金融／財務

입금

名 [입끔]
漢 入金
⇨ 索引 p.621

入帳、付款

가: 제가 주문한 이 상품은 언제 받을 수 있나요?
가: 我訂購的這件商品，什麼時候可以收到呢？
나: **입금**이 확인되는 대로 바로 보내 드리겠습니다.
나: 入帳一經確認即刻出貨。

- 을／를 - 에 입금하다
- 이／가 - 에 입금되다

動 입금하다 入帳、입금되다 入帳
反 출금 出帳／取款
參 송금 匯款、계좌이체 轉帳

재산

名 [재산]
漢 財產

財產

가: 무슨 기사를 보고 있어요?
가: 在看什麼報導呢？
나: 한 기업가가 자신의 전 **재산**을 사회에 기부했대요.
나: 聽說有一個企業家把自己的全部財產都捐給社會。

關 재산을 모으다 積蓄財產、재산을 늘리다 增加財產、전 재산 全部的財產

저금

名 [저ː금]
漢 貯金
⇨ 索引 p.624

存款

가: 어렸을 때 용돈을 받으면 어떻게 했어요?
가: 小時候拿到零用錢，都怎麼做呢？
나: 저는 받자마자 **저금**했어요.
나: 我一拿到就存起來了。

- 에 - 을／를 저금하다

動 저금하다 存錢　　類 저축 儲蓄 ⇨ p.527
關 저금을 찾다 提款　　參 저금통 存錢筒

저축

名 [저ː축]
漢 貯蓄
⇨ 索引 p.624

儲蓄、儲存

가 : 한 달에 얼마 정도 **저축**해요?
가 : 一個月儲蓄多少錢呢？

나 : 월급의 30% 정도를 **저축**하고 있어요.
나 : 我儲存月薪的 30% 左右。

動 저축하다 儲蓄
類 저금 儲蓄 ⇨ p.526

💡 在銀行存錢是「저축」與「저금」；個人存錢筒所存的錢是「저금」。

전액

名 [저낵]
漢 全額

全額

가 : 지금 표를 취소하면 환불을 받을 수 있어요?
가 : 現在取消票的話，能夠退款嗎？

나 : 일주일 전이니까 **전액** 환불 가능합니다.
나 : 因為您是一週前，可以全額退款。

關 전액을 지원하다 全額支援／補助
參 전액 환불 全額退款

창구

名 [창구]
漢 窓口

窗口

가 : 저기, 환전하고 싶은데요.
가 : 您好，我想要換錢。

나 : 그럼 저쪽 **창구**로 가십시오.
나 : 那請到那邊那個窗口。

參 창구 직원 窗口職員、은행 창구 銀行窗口

經濟
11

複習一下

經濟 | 企業／經營、金融／財務

請連接意思正確的單字與解釋。

1. 재산 •   • ① 이것은 돈을 모으는 것을 말한다.
2. 저축 •   • ② 이것은 개인이 가지고 있는 돈, 집, 땅 등을 말한다.
3. 보너스 •   • ③ 이것은 직장에서 명절이나 연말에 월급 외에 더 주는 돈이다.

4. 以下何者關係中與其他選項不同。

   ① 계약 - 해지   ② 손해 - 이익   ③ 금액 - 발급   ④ 입금 - 출금

請選出適合填入的單字。

5. 한국에서는 수입 화장품이 다른 나라에 비해 비싸게 (　　) 되고 있다.

   ① 경영   ② 유통   ③ 결제   ④ 홍보

6. 기업을 운영하는 데 있어서 무엇보다도 중요한 것은 직원 (　　)이다.

   ① 관리   ② 보험   ③ 신용   ④ 보상

7. 운동화를 생산하는 (　　)들이 서로 약속하여 운동화 가격을 동시에 올렸다. 정부가 이에 대해 벌금을 내게 했다.

   ① 업체   ② 창업   ③ 고객   ④ 매장

8. 가: (㉠)(으)로 계산하려고 하는데요.

   나: 그럼 뒷면에 전화번호와 주민 등록 번호를 쓰시고 (㉡)하세요.

   ① ㉠ 세금 ㉡ 서명   ② ㉠ 보증 ㉡ 서명
   ③ ㉠ 수표 ㉡ 사인   ④ ㉠ 이자 ㉡ 사인

用漢字學韓語・金

✎ 我們來看看韓文詞彙是如何與漢字產生聯繫的。

金額 (p.522)
금액

우리 회사에서는 매년 일정한 금액을 '불우 이웃 돕기'를 위해 쓰고 있습니다.
本公司每年有固定金額用於「幫助不幸鄰居」。

獎賞 (p.369)
상금

이번 대회에서 일등을 한 팀에게는 상금 100만 원을 드립니다.
在這次比賽給第一名隊伍 100 萬元獎金。

金 | 금 | 金

稅金 (p.524)
세금

이번 달은 지난달보다 세금이 많이 나와서 걱정이에요.
這個月比上個月稅金多出許多，真是讓人擔心。

儲蓄 (p.526)
저금

매달 30만 원씩 은행에 저금하고 있어요.
我每個月存入銀行 30 萬元。

存款 (p.526)
입금

이번 여행에 필요한 돈은 모두 30만 원입니다. 저희 회사 계좌로 입금해 주십시오.
這次旅行所需費用共是 30 萬元，請匯款到我們公司的帳戶。

12 교통/통신
交通/通信

1 교통／운송 交通／運送
2 정보／통신 資訊／通信

用漢字學韓語・機

1 교통／운송
交通／運送

50.mp3

고속

名 [고속]
漢 高速
索引 p.619

高速

가 : 주말이라서 **고속**도로가 많이 막히네요.
가 : 因為是周末，所以高速公路塞車嚴重。

나 : 그렇지요? 주말에는 보통 때보다 1시간 정도 더 걸려요.
나 : 是嗎？在週末通常比平日會多花一小時左右。

反 저속低速
參 초고속超高速、고속도로高速公路、고속버스高速巴士、고속열차高速列車

韓國的高速列車名為「KTX」。

과속

名 [과:속]
漢 過速

超速

가 : 여보, 속도 좀 줄여요. **과속** 운전 때문에 사고가 많이 난대요.
가 : 親愛的，請放慢速度。有云因超速駕駛之故而常發生車禍。

나 : 여기는 고속도로라서 괜찮아.
나 : 這裡是高速公路，沒關係。

動 과속하다超速

금지

名 [금ː지]
漢 禁止

禁止

가 : 이곳에 주차해도 되나요?
가 : 可以在這地方停車嗎？

나 : 아니요, 여기는 주차가 **금지**된 곳이에요.
나 : 不可以，這裡是禁止停車的地方。

- 을/를 금지하다
- 이/가 금지되다

動 금지하다禁止、금지되다禁止
參 주차 금지禁止停車、출입 금지禁止出入、흡연 금지禁止吸菸

기본

名 [기본]
漢 基本

基本

택시 **기본**요금이 얼마예요?
計程車的基本費用是多少呢？

參 기본적基本的、기본요금基本費用

기사 01

名 [기사]
漢 技士

司機

기사님, 강남역으로 가 주세요.
司機先生，請到江南站。

參 버스 기사公車司機、택시 기사計程車司機、수리 기사維修技師

노선

名 [노ː선]
漢 路線

路線

서울의 지하철은 **노선**이 많아서 편리하다.
首爾的地鐵路線很多，很方便。

參 지하철 노선地鐵路線、버스 노선公車路線

交通／通信
12

533

교통 / 운송 • 交通／運送

놓치다

動 [놛치다]
➡ 索引 p.622

錯過

가 : 왜 기차를 **놓쳤**어?
가 : 為什麼錯過火車了？

나 : 길이 너무 막혀서 역에 늦게 도착했어.
나 : 路上太塞了，太晚到車站。

취직할 수 있는 좋은 기회니까 기회를 **놓치**지 않도록 열심히 준비하세요.
這是就業最好的機會，好好準備，以免錯失了機會。

- 을／를 놓치다

反 잡다把握、抓
關 버스를 놓치다錯過巴士、기회를 놓치다錯失機會、범인을 놓치다錯失犯人

대중

名 [대 : 중]
漢 大眾

大眾

가 : 요즘 버스나 지하철을 타는 사람이 많은 것 같아요.
가 : 最近搭乘公車或地鐵的人好像很多。

나 : 기름값이 올라서 **대중**교통을 이용하는 사람이 늘어난 것 같아요.
나 : 好像是油價上漲，使用大眾交通工具的人因而增多的樣子。

參 대중적大眾的、대중화大眾化、대중교통大眾交通、대중 매체大眾媒體

도로

名 [도 : 로]
漢 道路
⇨ 索引 p.624

道路

도로가 좁아서 운전하기 불편하다.
道路窄，開車不方便。

類 길 道路
關 도로가 넓다／좁다 道路寬／窄、도로가 막히다 路被堵塞／道路封閉
參 고속도로 高速公路

💡 在日常生活中，「도로」通常用於車子行駛的寬廣道路；「길」通常用於人與車子來往的寬廣或窄的道路。

따다

動 [따다]

①摘採　②取得

가：사과가 정말 맛있네요！
가：蘋果真好吃！

나：그렇지요？ 제가 시골에서 직접 **따** 가지고 온 거예요.
나：對啊？是我從鄉下親自摘，帶來的。

가：운전면허증 있어？
가：你有駕照嗎？

나：그럼 난 19살이 되자마자 운전면허부터 **땄**어.
나：當然，我一滿 19 歲就馬上考取駕照了。

- 에서 - 을／를 따다

關 과일을 따다 摘水果、운전면허를 따다 考取駕照、메달을 따다 摘得獎牌

교통 / 운송 • 交通／運送

막차

名 [막차]
漢 막차
⇨ 索引 p.620

末班車

가 : 지하철 2호선 **막차**가 몇 시예요?
가 : 地鐵二號線的末班車是幾點呢？
나 : 평일은 새벽 1시, 주말은 11시 30분이에요.
나 : 平日是凌晨 1 點；周末是 11 點 30 分。

反 첫차第一班車
關 막차가 끊기다末班車結束、막차를 타다搭乘末班車

배송

名 [배 : 송]
漢 配送

配送

가 : **배송**료도 내야 하나요?
가 : 需要付運費嗎？
나 : 네, 주문하신 물건이 싸서 **배송**료는 따로 내셔야 합니다.
나 : 對，您訂購的物品便宜，所以需要另外付運費。

- 을／를 - 에 배송하다
- 을／를 -(으)로 배송하다
- 이／가 배송되다
- 이／가 -(으)로 배송되다

動 배송하다運送、배송되다被運送
關 배송을 받다收貨
參 배송료運費、무료 배송免費運送

벗어나다

動 [버서나다]

離身、脫離

가 : 왜 이렇게 차가 막히지?
가 : 為什麼這麼塞車呢？

나 : 여기만 **벗어나**면 괜찮을 거야.
나 : 只要脫離這裡就好了。

- 을/를 벗어나다
- 에서 벗어나다

關 길을 벗어나다偏離道路、위기에서 벗어나다脫離危機

상황

名 [상황]
漢 狀況

狀況

가 : 지금 교통 **상황**이 어떻습니까?
가 : 現在交通狀況如何呢？

나 : 부산에서 서울 가는 쪽이 많이 막혀서 8시간 쯤 걸립니다.
나 : 釜山到首爾方向塞車，約需花費八小時。

關 상황이 좋다/나쁘다狀況好/不好、상황이 불리하다狀況不利
參 경제 상황經濟狀況、도로 상황道路狀況

속도

名 [속또]
漢 速度
索引 p.624

速度

가 : 아, 내 컴퓨터는 **속도**가 느려서 답답해.
啊，我的電腦速度慢，急死人了。

나 : 컴퓨터 산 지 오래됐잖아. 새 걸로 바꿔.
你的電腦已經買很久了，換個新的吧！

類 스피드 (speed) 速度
關 속도가 빠르다/느리다速度快/慢、속도를 내다加快速度、속도를 줄이다減少速度
參 컴퓨터 속도電腦速度、인터넷 속도網路速度

交通／通信 12

교통 / 운송 • 交通／運送

수단

名 [수단]
漢 手段

手段

우리가 자주 이용하는 교통**수단**은 지하철, 버스, 택시이다.
我們經常利用的交通工具是地鐵、公車、計程車。

參 교통수단交通手段、의사소통 수단溝通手段

승객

名 [승객]
漢 乘客

乘客

비행기가 곧 도착합니다. **승객** 여러분께서는 일어나지 마시고 자리에 앉아 계시기 바랍니다.
飛機即將要抵達。請各位乘客別起立，坐在座位上。

關 승객을 태우다搭載乘客
參 비행기 승객飛機乘客、열차 승객列車乘客

승용차

名 [승용차]
漢 乘用車

轎車

가 : 버스 운전할 수 있어요?
가 : 可開公車嗎？

나 : 아니요, **승용차**는 할 수 있는데 버스는 못해요.
나 : 不行，可開轎車，但公車不行。

💡 通常自己的車稱之為「자가용」。

시외

名 [시ː외/시ː웨]
漢 市外
⇨ 索引 p.620

市外

가 : 여기에 강원도에 가는 버스는 없나요?
가 : 這裡沒有去江原道的公車嗎？
나 : 그 버스는 **시외**버스 터미널에서 타야 해요.
나 : 那公車要去市外公車轉運站搭乘。

反 시내市內
參 시외 버스市外公車／長途客運
　　시외버스 터미널公車／客運轉運站

안전

名 [안전]
漢 安全

安全

자, 지금 출발합니다. **안전**벨트를 매 주세요.
好，現在要出發了。請繫上安全帶。

- 이／가 안전하다

形 안전하다安全的
參 안전벨트安全帶、안전 교육安全教育、안전 시설安全設施、안전 점검安全檢查

열차

名 [열차]
漢 列車

鐵路列車

이 **열차**는 약 5분 후에 부산역에 도착하겠습니다.
鐵路列車大約五分鐘之後抵達釜山站。

參 고속 열차高速鐵路列車

交通／通信 12

교통 / 운송 • 交通／運送

운전면허

名 [운 : 전면허]
漢 運轉免許

駕照、駕駛執照

가 : 외국인도 한국에서 **운전면허**를 딸 수 있어요?
가 : 外國人也能在韓國考駕照嗎？
나 : 그럼요. 제 친구도 한 달 전에 땄어요.
나 : 當然。我朋友也在一個月前考到駕照。

關 운전면허가 정지되다駕照被廢止、운전면허를 따다考到駕照
參 운전면허증駕照

차량

名 [차량]
漢 車輛

車輛

가 : 사고가 난 **차량** 번호가 어떻게 됩니까?
가 : 出車禍的車號是幾號呢？
나 : '12가 6543'입니다.
나 : 是「12 甲 6543」。

關 차량을 통제하다管制車輛
參 차량 번호車牌號碼、차량 통행금지車輛通行禁止

초보

名 [초보]
漢 初步

初步、新手

가 : 운전한 지 오래됐어요?
가 : 開車已經很久了嗎？
나 : 아니요, **초보** 운전이에요.
나 : 不，我是新手駕駛。

參 초보적初步的、초보 운전新手駕駛、초보 단계初步階段

탑승

名 [탑씅]
漢 搭乘

搭乘

한국항공 780편 비행기에 **탑승**하실 승객 여러분께서는 2번 게이트로 와 주시기 바랍니다.
要搭乘韓國航空780航班的旅客，請到二號登機口。

- 에 탑승하다

動 탑승하다 搭乘
關 버스에 탑승하다 搭乘公車、비행기에 탑승하다 搭乘飛機
參 탑승객 乘客、탑승 수속 登機手續

택배

名 [택빼]
漢 宅配

宅配

아들 : 날씨가 더워져서 여름옷이 필요한데 좀 보내 주세요.
兒子 : 天氣變熱，需要夏衣，請寄給我。

엄마 : 알았어. 내일 **택배**로 보내 줄게.
媽媽 : 知道了。明天宅配寄給你。

關 택배로 보내다 寄宅配   參 택배 회사 宅配公司

터널

名 [터널]

隧道

터널 안은 어두우니까 운전할 때 조심하십시오.
隧道裡暗黑，開車時請小心。

交通／通信 12

교통 / 운송・交通／運送

터미널

名 [터미널]

轉運站

가 : 기차를 타고 갈까? 버스를 타고 갈까?
가 : 要搭火車嗎？還是搭公車呢？
나 : 여기에서 **터미널**이 가까우니까 버스를 타자.
나 : 這邊離轉運站很近，我們搭公車吧。

參 고속버스 터미널 高速巴士轉運站、시외버스 터미널 市外巴士轉運站

휴게소

名 [휴게소]
漢 休憩所

休息站

가 : 나 화장실에 가고 싶은데…….
가 : 我想要去廁所……。
나 : 10분만 더 가면 **휴게소**가 있으니까 조금만 참아.
나 : 再10分鐘就有休息站，再忍忍。

參 고속도로 휴게소 高速公路休息站、휴게실 休息室

複習一下

交通／通信 ｜ 交通／運送

✎ 請連接有相關聯的單字。

1. 기회를　　•　　　　　　•　① 끊기다
2. 막차가　　•　　　　　　•　② 따다
3. 운전면허를　•　　　　　•　③ 놓치다

4. 以下選項中，何者關係與其他不同？

① 길 – 도로　② 시내 – 시외　③ 막차 – 첫차　④ 고속 – 저속

5. 請選出以下句子中，與畫底線單字相似意思的單字。

> 비행기에 칼, 가위, 면도기, 총, 물, 라이터 등은 가지고 타면 안 된다.

① 과속하면　② 배송하면　③ 금지하면　④ 탑승하면

✎ 請從例中找出能夠填入（　）的單字。

| 例 | 속도 | 승객 | 수단 | 과속 | 열차 |

6.
> 서울 시민들이 가장 많이 이용하는 대중교통 (　　)은/는 지하철이다.

　　　　　　　　　(　　　　　　)

7.
> 운전하다가 터널이 나오면 (　㉠　)을/를 줄여야 합니다. 터널 안은 좁고 어두운 경우가 많아서 (　㉡　) 운전을 하면 대형 사고로 이어질 수도 있기 때문입니다.

㉠ (　　　　　)　　　　　　　㉡ (　　　　　)

8.
> 지금 (　㉠　)이/가 ○○역으로 들어오고 있습니다. (　㉡　) 여러분들께서는 안전선 뒤로 한 걸음 물러서 주시기 바랍니다.

㉠ (　　　　　)　　　　　　　㉡ (　　　　　)

2 정보/통신
資訊/通信

🔊 51.mp3

가입

名 [가입]
漢 加入
⇒ 索引 p.619

加入

이 홈페이지에 **가입**하시려면 아이디(ID)와 비밀번호를 만드세요.
如果加入這個網站的話，請創建一個帳號與密碼。

- 에 가입하다
- 이/가 가입되다

動 가입하다 加入、가입되다 被加入
反 탈퇴 退出
關 가입을 신청하다 申請加入
參 가입 신청서 加入申請書

검색

名 [검ː색]
漢 檢索

搜索、檢索、搜尋

가 : 이 근처에 맛있는 치킨집이 어디에 있는지 알아?
가 : 你知道這附近有好吃的炸雞店嗎？
나 : 글쎄. 휴대폰으로 **검색**해 봐.
나 : 嗯。用手機找看看。

- 을/를 검색하다

動 검색하다 檢索
關 자료를 검색하다 搜索資料、정보를 검색하다 搜索資訊、파일을 검색하다 搜索檔案

544

게시판

名 [게ː시판]
漢 揭示板
⇨ 索引 p.623

告示板、佈告

자세한 내용은 홈페이지의 **게시판**에서 확인해 보세요.

詳細內容請到網站的告示板上確認。

關 게시판에 올리다張貼在布告欄上
類 안내판資訊版、알림판布告欄

기사 02

名 [기사]
漢 記事

報導

가 : 오늘 신문에 우리 회사가 나왔어요. 그 **기사** 봤어요?
가 : 今天新聞報紙有我們公司。你看到那則報導了嗎？
나 : 아니요. 아직 못 봤어요.
나 : 沒有。還沒看到。

關 기사가 나다報導出來、기사가 실리다報導被登載、기사를 쓰다寫報導
參 신문 기사新聞報導

기술

名 [기술]
漢 技術

技術

의학 **기술**이 좀 더 발달하면 암을 치료할 수 있는 약이 개발될 것이다.

如果醫學技術再發展的話，就能夠開發出治療癌症的藥物。

關 기술이 뛰어나다技術傑出、기술을 가르치다／배우다敎／學技術
參 기술적技術性的、과학 기술科學技術

交通／通信 12

정보 / 통신 • 資訊／通信

날리다 02

動 [날리다]

使飛、放飛、弄丟

가 : 아직도 숙제 다 못 끝냈어?
가 : 還沒寫完作業嗎？
나 : 숙제를 하다가 파일을 **날려**서 지금 다시 하고 있는 중이야.
나 : 作業寫到一半弄丟了檔案，現在正在重做。

- 을/를 날리다

關 파일을 날리다檔案不見、재산을 날리다散盡財產

다운로드

名 [다운로드]
⇨ 索引 p.619

下載

MP3 파일은 홈페이지에서 **다운로드**하세요.
MP3 檔案請到首頁下載。

動 다운로드하다下載
反 업로드上傳
關 다운로드를 받다下載檔案

등장

名 [등장]
漢 登場
⇨ 索引 p.619

①出現　②登場

스마트폰이 **등장**해서 노트북을 사용하는 사람이 줄어들었다.
智慧手機出現後，使用筆電的人減少了。

가수들이 무대에 **등장**하자마자 사람들이 박수를 쳤다.
歌手一登上舞台，人們拍手。

- 이/가 등장하다
- 에 등장하다
- -(으)로 등장하다

動 등장하다登場
反 퇴장退場

546

디지털

名 [디지털]

數位

가 : '디카'가 뭐예요?
가 : 「DC」是什麼呢？

나 : **디지털** 카메라를 줄여서 말하는 거예요.
나 : 是數位相機的縮寫。

參 디지털 기술數位科技、디지털 기기數位機器、아날로그類比

로봇

名 [로봇]

機器人

가 : 요즘 청소하는 게 너무 귀찮아.
가 : 最近打掃太煩人了。

나 : **로봇** 청소기를 한번 써 봐.
나 : 請使用掃地機器人看看。

리모컨

名 [리모컨]

遙控器

가 : 텔레비전 **리모컨** 어디에 있어?
가 : 電視遙控器在哪裡呢？

나 : 소파 위에 있어.
나 : 在沙發上。

발달

名 [발딸]
漢 發達

發達

인터넷의 **발달**은 우리의 생활을 편리하게 만들어 주었다.
網路的發達使我們的生活變得更加便利。

- 이/가 발달하다
- 이/가 발달되다

動 발달하다發達、발달되다發達
關 기술이 발달하다技術發達、과학이 발달하다科學發達

交通／通信 12

547

정보 / 통신 • 資訊／通信

사이트

名 [싸이트]

網站

가 : 한국어를 무료로 공부할 수 있는 **사이트**가 있어요?
가 : 有免費學習韓語的網站嗎？
나 : www.niied.go.kr에 들어가 보세요.
나 : 請進入 www.niied.go.kr 看看。

參 웹 사이트網站、인터넷 사이트網站

온라인

名 [온라인]
索引 p.620

在線、線上

가 : 새로 나온 **온라인** 게임해 봤어?
가 : 有玩過新出的線上遊戲嗎？
나 : 아, 그래? 뭐가 새로 나왔어?
나 : 啊，是嗎？新出了什麼呢？

反 오프라인離線

저장

名 [저ː장]
漢 貯藏

①保存　②儲藏

가 : 와, 숙제 다 했다.
가 : 哇，作業都做完了。
나 : 마지막으로 파일 **저장**했는지 확인해 봐.
나 : 最後確認一下檔案有沒有儲存好。

옛날 사람들은 김치를 땅에 **저장**했다.
以前的人們，把辛奇儲藏在地下。

- 에 -을/를 저장하다
- 에 -이/가 저장되다

動 저장하다儲藏、저장되다被儲藏
關 파일을 저장하다儲存檔案

548

전달

名 [전달]
漢 傳達

傳遞

요즘은 대중 매체를 이용해서 정보를 빠르게 **전달**한다.
最近利用大眾媒體快速傳遞訊息。

- 을/를 -에/에게 전달하다
- 을/를 -(으)로 전달하다
- 이/가 -에/에게 전달되다
- 이/가 -(으)로 전달되다

關 정보를 전달하다 傳遞資訊、의사를 전달하다 傳意思

접속

名 [접쏙]
漢 接續

連接

가 : 인터넷 **접속**이 잘 안 돼. 왜 그렇지?
가 : 網路連線很不順暢。為什麼會那樣呢?

나 : 산에서는 잘 안 될 때도 있어.
나 : 在山裡也有訊號不好的時候。

- 을/를 -에 접속하다
- 이/가 -에 접속되다
- 이/가 -와/과 접속되다

動 접속하다 連接、접속되다 連接
關 인터넷에 접속하다 連接網路、사이트에 접속하다 網站連線
參 접속자 接線者、접속 속도 連線速度

통신

名 [통신]
漢 通信

通訊

가 : 한국의 유명한 **통신** 회사는 어디예요?
가 : 韓國有名的通訊公司是哪些呢?

나 : SKT, KT, LG U+예요.
나 : 有 SKT、KT、LG U+。

- 와/과 통신하다

動 통신하다 通訊

交通／通信 12

549

정보 / 통신 • 資訊／通信

파일
名 [파일]

檔案

가 : 이 자료를 어떻게 줄까?
가 : 資料要怎麼給你呢？

나 : 이메일로 **파일**을 보내 줘.
나 : 用郵件寄檔案給我。

關 파일을 복사하다複製檔案、파일을 저장하다儲存檔案、파일을 삭제하다刪除檔案、파일을 날리다弄丟檔案

프로그램
名 [프로그램]

①程式 ②節目、課程

컴퓨터 **프로그램**에 문제가 있을 때는 컴퓨터를 껐다가 다시 켜십시오.
電腦程式有問題的時候，請重新開機。

가 : 자주 보는 TV **프로그램**이 있어요?
가 : 你有經常看的電視節目嗎？

나 : 저녁에 하는 드라마를 자주 봐요.
나 : 經常看晚間播出的戲劇。

關 프로그램이 실행되다程式運作
參 방송 프로그램廣播節目、공연 프로그램表演節目、예능 프로그램藝能節目

複習一下

交通／通信｜資訊／通信

1. 請寫下適合填入（　）的選項。

（　　）을/를 복사하다, （　　）을/를 삭제하다, （　　）을/를 저장하다

① 디지털　　② 게시판　　③ 파일　　④ 온라인

✎ 請連接適合的單字與動詞。

2. 프로그램이　　•　　　　•　① 나다
3. 기사가　　　•　　　　•　② 실행되다
4. 사이트에　　•　　　　•　③ 접속하다

✎ 請在例中找出適合填入（　）的單字。

例	발달　가입　다운로드　검색　프로그램

5.
〈인터넷을 이용해서 할 수 있는 일〉
• 정보（ ㉠ ）　　　　• 온라인게임
• 음악이나 영화（ ㉡ ）　• 인터넷 쇼핑

㉠（　　　　）　　　㉡（　　　　）

6. 저희 사이트의 회원이 되시려면 먼저 회원（　　）을/를 해야만 합니다.

（　　　　）

7. 컴퓨터의 속도가 느려졌을 때는 사용하지 않는 (　　)을/를 삭제해 보십시오.

（　　　　）

8. 인터넷은 정보를 교환할 수 있도록 전 세계의 컴퓨터가 연결된 통신망으로 인터넷의 (　　)은/는 생활을 편리하게 만들었다.

（　　　　）

用漢字學韓語・機

✏️ 我們來看看韓文詞彙是如何與漢字產生聯繫的。

機器 p.506
공장에 있는 기계에서 불이 나서 10명이 다쳤다.
在工廠的機器失火，有 10 人受傷。

기계

機關 p.472
학교, 병원과 같은 기관에서는 개인정보를 보호해야 한다.
類似學校、醫院的機構，應保護個人資料。

기관

機　기
기계
機器、模型／框架

機能 p.506
이번에 개발된 휴대폰은 다양하고 새로운 기능이 많다.
這次開發出來的手機，多樣化且嶄新的功能很多。

기능

위기

危機 p.485
위기를 극복하면 새로운 기회가 찾아온다.
如果克服危機的話，新的機會會來臨。

동기

動機 p.276
제가 의사가 된 동기는 아버지의 병을 고쳐드리고 싶었기 때문입니다.
我之所以成為醫生的動機是為治療父親疾病之故。

13 예술/문화
藝術／文化

1 **예술 / 종교** 藝術／宗教

2 **대중문화／대중 매체**
大眾文化／大眾媒體

3 **한국 문화／예절** 韓國文化／禮節

用漢字學韓語・文

1 예술／종교
藝術／宗教

52.mp3

감독
名 [감독]
漢 監督

導演

기자 : **감독**님, 이번 영화는 어떤 영화인가요?
記者 : 導演，這是是怎樣的電影呢？

감독 : 아이와 어른 모두가 함께 즐길 수 있는 가족 영화입니다.
導演 : 這次是小孩與大人都可以一起同樂的家族電影。

- 을／를 감독하다

動 감독하다導演
參 영화감독電影導演、축구 감독足球教練

건축
名 [건 : 축]
漢 建築

建築

가 : 나중에 무슨 일을 하고 싶어요?
가 : 以後想做什麼工作呢？

나 : 멋있는 건물을 짓는 **건축**가가 되고 싶어요.
나 : 我想要當建造美麗建築物的建築師。

- 을／를 건축하다
- 이／가 건축되다

動 건축하다建築、건축되다被建築
參 건축가建築師、건축 회사建築公司、건축 방식建築方式

554

기도

名 [기도]
漢 祈禱

祈禱

가 : 언제 수술하세요?
가 : 請問您是什麼時候手術呢？

나 : 주말에 해요.
나 : 週末。

가 : 수술 잘 되기를 **기도**할게요.
가 : 我祈禱您手術順利。

- 에／에게 - 을／를 기도하다
- 에／에게 - 기를 기도하다
- 에／에게 - 아／어／해 달라고 기도하다

動 기도하다祈禱

나타내다

動 [나타내다]

表達、展示

가 : 그 소설은 남자들이 많이 본다고 해요.
가 : 這小說很受男生歡迎。

나 : 저도 봤는데 남자의 심리를 잘 **나타내**서 그런 것 같아요.
나 : 我也看了，好像是因為充分表現男生的心理而那樣的。

- 을／를 - 에 나타내다
- 을／를 -(으)로 나타내다

藝術／文化 13

동화

名 [동 : 화]
漢 童話

童話

가 : 조카 생일인데 뭘 선물할까?
가 : 姪子生日要買什麼禮物呢？

나 : **동화**책을 사 주는 게 어때?
나 : 買童書給他如何？

參 동화책童話書、동화 작가童話作家

555

예술 / 종교 • 藝術／宗教

무대

名 [무ː대]
漢 舞臺

舞台

가：연극을 왜 좋아해요？
가：喜歡話劇嗎？
나：**무대**와 가까운 곳에서 배우를 직접 볼 수 있으니까요．
나：因為離舞台很近，能夠近距離直接看到演員。

關 무대에 서다站在舞台、무대에 오르다登上舞台、무대로 나오다出場
參 야외 무대戶外舞台

무용

名 [무ː용]
漢 舞踊

舞蹈

가：어떻게 **무용**을 전공하게 되었어요？
가：您是怎麼主修舞蹈的呢？
나：어렸을 때부터 춤 추는 것을 좋아했거든요．
나：因為我從小就喜歡跳舞。

動 무용하다舞蹈
參 전통 무용傳統舞蹈、현대 무용現代舞蹈

불교

名 [불교]
漢 佛教

佛教

한국에 **불교**가 처음 들어온 것은 4세기 때이다．
佛教第一次傳入韓國是在西元四世紀時。

參 기독교基督教、천주교天主教、이슬람교伊斯蘭教、힌두교印度教

시인

名 [시인]
漢 詩人

詩人

가 : 한국인들이 가장 좋아하는 **시인**이 누구예요?
가 : 韓國人最喜歡的詩人是誰呢？
나 : '서시'를 쓴 '윤동주'예요
나 : 是寫〈序詩〉的「尹東柱」。

參 작가作家、소설가小說家、수필가隨筆作家

예술

名 [예ː술]
漢 藝術

藝術

나는 **예술**에 관심이 많아서 미술관과 음악회에 자주 간다.
我對藝術有濃厚的興趣，因而經常去美術館與音樂會。

參 예술적藝術性的、예술 작품藝術作品

💡 敘述人們的生命短暫，但留下的藝術作品是長久的，可以說「인생은 짧고 예술은 길다 (人生短促，藝術長存)」。

인물

名 [인물]
漢 人物

人物

배우는 영화를 찍기 전에 영화 속 **인물**을 이해하려고 노력한다.
演員在拍電影之前，努力理解電影裡的角色。

參 등장인물登場人物、인물 사진人物照片

예술 / 종교・藝術／宗教

작가

名 [작까]
漢 作家

作家

가 : 이 **작가**가 쓴 드라마는 다 재미있지 않아요?
가 : 這作家寫的戲劇是不是都很有趣呢？

나 : 그런 것 같아요. 몇 편 봤는데 다 재미있더라고요.
나 : 好像是。有看過幾集，都滿有趣的。

參 사진 작가相片作家、드라마 작가戲劇作家

작품

名 [작품]
漢 作品

作品

가 : 이번 전시회에 가면 피카소의 **작품**을 볼 수 있다고해.
가 : 聽說去這展覽的話，可以看到畢卡索的作品。

나 : 그래? 나도 꼭 가 보고 싶다!
나 : 真的嗎？我也一定想去看！

關 작품을 발표하다發表作品
參 작품 활동作品活動、미술 작품美術作品、문학 작품文學作品

종교

名 [종교]
漢 宗教

宗教

가 : **종교**가 어떻게 되세요?
가 : 你的宗教是什麼？

나 : 저는 **종교**가 없어요.
나 : 我沒有宗教信仰。

參 불교佛教⇒ p.556、기독교基督教、천주교天主教、이슬람교伊斯蘭教、힌두교印度教

💡 沒有宗教信仰的話，稱之為「무교（無宗教信仰）」。

558

주인공

名 [주인공]
漢 主人公

主角

가 : 그 뮤지컬 어땠어?
가 : 那音樂劇如何？

나 : 남녀 **주인공**이 모두 노래를 잘해서 좋았어.
나 : 男女主角全都很會唱歌，我很喜歡。

關 주인공을 맡다 擔任主角

💡「주인공」換句話說也可以稱之為「주연 배우 (主演演員)」。

2 대중문화／대중 매체
大眾文化／大眾媒體

🔊 53.mp3

개그
名 [개그]
⇒ 索引 p.623

喜劇演員

가 : 난 **개그** 프로그램을 봐도 하나도 재미가 없어.
가 : 我看了搞笑節目一個也不覺得有趣。

나 : 그건 유행어를 모르기 때문이야.
나 : 那是因為你不理解流行語的緣故。

類 코미디 喜劇
參 개그맨 喜劇演員、개그 프로그램 喜劇節目

관객
名 [관객]
漢 觀客

觀眾

영화를 볼 때 앞 사람의 의자를 발로 차거나 떠들면 다른 **관객**에게 불편을 줄 수 있습니다.
看電影的時候，腳踢前面人的椅子或喧嘩，會給其他觀眾造成不便。

끌다
動 [끌 : 다]

吸引、拉、牽引

기자 : 이 노래가 이렇게 유명해질 줄 아셨어요?
記者 : 您知道這首歌會變得這麼有名嗎？

가수 : 아니요, 이 노래가 이렇게 인기를 많이 **끌** 줄 몰랐습니다.
歌手 : 沒有，我不知道這首歌會這麼吸引人。

- 을/를 끌다

關 인기를 끌다 引發人氣、관심을 끌다 吸引關注、손님을 끌다 吸引客人

녹음

名 [노금]
漢 錄音

錄音

기자 : 다음 앨범은 언제 나와요?
記者：下個專輯什麼時候出呢？

가수 : 얼마 전에 **녹음**을 끝냈으니까 곧 나올 거예요.
歌手：不久之前完成錄音，很快出來。

- 을/를 녹음하다
- 이/가 녹음되다

動 녹음하다錄音、녹음되다錄音
參 녹음실錄音室、녹음 기능錄音功能、녹화錄影

독자

名 [독짜]
漢 讀者

讀者

인기가 많은 소설가들은 **독자**가 무엇을 좋아하는지 잘 알고 있다.
很有名的小說家們都知道讀者喜歡什麼。

參 독자층閱讀層、애독자忠實讀者

매체

名 [매체]
漢 媒體

媒體

대중 **매체**에는 신문, 텔레비전, 라디오, 잡지 등이 있다.
大眾媒體有報紙，電視，廣播，雜誌等。

參 대중 매체大眾媒體、방송 매체廣播媒體

藝術／文化 13

대중문화 / 대중 매체 • 大眾文化／大眾媒體

쇼

名 [쑈]

表演

가 : 이번 여름에는 무슨 색이 유행할까요?
가 : 這個夏天將會流行什麼顏色呢？
나 : TV에서 패션**쇼**를 봤는데 하얀색이 유행할 것 같아요.
나 : 從電視看了時裝秀，好像白色會流行。

關 쇼가 열리다 舉辦秀、쇼를 보다 看秀、쇼를 관람하다 看秀
參 패션쇼 時裝秀

수상

名 [수상]
漢 受賞

得獎、獲獎

올해 최고의 가수상을 **수상**하시게 된 것을 진심으로 축하 드립니다.
衷心祝賀您今年得到最佳歌手獎。

- 을/를 수상하다

動 수상하다 得獎
參 수상자 得獎者、수상작 得獎作、수상 작품 得獎作品、수상 소감 得獎感言

시청

名 [시 : 청]
漢 視聽

收看

가 : 자주 **시청**하시는 프로그램이 있으세요?
가 : 有經常收看的節目嗎？
나 : 음악 프로그램을 자주 봐요.
나 : 經常看音樂節目。

- 을/를 시청하다

動 시청하다 觀看
關 텔레비전을 시청하다 收看電視
參 시청자 收看者、시청률 視聽率

562

아나운서

名 [아나운서]

主播、播音員、播報員

가 : 졸업 후에 무슨 일을 하고 싶어요?
가 : 畢業之後想做什麼工作呢？

나 : 뉴스를 진행하는 **아나운서**가 되고 싶습니다.
나 : 我想要成為新聞播報員。

역할

名 [여칼]
漢 役割

①功用　②角色

텔레비전이나 신문 등은 사람들에게 새로운 소식을 알려 주는 **역할**을 한다.
電視或新聞行使傳播新消息的功能。

가 : 이번 드라마에서 무슨 **역할**을 맡으셨어요?
가 : 在這次戲劇中，您擔任什麼角色呢？

나 : 사랑하는 여자를 끝까지 지켜 주는 **역할**을 맡았습니다.
나 : 我擔任自始至終都在保護心愛女子的角色。

關 역할을 다하다盡全功能、역할을 맡다扮演…角色

💡 「역할角色」經常以「〈名詞〉+역할角色」或「〈形容詞〉+-(으)ㄴ/〈동사〉+-는 역할을 하다」的形態使用。

연기 03

名 [연ː기]
漢 演技

演技

가 : 그 드라마는 왜 인기가 많아요?
가 : 那部劇為什麼很受歡迎呢？

나 : 배우들이 모두 **연기**를 잘해서 그런 것 같아요.
나 : 因為演員們的表演都很好。

- 을/를 연기하다

動 연기하다演技、表演
參 연기자演員

藝術／文化 13

563

대중문화 / 대중 매체 • 大眾文化／大眾媒體

연예인

名 [여ː네인]
漢 演藝人

演藝人員

가 : 좋아하는 **연예인**이 있어요?
가 : 你有喜歡的演藝人員嗎？

나 : 글쎄요, 저는 **연예인**한테 별로 관심이 없어요.
나 : 嗯…我對演藝人員沒特別關心。

영상 02

名 [영상]
漢 影像

影片

가 : 오늘 수업 시간에 본 한복을 소개하는 DVD 어땠어요?
가 : 今天上課時間看的介紹韓服的 DVD 如何呢？

나 : 책으로 볼 때보다 **영상**으로 보니까 더 이해가 잘됐어요.
나 : 看影片比看書更容易理解。

參 동영상影片、영상물影片、영상 자료影片資料、영상 매체多媒體

인쇄

名 [인쇄]
漢 印刷

印刷

가 : 서점에는 어제 가지 않았어요? 오늘 또 가요?
가 : 書店昨天不是有去了嗎？今天還要去？

나 : 어제 산 책인데 **인쇄**가 잘못돼서 바꾸러 가요.
나 : 昨天買的書印刷有誤，要去換。

- 을/를 인쇄하다
- 이/가 인쇄되다

動 인쇄하다印刷、인쇄되다被印刷

제작

名 [제ː작]
漢 製作

製作

이 영화는 한국, 중국, 일본이 공동 **제작**한 것으로 다음 달에 개봉됩니다.
這電影是由韓國、中國、日本人共同製作，下個月上映。

- 을/를 제작하다
- 을/를 -(으)로 제작하다
- 이/가 -(으)로 제작되다

動 제작하다製作、제작되다被製作
參 영화 제작電影製作、드라마 제작戲劇製作、음반 제작音樂製作

채널

名 [채널]

頻道

가 : **채널**을 자꾸 돌리지 마!
가 : 不要經常轉台！
나 : 재미있는 프로그램이 없잖아.
나 : 沒有有趣的節目嘛。

關 채널을 돌리다轉台

촬영

名 [촤령]
漢 撮影

攝影

가 : 어제 길에서 드라마를 **촬영**하고 있는 연예인을 봤어요.
가 : 昨天在路上看到正在拍劇的演員。
나 : 진짜요? 직접 보니까 어땠어요?
나 : 真的嗎？親自看到感覺如何？

- 을/를 촬영하다
- 이/가 촬영되다

動 촬영하다拍攝、촬영되다被拍攝
關 영화를 촬영하다拍攝電影、드라마를 촬영하다拍攝戲劇
參 촬영 현장拍攝現場

藝術／文化 13

565

대중문화 / 대중 매체 • 大眾文化／大眾媒體

출연

名 [추련]
漢 出演

演出

가 : 그 뮤지컬 표가 벌써 매진됐어.
가 : 那音樂劇的票已經賣完了。
나 : 인기 가수가 **출연**하는 뮤지컬은 금방 표가 없어지니까 빨리 예매해야 돼.
나 : 因為是有名歌手演出的音樂劇，所以票會很快賣完，應快點預購才行。

- 에 출연하다

動 출연하다 演出
關 영화에 출연하다 演出電影、드라마에 출연하다 演出戲劇
參 출연자 演出者、출연료 演出費用

출판

名 [출판]
漢 出版

出版

가 : 이번에 **출판**하신 책은 어떤 책인가요?
가 : 這次出本的書，是怎樣的書呢？
나 : 한국의 전통 집인 '한옥'을 소개하는 책입니다.
나 : 這本是介紹韓國傳統房子「韓屋」的書籍。

- 을/를 출판하다
- 이/가 출판되다

動 출판하다 出版、출판되다 被出版
參 출판사 出版公司

팬

名 [팬]

粉絲、歌迷、影迷

가 : 이 가수를 언제부터 좋아했어요?
가 : 是什麼時候開始喜歡這個歌手的呢？
나 : 저는 중학교 때부터 **팬**이었어요.
나 : 我從中學開始就是粉絲。

參 팬클럽 粉絲俱樂部、팬 사인회 粉絲簽名會

포스터

名 [포스터]

海報

가 : 이 **포스터** 어디에서 샀어?
가 : 這海報是哪裡買的呢?
나 : 콘서트에 갔을 때 사 왔어.
나 : 去演唱會的時候買的。

關 포스터를 붙이다貼海報、포스터를 떼다摘下海報
參 영화 포스터電影海報、연예인 포스터藝人海報

표지

名 [표지]
漢 表紙

封面

이 잡지 **표지** 모델이 누구예요?
這雜誌封面的模特兒是誰?

參 표지 모델封面模特兒、책 표지書的封面

해설

名 [해 : 설]
漢 解說

解說

가 : 저 사람 **해설**을 진짜 잘한다.
가 : 那個人解說的真好。
나 : 그러게. 선수 생활을 오래 해서 그런 것 같아.
나 : 對啊。可能是因為當了很久選手的緣故吧。

-을/를 해설하다
-이/가 해설되다

動 해설하다解說、해설되다被解說
參 해설자解說者、뉴스 해설新聞解說、정답 해설答案解說

藝術／文化 13

대중문화 / 대중 매체 • 大眾文化／大眾媒體

현장
名 [현 : 장]
漢 現場

現場

아나운서: 요즘 부산에서는 국제영화제가 열리고 있습니다. **현장**에 있는 김 기자를 불러 보겠습니다.

播報員：最近釜山正在舉行國際電影節，我們呼叫人在現場的金記者。

參 사건 현장事發現場、사고 현장事故現場

화면
名 [화 : 면]
漢 畫面

畫面

가: **화면**이 큰 텔레비전으로 보니까 농구가 더 재미있다.

가: 用大螢幕電視機看，籃球變得更有趣。

나: 그렇지? 농구장에서 보는 것 같지?

나: 對吧？好像是在籃球場上觀看對吧？

關 화면이 크다／작다畫面大／小
參 TV 화면電視畫面

3 한국 문화／예절
韓國文化／禮節

54.mp3

고전

名 [고 : 전]
漢 古典

古典

가: **고전** 음악은 어려워서 잘 안 듣게 돼요.
가: 古典音樂我覺得很難，就不太聽。

나: 찾아보면 **고전** 음악 중에도 듣기 쉬운 음악이 많아요.
나: 如果找的話，會發現古典音樂中聽起來容易的曲子也很多。

關 고전을 읽다 閱讀古典
參 고전적 古典的、고전 음악 古典音樂、고전 무용 古典舞蹈

국악

名 [구각]
漢 國樂

國樂

이번 주말에 외국인을 위한 **국악** 공연이 있는데 같이 갈래?
在這周末有專為外國人的國樂演奏，要一起去嗎？

參 국악 공연 國樂表演

藝術／文化 13

569

한국 문화 / 예절 • 韓國文化／禮節

기념

名 [기념]
漢 紀念

紀念

한국에서는 매년 한글날을 **기념**해서 '외국인 글쓰기 대회'를 연다.
在韓國每年紀念韓國文字節，舉辦「外國人寫作比賽」。

- 을/를 기념하다

動 기념하다 紀念
參 기념일 紀念日、기념품 紀念品、기념 사진 紀念照片、결혼 기념 結婚紀念

💡「기념」通常以「 - 을/를 기념해서」的形態使用。

대표

名 [대 : 표]
漢 代表

代表

가 : 한국의 **대표**적인 음식이 뭐예요?
가 : 韓國的代表性食物是什麼呢？

나 : 비빔밥과 불고기예요.
나 : 是拌飯與烤肉。

- 을/를 대표하다

動 대표하다 代表
參 대표적 代表性的、국가 대표 國家代表

동양

名 [동양]
漢 東洋
⇨ 索引 p.503

東洋

가 : 저 배우의 외모는 **동양**인 같지 않아요?
가 : 那演員的外表不像是東洋人？

나 : 아버지가 한국 사람이래요.
나 : 聽說爸爸是韓國人。

反 서양 西洋
參 동양적 東洋的、동서양 東西洋

570

명절

名 [명절]
漢 名節

傳統節日

가 : 이번 **명절**에 고향에 가지요?
가 : 這次傳統節日要回老家嗎？

나 : 네, 추석에 못 가서 이번 설날에는 꼭 가려고 해요.
나 : 是的，中秋節沒辦法回家，所以這次新年要回去。

關 명절을 맞다迎接節日、명절을 쇠다度過節日傳統
參 민족의 명절民族的傳統節日

민속

名 [민속]
漢 民俗

民俗

가 : 한국의 **민속**놀이를 해 본 적이 있어요?
가 : 有體驗過韓國的民俗遊戲嗎？

나 : 네, 지난 설날에 윷놀이를 해 봤어요.
나 : 有，上次過年有玩過擲柶遊戲。

參 민속적民俗性質的、민속놀이民俗遊戲

뵈다

動 [뵈 : 다/
뵈 : 다]
⇒ 索引 p.625

拜見、謁見

가 : 이번 연휴에 뭐 할 거예요?
가 : 這次連休要怎麼過呢？

나 : 부모님을 **뵈**러 고향에 다녀오려고 해요.
나 : 我要回故鄉謁見父母。

類 뵙다拜見
謙 보다/만나다見

藝術／文化
13

571

한국 문화 / 예절 • 韓國文化／禮節

성
名 [성 ː]
漢 姓

姓

한국에는 김 씨, 이 씨, 박 씨와 같은 **성**이 많다.
在韓國有許多姓金、李、朴的。

💡 在韓國，姓氏寫在前面，名字寫在後面。此外，女性在結婚之後也不改變姓氏。

성묘
名 [성묘]
漢 省墓

掃墓

우리 가족은 명절 때마다 **성묘**하러 간다.
我們家族每到節日就去掃墓。

動 성묘하다 掃墓
關 성묘를 가다 去掃墓

송편
名 [송편]
漢 松편

松糕

가 : 한국에서는 추석에 뭘 먹어요?
가 : 在韓國，中秋節的時候吃什麼呢？

나 : **송편**을 먹어요.
나 : 吃松糕。

關 송편을 만들다 做松糕、송편을 빚다 做松糕

예절
名 [예절]
漢 禮節

禮節

나라마다 지켜야 하는 **예절**이 다릅니다.
每個國家應遵守的禮節不同。

關 예절을 지키다 遵守禮節
參 전통 예절 傳統禮節、식사 예절 餐飲禮儀

웃어른
名 [우더른]

長輩

한국에서는 **웃어른**께 물건을 드릴 때 두 손으로 드려야 한다.
在韓國給長輩東西時，必須用雙手呈上。

關 웃어른을 공경하다 尊敬長輩

제사
名 [제ː사]
漢 祭祀

祭祀

제사를 지내기 위해 가족들이 모여 음식을 준비했다.
為了祭祀，家族的人聚在一起準備祭品。

關 제사를 지내다 祭祀、祭拜

조상
名 [조상]
漢 祖上

祖先

박물관에 가면 **조상**들의 지혜가 담긴 물건들을 많이 볼 수 있다.
去博物館的話，能夠看到許多充滿祖先智慧的物品。

존댓말
名 [존댄말]
漢 尊待말
⇨ 索引 p.624

敬語、尊待語

학생 : 선생님, 어디 가? 밥 먹었어?
學生：老師要去哪裡呢？吃飯了嗎？

선생님 : 앤디 씨, 어른에게는 반말을 쓰면 안 돼요. **존댓말**을 써야 해요.
老師：安迪同學，對長輩不能說半語。必須要用尊待語。

類 높임말 敬語、尊待語
關 존댓말을 쓰다 使用敬語、존댓말을 하다 使用敬語
參 반말 半語

藝術/文化 13

한국 문화 / 예절 • 韓國文化／禮節

탑

名 [탑]
漢 塔

塔

가 : 10원짜리 동전에 그려져 있는 게 뭐예요?
가 : 10元硬幣上的圖案是什麼呢？

나 : 경주에 있는 석가**탑**이에요.
나 : 是位於慶州的釋迦塔。

關 탑을 쌓다砌塔

태극기

名 [태극끼]
漢 太極旗

太極旗

태극기는 대한민국의 국기이다.
太極旗是韓國的國旗。

關 태극기를 달다懸掛太極旗

한글

名 [한ː글]

韓文

가 : **한글**은 누가 만들었어요?
가 : 韓文是誰創製的呢？

나 : 세종 대왕과 학자들이 만들었어요.
나 : 是世宗大王和學者所創製的。

參 한글날韓國文字節

💡「한글날 (韓文節)」是 10 月 9 日，用於紀念韓文創製的日子。

한옥

名 [하ː녹]
漢 韓屋

韓屋

가 : **한옥**의 좋은 점이 뭐예요?
가 : 韓屋的優點是什麼呢？

나 : **한옥**의 좋은 점은 여름에는 시원하고 겨울에는 따뜻하다는 거예요.
나 : 韓屋的優點是夏涼冬暖。

複習一下

藝術／文化 | 藝術／宗教、大眾文化／大眾媒體、韓國文化／藝術

✎ 請從例當中選出適合圖描述的名詞。

| 例 | 감독 | 개그맨 | 건축가 |

1. (　　)　　　2. (　　)　　　3. (　　)

✎ 請連結有相關的單字與動詞。

4. 예절을　　•　　　　　　•　① 끌다
5. 관심을　　•　　　　　　•　② 내다
6. 소문을　　•　　　　　　•　③ 지키다

7. 請選出以下單字中，最沒有關係的選項。

① 한글　　② 한옥　　③ 종교　　④ 태극기

✎ 請在例中找出可以填入 (　　) 的單字。

| 例 | 기념하다 | 출연하다 | 수상하다 |

8. 결혼 1주년을 (　　　　)-기 위해서 아내에게 장미꽃 100송이를 선물하려고 합니다.

(　　　　　　)

9. 올해 KBS 드라마 연기 대상은 김○○ 씨가 (　㉠　)-(으)시게 됐습니다. 김○○ 씨는 올해 네 편의 작품에 주인공으로 (　㉡　)-어／어／해 시청자로부터 많은 사랑을 받았습니다.

㉠ (　　　　)　……　㉡ (　　　　)

用漢字學韓語・文

✎ 我們來看看韓文詞彙是如何與漢字產生聯繫的。

文 / 문 / 글 文字、文章

문구 — 文具 (p.276)
그 문구점에는 다양한 문구류가 있다.
文具店裡有多樣的文具類別。

문법 — 文法 (p.293)
배우면 배울수록 한국어 문법이 재미있는 것 같아요.
越學越覺得韓語文法很有趣。

문자 — 文字 (p.255)
회의 중이니까 문자 메시지로 연락해 주세요.
會議中，請用文字訊息聯絡。

문학 — 文學 (p.255)
여러분 나라를 대표하는 문학 작품은 뭐예요?
代表各位國家的文學作品是什麼呢？

감상문 — 心得 (p.289)
이 책을 읽고 월요일까지 감상문을 써 오세요.
閱讀本書之後，週一為止請寫好心得帶來。

논문 — 論文 (p.255)
대학원을 졸업하려면 꼭 논문을 써야 한다.
研究所想要畢業的話，得要寫論文。

576

14 기타 其他

1 **시간 표현** 時間表現
2 **부사** 副詞

用漢字學韓語 • 期

1 시간 표현
時間表現

곧바로
副 [곧빠로]

馬上、直接

가 : 공연이 7시인데 늦지 않게 올 수 있어?
가 : 表演是七點,能夠準時到嗎?

나 : 회의가 끝나자마자 **곧바로** 갈게.
나 : 會議一結束馬上去。

그때
名 [그때]

那時

가 : 내가 어제 전화했는데 왜 안 받았어?
가 : 我昨天給你電話,為什麼沒有接?

나 : **그때** 샤워하고 있었어.
나 : 那時我正在洗澡。

나날이
副 [나나리]
⇨ 索引 p.626

日漸、日復一日

가 : 아버님은 퇴원 후에 몸이 좀 어떠세요?
가 : 令尊出院後,身體狀況如何?

나 : **나날이** 건강해지고 계세요.
나 : 日漸好轉健康了。

類 날로—天天

💡「나날이」經常以「〈形容詞〉+ - 아/어/해지다」的形態使用,或是與「늘다(增加)、줄다(減少)、증가하다(增加)、발전하다(發展)」等動詞一起使用。

날

名 [날]

日子

가 : 한국의 어버이**날**은 며칠이에요?
가 : 韓國的雙親節是什麼時候呢?

나 : 5월 8일이에요.
나 : 是五月八日。

💡 韓國的「어버이날（雙親節）」是，「아버지의 날（父親節）」與「어머니의 날（母親節）」一起慶祝的日子。

내내

副 [내 : 내]

一直

가 : 이 카드를 만드시면 1년 **내내** 물건을 사실 때 5%할인을 받으실 수 있습니다.
가 : 辦這張卡的話，整年購買物品的時候，可享 5% 的折扣。

나 : 그래요? 그럼 하나 만들어 주세요.
나 : 是嗎？那麼請幫我辦一張吧。

参 1년 내내 整整一年、여름 내내 整個夏天、오후 내내 整個下午

넘다

動 [넘 : 따]

①超越 ②越過

가 : 한국에 온 지 얼마나 됐어요?
가 : 來韓國多久了呢?

나 : 한국에 온 지 6개월이 좀 **넘**었어요.
나 : 來韓國超過六個月一點點了。

가 : 도둑이 어떻게 들어왔을까요?
가 : 小偷是怎麼進來的呢?

나 : 창문을 **넘**어 들어온 것 같아요.
나 : 好像是翻越窗子進來的。

- 이/가 - 을/를 넘다

其他

14

시간 표현 • 時間表現

늘

副 [늘]
⇨ 索引 p.626

總是、經常

명동은 **늘** 관광객들로 가득하다.
明洞總是充滿觀光客。

類 항상總是、언제나總是／不論何時

다가오다

動 [다가오다]

①臨近　②靠近

가 : 도서관에 자리가 별로 없네요!
가 : 圖書館沒有什麼位置了!

나 : 시험이 **다가오**니까 그런 것 같아요.
나 : 大概因為臨近考試而沒位置。

모르는 사람이 갑자기 **다가와**서 말을 걸어서 당황했다.
不認識的人突然靠近搭話，嚇了一跳。

- 이／가 다가오다

關 시험이 다가오다考試臨近、생일이 다가오다生日即將到來

단기

名 [단 : 기]
漢 短期
⇨ 索引 p.619

短期

가 : 한 달 동안 한국어를 배우고 싶은데 한국어 **단기** 프로그램이 있나요?
가 : 想要學韓語一個月，有韓語短期課程嗎?

나 : 네, 3주 동안 배우실 수 있는 프로그램이 있습니다.
나 : 有的! 有能夠學習三週的課程。

類 단기간短期間
反 장기長期
參 단기적短期的

당분간

副 名 [당분간]
漢 當分間

暫時

가 : 장마가 언제 끝날까요?
가 : 梅雨什麼時候會結束呢?

나 : 일기 예보를 보니까 **당분간** 계속 될 거래요.
나 : 看了氣象預報，說暫時還會繼續下。

당시

名 [당시]
漢 當時

當時

경찰 : 사고 **당시** 어디에 앉아 계셨습니까?
警察：發生事故當時您坐在哪呢?

미나 : 운전자 옆에 앉아 있었습니다.
美娜：我坐在駕駛座旁邊。

당일

名 [당일]
漢 當日

當天

이번 그림 대회는 **당일** 아침에도 참가 신청이 가능합니다.
這次繪畫比賽當天早上還能夠報名參賽。

도중

名 [도 : 중]
漢 途中

途中

가 : 갑자기 급한 일이 생겨서 그 일을 끝까지 같이 못 할 것 같아.
가 : 突然發生急事，好像沒辦法一起完成那件事了。

나 : **도중**에 안 한다고 하면 어떡해?
나 : 中途說不做了怎麼辦?

시간 표현 • 時間表現

동시

名 [동시]
漢 同時

同時

사회자 : 두 사람이 처음 만난 곳은 어디예요? **동시**에 대답하세요. 하나, 둘, 셋!

主持人：兩人第一次見面的地方是哪裡呢？請同時回答。一、二、三！

요시코, 폴 : 공항!

芳子、保羅：機場！

參 동시적同時性的

막 02

副 [막]

剛

가 : 야, 너 어디야?

가：喂，你剛剛在哪？

나 : 이제 **막** 1층에 도착했어. 얼른 올라갈게.

나：現在剛到一樓了。儘快上去。

💡「막」經常與「〈動詞〉+ - 았／었／했어요」，「〈動詞〉+ - (으)려던 참이었어요」，「〈動詞〉+ - (으) 려고 했었어요 .」一起使用。

밤낮

副 名 [밤낮]

晝夜

여름에는 **밤낮**으로 더워서 밤에도 잠을 잘 수가 없다.

在夏天晝夜都很熱，所以晚上也無法好好睡覺。

💡「밤낮 (晝夜)」經常以「밤낮으로」的形態使用。

582

사흘

名 [사흘]

三天

가 : 이가 너무 아파서 **사흘** 동안 아무것도 못 먹었어요.

가 : 牙齒好痛，所以三天都無法吃東西。

나 : 그래서 살이 많이 빠졌구나!

나 : 所以瘦了很多啊！

參 하루 - 이틀 - 사흘 - 나흘 一天 - 兩天 - 三天 - 四天

새벽

名 [새벽]

凌晨

가 : 저, 아르바이트하고 싶어서 왔는데요.

가 : 您好，我想要打工。

나 : 아르바이트 시간 확인하셨나요? 밤 10시부터 **새벽** 6시까지 일해야 하는데 가능해요?

나 : 您有確認打工時間嗎？必須在晚上 10 點到凌晨 6 點工作可以嗎？

參 새벽 - 아침 - 점심 - 저녁 - 밤 凌晨 - 早上 - 中午 - 下午 - 晚上

순간

名 [순간]
漢 瞬間

瞬間

가 : 언제부터 나를 좋아했어?

가 : 從什麼時候開始喜歡我的呢？

나 : 너를 처음 본 **순간**부터…….

나 : 從第一眼看到你的瞬間開始……。

💡 「순간」經常以「그순간」或是「〈動詞〉+ -(으)ㄴ/는/던 瞬間」的形態使用。

시간 표현 • 時間表現

시기

名 [시기]
漢 時期

時期

제가 가장 힘든 **시기**에 가족과 친구들이 함께 해 줘서 큰 힘이 되었습니다.

我最辛苦的時期，家人與朋友們陪著我，給我很大的支持力量。

參 시기적時期的

시대

名 [시대]
漢 時代

時代

가 : 세종대왕은 어느 **시대**의 왕이에요?
가 : 世宗大王是哪個時代的王呢？

나 : 조선 **시대**(1392~1910)의 왕이에요.
나 : 朝鮮時代（1392~1910）的王。

關 시대를 앞서 가다領先時代、시대를 뛰어넘다超越時代、시대에 뒤떨어지다落在時代之後
參 시대적時代的、삼국 시대三國時代 - 고려 시대高麗時代 - 조선 시대朝鮮時代

시절

名 [시절]
漢 時節
⇒ 索引 p.624

時節

앨범을 보면 어린 **시절**을 어떻게 보냈는지 알 수 있어서 좋다.

看相簿能夠知道小時候如何度過，很開心。

類 때時期
關 어린 시절孩提時節、어려운 시절辛苦的時候
參 청년 시절青年時期、대학생 시절大學時期

💡 「시절」經常以「그 시절」或是「〈形容詞〉+ -(으)ㄴ 시절」,「〈動詞〉+ -던 시절」,「〈名詞〉+ 시절」的形態使用。

어느새

副 [어느새]

不知不覺間

가 : 이제 날씨가 쌀쌀해졌어요.
가 : 天氣變得涼涼的。

나 : 그러게요. **어느새** 벌써 가을이네요!
나 : 對呀。不知不覺已經是秋天了呢!

언제든지

副 [언 : 제든지]
⇨ 索引 p.626

隨時

도움이 필요하시면 **언제든지** 연락하세요.
如有需要幫忙的話,請隨時連絡。

類 항상總是、언제나經常

언젠가

副 [언 : 젠가]

總有一天

가 : 졸업해서 고향에 돌아가면 우리 다시 볼 수 있을까?
가 : 畢業後回到故鄉的話,我們能夠再見面嗎?

나 : 그럼. **언젠가**는 다시 볼 수 있을 거야.
나 : 當然。總有一天會再見面的。

엊그제

副 名 [얻끄제]

前天

가 : 우리 오랜만에 명동에 쇼핑하러 갈까?
가 : 我們很久沒有到明洞購物了,要去嗎?

나 : 나는 **엊그제** 갔다 왔는데…….
나 : 我前天才去過……。

💡 在表達已經做了某件事情,過了許多時間,但感覺好像昨日才發生時,可以說「動詞 + -(으)ㄴ 것이 엊그제 같다 好像昨日」。
한국에 온 지가 엊그제 같은데 벌써 1년이 되었어요.
好像是昨天到的,但來韓國已經一年了。

시간 표현 • 時間表現

연말

名 [연말]
⇨ 索引 p.620

年末

연말연시에는 모임이 많으니까 식당을 미리 예약하세요.
年末年初的時候聚餐很多，請提早預約餐廳。

反 연초年初
參 주말週末 - 월말月底 - 연말年末、연말연시年末年初／歲末歲初

예전

名 [예ː전]
⇨ 索引 p.624

從前

지하철을 타면 **예전**에는 책을 읽는 사람이 많았는데 요즘에는 휴대폰을 보는 사람이 많다.
以前搭地鐵時，看書的人多，但最近看手機的人多。

類 옛날以前
關 예전 같지 않다不同往日

옛

冠 [옏ː]

舊、從前

가 : 동창회 잘 다녀왔어요?
가 : 同學會愉快嗎？

나 : 네, 오랜만에 **옛** 친구들을 만나서 즐거웠어요.
나 : 見到許久不見的老朋友們，很開心。

關 옛 친구舊友、옛 모습舊面貌、옛 추억往日記憶

오늘날

名 [오늘랄]

現今

오늘날 많은 사람들이 좋아하는 떡볶이는 옛날에는 왕이 먹었던 음식이다.
現今許多人喜歡的辣炒年糕是從前國王所吃的食物。

오랜만
名 [오랜만]

好久

왕핑 씨, **오랜만**이에요. 그동안 잘 지냈어요?
王平，好久不見。過得好嗎？

오랫동안
名 [오래똥안/오랟똥안]

很長期間

가 : 리사 씨, 고향에 다녀온 지 얼마나 되었어요?
가 : 麗莎，從故鄉回來很久了嗎？

나 : 1년 됐어요. 바빠서 **오랫동안** 못 갔어요.
나 : 過了一年了。因為忙，有很長時間都無法回去。

우선
副 [우선]
漢 于先

首先

간호사 : 저희 병원은 처음이시죠? 그럼 **우선** 여기에 이름을 쓰시고 잠깐만 기다려 주세요.
護士 : 第一次來我們醫院吧？首先，請在這裡寫下您的名字等候。

이미
副 [이ː미]

已經

가 : 보고 싶다고 한 공연 표 샀어?
가 : 想要看的表演的票買了嗎？

나 : 아니, **이미** 표가 매진됐어.
나 : 還沒，票已經賣完了。

시간 표현 • 時間表現

이전

名 [이 : 전]
漢 以前
⇨ 索引 p.621

以前

캉 : 퇴근 후에 가면 늦을 것 같은데 괜찮을까요?
強 : 下班後再去，好像會很晚，沒關係嗎？

간호사 : 6시 **이전**에는 오셔야 진찰을 받을 수 있습니다.
護士：必須六點以前來才能夠看診。

反 이후 以後

이후

名 [이 : 후]
漢 以後
⇨ 索引 p.621

以後

가 : 의논 드리고 싶은 일이 있는데 언제 시간이 되세요?
가 : 有想要請教的事情，請問什麼時候方便呢？

나 : 오후 3시 **이후**에 오세요.
나 : 請下午三點之後來。

反 이전 以前 ⇨ p.588

일시

名 [일씨]
漢 日時

日期時間

저희 결혼식에 오셔서 축하해 주십시오.
일시 : 2014년 7월 30일(토) 오후 2시 30분
장소 : 서울예식장

歡迎蒞臨我們的結婚典禮賜予祝福。
日程：2014 年 7 月 30 日（六）下午 2 點 30 分
場所：首爾禮堂

일시적

副 名 [일씨적]
漢 一時的

一時性的、暫時性的

엄마: 선생님, 왜 우리 아들이 그 사고 후에 아무 것도 기억 못 하지요?
媽媽：醫師，請問為什麼我兒子在那次事故之後什麼也記不得了呢？

의사: **일시적**으로 그럴 수 있으니까 좀 기다려 봅시다.
醫生：有可能只是暫時性的，我們再等一陣子看看。

재작년

名 [재ː장년]
漢 再昨年
⇨ 索引 p.624

前年

가: 고등학교 언제 졸업했어요?
가: 高中什麼時候畢業的呢？

나: **재작년**에 졸업했어요
나: 前年畢業的。

類 지지난해 兩三年前
參 재작년 - 작년 - 올해 - 내년 - 내후년 前年 - 去年 - 今年 - 明天 - 後年

전날

名 [전날]
漢 前날
⇨ 索引 p.621

前一天

가: 어제 잘 잤어요?
가: 昨晚睡得好嗎？

나: 아니요, 소풍 가기 **전날**은 항상 기대가 돼서 잠을 잘 못 자요.
나: 沒有，在郊遊前一天經常充滿期待而無法成眠。

反 다음 날 隔天

시간 표현 • 時間表現

정기
名 [정:기]
漢 定期

定期

저희 박물관 **정기** 휴일은 매주 월요일입니다.
我們博物館定期休館是每周一。

參 정기적定期的、정기 휴일定期休息、정기 모임定期聚會、정기 검사定期檢查、정기 구독定期訂閱

종일
副 名 [종일]
漢 終日
⇨ 索引 p.624

終日

가: 어제 하루 **종일** 집을 보러 다녔어요.
가: 昨天整天到處在看房子。
나: 마음에 드는 집을 찾았어요?
나: 有找到喜歡的房子嗎?

類 온종일整天
參 하루 종일整日

종종
副 [종:종]
漢 種種
⇨ 索引 p.626

偶爾

가: 이 커피숍에 자주 와?
가: 經常來這咖啡店嗎?
나: 손님도 많지 않고 조용해서 **종종** 와.
나: 客人不多且很安靜,所以偶爾來。

類 가끔偶爾

초 01
依 [초]
漢 初
⇨ 索引 p.621

初

한국은 3월과 9월 **초**에 새 학기가 시작된다.
韓國3月與9月初是學期新開始。

反 말末
參 학기 초學期初

590

초 02

依 [초]
漢 秒

秒

1분은 60**초**이다.
一分是 60 秒。

參 1 초 (일 초) -1 분 (일 분) -1 시간 (한 시간) 一秒 - 一分 - 一小時

초기

名 [초기]
漢 初期

初期

의사 : 감기 **초기**니까 약을 먹고 푹 쉬면 빨리 나을 거예요.
醫師：因為是感冒初期，所以吃藥多休息就會快點好。

參 초기 단계 初期階段、초기 - 중기 - 후기 - 말기 初期 - 中期 - 後期 - 末期

초반

名 [초반]
漢 初盤

前半段

가 : 나이가 어떻게 되세요?
가 : 年紀多大呢？
나 : 20대 **초반**이에요.
나 : 20 前半段。

參 90 년대 초반 90 年代前半段、초반 - 중반 - 후반 前半 - 中半 - 後半

최근

名 [최ː근／
췌ː근]
漢 最近

最近

가 : **최근**에 본 영화가 뭐야?
가 : 最近看的電影是什麼呢？
나 : 없어. 바빠서 영화 본 지 오래됐어.
나 : 沒有。因為忙，很久沒看電影了。

시간 표현 • 時間表現

최신

名 [최ː신/췌ː신]
漢 最新

最新

가 : 이 노래 참 좋다! 무슨 노래야?
가 : 這歌曲真好聽！什麼歌呀？
나 : **최신** 가요인데 요즘 인기 되게 많아.
나 : 這是最新的歌，最近很有名。

參 최신 정보最新資訊、최신 기술最新技術、최신 유행最新流行

최초

名 [최ː초/췌ː초]
漢 最初
⇨ 索引 p.621

最初、最早

가 : 한국 **최초**의 대통령은 누구예요?
가 : 韓國最初的總統是誰呢？
나 : 이승만 대통령이에요.
나 : 是李承晚總統。

反 최후最後
參 세계 최초世界最早

평소

名 [평소]
漢 平素
⇨ 索引 p.624

平時

가 : 벌써 다 드셨어요? 좀 더 드세요.
가 : 這麼快用完了？請再多吃一點。
나 : 아니에요. 배불러요. **평소**보다 많이 먹었어요.
나 : 不了。飽了。這比平時吃的更多。

類 평상시平時、平常

한숨 02

名 [한숨]

一會

가 : 어제 푹 잤니?
가 : 昨晚有睡好嗎？

나 : 아니, **한숨**도 못 잤어.
나 : 沒有，一點都沒有睡好。

關 한숨 자다 睡一會

해마다

副 [해마다]

每年

가 : 제주도에 자주 가는 것 같아요.
가 : 你好像常常去濟州島。

나 : 네, **해마다** 여름이 오면 제주도에 놀러 가요.
나 : 對，每年夏天都去濟州島玩。

參 날마다 (매일) 每天 - 주마다 (매주) 每週 - 달마다 (매달) 每月 - 해마다 (매년／매해) 每年

현대

名 [현 : 대]
漢 現代

現代

이번 학기에 한국 **현대**사 수업을 듣기로 했다.
這學期決定要上韓國現代史的課。

參 현대적 現代的、현대인 現代人、현대화 現代化、현대 사회 現代社會、고대 古代 - 중세 中世 - 근대 近代 - 현대 現代

複習一下

其他 | 時間表現

✎ 請寫出適合填入（　）的單字。

1. (　　　　) - 아침 - 점심 - 저녁 - 밤
2. 하루 - 이틀 - (　　　　) - 나흘
3. (　　　　) - 작년 - 올해 - 내년 - 내후년
4. (　　　　) - 중반 - 후반

5. 以下關係中，何者不同？

① 단기 - 장기　② 연말 - 연초　③ 종종 - 가끔　④ 최초 - 최후

✎ 請回答以下問題。

6. 다음 밑줄 친 단어와 바꿔 쓸 수 있는 말은 무엇입니까?

> 한국에 여행을 오는 관광객이 <u>해마다</u> 증가하고 있다.

① 최신　② 매년　③ 어느새　④ 일시적

7. 다음 (　)에 쓸 수 없는 단어를 고르십시오.

> 학교 도서관은 시험 기간에 (　　　) 사람들이 많아서 자리가 없어요.

① 늘　② 항상　③ 언젠가　④ 언제나

✎ 請從例中選出適合填入（　）的單字。

例	이미　　최근　　오랜만에

8. 가: 초등학교 동창이면 20년 만에 만난 거지? 동창회는 재미있었어?
   나: (　　　) 만나서 그런지 되게 어색했어.

9. 가: 이번 추석 때 고향에 내려갈 기차표 샀어요?
   나: 아니요. 아침 6시에 홈페이지에 들어갔는데도 (　　　) 다 매진됐더라고요.

10. 가: 여권을 만들려고 하는데요. 무엇을 가지고 가면 돼요?
    나: (　　　) 6개월 이내에 찍으신 증명사진과 신분증을 가지고 오세요.

2 부사
副詞

56.mp3

게다가

副 [게다가]
索引 p.626

而且、更有甚者、甚而

가 : 신발 새로 샀네. 편해?
가 : 新買了鞋子呢。好穿嗎？
나 : 응, 진짜 편해. **게다가** 아주 가벼워.
나 : 嗯，真的好穿，而且還很輕。

類 더구나況且 ⇨ p.597

결국

副 名 [결국]
漢 結局

終於、最後

가 : 선생님, 저 이번 토픽 시험에 합격했습니다.
가 : 老師，我這次 TOPIK 考試合格了。
나 : 열심히 공부하더니 **결국** 합격했군요! 축하해요.
나 : 努力用功，終於合格了！恭喜！

굳이

副 [결국]

一定要、執拗、執意

가 : 엄마, 이번 추석에 회사 일 때문에 집에 못 내려갈 것 같아요.
가 : 媽媽，這次中秋節公司工作的關係，可能無法回家。
나 : 바쁘면 **굳이** 안 와도 괜찮아.
나 : 忙的話不用特意回來也沒關係。

부사 • 副詞

그러므로

副 [그러므로]
⇨ 索引 p.626

因此

스트레스가 쌓이면 건강에 좋지 않다. **그러므로** 스트레스가 쌓이기 전에 풀어야 한다.

壓力累積的話，對健康不好。因此要在壓力累積之前予以紓緩。

類 그래서所以、따라서因此 ⇨ p.597

💡「그러므로」經常用於文書。

끝내

副 [끈내]

①始終 ②最後

가 : 잃어버린 강아지 찾았어요?
가 : 找到走失的小狗了嗎？
나 : 강아지를 며칠 동안 찾았는데 **끝내** 못 찾았어요.
나 : 找了小狗幾天，始終沒有找到。

졸업식 날 울지 않으려고 했으나 **끝내** 울고 말았다.

在畢業典禮原本不想哭的，但最後還是哭了。

類 마침내終於

💡「끝내」是①的意思時，經常與「- 지 않다」、「- 지 못하」一起使用。

달리

副 [달리]

不同、異於

가 : 준이치 씨, 키가 참 크네요! 형도 키가 커요?
가 : 順一身高好高喔！你哥哥個子也高嗎？
나 : 형은 저와 **달리** 키가 별로 크지 않아요.
나 : 哥哥跟我不同，個子不怎麼高。

關 예상과 달리與預期不同、생각과 달리與想像不同

596

당장

名 [당장]
漢 當場

馬上，立即

가 : 아빠, 텔레비전 보고 숙제하면 안 돼요?
가 : 爸爸，不能邊看電視邊寫作業嗎？

나 : 안 돼. **당장** 숙제부터 해.
나 : 不可以。馬上去寫作業。

더구나

副 [더구나]
⇨ 索引 p.626

再加上

친구는 지난달에 직장을 잃었다. **더구나** 아버지까지 돌아가셨다.
朋友在上個月失業。再加上父親過世。

類 게다가 更甚者 ⇨ p. 595

따라서

副 [따라서]

因此

여름에는 전기 사용이 많습니다. **따라서** 에어컨 사용을 줄여야 합니다.
夏天電器的使用頻繁。因此，必須減少冷氣的使用。

類 그래서 因此、그러므로 因此 ⇨ p.596

딱

副 [딱]

正好

가 : 와! 날씨 참 좋다.
가 : 哇！天氣真好。

나 : 맞아. 이런 날씨는 등산하기에 **딱** 좋은 날씨야.
나 : 對啊。這是適合爬山的好天氣。

關 옷이 딱 맞다 衣服正合身、그 말이 딱 맞다 那話真對、입에 딱 맞다 正合胃口

부사 • 副詞

또는
副 [또는]

或者

가 : 제가 옷을 주문했는데요. 어떻게 확인할 수 있나요?
가 : 我訂購了衣服，要怎麼確認？
나 : 이메일 **또는** 전화로 확인하시면 됩니다.
나 : 可以用郵件或電話確認。

마주
副 [마주]

面對面

신랑과 신부는 서로 **마주** 보고 인사하십시오.
新郎跟新娘相互面對面問候彼此。

關 마주 보다互看、마주 서다面對面站著、마주 앉다面對面坐著

마치
副 [마치]

如同、正如

어디에서 한국어를 배웠어요?발음이 **마치** 한국 사람 같네요!
在哪裡學韓語的呢？發音正如同韓國人一般！

💡「마치」經常與「처럼、듯이、같다」一起使用。

막상
副 [막쌍]

當真的面對事實

가 : 여행 어땠어? 혼자 간다고 걱정했잖아.
가 : 旅行如何呢？你說要獨自旅行，我擔心了呢。
나 : **막상** 혼자 여행해 보니까 재미있더라고.
나 : 其實獨自旅行我覺得還滿有趣的呢。

만약

副 名 [마ː냑]
漢 萬若
⇨ 索引 p.510

假如

가 : **만약**에 내일 죽는다면 오늘 뭘 하고 싶어요?

가 : 假如明天就要死的話,今天想做什麼呢?

나 : 글쎄요. 저는 사랑하는 가족들과 시간을 보내고 싶어요.

나 : 我想想。我想和鍾愛的家人們在一起度過那段時間。

類 만일 萬一 ⇨ p.599

💡 「만일」 經常與 「-(으)면, 〈形容詞〉+ -다면/〈動詞〉+ -(느)ㄴ다면/〈名詞〉+(이)라면」 一起使用。

만일

副 名 [마ː닐]
⇨ 索引 p.626

萬一、假如

만일 다시 과거로 돌아갈 수 있다면 뭘 하고 싶어요?

假如可以回到過去,你想做什麼?

類 만약 ⇨ p.599

💡 「만일」 必須跟 「-(으)면」、「形容詞+-다면」、「動詞 +-(느)ㄴ다면」、「名詞+(이)라면」 搭配使用。

및

副 [믿]
⇨ 索引 p.626

及

자세한 문의 **및** 예약은 홈페이지를 이용해 주십시오.

詳細詢問及預約請利用網路。

類 그리고 此外

실제로

副 [실쩨로]
漢 實際로

實際上

가 : 놀이기구 타 보니까 어땠어?

가 : 搭遊樂設施的感覺如何呢?

나 : 타기 전에는 무서울 것 같았는데 **실제로** 타 보니까 재미있었어.

나 : 在搭之前覺得好像很可怕,實際上搭了之後覺得很有趣。

부사 • 副詞

아무래도
副 [아무래도]

無論如何

가 : 갑자기 회의가 생겨서 **아무래도** 약속 시간을 바꿔야 될 것 같아.
가 : 突然有會議，無論如何約會時間要改一下。
나 : 그래? 그럼 어쩔 수 없지, 뭐.
나 : 是喔？那也沒辦法了唄。

아무튼
副 [아 : 무튼]
⇨ 索引 p.626

反正、不管如何、總之

가 : 바빠서 이번 방학 때 고향에 갈지 말지 고민 중이야.
가 : 我有點忙，這次放假，要不要回老家正煩著呢。
나 : 그래? **아무튼** 결정되면 연락 줘.
나 : 真的嗎？總之你決定好之後，跟我說。

類 어쨌든 不管如何、하여튼 不管如何

💡「아무튼」可以縮寫為「암튼」。

오히려
副 [오히려]

反而

결혼식에 늦을까 봐 걱정했는데 **오히려** 10분 일찍 도착했다.
我擔心結婚典禮會遲到，結果反而早了十分鐘到達。

600

우연히

副 [우연히]
漢 偶然히

偶然

가 : 모임에 갔는데 **우연히** 캉 씨를 만났어.
가 : 去了聚會，偶然遇到康康。
나 : 그래? 캉 씨는 잘 지내는 것 같아?
나 : 真的嗎？康康過得好嗎？

關 우연히 만나다偶然遇見、우연히 마주치다偶然對眼、우연히 발견하다偶然發現

원래

副 名 [월래]
漢 元來／原來

本來

가 : 이 빵 좀 드세요. 아침을 안 먹었잖아요.
가 : 請吃麵包。你早餐不是沒吃。
나 : 저는 **원래** 아침을 안 먹으니까 괜찮아요.
나 : 我本來就不吃早餐的，沒關係。

일단

副 [일딴]
漢 一旦

且、暫且、一旦

가 : 난 떡 별로 안 좋아해. 너 다 먹어.
가 : 我不怎麼喜歡年糕。你都吃了吧。
나 : **일단** 먹어 보고 말해. 얼마나 맛있는데!
나 : 你且吃看看再說。真的很好吃！

잘못

副 名 [잘몯]

錯、誤

가 : 지하철을 **잘못** 탔어요. 반대로 가고 있잖아요.
가 : 搭錯地鐵了。正往反方向走呢。
나 : 정말요? 다음 역에서 내립시다.
나 : 真的嗎？那下一站下車吧。

關 버스를 잘못 타다搭錯公車、전화를 잘못 걸다打錯電話

부사 • 副詞

저절로
副 [저절로]

自己、自然地、自個兒

가 : 더운데 왜 방문을 닫았어?
가 : 天氣熱，為什麼關上房門呢？
나 : 내가 닫은 거 아니야. **저절로** 닫힌 거야.
나 : 不是我關的。它自己關起來的。

제대로
副 [제대로]

圓滿地、順心地、如意地

가 : 경주 구경 잘 했어?
가 : 慶州好玩嗎？
나 : 아니, 시간이 부족해서 **제대로** 구경 못 했어.
나 : 不，因為時間不夠，所以沒能順心地看。

한편
副 [한편]

另一方面

오늘은 일이 많아서 피곤하고 힘들었지만 **한편** 일이 잘 끝나서 기분이 좋았다.

雖然今天工作很多感到很累很辛苦，但另一方面，事情順利完成了，心情很好。

複習一下

其他 | 副詞

1. 請選出以下關係中，何者不同。

① 게다가 – 더구나　　② 그러므로 – 따라서
③ 만약 – 만일　　　　④ 마치 – 또한

✏️ 請回答以下問題。

> 가: 그 영화 어땠어요? 다들 굉장히 재미있다고 하던데요.
> 나: 실제로 보니까 예상과 달리 별로 재미없더라고요. 게다가 옆에 앉은 사람들이 떠들어서 (㉠) 못 봤어요.
> 가: (㉡) 기대가 크면 실망도 크잖아요. 아무튼 정말 부러워요. 저는 요즘 아이들 키우느라 극장 구경은 생각도 못하고 있거든요.

2. (㉠)에 들어갈 알맞은 것을 고르십시오.
① 달리　　② 저절로　　③ 굳이　　④ 제대로

3. (㉡)에 들어갈 알맞은 것을 고르십시오.
① 원래　　② 결국　　③ 따라서　　④ 일단

✏️ 請回答以下問題。

> 유정: 이 떡볶이 좀 먹어 보세요.
> 리사: 저는 떡볶이는 매워서 별로 안 좋아해요.
> 유정: 그래도 (㉠) 한번 먹어 보세요. 먹어 보면 반할걸요.
> 리사: 우와! 이건 (㉡) 요리사가 만든 것처럼 맛있네요! 제 입에 딱 맞아요.
> 유정: 그래요? 만드는 건 그리 어렵지 않아요. 리사 씨도 만들 수 있어요.
> 리사: 정말이요? 그럼 (㉢) 가르쳐 주세요.

4. (㉠)에 들어갈 알맞은 것을 고르십시오.
① 또는　　② 한편　　③ 잘못　　④ 일단

5. (㉡)에 들어갈 알맞은 것을 고르십시오.
① 만약　　② 만일　　③ 마치　　④ 마주

6. (㉢)에 들어갈 알맞은 것을 고르십시오.
① 당장　　② 우연히　　③ 실제로　　④ 또한

用漢字學韓語・期

✎ 我們來看看韓文詞彙是如何與漢字產生聯繫的。

期 / 기 — 기한 期限

기한 — 期限 (p.391)
정해진 기한 내에 보고서 꼭 제출하십시오.
在既定的期限內，一定要提交報告。

연기 — 延期 (p.398)
비가 와서 농구 경기가 연기되었다.
因為下雨籃球比賽延期了。

단기 — 短期 (p.580)
한국어를 배우기 위해 3개월 단기 유학을 가려고 해요.
為了學韓語，而想要去短期留學三個月。

초기 — 初期 (p.591)
임신 초기에는 조심해야 할 것들이 많다.
懷孕初期要注意的事項很多。

정기 — 定期 (p.590)
나는 초등학교 동창들과 정기 모임을 갖고 있다.
我跟國小同學有定期聚會。

부록
附錄

- **추가 어휘** 延伸單字
- **피동사／사동사, 반의어／유의어, 접두사／접미사 목록**
  被動詞／使動詞、反義詞／類義詞、前綴詞／後綴詞目錄
- **정답** 正確解答
- **색인** 索引

■ 추가 어휘 延伸單字

동물 動物

고래 鯨魚	곰 熊	기린 長頸鹿
늑대 狼	닭 雞	사슴 鹿
사자 獅子	양 羊	여우 狐狸
염소 山羊	오리 鴨子	캥거루 袋鼠
코끼리 大象	코알라 無尾熊	판다 熊貓
펭귄 企鵝		

어패류 魚貝類

굴 牡蠣 　　게 螃蟹 　　낙지 小章魚 　　문어 章魚

새우 蝦子 　　오징어 魷魚 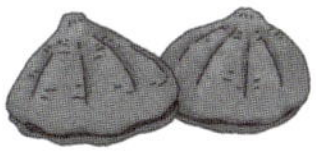　　조개 蛤蠣

곤충 昆蟲

개미 螞蟻 　　거미 蜘蛛 　　나비 蝴蝶

매미 蟬 　　모기 蚊子 　　지렁이 蚯蚓

파리 蒼蠅

채소류 蔬菜類

감자 馬鈴薯

고구마 地瓜

고추 辣椒

마늘 大蒜

당근 胡蘿蔔

무 白蘿蔔

배추 大白菜

버섯 香菇

상추 萵苣

양배추 高麗菜

양파 洋蔥

오이 小黃瓜

콩 豌豆

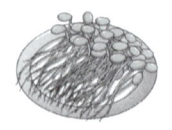

콩나물 豆芽

토마토 番茄

파 蔥

호박 南瓜／櫛瓜

신체 내부 기관 身體內部器官

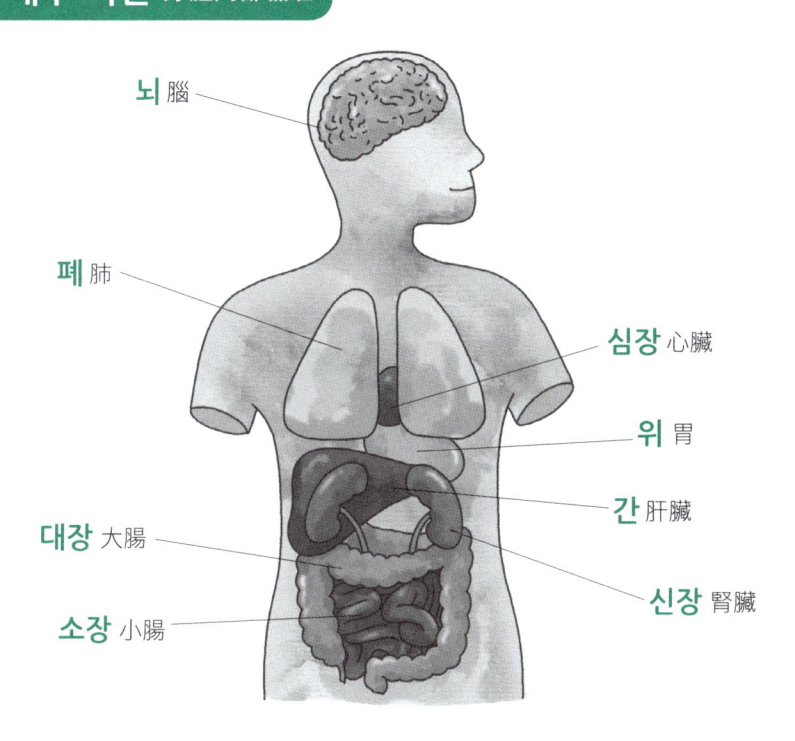

- 뇌 腦
- 폐 肺
- 심장 心臟
- 위 胃
- 간 肝臟
- 대장 大腸
- 신장 腎臟
- 소장 小腸

얼굴 臉

- 머리카락 頭髮
- 쌍꺼풀 雙眼皮
- 눈썹 眉毛
- 수염 鬍鬚
- 볼／뺨 臉頰
- 잇몸 牙齦
- 혀 舌頭
- 턱 下巴

609

손/발 手/腳

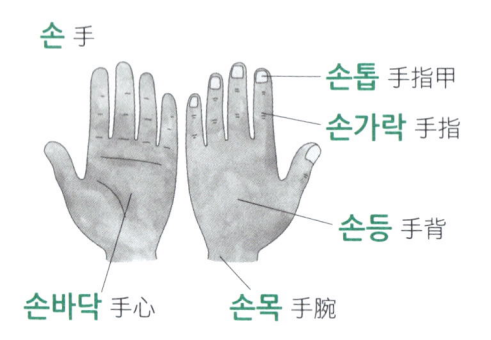

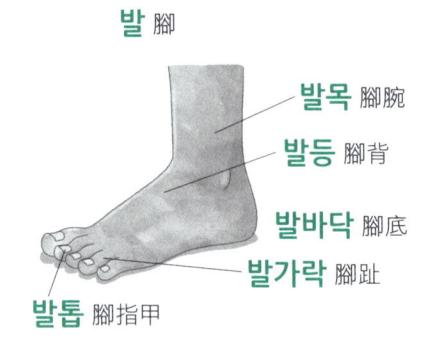

손 手
- **손톱** 手指甲
- **손가락** 手指
- **손등** 手背
- **손바닥** 手心
- **손목** 手腕

발 腳
- **발목** 腳腕
- **발등** 腳背
- **발바닥** 腳底
- **발가락** 腳趾
- **발톱** 腳指甲

병원 醫院

내과 內科

산부인과 婦產科

성형외과 整形外科

소아과 小兒科

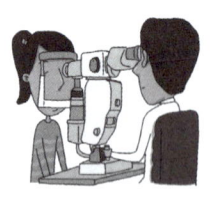

안과 眼科

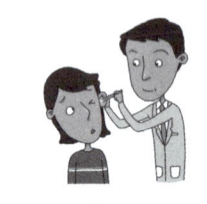

이비인후과 耳鼻喉科

정형외과 骨科

치과 牙科

피부과 皮膚科

집 구조 家的構造

침실 臥室

거실 客廳

현관 玄關

부엌／주방 廚房

화장실／욕실 洗手間／浴室

베란다 陽台

가전제품 家電

청소기 吸塵器

에어컨 空調

히터 暖氣

세탁기 洗衣機

냉장고 冰箱

텔레비전 電視

욕실용품 浴室用品

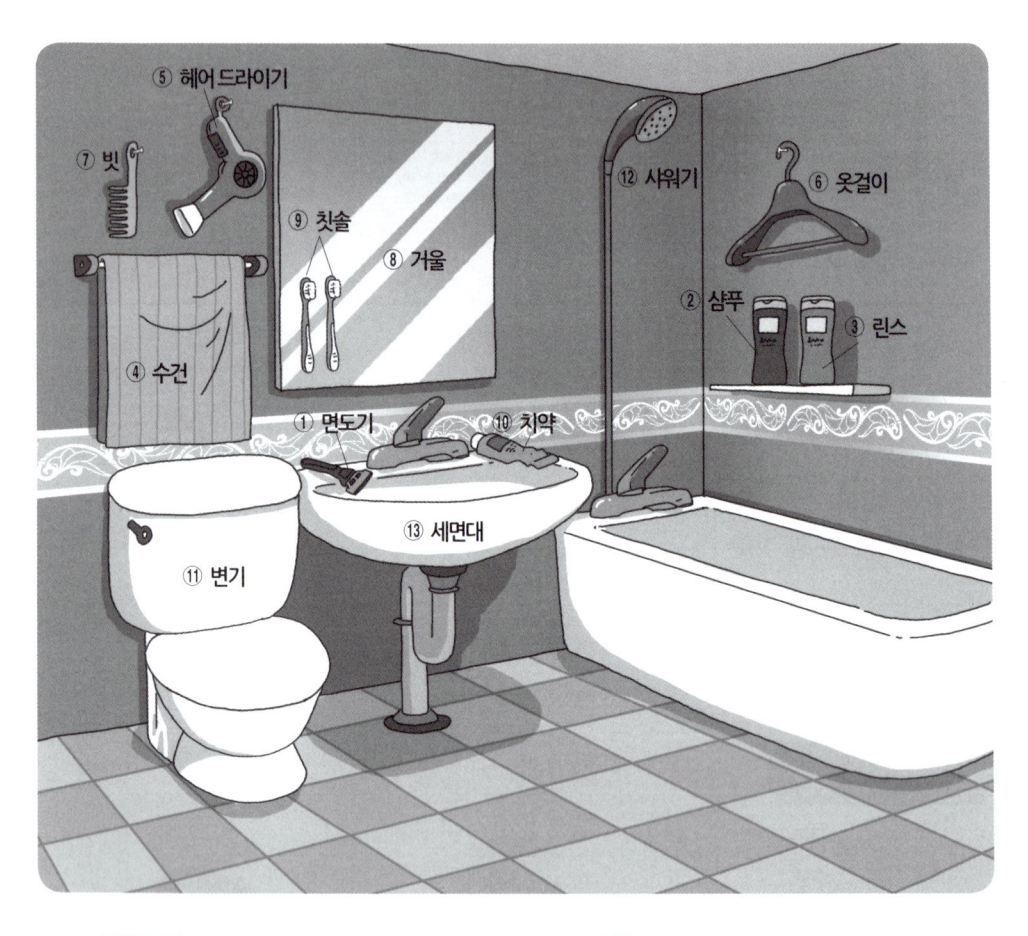

① **면도기** 刮鬍刀
② **샴푸** 洗髮乳
③ **린스** 潤髮乳
④ **수건** 毛巾
⑤ **헤어 드라이기** 吹風機
⑥ **옷걸이** 衣架
⑦ **빗** 梳子
⑧ **거울** 鏡子
⑨ **칫솔** 牙刷
⑩ **치약** 牙膏
⑪ **변기** 馬桶
⑫ **샤워기** 蓮蓬頭
⑬ **세면대** 洗手台

주방용품 廚房用品

① **가스레인지** 瓦斯爐
② **오븐** 烤箱
③ **전자레인지** 微波爐
④ **냄비** 鍋子
⑤ **프라이팬** 平底鍋
⑥ **주전자** 水壺
⑦ **뚜껑** 蓋子
⑧ **전기밥솥** 飯鍋
⑨ **도마** 砧板
⑩ **칼** 刀子

한국 풍물 지도 韓國景物地圖

② 경기도
③ 강원도
설악산
서울타워
경복궁
정동진
① 서울
이천 도자기
춘천 닭갈비
울릉도
울릉도 오징어
수원 화성
④ 충청북도
단양 고수동굴
안동
충청남도
찜닭
하회탈
⑤
온양 온천
속리산 법주사
⑧ 경상북도
공주 무령왕릉
금산 인삼
첨성대 경주 석굴암
한옥마을
전주
대구 사과
비빔밥
⑥ 전라북도
순창 고추장
지리산
⑨ 경상남도
울산 자동차／배
⑦ 전라남도
보성 녹차
나주 배
부산 해운대
진도 진돗개
감귤 돌하루방 해녀
한라산
⑩ 제주도

① **서울특별시** 首爾特別市
서울 首爾
서울타워 首爾塔
경복궁 景福宮

② **경기도** 京畿道
이천 도자기 利川陶瓷器
수원화성 水原華城

③ **강원도** 江原道
설악산 雪嶽山
정동진 正東津
춘천 닭갈비 春川辣炒雞排

④ **충청북도** 忠清北道
단양 고수동굴 丹陽古藪洞窟
법주사 法住寺
속리산 俗離山

⑤ **충청 남도** 忠清南道
공주 무령왕릉 公州武寧王陵
온양 온천 溫陽溫泉
금산 인삼 錦山人蔘

⑥ **전라북도** 全羅北道（全北特別自治道）
전주 비빔밥 全州拌飯
전주 한옥마을 全州韓屋村
순창 고추장 淳昌辣椒醬
지리산 智異山

* 智異山位於全羅南道、全羅北道、慶尚南道三個道的交界處。
* 全羅北道已於2024年更名為**전북특별자치도**（全北特別自治道），成為大韓民國第四個特別廣域自治區。

⑦ **전라남도** 全羅南道
나주 배 羅州梨
보성 녹차 寶城綠茶
진도 珍島
진돗개 珍島犬

⑧ **경상북도** 慶尚北道
경주 석굴암 慶州石窟庵
안동 하회탈 安東河回假面
대구 사과 大邱蘋果
울릉도 鬱陵島
울릉도 오징어 鬱陵島魷魚

⑨ **경상남도** 慶尚南道
부산 해운대 釜山海雲台
울산 자돌차／배 蔚山汽車／造船

⑩ **제주특별자치도** 濟州特別自治道
제주도 濟州島
한라산 漢拏山
감귤 柑橘
돌하르방 石爺
해녀 海女

단위 명사 單位名詞

● **길이** 長度
센티미터 (cm) 釐米／公分
미터 (m) meter 米／公尺
킬로미터 (km) 公里

● **무게** 重量
그램 (g) 克
킬로그램 (kg) 公斤

● **양** 量
리터 (l) 公升
밀리리터 (ml) 毫升
톤 (t) 噸

피동사／사동사, 반의어／유의어, 접두사／접미사 목록
被動詞／使動詞，反義詞／類義語，前綴詞／後綴詞 目錄

피동사 被動詞

N이／가 V-이／히／리／기-		
끊다 → 끊기다	닫다 → 닫히다	뒤집다 → 뒤집히다
듣다 → 들리다	떨다 → 떨리다	막다 → 막히다
보다 → 보이다	섞다 → 섞이다	열다 → 열리다
잠그다 → 잠기다	팔다 → 팔리다	풀다 → 풀리다

- 앞이 잘 **보이**는 자리에 앉고 싶다. 我想坐前面比較能看得清楚的位置。
- 우체국 문이 **닫혀**서 그냥 왔다. 郵局關門了，所以就回來了。
- 조금 전에 이상한 소리가 **들리**지 않았어? 剛剛沒有奇怪的聲音傳來嗎？
- 친구가 고향에 돌아간 후에 연락이 **끊겼**다. 朋友回故鄉之後就斷聯了。

N이／가 N(으)로 V-이／히／리／기-		
나누다 → 나뉘다	덮다 → 덮이다	바꾸다 → 바뀌다
묶다 → 묶이다	뽑다 → 뽑히다	

- 서울은 한강을 중심으로 강북과 강남으로 **나뉜**다.
  首爾以漢江為中心，分成江北與江南。
- 이번엔 우리 학교 대표로 **뽑혀**서 대회에 나가게 됐다.
  我這次被選為學校代表參加比賽。

N이／가 N에게／한테 V-이／히／리／기-		
끌다 → 끌리다	밀다 → 밀리다	부딪다 → 부딪히다
부르다 → 불리다	붙잡다 → 붙잡히다	안다 → 안기다
읽다 → 읽히다	잡다 → 잡히다	쫓다 → 쫓기다

- 몰래 밖에 나오다가 엄마에게 **붙잡혔**어. 偷偷出來外面，結果被媽媽抓到了。
- 나는 잘생긴 남자보다는 마음이 따뜻한 남자에게 더 **끌린**다.
  比起帥的男生，我更被溫暖的男生所吸引。
- 며칠 동안 쫓기던 도둑이 경찰에게 **잡혔**다. 被追了幾天的小偷，被警察抓到了。

N이／가 N에게／한테 N을／를 V-이／히／리／기-		
물다 → **물리다**	밟다 → **밟히다**	빼앗다 → **빼앗기다**

- 사람이 많은 지하철 안에서 발을 **밟힌** 적이 있다. 我曾在人多的地鐵裡被踩到腳。
- 개한테 손가락을 **물려**서 병원에 다녀왔다. 手指被狗給咬了而去了一趟醫院。
- 집에 오다가 나쁜 사람에게 돈을 **빼앗겼**다. 回家路上被壞人搶了錢。

N이／가 N에 V-이／히／리／기- (+ V-아／어 있다)		
걸다 → **걸리다**	놓다 → **놓이다**	담다 → **담기다**
쌓다 → **쌓이다**	쓰다 → **쓰이다**	

- 며칠 동안 세탁기를 안 돌렸더니 빨래가 **쌓였**다. 幾天沒有使用洗衣機，要洗的衣服有一堆。
- 저기 **걸려** 있는 옷 좀 보여 주세요. 請給我看掛在那裡的衣服。
- 이 그릇에 **담겨** 있는 거 먹어도 돼요? 裝在碗裡的東西可以吃嗎？

사동사 使動詞

N을／를 V-이／히／리／기／우／추-		
깨다 → **깨우다**	끓다 → **끓이다**	낮다 → **낮추다**
넓다 → **넓히다**	높다 → **높이다**	눕히다 → **눕히다**
늘다 → **늘리다**	돌다 → **돌리다**	붙다 → **붙이다**
비다 → **비우다**	살다 → **살리다**	서다 → **세우다**
숙다 → **숙이다**	숨다 → **숨기다**	식다 → **식히다**
앉다 → **앉히다**	얼다 → **얼리다**	오르다 → **올리다**
울다 → **울리다**	웃다 → **웃기다**	익다 → **익히다**
자다 → **재우다**	죽다 → **죽이다**	줄다 → **줄이다**
크다 → **키우다**	타다 → **태우다**	

- 잘 안 들리는데 소리를 좀 **높여** 줘. 聽不太清楚，請提高音量。
- 지금 길을 **넓히**기 위해서 공사 중입니다. 現在為了要拓寬道路而施工中。
- 나 지하철역까지 좀 **태워** 줘. 請載我到地鐵站。
- 개그맨은 사람을 **웃기**는 직업이다. 搞笑藝人是逗人們笑的職業。
- 오천 명을 **울린** 이 영화, 놓치지 마십시오. 請勿錯過使五千名觀眾哭的這部電影。

N의 N을/를 V-이/히/리/기/우/추-

| 감다 → 감기다 | 벗다 → 벗기다 | 씻다 → 씻기다 |

- 아이의 손부터 **씻기**고 밥을 먹여 주세요.
  請先幫孩子洗手後再餵他吃飯吧。
- 아기의 옷 좀 **벗겨** 주세요.
  請脫孩子的衣服。

N을/를 N(으)로 V-이/히/리/기/우/추-

| 늦다 → 늦추다 | 옮다 → 옮기다 |

- 미안한데, 약속을 다음 주로 **늦출** 수 있을까?
  抱歉,請問可以把約定推遲到下周嗎?
- 월급이 적어서 다른 회사로 **옮기**려고 해.
  因為薪水很少,所以想要換到其他公司。

N에게 N을/를 V-이/히/리/기/우/추-

맞다 → 맞히다	맡다 → 맡기다	먹다 → 먹이다
보다 → 보이다	신다 → 신기다	쓰다 → 씌우다
알다 → 알리다	읽다 → 읽히다	입다 → 입히다

- 승무원에게 비행기표를 **보여** 주십시오.
  請給空服員看飛機票。
- 이 옷을 우리 아이에게 **입히**면 예쁠 것 같아요.
  這衣服如果給我孩子穿的話,好像會很漂亮。
- 이 기쁜 소식을 먼저 부모님께 **알리**고 싶습니다.
  我想要把這開心的消息先告訴父母。
- 여행을 가서 친구에게 잠깐 고양이를 **맡겼**다.
  因為去旅行,所以貓咪暫時託付給朋友。

반의어 反義詞

名詞

가난 ↔ 부유 貧窮 ↔ 富裕	**가능 ↔ 불가능** 可能 ↔ 不可能	**가입 ↔ 탈퇴** 加入 ↔ 退出
간접 ↔ 직접 間接 ↔ 直接	**감소 ↔ 증가** 減少 ↔ 增加	**객관적 ↔ 주관적** 客觀的 ↔ 主觀的
거절 ↔ 승낙 拒絕 ↔ 承諾	**겉 ↔ 속** 表 ↔ 裡	**경제적 ↔ 비경제적** 經濟的 ↔ 不經濟的
계약 ↔ 해약／해지 立約 ↔ 解約	**고속 ↔ 저속** 高速 ↔ 低速	**공짜 ↔ 유료** 免費 ↔ 收費
규칙적 ↔ 불규칙적 規律的 ↔ 不規律的	**긍정적 ↔ 부정적** 肯定的 ↔ 否定的	**기쁨 ↔ 슬픔** 喜悅 ↔ 傷心
기혼 ↔ 미혼 已婚 ↔ 未婚	**남극 ↔ 북극** 南極 ↔ 北極	**남성 ↔ 여성** 男性 ↔ 女性
낭비 ↔ 절약 浪費 ↔ 節約	**내부 ↔ 외부** 內部 ↔ 外部	**능력 ↔ 무능력** 能力 ↔ 無能力
다수 ↔ 소수 多數 ↔ 少數	**다운로드 ↔ 업로드** 下載 ↔ 上傳	**단기 ↔ 장기** 短期 ↔ 長期
단점 ↔ 장점 短處 ↔ 長處	**대형 ↔ 소형** 大型 ↔ 小型	**더위 ↔ 추위** 暑氣 ↔ 寒氣
동양 ↔ 서양 東洋 ↔ 西洋	**등장 ↔ 퇴장** 登場 ↔ 退場	**마중 ↔ 배웅** 迎接 ↔ 送行

막차 ↔ 첫차 末班車 ↔ 首班車	**만족 ↔ 불만족** 滿足 ↔ 不滿足	**무상 ↔ 유상** 無償 ↔ 有償
미인 ↔ 미남 美人 ↔ 美男	**바깥 ↔ 안** 外 ↔ 內	**분실 ↔ 습득** 丟失 ↔ 拾得
불행 ↔ 행복 不幸 ↔ 幸福	**비관 ↔ 낙관** 悲觀 ↔ 樂觀	**사망 ↔ 출생** 死亡 ↔ 出生
상대적 ↔ 절대적 相對的 ↔ 絕對的	**성공 ↔ 실패** 成功 ↔ 失敗	**성실 ↔ 불성실** 實在 ↔ 不實在
손해 ↔ 이익 損害 ↔ 利益	**수입 ↔ 수출** 輸入 ↔ 輸出	**수입 ↔ 지출** 收入 ↔ 支出
시외 ↔ 시내 市外 ↔ 市內	**실업 ↔ 취업** 失業 ↔ 就業	**야외 ↔ 실내** 野外 ↔ 室內
양 ↔ 질 量 ↔ 質	**연말 ↔ 연초** 年末 ↔ 年初	**영상 ↔ 영하** 零上 ↔ 零下
온라인 ↔ 오프라인 在線 ↔ 離線	**외향적 ↔ 내성적／내향적** 外向的 ↔ 內向的	**울음 ↔ 웃음** 哭聲 ↔ 笑聲
윗사람 ↔ 아랫사람 長輩 ↔ 晚輩	**유료 ↔ 무료** 收費 ↔ 免費	**음주 ↔ 금주** 飮酒 ↔ 禁酒
이기적 ↔ 이타적 利己的 ↔ 利他的	**이별 ↔ 만남** 離別 ↔ 相見	**이상 ↔ 이하** 以上 ↔ 以下

이성 ↔ 동성 異性 ↔ 同性	이전 ↔ 이후 以前 ↔ 以後	이혼 ↔ 결혼 離婚 ↔ 結婚
인상 ↔ 인하 漲 ↔ 跌	일등 ↔ 꼴등 一等 ↔ 末等	입금 ↔ 출금 存款 ↔ 付款
입사 ↔ 퇴사 入社 ↔ 退社	자동 ↔ 수동 自動 ↔ 手動	적극적 ↔ 소극적 積極的 ↔ 消極的
전날 ↔ 다음 날 前日 ↔ 翌日	젊은이 ↔ 노인 年輕人 ↔ 老人	정신 ↔ 육체 精神 ↔ 肉體
찬물 ↔ 더운물 冷水 ↔ 熱水	찬성 ↔ 반대 贊成 ↔ 反對	초 ↔ 말 初 ↔ 末
최고 ↔ 최저 最高 ↔ 最低	최대 ↔ 최소 最大 ↔ 最小	최대한 ↔ 최소한 至多 ↔ 至少
최초 ↔ 최종/최후 最初 ↔ 最終/最後	출석 ↔ 결석 出席 ↔ 缺席	퇴원 ↔ 입원 出院 ↔ 住院
편리 ↔ 불편 便利 ↔ 不便	평등 ↔ 불평등 平等 ↔ 不平等	피해 ↔ 가해 被害 ↔ 加害
합격 ↔ 불합격 合格 ↔ 不合格	현실 ↔ 이상 現實 ↔ 理想	확대 ↔ 축소 擴大 ↔ 縮小
후배 ↔ 선배 後輩 ↔ 先輩		

動詞		
감다 ↔ 뜨다 閉 ↔ 睜	갚다 ↔ 빌리다 還 ↔ 借	기뻐하다 ↔ 슬퍼하다 高興 ↔ 傷心
깨다 ↔ 자다 醒 ↔ 睡	꺼지다 ↔ 켜지다 熄掉 ↔ 點燃	낮추다 ↔ 높이다 降低 ↔ 提高
넓히다 ↔ 좁히다 弄寬 ↔ 弄窄	녹다 ↔ 얼다 溶解 ↔ 凍結	놓치다 ↔ 잡다 錯失 ↔ 把握
늘다 ↔ 줄다 增加 ↔ 減少	늘어나다 ↔ 줄어들다 增多 ↔ 縮小	늦추다 ↔ 앞당기다 延後 ↔ 提前
데우다 ↔ 식히다 加熱 ↔ 冷卻	떼다 ↔ 붙이다 撕 ↔ 貼	묶다 ↔ 풀다 捆綁 ↔ 鬆解
밀다 ↔ 당기다 推 ↔ 拉	버리다 ↔ 줍다 棄扔 ↔ 撿拾	살리다 ↔ 죽이다 救活 ↔ 殺死
안되다 ↔ 잘되다 不順利 ↔ 順利	어기다 ↔ 지키다 違反 ↔ 遵守	얼리다 ↔ 녹이다 使凍 ↔ 使溶
없어지다 ↔ 생기다 消失 ↔ 生出	열리다 ↔ 닫히다 被開 ↔ 被關	올려놓다 ↔ 내려놓다 放上 ↔ 放下
올리다 ↔ 내리다 提高 ↔ 下降	울리다 ↔ 웃기다 弄哭 ↔ 逗笑	(해가) 지다 ↔ (해가) 뜨다 (日)落 ↔ (日)升
(살이) 찌다 ↔ (살이) 빠지다 長(肉) ↔ 掉(肉)	차다 ↔ 비다 滿 ↔ 空	틀다 ↔ 잠그다 扭開 ↔ 關閉
틀다 ↔ 끄다 開 ↔ 關		

形容詞

가늘다 ↔ 굵다 細 ↔ 粗	낯설다 ↔ 낯익다 陌生 ↔ 眼熟	부지런하다 ↔ 게으르다 勤快 ↔ 懶惰
세다 ↔ 약하다 強 ↔ 弱	얇다 ↔ 두껍다 薄 ↔ 厚	얕다 ↔ 깊다 淺 ↔ 深
연하다 ↔ 질기다 嫩 ↔ 韌	연하다 ↔ 진하다 淡 ↔ 濃	이르다 ↔ 늦다 早 ↔ 晚
자연스럽다 ↔ 부자연스럽다 自然的 ↔ 不自然的	잘나다 ↔ 못나다 帥 ↔ 醜	짙다 ↔ 연하다／옅다 濃 ↔ 淡/薄
해롭다 ↔ 이롭다 有害 ↔ 有益	흔하다 ↔ 드물다 常見 ↔ 罕見	

유의어 類義詞

名詞

單字	類義詞	單字	類義詞
개그 喜劇演員	코미디	외모 外貌	겉모습
게시판 留言板	안내판／알림판	이내 以內	안
결론 結論	마무리	인간 人間	사람
공짜 免費	무료	일자리 工作	직장
과제 課題	숙제	입맛 胃口、口味	밥맛／식욕
관계 關係	관련	자녀 子女	자식

꽃병 花瓶	화병	예전 從前	옛날
구분 區分	구별	장남 長子	큰아들
남성 男性	남자	재작년 前年	지지난해
내외 內外	안팎	재활용 再生利用	리사이클링
늘 總是	항상	저축 儲蓄	저금
단기 短期	단기간	전부 全部	모두
도로 道路	길	점차 逐漸	점점
몸무게 體重	체중	조식 早餐	아침밥／아침 식사
미인 美人	미녀	종일 終日	온종일
바깥 外面	밖	존댓말 敬語、尊待語	높임말
분실 丟失	유실	주방 廚房	부엌
상대방 對方	상대편	증상 症狀	증세
주변 周邊	주위	찬물 冷水	냉수
서명 署名	사인	취업 就業	취직
세상 世上	세계	퇴직 退職	퇴임
속도 速度	스피드	특징 特徵	특색
시절 時節	때	평소 平時	평상시
신체 身體	몸	피 血	혈액
실업 失業	실직	향 香	향기
여성 女性	여자	허락 許可	승낙
연령 年齡	나이		

動詞			
單字	類義詞	單字	類義詞
갈다 換	교체하다	마련하다 準備	준비하다
감소하다 減少	줄다	미루다 推遲	연기하다
감추다 藏	숨기다	뵈다 拜見	뵙다
견디다 忍	참다	수선하다 修理	고치다／수리하다
결정하다 決定	정하다	수집하다 收集	모으다
관하다 關於	대하다	싸다 包裝	포장하다
까다 剝	벗기다	의하다 依據	따르다
낮추다 降低	줄이다	이르다 到達	도착하다
늘다 增多	증가하다	절약하다 節約	아끼다
다투다 打架	싸우다	줄다 減少	감소하다
대여하다 貸予	빌려주다	틀다 開	켜다
돌보다 照看	보살피다	해소하다 消除	풀다

形容詞			
單字	類義詞	單字	類義詞
검다 黑	까맣다	지저분하다 髒	더럽다
동일하다 相同	같다	짙다 濃	진하다
밉다 厭	싫다	캄캄하다 漆黑	어둡다
저렴하다 低廉	싸다	희다 白	하얗다

625

副詞				
單字	類義詞	單字	類義詞
게다가 而且	더구나	및 及	그리고
겨우 就、僅僅	고작	스스로 自己	혼자
겨우 勉強	간신히	실컷 盡情	마음껏
그다지 不怎麼	그리	아무튼 反正	어쨌든, 하여튼
그러므로 因此	그래서, 따라서	약간 若干	조금
끝내 終於	마침내	온통 全部	전부, 모두
나날이 日漸	날로	점차 漸漸	점점
늘 總是	항상, 언제나	종종 偶爾	가끔
만약 萬一	만일	통 完全	전혀
언제든지 隨時	항상, 언제나		

접두사 前綴／接頭辭

● 부정 否定

1	무 無	무관심, 무의미, 무제한, 무질서, 무책임, 무표정
2	반 半	반소매, 반값, 반 지갑
3	부1 不	부정적, 부정확, 부주의
4	부2 副	부전공, 부사장
5	불 不	불가능, 불규칙, 불균형, 불만족, 불법, 불성실, 불이익, 불충분, 불친절, 불편, 불평등, 불필요, 불합격, 불확실
6	비 非	비과학적, 비공개, 비위생적, 비현실적, 비효율적

● 성질 性質

1	**고** 高	고기압, 고소득, 고품질, 고칼로리, 고혈압
2	**저** 低	저기압, 저소득, 저지방, 저칼로리, 저혈압
3	**장** 長	장시간, 장기간, 장거리
4	**단** 短	단시간, 단기간, 단거리
5	**대** 大	대규모, 대기업, 대도시, 대학교
6	**소** 小	소규모, 소극장

● 기타 其他

1	**과** 過	과식, 과음, 과속, 과소비
2	**맏** 首	맏며느리, 맏아들, 맏딸
3	**시** 媤	시아버지, 시어머니
4	**식** 食	식생활, 식습관, 식중독, 식성
5	**신** 新	신기록, 신기술, 신도시, 신상품, 신세대, 신제품, 신형
6	**안** 內	안방, 안주인
7	**재** 再	재발급, 재시험, 재활용 센터, 재활용품
8	**첫** 初、第一	첫날, 첫만남, 첫사랑, 첫인상
9	**초1** 初	초봄, 초여름, 초가을, 초겨울
10	**초2** 超	초고속, 초자연적
11	**한** 正中	한여름, 한겨울, 한낮, 한밤중

접미사 後綴／接尾辭

● 사람 人

1	가 家	건축가, 사업가, 음악가, 전문가, 번역가, 소설가, 예술가
2	객 客	관광객, 관람객, 방청객, 승객, 축하객
3	꾸러기 鬼、蟲	욕심꾸러기, 장난꾸러기
4	관 官	경찰관, 면접관, 소방관, 외교관
5	님 尊稱	교수님, 박사님, 부모님, 사모님, 사장님
6	사 士	변호사, 사진사, 조종사, 통역사, 회계사
7	사 師	간호사, 미용사, 요리사
8	생 生	신입생, 아르바이트생, 장학생, 졸업생
9	원 員	공무원, 상담원, 승무원, 안내원, 연구원, 종업원, 회사원
10	인 人	방송인, 연예인, 외국인, 장애인, 직장인
11	자 者	경쟁자, 과학자, 관계자, 발표자, 배우자, 소비자, 지원자, 진행자, 피해자
12	쟁이 鬼	거짓말쟁이, 욕심쟁이

● 장소 場所

1	관 館	기념관, 대사관, 도서관, 미술관, 박물관, 사진관, 영화관
2	구 口	출입구, 비상구, 탑승구
3	국 局	방송국, 우체국
4	사 社	방송사, 신문사, 출판사
5	소 所	매표소, 부동산중개소, 세탁소, 연구소, 주유소

6	실 室	강의실, 대기실, 미용실, 사무실, 욕실, 응급실, 탈의실, 회의실, 휴게실
7	원 園	동물원, 식물원, 유치원
8	점 店	면세점, 문구점, 백화점, 본점, 전문점, 편의점, 할인점
9	장1 場	결혼식장(예식장), 골프장, 공연장, 경기장, 승강장, 정류장, 주차장

● 성질 性質

1	답다 像	남자답다, 인간답다, 학생답다
2	롭다 具有製造形容詞功能	새롭다, 여유롭다, 이롭다, 자유롭다, 정의롭다, 지혜롭다, 평화롭다, 해롭다, 향기롭다, 흥미롭다
3	성 性	가능성, 다양성, 상대성, 실용성, 인간성
4	스럽다 表具有該性質	걱정스럽다, 고급스럽다, 고집스럽다, 고통스럽다, 당황스럽다, 만족스럽다, 부담스럽다, 사랑스럽다, 수다스럽다, 실망스럽다, 자랑스럽다, 자유스럽다, 자연스럽다, 짜증스럽다, 자연스럽다, 촌스럽다, 평화스럽다, 후회스럽다, 혼란스럽다
5	적 的	객관적, 경제적, 구체적, 규칙적, 긍정적, 부정적, 사교적, 사회적, 상대적, 외향적, 이기적, 일반적, 적극적, 정신적
6	화 化	대중화, 보편화, 상품화, 정보화

● 돈 錢

1	금 金	계약금, 등록금, 벌금, 보증금, 장학금
2	료 料	배송료, 보험료, 수수료, 연체료, 입장료

| 3 | 비 費 | 기숙사비, 교육비, 교통비, 배송비, 생활비, 식비, 수리비, 숙박비, 치료비, 하숙비 |

● 마음 內心

1	감 感	자신감, 긴장감, 만족감, 책임감, 친근감
2	관 觀	가치관, 결혼관, 경제관, 인생관
3	심 心	독립심, 이해심, 자존심, 호기심

● 기간 期間

| 1 | 기 期 | 상반기/하반기, 성수기/비수기, 청소년기, 환절기 |
| 2 | 일 日 | 개교기념일, 결혼기념일, 마감일, 반납일 |

● 기타 其他

1	국1 國	강대국, 선진국, 개발도상국
2	권1 權	소유권, 재산권, 저작권
3	권2 券	상품권, 항공권, 관람권
4	권3 圈	문화권, 수도권, 상위권
5	기 機	게임기, 복사기, 세탁기, 선풍기
6	껏 盡量	마음껏, 힘껏, 정성껏
7	끼리 …們之間	우리끼리, 친구끼리
8	난 難	실업난, 주차난, 취업난
9	력 力	경제력, 관찰력, 기억력, 집중력, 판단력
10	류 類	문구류, 과일류, 생선류, 야채류, 채소류

11	률 率	경쟁률, 상승률, 취업률
12	문 文	감상문, 광고문, 기행문, 발표문
13	물 物	농산물, 분실물, 세탁물, 우편물, 특산물
14	법 法	치료법, 해소법, 조리법
15	별 別	계절별, 국적별, 성별, 종류별
16	부 部	발권부, 식품부, 홍보부
17	사 史	세계사, 정치사, 한국사
18	선 線	국내선, 국제선
19	성 性	관련성, 동물성, 식물성
20	식 式	결혼식, 수료식, 장례식, 졸업식
21	씨 種子、根源	글씨, 마음씨, 말씨
22	씩 各	조금씩, 한 번씩, 두 시간씩, 세 명씩
23	어 語	한국어, 모국어, 외래어, 유행어
24	업 業	공업, 농업, 상업
25	용 用	겨울용, 여름용, 연습용, 어린이용
26	율 率	이자율, 출산율, 할인율
27	장2 狀	연하장, 청첩장, 초대장
28	전 戰	결승전, 전반전, 후반전
29	제1 祭	영화제, 예술제
30	제2 劑	소화제, 수면제, 영양제, 진통제, 치료제
31	주 主	광고주, 예금주
32	증1 證	자격증, 신분증, 운전면허증, 주민등록증, 학생증
33	증2 症	불면증, 우울증

34	지1 地	관광지, 도착지, 목적지
35	지2 紙	메모지, 벽지, 편지지, 포장지
36	질 本質	걸레질, 양치질
37	처 處	거래처, 근무처, 연락처
38	품 品	기념품, 식료품, 식품, 필수품, 화장품
39	학 學	경영학, 경제학, 심리학, 역사학, 한국학
40	화1 畫	동양화, 서양화, 인물화, 풍경화
41	화2 靴	등산화, 운동화, 장화
42	회 會	강연회, 동창회, 박람회, 발표회, 전시회

정답 正確解答

01 | 인간 人

1. 감정 感情
1. ①　2. ③　3. ④　4. ②
5. ③

2. 인지능력 認知能力
1. ④　2. ③　3. 틀림없이
4. 기대됐다　5. 예상과
6. 착각이었다　7. 생각나요
8. 비하면　9. 나은
10. 단순해서

3. 의사소통 溝通
1. ①　2. ②　3. ③　4. ①
5. 권해　6. 여쭤　7. 조르면　8. 통해

4. 성격 性格
1. ③　2. ②　3. ①　4. ③
5. ④　6. ①　7. 활발한
8. 엄격하시거든　9. 까다롭니
10. 완벽하지

5. 외모 外表　**6. 인생** 人生
1. ③　2. ①　3. ②　4. ①
5. 늙으셨다는　6. 자라는
7. 고우셨네요　8. 겪었다고
9. 성숙한

7. 인간 관계 人際關係
1. ④　2. ③　3. ①　4. ④
5. ②　6. ㉠ 자매　㉡ 남매　㉢ 형제
7. 스스로　8. 상대방을　9. 사이가　10. 서로
11. 이웃

8. 태도 態度
1. ③　2. 겨우　3. 괜히　4. 반드시
5. ②　6. ④　7. ①
8. 집중해서　9. 정직하게　10. 원합니다

02 | 행동 行動

1. 손/발 관련 동작 手/腳相關動作
1. 뿌리다　2. 감다　3. 밟다　4. ①
5. ②　6. ①

2. 눈/코/입 관련 동작
眼/鼻/嘴相關動作

3. 몸 관련 동작 身體相關動作
1. 부딪치다　2. 맡다　3. 안다　4. ②
5. ①　6. ④　7. ③　8. 씹어
9. 바라보면　10. 웃음을　11. 하품이
12. 찾아보려고

4. 이동 移動

5. 준비/과정/결과 準備/過程/結果
1. ①　2. ④　3. 이루기
4. 헤맸다　5. 마련했으니　6. 들러서

6. 피동 被動
1. 떨리다　2. 닫히다　3. 밀리다　4. 나뉘어
5. 밟힌다　6. 물린　7. 들려, 들려
8. 열리고　9. 쓰여

7. 사동 使動
1. 씻기다　2. 입히다　3. 태우다　4. ①
5. 울려서　6. 앉힐　7. 재울　8. 태워
9. 맡길　10. 식혀서

633

03 | 성질/양 品質/量

1. 상태 狀態

1. ③ 2. ① 3. ② 4. ③
5. ④ 6. ① 7. ④ 8. ③

2. 정도 程度

1. ② 2. ④ 3. ③ 4. ①
5. ④ 6. 적당하게 7. 사소한
8. 넘치는

3. 증감 增減

1. ④ 2. ③
3. ㉠ 줄고/줄어들고 ㉡ 늘어서/늘어나서
4. 얻고 5. 추가해서 6. 빼려면 7. 없애는
8. 제외한

4. 수량/크기/범위 數量/大小/範圍

1. 깊이 2. 길이 3. 높이 4. ④
5. ① 6. ③ 7. 군데 8. 번째
9. 가지

04 | 지식/교육 知識/教育

1. 학문 學問 **2. 연구/보고서** 研究/報告

1. ① 2. ③ 3. ④ 4. ②
5. ① 6. ㉠ 조사한 ㉡ 발견했다
7. ㉠ 대한 ㉡ 달해

3. 학교 생활 學校生活

1. ③ 2. ① 3. ② 4. ②
5. 칭찬해 6. 체험했는데
7. 상담하기로 8. ③ 9. ②

4. 수업/시험 上課/考試

1. ② 2. ③ 3. ①

4. ㉠ 필기구를 ㉡ 교재는
5. ㉠ 과제는 ㉡ 제출
6. ㉠ 평균 ㉡ 일등을   7. 교육하는
8. 강조하고   9. 합격해서

05 | 의식주 食衣住

1. 의생활 服裝

1. 흰 2. 검은 3. 금, 은 4. 스타일
5. 독특해서 6. 수선해 7. 묻었는데
8. 패션 9. 맞는

2. 식생활 飲食

1. 단맛 2. 쓴맛 3. 고소한 맛
4. ㉠ 골고루 ㉡ 종류가
5. ㉠ 채식을 ㉡ 단백질이 6. 상하기
7. 해로우니까 8. 섭취해야

3. 요리 재료 食材 **4. 조리 방법** 烹飪方法

1. 굽다 2. 끓다 3. 데우다
4. 삶다 5. ① 6. ② 7. ④

5. 주거 생활 居住生活

6. 주거 공간/생활용품
居住空間/生活用品

1. ④ 2. 천장 3. 벽 4. 바닥
5. 화장품 6. 화분 7. 꽃병
8. 쓰레기통 9. 이어폰 10. 애완동물

7. 집 주위 환경 住家周圍環境

1. 공간이 2. 센터를 3. 시설이
4. 코너 5. 목욕탕 6. 중국집
7. 부동산 8. 놀이터 9. 소방서

06 | 날씨／생활 天氣／生活

1. 일기예보 天氣預報

2. 여가 활동 休閒活動

1. ② 2. ① 3. ④ 4. ③
5. ④ 6. ㉠ 머무르면서 ㉡ 휴식
7. ㉠ 야외 ㉡ 나들이를
8. ㉠ 박람회가 ㉡ 관람하러

3. 문제／해결 問題／解決

1. 환불을 2. 대기실 3. 보관
4. ④ 5. ① 6. ②

07 | 사회 생활 社會生活

1. 직장 생활 職場生活

2. 구인／구직 招募／求職

1. ㉠ 대리 ㉡ 부장 2. 업무 3. 퇴직
4. 일정 5. ③ 6. ①
7. 뽑지, 뽑습니다 8. 쌓으십시오
9. 한잔하러 10. 맡은
11. 참석하기

08 | 건강 健康

1. 신체／건강 상태 身體／健康狀態

1. ㉠ 온몸이 ㉡ 힘도
2. ㉠ 주름이 ㉡ 비결이
3. ㉠ 신체적 ㉡ 뼈는 4. 해칠
5. 보충해야 6. 쓰러지셨다는

2. 질병／증상 疾病／症狀 **3. 병원** 醫院

1. 불면증 2. 식중독 3. 몸살

4. ② 5. ③ 6. ① 7. ②
8. 부러져서 9. 지쳐서 10. 출산했다는

09 | 자연／환경 自然／環境

1. 동식물 動植物

2. 우주／지리 宇宙／地理

1. 햇빛 2. 서 3. 남 4. 바위
5. 모래 6. 돌 7. ① 8. ④
9. ②

3. 재난／재해 災難／災害

4. 환경문제 環境問題

1. ② 2. 가뭄 3. 매연 4. 홍수
5. 산소 6. ㉠ 대피했습니다 ㉡ 화재
7. ㉠ 보호하려면 ㉡ 일회용

10 | 국가／사회 國家／社會

1. 국가／정치 國家／政治

1. ② 2. ④ 3. ③ 4. ①
5. 북한을
6. ㉠ 국민은 ㉡ 신분증을
7. ㉠ 정부가 ㉡ 공휴일로

2. 사회 현상／사회문제
社會現象／社會問題

3. 사회 활동 社會活動

1. ② 2. ③ 3. ① 4. ①
5. ④ 6. ②

11 | 경제 經濟

1. 경제 활동 經濟活動

   1. ②   2. ④   3. ①   4. ③
   5. ②   6. ④   7. ①   8. ②

2. 생산/소비 生産/消費

   1. ③   2. ①   3. ②   4. ④
   5. ②   6. ④   7. ②
   8. 공장이라고   9. 석유
   10. 농촌   11. 공짜로

3. 기업/경영 企業/經營

4. 금융/재무 金融/財務

   1. ②   2. ①   3. ③   4. ③
   5. ②   6. ①   7. ①   8. ③

12 | 교통/통신 交通/通信

1. 교통/운송 交通/運送

   1. ③   2. ①   3. ②   4. ①
   5. ④   6. 수단은 7. ㉠ 속도를 ㉡ 과속
   8. ㉠ 열차가 ㉡ 승객

2. 정보/통신 資訊/通信

   1. ③   2. ②   3. ①   4. ③
   5. ㉠ 검색 ㉡ 다운로드 6. 가입을
   7. 프로그램을   8. 발달은

13 | 예술/문화 藝術/文化

1. 예술/종교 藝術/宗教

2. 대중문화/대중매체
   大眾文化/大眾媒體

3. 한국 문화/예절 韓國文化/藝術

   1. 건축가   2. 감독   3. 개그맨
   4. ③   5. ①   6. ②   7. ③
   8. 기념하기   9. ㉠ 수상하시게 ㉡ 출연해

14 | 기타 其他

1. 시간 표현 時間表現

   1. 새벽 2. 사흘 3. 재작년 4. 초반
   5. ③   6. ②   7. ④
   8. 오랜만에   9. 이미   10. 최근

2. 부사 副詞

   1. ④   2. ④   3. ①   4. ④
   5. ③   6. ①

색인 索引

ㄱ

가까이	208
가꾸다	365
가난	190
가늘다	208
가능	27
가득	209
가루	319
가리다	310
가리키다	118
가만히	190
가뭄	455
가스	340
가입	544
가정	470
가져다주다	118
가지	234
가치	27
각각	234
각자	234
간	235
간접	479
갈다	331
감기다	175
감다 01	119
감다 02	135
감독	554
감동	10
감상문	289
감소	225
감정	10
감추다	119
강물	446
강사	289
강연	289
강의	290
강조	290
갖다	119
갖추다	152
갚다	496
개그	560
개발	504
개선	479
개성	66
개최	488
객관적	28
거래	514
거절	44
거칠다	209
건조	360
건축	554
걸리다 01	161
걸리다 02	390
걸음	120
검다	302
검사	433
검색	544
겉	66
게다가	595
게시판	545
겨우	95
격려	79
겪다	70
견디다	433
결과	152
결국	595
결론	261
결승	365
결심	28
결정	29
결제	504

637

경고	44	공기	446	구이	325
경력	405	공동	236	구입	505
경영	514	공장	504	구조	455
경우	379	공짜	505	구직	405
경쟁	515	공통	261	구체적	263
경제적	496	공해	462	구하다	434
곁	235	공휴일	470	국가	471
계약	515	과속	532	국민	371
고개	414	과식	311	국수	319
고객	515	과제	291	국악	569
고교생	274	과학	254	국어	255
고급	235	관객	560	군데	236
고려	29	관계	262	굳이	595
고소하다	310	관람	366	굵다	209
고속	532	관련	262	굶다	311
고전	569	관리	516	권리	471
고집	54	관찰	263	권하다	45
고층	350	관하다	263	귀국	471
고통	424	괜히	95	귀찮다	11
곡	366	괴롭다	11	귀하다	210
곤란	11	교사	291	규모	236
곧바로	578	교양	254	규칙적	96
골고루	310	교육	291	그다지	210
곱다	67	교재	292	그대로	191
공간	350	구매	505	그때	578
공격	141	구별	30	그러므로	596
공공	470	구분	30	그룹	292

그리	210
그만두다	390
그만하다	390
극복	153
근거	264
굵다	120
금	302
금액	522
금연	424
금지	533
긍정적	54
기계	506
기관	472
기념	570
기능	506
기대	31
기도	555
기본	533
기부	488
기뻐하다	12
기쁨	12
기사 01	533
기사 02	545
기술	545
기업	516
기온	360
기운	414
기울이다	141
기준	237
기증	489
기초	292
기타	237
기한	391
기혼	70
기획	391
긴급	456
긴장	12
길거리	350
길이	237
깊이	237
까다	325
까다롭다	55
깔다	120
깜빡	96
깨끗이	331
깨다 01	191
깨다 02	331
깨우다	175
꺼지다	161
껍질	320
꼬리	444
꼼꼼하다	55
꽃병	340
꽃잎	444
꾸미다	332
꾸준히	96
꾸중	274
꿀	320
끄덕이다	142
끈	340
끊기다	162
끊어지다	162
끊임없다	211
끌다	560
끌리다	162
끓다	326
끝내	596
끼다	360

ㄴ

나날이	578
나누다	121
나뉘다	163
나들이	366
나머지	506
나물	320
나빠지다	191
나아지다	192
나타내다	555

낙서	275
날	579
날개	444
날리다 01	176
날리다 02	546
날아가다 01	146
날아가다 02	392
낡다	192
남 01	79
남 02	446
남매	79
남성	80
낫다	31
낭비	496
낮추다	176
낯설다	13
낳다	434
내내	579
내놓다	121
내밀다	121
내부	238
내외	238
내용물	379
냉정하다	56
너무나	211
너희	80
널리	211

넓히다	176
넘다	579
넘치다	212
노동	497
노선	533
노인	71
녹다	192
녹음	561
논문	255
놀랍다	13
놀이터	351
농사	507
농촌	507
높이	238
높이다	177
놓치다	534
눈물	415
느낌	13
늘	580
늘다	225
늘리다	177
늘어나다	226
늙다	71
능력	31
늦잠	332
늦추다	177

ㄷ

다가가다	146
다가오다	580
다녀가다	147
다수	239
다양	193
다운로드	546
다투다	80
다하다	275
단계	153
단기	580
단맛	311
단백질	311
단순하다	32
단점	56
단체	367
닫히다	163
달리	596
달하다	264
담그다	326
담기다	163
담다	326
담당	392
답장	392
당기다	122
당분간	581

당시	581
당신	81
당연하다	32
당일	581
당장	597
당하다	456
당황	14
닿다	122
대	275
대기	379
대단하다	212
대도시	480
대리	393
대문	341
대부분	239
대비	456
대상	264
대여	367
대접	81
대중	534
대충	212
대통령	472
대표	570
대피	457
대하다 01	97
대하다 02	265
대형	239
더구나	597
더욱	213
더위	361
더하다	226
던지다	123
덜다	327
덮다	327
덮이다	164
데려가다	147
데우다	328
도	361
도구	341
도대체	97
도로	535
도움	489
도저히	97
도전	98
도중	581
독감	425
독신	441
독자	561
돌	447
돌려주다	123
돌리다	178
돌보다	81
돌아다니다	147
돌아보다	135
동기	276
동시	582
동아리	276
동양	570
동작	142
동호회	367
동화	555
되게	213
된장	321
두드리다	123
두렵다	14
두통	425
둥글다	193
뒤집다	328
들르다	148
들리다	164
들여다보다	135
등장	546
디지털	547
따다	535
따라가다	148
따라서	597
따르다 01	98
따르다 02	124
따지다	380
딱	597
딴	240

641

땅	447
때리다	124
떠오르다	32
떨리다	164
떨어뜨리다	124
떼다	125
또는	598
뛰어나다	213
뜨다 01	136
뜨다 02	447
뜻밖에	98

ㄹ

렌즈	341
로봇	547
리모컨	547

ㅁ

마감	393
마련	154
마무리	292
마주	598
마중	148
마치	598
마케팅	516
막 01	214
막 02	582
막다	125
막상	598
막차	536
막히다	165
만	240
만약	599
만일	599
만족	15
망설이다	15
망치다	154
맞다 01	303
맞다 02	361
맞벌이	480
맞추다	293
맡기다	178
맡다 01	136
맡다 02	393
매력	56
매연	462
매장	517
매체	561
매표소	368
머무르다	368
먹이	444
먹이다	178
먼지	332
메달	368
며느리	82
명령	45
명절	571
명함	394
몇몇	240
모래	447
모으다	226
모집	405
목숨	415
목욕탕	351
목적	265
목표	276
몰래	99
몸무게	415
몸살	425
무너지다	457
무대	556
무겁다	362
무뚝뚝하다	57
무상	380
무시	82
무용	556

무조건	99	
묶다	125	
묶이다	165	
문구	276	
문법	293	
문의	380	
문자	255	
문제점	381	
문학	255	
묻다	303	
물다	136	
물리다	165	
물질	448	
미루다	394	
미소	137	
미인	67	
미치다 01	193	
미치다 02	265	
미터	240	
미팅	277	
미혼	72	
민속	571	
밀가루	321	
밀다	126	
밀리다	166	
밉다	15	
및	599	

ㅂ

바깥	351
바닥	342
바닷가	448
바라보다	137
바르다	99
바보	82
바위	448
바탕	265
박람회	369
박사	256
반납	277
반드시	100
반면	266
반복	293
반성	33
반응	517
반장	277
반품	381
반하다	16
받아들이다	100
발견	256
발급	522
발달	547
발명	266
발생	480

발전	497
밝히다	481
밟다	126
밟히다	166
밤낮	582
밤새우다	278
밭	448
배려	83
배송	536
배우자	83
뱉다	137
버릇	100
버리다	126
버튼	381
번째	241
벌레	445
벌리다	138
벌어지다	489
벌이다	490
범위	241
범죄	481
벗기다	179
벗어나다	537
베개	342
변경	382
변함없다	194
변화	482

별 01	214	부부	84	비관	33
별 02	449	부서	395	비교	267
별명	278	부작용	426	비교적	214
보고	394	부장	395	비닐	343
보고서	266	부정적	57	비비다	127
보관	382	부주의	57	비상구	384
보너스	517	부지런하다	58	비용	497
보람	16	부품	382	비키다	149
보살피다	83	북극	449	비타민	312
보상	518	북한	472	비판	34
보존	462	분리	333	비하다	34
보증	523	분명	33	빌다	101
보충	416	분석	267	빗다	127
보험	523	분실	383	빛	449
보호	463	분야	256	빠뜨리다	128
복용	434	불교	556	빠지다 01	194
본인	84	불리다	167	빠지다 02	227
볼일	395	불만	383	빨다	128
봉사	490	불면증	426	빼다	227
봉지	342	불법	482	빼앗기다	167
뵈다	571	불쌍하다	17	빼앗다	129
부담	16	불우	482	뼈	416
부동산	352	불평	383	뽑다	406
부드럽다	214	불행	17	뽑히다	168
부딪치다	142	붙다	294	뿌리	445
부딪히다	166	붙잡히다	167	뿌리다	129
부러지다	426	비결	416		

ㅅ

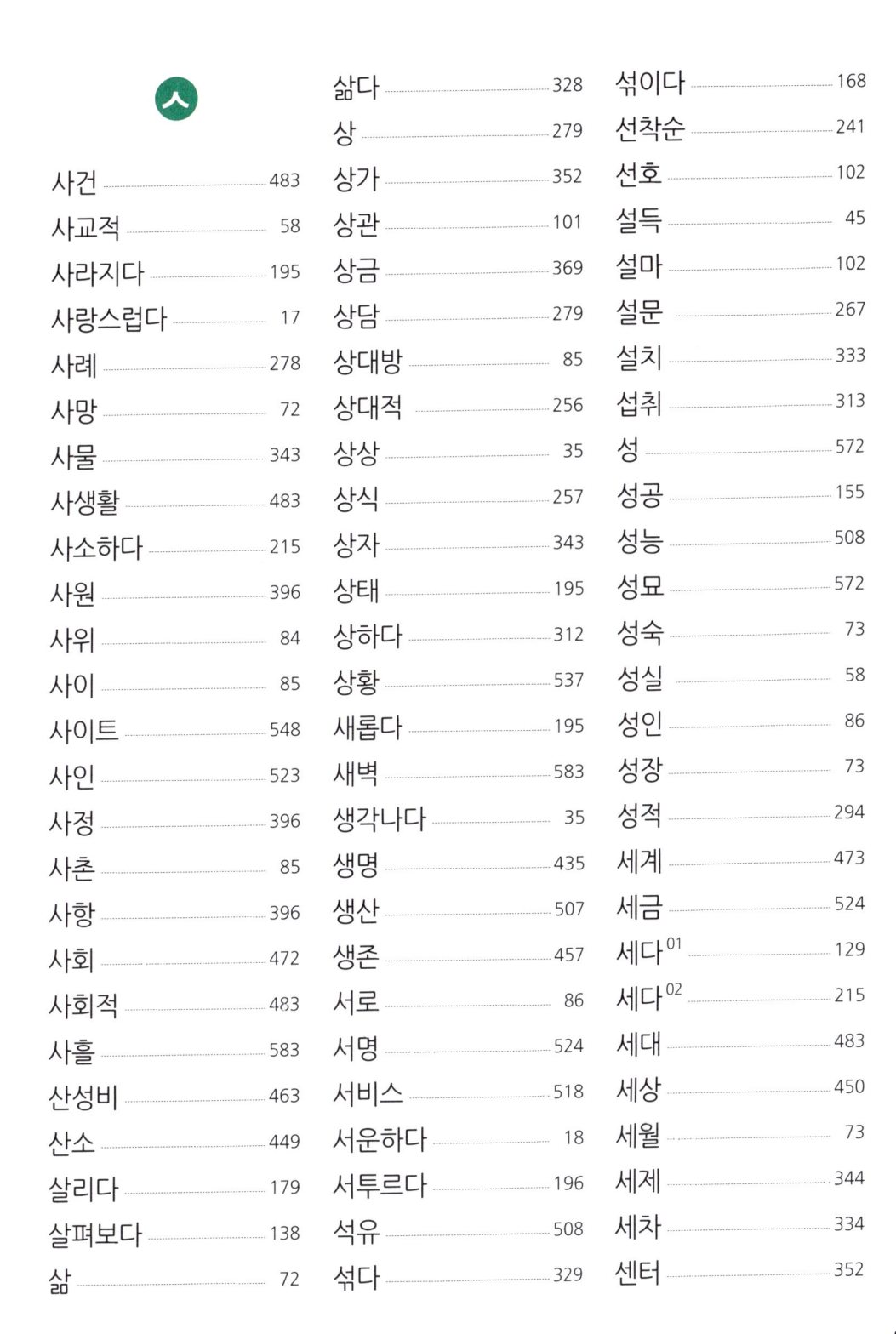

사건	483
사교적	58
사라지다	195
사랑스럽다	17
사례	278
사망	72
사물	343
사생활	483
사소하다	215
사원	396
사위	84
사이	85
사이트	548
사인	523
사정	396
사촌	85
사항	396
사회	472
사회적	483
사흘	583
산성비	463
산소	449
살리다	179
살펴보다	138
삶	72
삶다	328
상	279
상가	352
상관	101
상금	369
상담	279
상대방	85
상대적	256
상상	35
상식	257
상자	343
상태	195
상하다	312
상황	537
새롭다	195
새벽	583
생각나다	35
생명	435
생산	507
생존	457
서로	86
서명	524
서비스	518
서운하다	18
서투르다	196
석유	508
섞다	329
섞이다	168
선착순	241
선호	102
설득	45
설마	102
설문	267
설치	333
섭취	313
성	572
성공	155
성능	508
성묘	572
성숙	73
성실	58
성인	86
성장	73
성적	294
세계	473
세금	524
세다[01]	129
세다[02]	215
세대	483
세상	450
세월	73
세제	344
세차	334
센터	352

소나기	362	수술	435	시어머니	87
소득	498	수입 01	498	시외	539
소매	303	수입 02	498	시인	557
소문	279	수준	499	시절	584
소방	353	수집	370	시청	562
소비	508	수출	499	시합	280
소심하다	59	수표	525	식물	445
소용없다	35	수학	257	식용유	321
소원	103	숙박	370	식중독	427
소음	384	숙소	370	식품	321
소중하다	18	숙이다	179	식히다	180
속도	537	순간	583	신분증	473
속상하다	18	순서	280	신선하다	196
속하다	369	순수	59	신용	525
손대다	130	숨다	143	신입	406
손자	86	숲	450	신체	417
손해	518	스스로	87	신혼	74
솔직하다	59	스타일	304	싣다	130
송편	572	습기	362	실력	406
쇼	562	승객	538	실망	19
수다	46	승용차	538	실업	484
수단	538	시기	584	실용	499
수면	427	시다	313	실제로	599
수명	417	시대	584	실천	155
수상	562	시도	268	실컷	215
수선	304	시민	473	실패	155
수수료	524	시설	353	실험	268

싫증	19	아마	103	애완동물	334
심각하다	216	아무것	242	액세서리	305
심다	130	아무래도	600	야단	280
심리	427	아무튼	600	야외	371
심사	396	아쉽다	20	약	242
싸다 01	130	아시아	450	약간	216
싸다 02	130	아이디어	397	얇다	216
쌓다	397	악기	371	얌전하다	60
썩다	196	악수	131	양	242
쏟다	131	안기다	169	양념	322
쏟아지다	168	안다	143	양로원	484
쓰러지다	417	안되다	36	양보	88
쓰이다 01	169	안방	344	양쪽	243
쓰이다 02	169	안부	87	양치	334
쓸데없다	36	안심	20	얕다	217
씌우다	180	안전	539	어기다	484
씩씩하다	60	안주	313	어느새	585
씹다	138	안타깝다	20	어린아이	88
씻기다	180	앉히다	181	어색하다	21
		알뜰	60	어쩌면	103
		알레르기	428	어차피	104
ㅇ		알려지다	170	억	243
		알약	435	억지로	104
아깝다	19	앓다	428	언어	257
아나운서	563	암	428	언제든지	585
아담하다	67	앞두다	197	언젠가	585
아동	74	애	91	얻다	228

647

얼다	197	연구	268	오늘날	586
얼룩	305	연기 01	398	오락	372
얼리다	181	연기 02	458	오래되다	198
얼음	322	연기 03	563	오랜만	587
엄격하다	61	연령	74	오랫동안	587
업무	397	연말	586	오염	464
업체	519	연예인	564	오해	46
없애다	228	연주	372	오히려	600
없어지다	170	연하다	217	온도	363
엉뚱하다	61	열리다	171	온라인	548
엉망	197	열차	539	온몸	418
엊그제	585	영상 01	363	온천	372
에너지	451	영상 02	564	온통	218
엘리베이터	353	영양	314	올려놓다	131
여가	371	영원	218	올리다	181
여기다	36	영하	363	올바르다	105
여럿	243	영향	89	옮기다	182
여보	88	예	269	옷차림	305
여부	398	예방	458	와인	322
여성	89	예산	500	완벽	62
여유	198	예상	37	완성	156
여전히	198	예술	557	완전히	218
여쭈다	46	예전	586	왠지	105
역사	257	예절	572	외	243
역시	104	예정	281	외모	68
역할	563	예측	269	외향적	62
연결	384	옛	586	요구	47

욕실	344	위생	335	이것저것	244
욕심	63	위치하다	354	이기적	63
용감하다	105	위하다	106	이끌다	156
용기	106	윗사람	90	이내	244
용서	89	유료	509	이동	149
용품	345	유리	345	이력서	407
우선	587	유지	199	이롭다	314
우수	398	유치원	282	이루다	156
우승	281	유통	519	이루어지다	171
우연히	601	육식	314	이르다 01	157
우정	90	은	306	이르다 02	199
우주	451	음료	323	이미	587
운영	519	음성	418	이미지	520
운전면허	540	음주	485	이별	75
울리다 01	182	응급	436	이불	345
울리다 02	335	응답	269	이삿짐	336
울음	139	응모	373	이상	244
움직이다	144	의견	47	이상형	90
웃기다	182	의료	436	이성	90
웃어른	573	의류	306	이어지다	172
웃음	139	의무	473	이어폰	345
원래	601	의사소통	47	이외	245
원룸	354	의심	107	이웃	91
원하다	106	의존	107	이자	525
월세	335	의지	63	이전	588
위	244	의하다	270	이하	245
위기	485	의학	258	이혼	75

이후	588	읽히다 01	172	자유	373
익다	329	읽히다 02	183	자유롭다	21
익히다	183	임신	418	자취	336
인간	445	입금	526	작가	558
인물	557	입다	458	작동	385
인분	315	입맛	315	작성	408
인상 01	68	입사	399	작품	558
인상 02	500	입장	108	잔소리	48
인생	75	입히다	183	잘나다	200
인쇄	564	잇다	295	잘되다	201
인원	282			잘못	601
인정	37			잘못되다	201
인터뷰	407			잘못하다	157
일단	601			잠그다	337
일등	294	자격	408	잠들다	201
일반	373	자극	270	잡히다	172
일반적	258	자꾸	218	장난	282
일부	245	자녀	91	장남	92
일부러	108	자동	346	장래	283
일상	336	자라다	76	장바구니	346
일시	588	자랑스럽다	21	장사	500
일시적	589	자료	399	장애	429
일으키다	485	자식	92	장점	63
일자리	408	자신	92	장학금	283
일정 01	200	자연스럽다	200	재다	436
일정 02	399	자외선	364	재산	526
일회용	464	자원	451	재우다	184

재작년	589	절약	501	제작	565
재학	283	젊은이	76	제출	295
재활용	465	점	259	제품	509
저금	526	점차	219	제한	400
저렴하다	219	접다	132	조르다	48
저장	548	접속	549	조리	315
저절로	602	접수	437	조사	271
저지르다	486	젓다	329	조상	573
저축	527	정	22	조식	316
적극적	108	정기	590	조심스럽다	110
적당하다	219	정답	295	조언	48
적성	284	정부	475	조절	337
적용	474	정상	452	조정	401
적응	284	정성	109	존경	110
전국	474	정신	419	존댓말	573
전날	589	정신적	419	좀처럼	220
전달	549	정직	109	종교	558
전망	258	정치	475	종류	316
전문	400	제거	229	종일	590
전부	219	제공	491	종종	590
전시	374	제대로	602	종합	437
전액	527	제발	110	좌우	38
전원	245	제법	220	주거	337
전쟁	474	제사	573	주고받다	132
전체	246	제시	132	주름	419
절대로	109	제안	400	주민	338
절반	246	제외	229	주방	346

651

주변	354	지원 02	491		
주요	246	지저분하다	202	**ㅊ**	
주의 01	111	지적	401	차다 01	133
주의 02	475	지정	476	차다 02	202
주인공	559	지진	459	차량	540
주장	49	지출	501	차별	486
주제	259	지치다	429	차이	271
주택	354	지혜	38	차지	272
죽	323	진심	22	착각	39
죽이다	184	진통	430	찬물	323
줄다	230	진하다	221	찬성	112
줄무늬	306	진학	286	참고	296
줄어들다	230	진행	158	참다	437
줄이다	184	질	509	참석	402
중고생	284	질병	430	참여	491
중국집	355	질서	476	창가	347
즉석	316	집중	111	창구	527
증가	231	짙다	221	창업	520
증명	285	짜증	22	찾아가다	150
증상	429	쫓기다 01	173	찾아보다	140
지구	452	쫓기다 02	401	채널	565
지나치다	220	쫓다	149	채식	317
지다 01	285	찌다	420	책임	402
지다 02	452			챙기다	158
지르다	139			처리	403
지역	475			첫째	246
지원 01	286			청년	76

청소년	76
체온	430
체중	420
체험	286
초 01	590
초 02	591
초기	591
초반	591
초보	540
촬영	565
최고	247
최근	591
최대	247
최선	112
최소	247
최소한	247
최신	592
최악	202
최종	409
최초	592
추가	231
추위	364
추천	49
추측	39
축복	77
출산	438
출석	296
출연	566
출판	566
충격	23
충고	50
충동	510
충전	338
취업	409
취하다 01	112
취하다 02	374
치르다	159
치우다	338
치즈	323
친근하다	23
침	420
침착	113
칭찬	287

ㅋ

캄캄하다	221
코너	355
콩	324
쿠폰	510
키우다	185

ㅌ

타다	203
탄산음료	324
탑	574
탑승	541
탓	113
태극기	574
태도	113
태양	452
태우다 01	185
태우다 02	185
택배	541
터널	541
터미널	542
터지다	203
텅	222
통 01	222
통 02	347
통신	549
통증	430
통지	410
통통하다	68
통하다	50
퇴원	438
퇴직	403
투표	476

특산	510	평소	592	**ㅎ**		
특성	511	평화	477			
특이	64	포기	159	하품	140	
특징	511	포스터	567	학과	260	
틀다	339	포함	375	학부모	287	
틀림없다	40	폭발	459	학습	297	
		폭우	460	학자	260	
		표시	511	한계	248	
		표정	69	한글	574	
ㅍ		표지	567	한꺼번에	222	
		표현	51	한두	248	
파괴	459	푸르다	204	한숨 01	140	
파도	364	품목	512	한숨 02	593	
파악	40	품질	512	한옥	574	
파일	550	풍부하다	204	한자	297	
판단	41	풍선	347	한잔하다	404	
패션	307	프로그램	550	한쪽	249	
팬	566	프린터	403	한편	602	
퍼지다	232	플라스틱	347	할인	512	
편	248	피	431	함부로	114	
편리	203	피로	431	합격	298	
편안	23	피부	421	해결	385	
편의	355	피하다	144	해롭다	317	
평가	41	피해	460	해마다	593	
평균	296	필기	297	해설	567	
평등	477	필수	259	해소	375	
평범하다	204			해치다	421	
평생	77					

햇빛	453	화재	461	흔하다	205
행동	144	화제	52	흔히	223
행사	492	화해	52	흘리다	206
향	317	확대	232	흙	453
향기	339	확률	272	흡수	307
향상	298	확실하다	42	흡연	432
향하다	150	환불	385	흥미	24
허락	51	활발하다	64	흥분	25
헌	223	활용	376	희다	308
헤매다	151	황사	465	희망	114
현관	348	회	249	힘	422
현대	593	회복	439		
현상	272	회비	376		
현실	486	회원	376		
현장	568	횟수	249		
혈액	421	효과	431		
형제	93	효율	404		
형편	502	후배	93		
혜택	520	후보	477		
호기심	64	후원	492		
혼란	487	후회	24		
홈쇼핑	307	훌륭하다	223		
홍보	521	훔치다	487		
홍수	460	휴게소	542		
화면	568	휴식	377		
화분	348	흐르다	205		
화장품	348	흔들다	133		

台灣廣廈 國際出版集團

國家圖書館出版品預行編目(CIP)資料

新韓檢單字大全[中級] / 申賢美, 李俙妊, 李相敏著. --
初版. -- 新北市：國際學村出版社, 2025.07
面；　公分
ISBN 978-986-454-430-1（平裝）
1.CST: 韓語 2.CST: 詞彙 3.CST: 能力測驗

803.289　　　　　　　　　　　　　　114005332

🌐 國際學村

新韓檢單字大全[中級]

作　　　者／申賢美、李俙妊、李相敏	編輯中心編輯長／伍峻宏・編輯／邱麗儒
審　　　定／楊人從	封面設計／何偉凱・內頁排版／菩薩蠻數位文化有限公司
翻　　　譯／張芳綺	製版・印刷・裝訂／東豪・弼聖・紘億・秉成

行企研發中心總監／陳冠蒨　　　　線上學習中心總監／陳冠蒨
媒體公關組／陳柔彣　　　　　　　企製開發組／張哲剛
綜合業務組／何欣穎

發　行　人／江媛珍
法律顧問／第一國際法律事務所 余淑杏律師・北辰著作權事務所 蕭雄淋律師
出　　　版／國際學村
發　　　行／台灣廣廈有聲圖書有限公司
　　　　　　地址：新北市235中和區中山路二段359巷7號2樓
　　　　　　電話：(886)2-2225-5777・傳真：(886)2-2225-8052
讀者服務信箱／cs@booknews.com.tw

代理印務・全球總經銷／知遠文化事業有限公司
　　　　　　地址：新北市222深坑區北深路三段155巷25號5樓
　　　　　　電話：(886)2-2664-8800・傳真：(886)2-2664-8801
郵政劃撥／劃撥帳號：18836722
　　　　　　劃撥戶名：知遠文化事業有限公司（※單次購書金額未達1000元，請另付70元郵資。）

■出版日期：2025年07月　　　ISBN：978-986-454-430-1
　　　　　　　　　　　　　　　版權所有，未經同意不得重製、轉載、翻印。

2000 Essential Korean Words - Intermediate, by Darakwon, Inc.
Copyright © 2014, Shin Hyeon-mi, Lee Hee-jung, Lee Sang-min
All rights reserved.

Traditional Chinese Language Print and distribution right © 2025, Taiwan Mansion Publishing Co., Ltd.
This traditional Chinese language published by arrangement with Darakwon, Inc.
through MJ Agency